Autorin

Angelika Schwarzhuber lebt mit ihrer Familie in einer kleinen Stadt an der Donau. Sie arbeitet auch als erfolgreiche Drehbuchautorin für Kino und TV. Für das Drama »Eine unerhörte Frau« wurde sie unter anderem mit dem Grimme Preis ausgezeichnet. Zum Schreiben lebt sie gern auf dem Land, träumt aber davon, irgendwann einmal die ganze Welt zu bereisen.

Von Angelika Schwarzhuber ebenfalls bei Blanvalet erschienen:

Liebesschmarrn und Erdbeerblues
Hochzeitsstrudel und Zwetschgenglück
Servus heißt vergiss mich nicht
Der Weihnachtswald
Barfuß im Sommerregen
Das Weihnachtswunder

Besuchen Sie uns auch auf www.facebook.com/blanvalet und www.twitter.com/BlanvaletVerlag

Angelika Schwarzhuber

Das Weihnachtslied

Roman

blanvalet

Sollte diese Publikation Links auf Webseiten Dritter enthalten, so übernehmen wir für deren Inhalte keine Haftung, da wir uns diese nicht zu eigen machen, sondern lediglich auf deren Stand zum Zeitpunkt der Erstveröffentlichung verweisen.

»A Special Christmas Time«
Text und Komposition Angelika Schwarzhuber und Elias Rex

Verlagsgruppe Random House FSC® N001967

1. Auflage
Copyright © 2019 by Blanvalet Verlag in der Verlagsgruppe
Random House GmbH, Neumarkter Str. 28, 81673 München
Dieses Werk wurde vermittelt durch die Literarische Agentur
Thomas Schlück GmbH, 30161 Hannover
Redaktion: Alexandra Baisch
Umschlaggestaltung: © Johannes Wiebel | punchdesign,
unter Verwendung von Motiven von Shutterstock.com
(Skreidzeleu; JBOY; Woskresenskiy)
und Oliver Rossi/Corbis/Getty Images
LH · Herstellung: sam
Satz: Uhl + Massopust, Aalen
Druck und Bindung: GGP Media GmbH, Pößneck
Printed in Germany
ISBN: 978-3-7341-0779-5

www.blanvalet.de

Für Helmut –
es ist immer noch unfassbar,
dass du nicht mehr da bist.

Kapitel 1

Prien am Chiemsee in Oberbayern Ende November

MIA

»Das war schon richtig gut, aber ihr könnt es noch besser!«, sagte Mia und nickte den Mitgliedern des Schulchores aufmunternd zu. »Also, noch ein letztes Mal, dann habt ihr es für heute geschafft!«

Die knapp dreißigjährige Mia Garber war Musiklehrerin und bekannt dafür, ihren Schülern alles abzuverlangen. Und doch gab es niemanden, der sich darüber beschwert hätte. Ganz im Gegenteil. Der Musikunterricht und die Gesangs-AG bei Frau Garber zählten zu den Höhepunkten des wöchentlichen Unterrichtes. Für die musischen Schüler des Gymnasiums auf Schloss Willing am Chiemsee war es ein Privileg, Teil des Chores zu sein. Nur die Allerbesten der Mittel- und Oberstufe durften bei Frau Garber mitsingen.

»Und Achtung!«

Mia spielte auf dem Klavier die ersten Töne des französischen Liedes *Minuit, Chrétiens* von Placide Cappeau und Adolphe Adam, das vielen womöglich eher in der englischen Version unter dem Titel *Oh Holy Night* aus dem Film *Kevin – Allein zu Haus* bekannt war.

Nach ein paar Sekunden setzten die Schüler ein, trugen das Lied zuerst in seiner französischen Originalfassung, dann auf Englisch und schließlich in der deutschen Version vor.

Das Thema des diesjährigen Weihnachtskonzertes, das traditionell einen Tag vor dem Heiligen Abend aufgeführt wurde, lautete »Eine musikalische Weihnachtsreise«. Schon jetzt, Ende November, waren die Karten dafür restlos ausverkauft.

Gemeinsam mit ihren Schülern hatte Mia Musikstücke aus unterschiedlichen Ländern ausgewählt. Die »Reise« war jedoch nicht nur geografischer Natur, sondern bezog sich auch auf verschiedene Epochen.

Es hatte Mia positiv überrascht, dass ihre Schützlinge sowohl ein traditionelles Weihnachtslied aus dem 16. Jahrhundert vorgeschlagen hatten, wie auch moderne Weihnachtssongs aus den Radiocharts. Das Ergebnis war eine äußerst vielfältige Mischung, die Mia jedoch erst noch von der Direktorin absegnen lassen musste. Das hätte sie am liebsten noch eine Weile hinausgezögert, denn Frau Wurm-Fischer – ein Doppelname, der hinter vorgehaltener Hand nicht nur bei Schülern für freche Bemerkungen sorgte – würde erfahrungsgemäß kritisieren, dass zu wenige klassische Stücke zum Repertoire gehörten.

Seit mehr als drei Jahren arbeitete Mia bereits als Musiklehrerin und Chorleiterin am privaten Gymnasium, und noch immer musste sie vor jedem Konzert und jeder musikalisch untermalten Schulveranstaltung um die Lieder kämpfen, die sie mit ihren Schülern vortragen wollte. Dabei gerieten die Schulleiterin und Mia sich regelmäßig in die Haare. Doch der Erfolg gab der jungen Lehrerin letztlich recht. Früher waren die Aufführungen des Schulchores mittelmäßige Veranstaltungen und für Eltern wie Schüler ein notwendiges Übel gewesen. Inzwischen waren die beiden Konzerte im Sommer und an Weihnachten buchstäblich die Highlights des Schuljahres und lockten Gäste von nah und fern, auch solche, die keine Kinder am Gymnasium hatten. Somit willigte die Direktorin am Ende doch meist zähneknirschend ein, auch wenn sie ihre Abneigung gegenüber der unkonventionellen Lehrerin kaum verbergen konnte. Im Gegensatz zu ihr liebten die Schüler Mia umso mehr. Mit ihr fegte ein frischer Wind durch das etwas verstaubte Schloss Willing.

»Egal ob ihr singt, komponiert oder ein Instrument spielt – Musik muss immer tief aus eurer Seele kommen, damit sie die Herzen der Zuhörer berühren kann. Also traut euch für diese Momente, andere in euer Innerstes blicken zu lassen.«

Diese Worte ihres Vaters Albert begleiteten sie schon ihr Leben lang, und mit ihnen ermunterte sie auch ihre Schützlinge, über sich hinauszuwachsen.

Als das Weihnachtslied zu Ende war, nickte sie ihnen zu.

»Na also – geht doch!«, sagte sie lächelnd.

Auf den Gesichtern der Schüler machte sich ein erleichtertes Grinsen breit.

»Sie sollten niemals an uns zweifeln, Frau Garber«, rief Joshua, ein Schüler aus dem Abiturjahrgang, der seit ihrem ersten Jahr an der Schule Sänger im Chor war.

»Mit dem Wissen wächst der Zweifel«, entgegnete sie ihm mit theatralisch erhobenem Zeigefinger.

»Sagte schon der alte Johann Wolfgang von Goethe«, ergänzte Joshua.

»Ganz genau, du Oberschlaumeier!«, gab sie zurück, meinte es jedoch nicht böse. Joshua war nicht nur ein sehr talentierter Sänger, sondern auch ein liebenswürdiger intelligenter Bursche, der ihr inzwischen sehr ans Herz gewachsen war.

Sie warf einen Blick auf die Uhr an der gegenüberliegenden Wand. Noch fünf Minuten bis zum Ende des Unterrichts.

»So, Ihr Lieben. Das schaffen wir gerade noch … Mirko, heute bist du dran«, sprach sie einen hochgewachsenen Zehntklässler an. Der Junge trat nach vorne und räusperte sich. Mia gab am Klavier den Ton vor, dann begann er zu singen.

In ihrem ersten Jahr am Gymnasium hatte Mia mit den damaligen Schülern des Chores ein Lied getextet und komponiert, das in jedem Schuljahr um eine Strophe erweitert wurde. Alle nannten das schwungvolle Stück mit dem lebensfrohen und aufmunternden Text nur »Das Letzte«, weil es immer am Ende des Unterrichts gesungen wurde. Dabei durfte abwechselnd jeweils ein Schüler die Hauptstimme singen.

Als das Lied zu Ende war, verließen die Schüler gut gelaunt das Musikzimmer im Westflügel des kleinen Schlosses, in dem die Schule schon seit mehr als einem halben Jahrhundert untergebracht war. Als Träger der Schule fungierte inzwischen eine Stiftung, die es als ihre Aufgabe sah, neben den Sprösslingen gut betuchter Eltern auch Kindern aus weniger privilegierten Familien den Zugang zu einer erstklassigen Schulausbildung zu ermöglichen und sie mit einer Art Stipendium zu unterstützen. Einige wohnten sogar in dem Internat, das zur Ganztagsschule gehörte.

Mia packte die Noten in ihre Tasche und drehte sich gerade um, um hinauszugehen, da entdeckte sie Janina, die ein wenig verloren zwischen ihr und der Tür stand.

»Janina? Ist noch was?«, fragte sie das dunkelhaarige Mädchen, das etwas blass um die Nase wirkte, was ihr schon zu Beginn der Stunde aufgefallen war.

»Ich ... ich«, stotterte sie herum. »Es tut mir leid, Frau Garber, ich ...«

»Geht es dir nicht gut?« Eine offensichtlich überflüssige Frage.

Janina schüttelte den Kopf.

»Was ist denn los?«, fragte Mia besorgt und legte dem Mädchen die Hand auf die Schulter.

»Es ... es war für mich die letzte Stunde heute bei Ihnen, Frau Garber«, platzte es schließlich aus ihr heraus, bevor sie in Tränen ausbrach.

Mia sah sie überrascht an.

»Hey ... aber warum das denn? Willst du etwa aus dem Chor austreten?«

Das Mädchen schüttelte heftig den Kopf. Es dauerte eine Weile, bis es sich wieder beruhigt hatte, und Mia wartete geduldig, obwohl sie eigentlich schon auf dem Weg zum Klassenzimmer der 8A im Ostflügel sein sollte, auf die heute eine Schulaufgabe wartete.

Mia holte ein Papiertaschentuch aus der Handtasche und reichte es dem Mädchen. Janina schnäuzte sich laut.

»Mein Vater hat einen neuen Job in München bekommen und fängt im Dezember an. Sie haben es mir erst vorgestern gesagt. Wir ziehen schon am Wochenende um«, murmelte sie schließlich unglücklich.

»Ach Janina, das tut mir so leid.«

Mia drückte das zierliche Mädchen an sich, das eines der jüngsten im Chor war. Es fiel ihr schwer, tröstende Worte zu finden.

»Ich will überhaupt nicht weg«, schluchzte Janina. »Meine ganzen Freunde sind doch alle hier. Und ich liebe unseren Chor und die Stunden mit Ihnen ...«

»Ich weiß«, sagte Mia leise. »Hör zu, Janina ...« Sie nahm das Mädchen an den Schultern und sah es eindringlich an. »... du wirst es vielleicht jetzt nicht glauben, weil es sich für dich ganz schrecklich anfühlt. Aber es wird leichter werden. Wichtig ist, dass deine Familie zusammenbleibt. Du wirst in München neue Freunde finden, und mit deiner tollen Stimme wird sich jeder Chor um dich reißen.«

»Echt?«

»Ja klar. Das weiß ich ganz bestimmt.«

»Aber ... aber es wird nicht so sein wie bei Ihnen, Frau Garber. Kein Lehrer ist so wie Sie!«

»Ach, Quatsch mit Popcorn. Es gibt tausendmal bessere Gesangslehrer als mich«, versuchte sie, Janina ein wenig aufzumuntern. »Und mit deinen Freunden kannst du ja weiter Kontakt halten. Und wenn du magst, dann schick mir doch hin und wieder mal Nachrichten auf WhatsApp, damit ich weiß, wie es dir geht. Okay?«

Janina nickte. Mias Worte schienen sie zumindest ein klein wenig zu trösten.

»Danke für alles, Frau Garber«, murmelte sie.

»Ich danke dir, dass du unseren Chor so bereichert hast ... Und weißt du was?«

Janina schüttelte den Kopf und sah sie dann erwartungsvoll an.

»Ich finde, du solltest bei unserem Weihnachtskonzert trotzdem noch mitsingen. Zumindest die Lieder, die wir schon gut geprobt haben. Frag doch mal deine Mama, ob das für sie okay wäre. Sooo weit ist München ja nun auch wieder nicht entfernt.«

In die dunkelbraunen Augen des Mädchens trat ein hoffnungsvolles Glitzern.

»Das würden Sie erlauben? Echt? Auch wenn ich bei den nächsten Proben nicht dabei sein könnte?«, fragte sie aufgeregt.

»Ja. Ausnahmsweise. Aber nur wenn du mir versprichst, die Stücke daheim ordentlich zu üben«, verlangte Mia, um der Schülerin etwas zu geben, worauf sie sich freuen konnte.

»Das werde ich. Versprochen!«

»Schön. Und über unseren Gruppenchat bleibst du auf dem Laufenden ... Aber jetzt müssen wir uns echt beeilen, Janina. Sonst kriegen wir beide Ärger. Komm!«

Sie verließen das Musikzimmer und machten sich schleunigst auf den Weg in den anderen Flügel, wo sich ihre Wege trennten. Wenige Meter vor dem Klassenzimmer hörte Mia Schritte hinter sich.

»Frau Garber?«

Mia verdrehte die Augen. Direktorin Wurm-Fischer. Und sie hörte sich nicht gerade gut gelaunt an. Das wiederum schien bei ihr ein Normalzustand zu sein. Zumindest, wenn sie auf Mia traf. Hoffentlich wollte sie nicht jetzt die Musikliste mit ihr besprechen. Mia blieb stehen und drehte sich zu ihr um.

»Ja, Frau Wurm-Fischer?«

Der Blick der Schulleiterin wanderte kurz über Mias Kleidung. Ihr war anzusehen, dass sie keinen Gefallen an Jeans und bunten Oversize-Pullovern fand, und vermutlich missfielen ihr auch die lose zusammengebundenen dunklen Locken der Lehrerin. Schon mehrmals hatte die stets im adretten Kostüm gekleidete achtundfünfzigjährige Direktorin Mia darauf hingewiesen, sie solle sich ordentlicher anziehen. Doch Mia wollte sich ihre Kleiderwahl nicht von der Direktorin vorschreiben lassen. Ihre Sachen waren nicht schlampig, sondern leger und fröhlich, und außerdem wusste sie sich bei besonderen Anlässen durchaus angemessen anzuziehen.

»Haben Sie keinen Unterricht?«, fragte Wurm-Fischer scharf.

Mia versuchte, freundlich zu bleiben.

»Doch, natürlich. Aber ich habe noch kurz mit Janina gesprochen. Sie wissen sicherlich schon, dass das Mädchen ...«

»Allerdings«, unterbrach die Direktorin sie. »Genau darüber möchte ich kurz mit Ihnen sprechen.«

Mia sah sie überrascht an.

»Jetzt?«

Wurm-Fischer nickte knapp.

»Wenn Janina weggeht, wird ein Platz im Chor frei, nicht wahr?«

»Genau«, sagte Mia. »Ich habe einige vielversprechende Sopranistinnen, die auf der Warteliste stehen. Die werde ich morgen vorsingen lassen, bevor ich mich entscheide.«

»Das wird nicht nötig sein. Ich möchte, dass sie Nele aufnehmen.«

»Nele? Sie meinen doch jetzt nicht Nele Gitter?«

»Doch.«

Mia schüttelte den Kopf.

»Tut mir leid, Frau Wurm-Fischer, aber sie ist nicht geeignet für den Chor.«

Die Elftklässlerin Nele hatte schon zweimal bei ihr vorgesungen. Aber sie hatte Mia nicht überzeugen können, auch wenn sie sich selbst offenbar als deutsche Antwort auf Katy Perry sah. Außerdem brachte Nele mit ihrem selbstgefälligen Wesen gerne mal Unruhe in eine Gruppe. Auch aus diesem Grund wollte Mia sie nicht dabeihaben.

»Es ist der ausdrückliche Wunsch ihres Vaters, der, wie Sie womöglich gar nicht wissen, ein großzügiger Förderer unserer Schule ist.«

Mia wusste natürlich, wer Neles Vater war. Jeder auch nur halbwegs sportinteressierte Mensch kannte den ehemals sehr erfolgreichen Fußballspieler Björn Gitter, der sein bekanntes Gesicht auch heute noch ab und an für einen Werbespot in die Kamera hielt. Nachdem er die Fußballschuhe an den Nagel gehängt hatte, war er als Geschäftsführer in die exklusive und weltweit erfolgreiche Hotelkette seiner Ehefrau eingestiegen.

»Es tut mir wirklich leid, Frau Wurm-Fischer«, sagte

Mia ruhig, »aber die Finanzkraft der Eltern spielt für mich keine Rolle. Nele ist leider nicht geeignet. Ich leite diesen Chor und bestimme, wer mitsingt und wer nicht.«

»Das werde ich so nicht ...«, begann Wurm-Fischer empört. Doch diesmal ließ Mia sie nicht ausreden.

»Ich muss jetzt wirklich dringend in den Unterricht«, sie deutete zur Tür des Klassenzimmers. »Wie man hören kann, sind meine Schüler schon sehr unruhig.«

Ohne eine Antwort abzuwarten, ließ sie die Direktorin stehen. Allerdings war ihr klar, dass hier noch nicht das letzte Wort gesprochen worden war.

Kapitel 2

Zu dieser Jahreszeit dämmerte es bereits, als Mia sich nach dem Unterricht auf den Heimweg machte. So lange es noch nicht schneite und keinen Bodenfrost gab oder zu stark regnete, legte sie die Strecke von knapp acht Kilometern zu ihrem Arbeitsplatz am liebsten mit dem Fahrrad zurück, um sich fit zu halten. Unterwegs kaufte sie in einem Supermarkt noch ein paar Lebensmittel ein und holte bei der Apotheke Medikamente für ihren Vater ab.

Eine Viertelstunde später fuhr sie den kleinen Schotterweg entlang, der zum Haus führte, das, umgeben von einem Garten, direkt am Chiemsee lag.

Während sie das Fahrrad in die Garage stellte und abschloss, öffnete sich die Haustür, und Rudi jagte ihr freudig entgegen. Mia ging in die Hocke und streichelte den Hund, der wie eine etwas klein geratene Mischung aus Wolf und Labrador aussah. Wild mit dem Schwanz wedelnd, begrüßte er sein Frauchen überschwänglich.

»Hey, schon gut mein kleiner Racker. Gleich gibt es was zum Futtern für dich. Komm.«

Sie nahm die Einkäufe aus dem Korb und ging mit Rudi

zum Haus. An der Tür wartete Alma, die spanischstämmige Pflegerin ihres Vaters.

»Hallo, Alma.«

»Hallo, Mia ... Heute hat er einen guten Tag«, sagte sie mit leichtem Akzent und schlüpfte in ihren Mantel.

»Wirklich?«, fragte Mia überrascht.

»Ja. Mehr als gut. Er ist im Wintergarten.«

»Danke, Alma.«

»Schönen Abend, Mia!«, wünschte die Dreiundfünfzigjährige und griff nach ihrem Schlüsselbund.

»Dir auch, Alma. Bis morgen.«

»Bis morgen.«

Rasch verstaute Mia die Einkäufe in der Küche, füllte Rudis Napf mit Futter und frischem Wasser und ging dann in den großen Wintergarten, der gleichzeitig als Wohnzimmer genutzt wurde. Ihr Vater Albert saß in seinem Rollstuhl und blickte durch das Fenster hinaus auf den See, der sich in der Dunkelheit nur erahnen ließ.

»Hallo, Papa«, sagte Mia.

Bevor sie ihm einen Kuss gab, der ihn an manchen Tagen irritierte, wartete sie kurz ab, wie er auf ihre Begrüßung reagierte. Alma hatte gesagt, er hätte heute einen guten Tag, was wohl bedeutete, dass er mehr helle Momente als üblich hatte, Momente, in denen er nicht ganz abgetaucht war in eine Welt, die sie ansonsten ausschloss.

»Mia. Mein Mädchen«, sagte er lächelnd.

Sie beugte sich zu ihm und küsste ihn auf die Wange.

»Möchtest du etwas essen, Papa? Hast du schon Hunger?«, fragte sie fürsorglich.

»Hunger? Ich denke nicht, nein ... Setz dich doch ein wenig zu mir«, sagte er und griff nach ihrer Hand. Ohne ihn loszulassen, zog sie einen Stuhl neben ihren Vater und nahm Platz. Inzwischen trottete auch Rudi in den Wintergarten und machte es sich neben der Heizung bequem.

»Hattest du einen schönen Tag, mein Kind?«, fragte Albert und sah sie lächelnd aus seinen olivgrünen Augen an, die den ihren so sehr ähnelten. Auch die dichten dunklen Haare hatte sie von ihm geerbt, allerdings waren sie bei ihm schon seit Jahren mit silbernen Strähnen durchzogen. Trotzdem war er mit seinen knapp sechzig Jahren noch immer ein attraktiver Mann.

»Ja. Den hatte ich. Du auch?«, fragte Mia.

»Oh, ganz bestimmt hatte ich den«, antwortete er, obwohl Mia sicher war, dass er sich kaum daran erinnern konnte.

Albert hatte Alzheimer. Als vor etwas mehr als drei Jahren die Anzeichen nicht mehr mit Zerstreutheit zu rechtfertigen gewesen waren, hatte Mia beschlossen, ihre Zelte in München abzubrechen und wieder an den Chiemsee zu ziehen, um ihren Vater zu unterstützen.

Albert Garber war ein in der Gegend bekannter und geschätzter Musiker, der als Pianist früher bedeutende Sänger bei Konzerten in aller Herren Länder begleitet und später als privater Musiklehrer und Komponist seinen Lebensunterhalt bestritten hatte. Zudem hatte er den Männerchor am Ort geleitet und die letzten Jahre vor seiner Krankheit als Organist bei den sonntäglichen Gottesdiensten in einigen Kirchen in der Umgebung gespielt. Die Entscheidung, dass Mia die Stelle an der Schule bekommen hatte, an der sie selbst schon Schülerin gewesen war, hatte noch der Vorgänger von Direktorin Wurm-Fischer getroffen, ein alter Sangesbruder und Freund von Albert, der kurz darauf in den Ruhestand gegangen war.

Nach der niederschmetternden Diagnose hatte sich Alberts Zustand anfangs zwar nur langsam verschlechtert, trotzdem war Mia gezwungen, tagsüber eine Hilfe in Anspruch zu nehmen. Sie konnte Albert nicht mehr stundenlang allein lassen, ohne Angst zu haben, dass er versehentlich das Haus in Brand oder unter Wasser setzte. Oder die Haustür sperrangelweit offen ließ, um einen Spaziergang zu machen. Ihn ins Heim zu stecken war für Mia keine Option.

Wie durch eine besondere Fügung hatte sie kurz nach ihrer Rückkehr an den Chiemsee Alma kennengelernt, die nach dem Tod ihres Mannes auf der Suche nach einer festen Arbeitsstelle in der Umgebung einen Aushang an der Pinnwand im Supermarkt hinterlassen hatte. Mia hätte sich keine bessere Pflegerin für ihren Vater wünschen können, auch wenn sie Alberts gesamte Rente für die Betreuung verwenden musste. Trotzdem lag die Hauptlast auf Mia. Ihr Leben drehte sich inzwischen nur mehr um die Schule und um ihren Vater.

Sie hatte versucht, der Krankheit die Stirn zu bieten, indem sie das Gedächtnis ihres Vaters mit Spielen, gemeinsamem Musizieren und intensiven Gesprächen trainierte. Auch tägliche Spaziergänge und viel Bewegung gehörten lange zu ihrem Tagesplan, wenn sie nach der Schule zu Hause war. Und in den Sommerferien war sie mit ihm auf Reisen gegangen, vor allem nach Italien, ein Land, das Albert liebte.

»Schiebst du mich noch näher zum Fenster?«, bat Albert.

»Aber natürlich!«

Vor einem halben Jahr war Albert im Garten gestürzt und hatte sich den Oberschenkelhals gebrochen. Nach einer Operation und anschließender Reha hatte sich sein Allgemeinzustand verschlechtert. Obwohl Mia auch daheim täglich mit ihm übte, konnte Albert nur noch wenige Schritte mit Unterstützung gehen. Es war, als ob er vergessen hätte, wie es funktionierte. Dieser Umstand bedrückte sie sehr, machte das Leben für Mia jedoch auch ein klein wenig einfacher, weil sie ihn im Rollstuhl besser unter Kontrolle hatte. So konnte er nicht mehr einfach aus dem Haus spazieren und sich unterwegs verirren, weil er nicht mehr wusste, wie er wieder nach Hause kam.

»Schade, dass die Sonne nicht scheint«, sagte Albert leise. »Dann könnten wir die Boote auf dem See beobachten.«

Das hatten sie früher oft dann gemacht, wenn Mia als Kind krank war und nicht aus dem Haus konnte. Dann hatte Albert das kleine Sofa zum Fenster geschoben, und sie hatten sich darauf zusammengekuschelt und aufs Wasser geschaut, während er ihr Geschichten erzählte oder ihr eines seiner selbst komponierten Lieder vorsang.

»Machen wir doch einfach die Augen zu und stellen es uns vor«, schlug Mia vor.

Albert schloss die Augen und lächelte glücklich, als würde er tatsächlich die in der Sonne glitzernden Wellen des Chiemsees vor der atemberaubenden Kulisse der Alpen sehen. Plötzlich fing er an, in seiner warmen, wohltönenden Stimme zu summen. Die Melodie war ihr unbekannt, berührte sie jedoch sofort.

»Was ist das denn für ein Lied, Papa?«, fragte sie.

Er drehte den Kopf zu ihr, sah sie ratlos an. Er kämpfte offensichtlich mit der fehlenden Erinnerung.

»Ich ... ich weiß es nicht«, sagte er leise.

»Macht nichts ... Es ist jedenfalls sehr schön«, meinte Mia und versuchte, dabei unbeschwert zu klingen.

In diesem Moment klingelte es an der Haustür. Rudi sprang auf und lief in den Flur. Am liebsten hätte Mia gar nicht aufgemacht, zu sehr genoss sie den Moment mit ihrem Vater. Doch Albert sah sie fragend an.

»Bekommen wir Besuch?«

»Ich geh mal nachschauen«, sagte sie und verließ den Wintergarten.

Sie hielt Rudi am Halsband fest, als sie die Haustür öffnete. Draußen standen ihr Nachbar Sebastian Rudolph und dessen sechsjähriger Sohn Max. Sie und Sebastian waren beste Freunde, seit sie denken konnte.

»Hey, ihr beiden«, sagte sie.

»Hallo, Mia.«

Mia ließ Rudi los, und der kleine Max begrüßte ihn freudig.

»Wart ihr spazieren?«, fragte Mia.

»Nö. Am Spielplatz«, antwortete Max, der einen schier unstillbaren Bewegungsdrang hatte.

»Wie geht es Albert?«, fragte Sebastian.

»Erstaunlich gut heute«, antworte sie.

»Das freut mich. Hör mal Mia, ich bestelle morgen

Kaminholz. Du brauchst doch auch Nachschub, oder?«, fragte Sebastian.

»Oh ja. Unbedingt«, sagte sie. »Gut, dass du mich dran erinnerst.«

»Ich weiß ja, wie viel du um die Ohren hast.«

»Danke, Sebastian. Wollt ihr nicht reinkommen?«

»Ja!«, rief Max erfreut, während er Rudi am Rücken kraulte, was dieser offensichtlich sehr genoss. Der kürzlich geschiedene Grafikdesigner und sein Sohn waren Mia immer willkommen. Die beiden gehörten für sie quasi zur Familie. Sebastian arbeitete freiberuflich von zu Hause aus und konnte deswegen auch mal kurzfristig einspringen, um auf Albert aufzupassen, wenn Alma keine Zeit hatte und Not am Mann war. Im Gegenzug kochte Mia öfter mal für ihre Nachbarn und nahm Max bei längeren Spaziergängen mit dem Hund mit, wenn Sebastian sich auf die Arbeit konzentrieren musste.

»Ich will noch mit Rudi spielen!«, sagte der Junge.

Doch Sebastian schüttelte den Kopf.

»Geht leider nicht.«

»Warum denn nicht, Papi?«, wollte Max wissen.

»Weil deine Mama gleich kommt und dich abholt.«

Der blonde Junge mit den lustigen Sommersprossen schien kurz zu überlegen, dann nickte er.

»Na gut ... Tschüss, Rudi.«

Sebastian stupste seinen Sohn kurz in die Seite.

»Und tschüss, Mia«, fügte der Kleine hinzu.

Mia lächelte.

»Sag deiner Mama einen Gruß, Max.« Mia hielt Sebastians Exfrau Tina zwar für bescheuert, weil sie ihn wegen eines anderen verlassen hatte, aber trotzdem funktionierten sie als Eltern noch super. Und das kam dem Kleinen zugute.

Max nickte.

»Sag ich ihr.«

»Schönen Abend noch.«

»Dir auch ... Und ich melde mich, wenn ich Bescheid weiß, wann das Holz geliefert wird«, sagte ihr Nachbar.

»Danke, Sebastian. Und morgen Abend gibt es selbstgemachte Ravioli. Ihr kommt doch rüber, oder?«

»Die würde ich um nichts auf der Welt verpassen wollen«, antwortete Sebastian lächelnd. »Ich bringe die Nachspeise mit, okay?«

»Super ... Bis morgen!«

»Bis morgen.«

Sebastian und Max machten sich auf den Heimweg, und Mia ging mit dem Hund zurück in den Wintergarten.

Albert schien eingeschlafen zu sein. Seine Augen waren geschlossen. Doch als Mia sich wieder neben ihn setzte, öffnete er sie. Sein Blick schien aus weiter Ferne zu kommen.

»Du musst auf dein Spielzeug aufpassen, Walli«, murmelte er. »Sonst fällt es in den See.«

Mia atmete tief ein und aus. Er sprach sie mit dem Spitznamen ihrer Schwester an. Die lichten Momente waren offenbar wieder vorbei.

»Das mache ich, Paps«, sagte sie, ohne ihn zu korrigieren. Das hatte sie schon seit Langem aufgegeben. »Ich passe gut darauf auf.«

»Schau, der ... der«, er schien nach Worten zu suchen.

Mia folgte seinem Blick durchs Fenster. Der Mond war aufgegangen, und sein Licht spiegelte sich sanft und geheimnisvoll auf den Wellen des dunklen Sees.

»Der Vollmond ist besonders schön heute«, half sie ihm. »Und weißt du was? Draußen ist er noch viel schöner! Was hältst du davon, wenn wir beide noch ein wenig frische Luft schnappen?«

Albert nickte.

Mia nahm einen von Alma genähten Quilt vom Sofa und deckte ihren Vater damit zu. Dann öffnete sie die Terrassentür und schob den Rollstuhl über einen gepflasterten Weg bis hinunter zum See. Für Ende November war die Nacht ungewöhnlich warm und fühlte sich samtig an. Sanft murmelten die Wellen des Sees.

Rudi war ihnen gefolgt und steckte seine Nase schnüffelnd zwischen eine Hecke, in der er vor einigen Tagen eine Maus entdeckt hatte.

»Schau mal, wie schön man heute den Mond und die Sterne sieht«, sagte Mia zu ihrem Vater und nahm seine warme Hand in ihre. »Dort ist der kleine Wagen, und das da müsste Kassiopeia sein. Oder?«, fragte sie, obwohl sie die Antwort kannte.

Sie schaute zu ihrem Vater, der den Kopf weit ihn den Nacken gelegt hatte und den Sternenhimmel betrachtete. Statt einer Antwort begann er, wieder dieselbe Melodie von vorhin zu summen.

Was ist das nur für ein Lied?, fragte sie sich, während sie ihm weiter lauschte und ihre Zweisamkeit genoss.

Plötzlich brach er ab und tätschelte liebevoll lächelnd ihre Hand.

Mia begann, ihm von der Schule zu erzählen. Von ihren Schülern und dem Weihnachtskonzert, und welche Lieder sie dafür ausgewählt hatte. Sie wusste nicht, was ihn davon erreichte, trotzdem hatte sie den Eindruck, dass er ihr aufmerksam zuhörte.

»Wenn es dir gut geht, kann Alma mit dir zum Weihnachtskonzert kommen. Es wäre so schön, wenn du dabei wärst«, sagte Mia. Sie würde einfach abwarten, wie es ihm an diesem Tag ging und dann spontan entscheiden. Auch Sebastian war regelmäßiger Gast bei den Konzerten und würde Alma sicherlich unterstützen, falls das erforderlich wäre.

Plötzlich zog Albert seine Hand weg. Sein Gesichtsausdruck veränderte sich, und er wirkte völlig verwirrt.

»Ich bin sehr müde. Ich möchte schlafen«, sagte er abgehackt.

»Natürlich. Ich bringe dich wieder zurück, Papa«, versprach Mia. »Komm, Rudi!«

Der Hund gehorchte nur zögernd, trottete dann jedoch brav mit ins Haus.

Eineinhalb Stunden später brachte Mia ihren Vater ins Bett, nachdem sie ihn überredet hatte, doch noch eine Schale Suppe zu essen.

»Schlaf gut!«, sagte sie und deckte ihn sorgfältig zu.

»Olivia ... kommst du auch bald schlafen?«, fragte er drängend.

Jetzt hielt er sie für ihre Mutter. Und auch diesmal spielte sie mit, wenn auch ungern, denn sie vermied es eigentlich, so gut es ging, an ihre Mutter zu denken.

»Ich muss noch ein paar Sachen erledigen«, sagte sie. »Dann komme ich nach.«

»Arbeite nicht zu viel, mein Liebling«, sagte er fürsorglich und lächelte ihr zu. Es war unglaublich, wie sehr er an ihr hing, wenn er in der unfreiwilligen Welt der Vergangenheit lebte. Dabei hatten die beiden lange vor seiner Krankheit kein Wort mehr miteinander gewechselt. Mehr noch, Albert hatte sie völlig aus seinem Leben gestrichen.

»Das tu ich nicht, mach dir keine Sorgen. Schlaf jetzt schön«, sagte Mia dennoch, um ihn nicht durcheinanderzubringen.

Albert drehte sich zur anderen Seite, und Mia wartete, bis sein Atem gleichmäßig wurde und er eingeschlafen war. Dann schaltete sie das Babyfon ein, ging in ihr Zimmer nebenan und setzte sich an den Schreibtisch am Fenster. Bis tief in die Nacht hinein korrigierte sie die Schulaufgabe der achten Klasse und bereitete sich sorgfältig auf den Unterricht am nächsten Tag vor.

Es war schon nach Mitternacht, als sie das letzte Mal nach ihrem Vater sah, der ruhig schlief.

»Gute Nacht, Papa«, flüsterte sie. »Ich hab dich lieb.« Dann ging sie ins Bett.

Kapitel 3

Obwohl sie gar nicht als Aufsicht eingeteilt war, stand Mia am Rand des gepflasterten Schulhofs und ließ ihren Blick über die Schüler schweifen. Sie war lieber draußen, als die Pause im stickigen Lehrerzimmer mit ihren Kollegen zu verbringen. Außerdem hoffte sie, damit Frau Wurm-Fischer noch etwas länger zu entkommen, der sie heute die Liste mit den Musikstücken für das Konzert ins Fach gelegt hatte. Vermutlich würde es nicht mehr lange dauern, bis die Direktorin sie darauf ansprechen und ihre Einwände vorbringen würde.

Normalerweise stand Mia nie lange allein da, denn es gab immer Schüler, die irgendetwas von ihr wissen wollten oder mit denen sie sich über den Stoff bevorstehender Schulaufgaben oder Musikstücke austauschte. Sie biss gerade in ihr mitgebrachtes Käsebrot mit Oliven, da sah sie Björn Gitter mit forschen Schritten aus dem Eingang kommen und in Richtung Parkplatz gehen. Augenblicklich verging ihr der Appetit. Sie hoffte, dass sein Besuch nichts mit ihrer Weigerung zu tun hatte, seine Tochter Nele im Schulchor aufzunehmen. Als ob ihre Gedanken das Mädchen herbeigerufen hätten, stand Nele plötzlich nicht weit von ihr entfernt und warf ihr ein selbstgefälliges Lächeln zu. Mia lächelte zurück, bemüht, sich ihr Unbehagen nicht anmerken zu lassen, das dieses Mädchen in ihr auslöste. Sie war froh, als in diesem Moment Joshua auf sie zukam.

»Frau Garber?«

»Ja?«

»Haben Sie am Samstag schon was vor? Wir spielen in *Didis Oberstübchen*, und es wäre echt riesig, wenn Sie auch kommen würden.«

Didis Oberstübchen war eine Musikkneipe in der Nähe von Rosenheim und ein kultureller Treffpunkt für Jung und Alt. Einige ihrer Schüler engagierten sich auch außerhalb des Unterrichts in Musikprojekten, und Mia unterstützte sie dabei nach Kräften. Joshua war ein musikalischer Tausendsassa. Nicht nur, weil er gesanglich ein großes Talent war und mehrere Instrumente spielte, er fühlte sich auch in unterschiedlichen Musikgenres zu Hause. In dieser Formation spielte er mit ein paar Freunden Coversongs, hauptsächlich aus der amerikanischen Folk- und Countrymusikszene, und die Band hatte sich inzwischen schon eine kleine treue Fangemeinde aufgebaut.

»Ich kann nichts versprechen, Joshua«, sagte sie, weil sie nicht wusste, ob Alma einspringen konnte. Normalerweise war das zwar kein Problem, trotzdem wollte sie das zuerst abklären. Notfalls könnte sie Sebastian fragen. »Wenn das mit der Betreuung meines Vaters klappt, dann komme ich sehr gern.«

Mia machte aus Alberts Zustand kein Geheimnis, auch wenn sie ungern darüber redete.

»Bringen Sie Ihren Vater doch mit«, schlug Joshua vor.

Manchmal traf er die Lehrerin mit Albert beim Spaziergang am See, wenn er sein Lauftraining machte, und deswegen kannte er ihn.

»Ich bin mir sicher, dass ihm eure Musik gefallen würde, Joshua, aber ihn zu einer solchen Veranstaltung mitzunehmen, ist momentan keine so gute Idee.« *Und daran wird sich leider auch nichts mehr ändern*, dachte sie betrübt.

Der Junge nickte verständnisvoll. »Verstehe ... ich setze Sie aber auf jeden Fall auf die Gästeliste.«

»Mach das unbedingt. Ich gebe dir bald Bescheid, ob es klappt, okay?«

»Super! ... Und Frau Garber?«

»Ja?«

»Falls Sie kommen – hätten Sie dann Lust, beim Auftritt *Just Breathe* mit mir zu singen? Das wäre so cool!«

Mia lächelte.

Sie hatten den Song von Pearl Jam, auch bekannt durch die Interpretation von Willie Nelson mit seinem Sohn Lukas, im letzten Jahr auf einer Klassenfahrt im Bus gesungen und Joshua damit überhaupt erst auf die Idee für die Coverband gebracht.

»Wenn ich kommen kann, dann singe ich den Song mit dir«, versprach sie.

»Sie sind die Beste!« Der Schüler grinste.

»Klar!«

Der Gong ertönte. Die Schüler hatten ab jetzt fünf Minuten Zeit, sich in ihre jeweiligen Klassenzimmer oder Kursräume zu begeben.

»Bis später!«, sagte Joshua und machte sich auf den Weg zu seiner nächsten Stunde.

Mia hatte es nicht eilig, ins Schulgebäude zu kommen. Sie wartete, bis alle Schüler weg waren. Während der zwei Freistunden, die vor ihr lagen, wollte sie zum einen die Noten für die letzten beiden Weihnachtslieder fotokopieren, um sie heute bei der Chorprobe einzustudieren. Und zum anderen würde sie drei Schülerinnen vorsingen lassen, von denen eine Janina im Sopran ersetzen sollte.

Obwohl auf dem gesamten Schulgelände während der regulären Unterrichtszeit strenges Handy-Verbot herrschte, das wegen der Vorbildfunktion auch für die Lehrer galt, rief Mia kurz bei Alma an und erkundigte sich nach ihrem Vater.

»Er ist ein wenig müde heute, aber sonst geht es ihm gut«, informierte die Pflegerin sie. »Vorhin haben wir *Mensch ärgere dich nicht* gespielt. Jetzt sitzt er im Musikzimmer und hört seine Lieblingsscheibe.« Damit meinte sie eine seiner Nina-Simone-Schallplatten, die er so sehr liebte.

»Gut... Ihr geht doch nach dem Essen raus in die Sonne? Das Wetter soll nicht mehr lange halten.«

Während sie telefonierte, sah Mia einen Mann auf das Schulgebäude zukommen. Instinktiv drehte sie sich etwas zur Seite, damit er das Handy nicht sah.

»Natürlich, Mia. Aber zuerst soll er sich ein wenig ausruhen, er wirkt heute wirklich etwas erschöpft.«

»Ja, dann ist es besser, wenn er vorher ein Nickerchen macht... Und Alma, hast du zufällig am Samstagabend schon was vor?«, fragte Mia, damit sie dieses Thema gleich abgeklärt hatte.

»Wenn du mich brauchst, kann ich gerne kommen«, bot die Pflegerin gutmütig an. Mia war längst davon überzeugt, dass Alma nicht nur wegen ihrer Arbeit gerne Zeit mit ihrem Vater verbrachte.

»Danke, Alma, du bist ein Schatz. Ich muss jetzt aufhören. Bis später.«

»Bis später.«

Sie legte auf und ließ das Handy in ihrer Jackentasche verschwinden.

Der dunkelhaarige Mann hatte sie inzwischen entdeckt.

»Hallo! Kannst du mir bitte sagen, wo das Büro der Direktorin ist?«, rief er ihr zu.

Mia drehte sich zu ihm um. Er war jünger, als er von Weitem in seinem klassisch geschnittenen Mantel und mit der dunkel gerahmten Brille gewirkt hatte. Sie schätzte ihn nur ein paar Jahre älter als sie selbst war.

»Oh, Entschuldigung«, sagte er rasch, als er den Irrtum bemerkte. »Ich dachte, Sie wären eine Schülerin.«

»Kein Problem. So lange Sie mich nicht für die Direktorin halten, sei Ihnen verziehen«, witzelte Mia.

Er sah sie aus dunkelbraunen Augen amüsiert an.

»Ich glaube, das ist eher unwahrscheinlich«, meinte er lächelnd.

»Na dann ... Ich begleite Sie hinein«, bot sie an.

»Danke! Das ist echt nett, Frau ... äh?«

Bevor sie ihm ihren Namen verraten konnte, tauchte Frau Wurm-Fischer plötzlich in der Eingangstür auf.

»Das ist nicht nötig!«, rief sie ihnen zu. »Ich kümmere mich schon um Herrn Amantke.«

Kaum zu glauben, dass es sich bei der jetzt äußerst charmant lächelnden Direktorin um dieselbe missgelaunte Person handelte, mit der Mia üblicherweise zu tun hatte.

»Okay«, sagte Mia nur, nickte dem Mann noch mal zu und machte sich auf den Weg ins Lehrerzimmer.

Als sie die Noten kopiert hatte, holte sie drei Mädchen aus den jeweiligen Klassen und ging mit ihnen ins Musikzimmer, um sie vorsingen zu lassen.

Jede durfte sich aus einigen Vorschlägen ein Lied aussuchen, das sie in der letzten Zeit während des Musikunterrichts geprobt hatten.

Lydia, das erste Mädchen, brauchte ein wenig, um die Tonlage zu treffen. Es war nicht zu übersehen, dass sie ziemlich nervös war.

»Entschuldigung«, sagte sie mit rotglühenden Wangen, »darf ich es noch mal probieren?«

»Klar ... Aber atme erst ein paarmal ganz tief in deinen Bauch ein und langsam wieder aus«, empfahl Mia.

Beim zweiten Versuch ging es schon sehr viel besser. Dann kam das nächste Mädchen an die Reihe. Carmen ging in die elfte Klasse und wäre schon beim letzten Mal fast in den Chor aufgenommen worden. Sie hatte eine kristallklare Stimme und traf jeden Ton. Doch irgendwas fehlte auch diesmal bei ihrem Gesangsvortrag, um Mia völlig zu überzeugen.

»Danke dir, Carmen«, sagte Mia. »Und jetzt bist du dran, Jette.«

Die zierliche Rothaarige mit dem frechen Kurzhaarschnitt stellte sich neben das Klavier und verschränkte die Hände fest ineinander. Mia nickte ihr zu, spielte die ersten Töne an, und das Mädchen begann zu singen. Obwohl sie an manchen Stellen nicht ganz so sauber sang wie Carmen, gelang es ihr, Mia mit ihrer Interpretation zu berühren. Sie hatte etwas, das man nicht durch Üben erlangen konnte. Jette legte ihr Herz in das Lied. Deswegen musste Mia nun auch gar nicht mehr lange überlegen.

»Ich danke euch sehr«, sagte sie abschließend. »Am besten mache ich es jetzt ganz kurz. Ihr seid alle wirklich gut, aber diesmal hat mich Jette am meisten überzeugt.«

»Ich?« Jette riss erfreut die Augen auf, während den beiden anderen Mädchen die Enttäuschung anzusehen war.

»Ja. Du«, bestätigte Mia. »Allerdings wirst du noch fleißig üben müssen, damit ich wirklich ganz zufrieden bin.«

»Das werde ich«, versprach Jette aufgeregt.

Mia legte Lydia und Carmen die Hände auf die Schultern.

»Nicht traurig sein ... vielleicht klappt es beim nächsten Mal.«

Die Mädchen nickten, nicht wirklich getröstet.

»Jette, bleib bitte noch kurz bei mir, damit wir die Stücke fürs Konzert gemeinsam durchgehen können. Heute Nachmittag wirst du schon bei der Probe dabei sein!«

Nach der Mittagspause sangen die Schüler des Chors *Do they know it's Christmas,* komponiert von Bob Geldorf und Midge Ure. Das Lied war ein Charity-Projekt gewesen, um auf die katastrophale Hungerkatastrophe 1984 in Äthiopien aufmerksam zu machen. Zahlreiche berühmte Rock- und Popmusiker waren mit dabei gewesen, hatten das Lied unter dem Namen Band Aid veröffentlicht und innerhalb kürzester Zeit überall auf der Welt bekannt gemacht. Seitdem war es in der Vorweihnachtszeit ein fester Bestandteil in den Musiklisten der gängigen Radiosender.

Mia hatte das Lied als Abschluss beim Konzert eingeplant. Die Sängerinnen und Sänger des Chors trugen jeweils eine Zeile vor, den Refrain dann alle gemeinsam. Zudem sollten auch alle anderen Schüler des Gymnasiums, die beim Konzert als Zuhörer anwesend waren, von ihren Plätzen aus mit in den Refrain einfallen. Das Lied würde Mia deswegen in den nächsten Wochen während der Musikstunden auch mit den Klassen einüben, ohne jedoch zu verraten, was sie vorhatte. Da sie ahnte, dass Frau Wurm-Fischer es niemals genehmigen würde, weil sie mit so einem modernen Gedudel, wie sie es nannte, nichts anfangen konnte, hatte sie es auf der Liste für die Direktorin gar nicht erst aufgeführt. Es sollte eine Art Überraschungszugabe werden. Und sie wusste jetzt schon, dass sie damit bei den Zuhörern für Gänsehaut sorgen würde.

Mia warf einen Blick zu Jette in der ersten Reihe, die sich schon gut in den Chor eingefügt und sichtlich Spaß hatte. Die Lehrerin freute sich, dass ihr Gefühl sie nicht getäuscht hatte. Das Mädchen war genau richtig.

»Wow!«, lobte die Lehrerin ihre Schüler, als das Lied zu Ende war. »Für das erste Mal Proben war das schon echt super!«

»Das macht so Spaß«, rief Jegor, ein Schüler aus der elften Klasse, den Mia erst vor Kurzem als Bariton in den Chor geholt hatte.

»Hört mal«, begann Mia und suchte nach den richtigen Worten. »Ich möchte euch bitten, die Auswahl der Lieder für das Konzert nicht hinauszuposaunen. Vor allem nicht *Do they know it's Christmas*. Sagt nichts zu euren Mitschülern und auch nicht zu den anderen Lehrern oder gar zu Frau Wurm-Fischer.«

Während sie sprach, bemerkte sie, dass einige Schüler ihr seltsame Blicke zuwarfen. Joshua schüttelte kaum merklich den Kopf und machte mit dem Finger verstohlen die Bewegung eines Wurmes nach. Mia kombinierte blitzschnell.

»Weil wir sie ja alle überraschen wollen mit dem Lied. Vor allem unsere Direktorin«, sagte sie schnell, und da hörte sie hinter sich auch schon ein allzu bekanntes Räuspern.

Sie zählte innerlich bis drei, setzte ein Lächeln auf und drehte sich um. Und da stand sie, die Direktorin und neben ihr eine zufrieden lächelnde Nele und der Mann von vorhin. Sofort schrillten alle Alarmglocken in ihr. *Ist das womöglich der Rechtsanwalt der Gitters, der Neles Eintritt in den Chor erzwingen möchte?*, fragte sie sich besorgt und ahnte nicht, dass sie sich in wenigen Minuten wünschte, es wäre nur das.

»Frau Garber, meine lieben Schüler«, sagte Frau Wurm-Fischer und ging erstaunlicherweise gar nicht auf Mias Worte, nichts von der Liedauswahl zu verraten, ein. »Ich möchte Ihnen Herrn Daniel Amantke vorstellen. Er wird ab sofort als weiterer Musik- und Gesangslehrer unser Kollegium bereichern. In den Klassen der Mittel- und Oberstufe. Und er wird diesen Chor im nächsten Halbjahr als Leiter übernehmen und schon ab sofort mit Ihnen, Frau Garber, zusammenarbeiten.«

Mia hörte zwar die Worte der Direktorin, doch sie ergaben keinen Sinn. *Der Mann ist Musiklehrer und soll den Chor als Leiter übernehmen? Meinen Chor?!*

Sie wollte etwas sagen, doch ihr kam kein Wort über die Lippen.

»Guten Tag zusammen«, grüßte Daniel Amantke und nickte zuerst Mia und dann seinen zukünftigen Schülern freundlich zu. »Ich freue mich schon sehr auf unsere Zusammenarbeit.«

Er streckte Mia die Hand entgegen, doch sie ignorierte diese Geste, worauf er sie wieder zurückzog.

»Und begrüßt jetzt auch gleich euer neues Chormitglied, Nele Gitter«, sagte die Direktorin und legte eine Hand auf Neles Schulter.

In Mias Ohren rauschte es gewaltig, und so überhörte sie das aufgeregte Murmeln ihrer Schüler, die offensichtlich ebenfalls kaum glauben konnten, was sie da hörten.

»Was? Soll das heißen, Frau Garber wird nicht mehr unsere Chorleiterin sein?«, platzte es aus Joshua heraus.

»Sehr gut kombiniert, Hachmann«, antwortete Frau Wurm-Fischer mit einem eiskalten Lächeln.

»Aber ... das geht doch nicht!«, rief Tami, die genau wie Joshua seit der Gründung des Chors dabei war.

In diesem Moment fand auch Mia endlich ihre Sprache wieder.

»Das soll wohl ein Witz sein! Das ist mein Chor!«, protestierte sie fassungslos. »Ich habe ihn aufgebaut.«

»Das ist Ihnen auch gelungen, Frau Garber. Und zukünftig werden Sie Ihr Können bei den Klassen der Unterstufen einsetzen.«

»Aber Frau Wurm-Fischer ...«, begann Joshua aufgebracht. Doch die Direktorin unterbrach ihn sofort.

»Ich will nichts hören, Hachmann!«, sagte sie barsch

und wandte sich dann wieder an Mia. »Und wir reden später noch ausführlicher in meinem Büro, Frau Garber. Nele, stellen Sie sich zu den anderen.«

»Aber Nele singt doch gar nicht gut genug!«, warf Jegor ein, und er erntete ein zustimmendes Gemurmel der anderen Schüler. Neles selbstgefälliges Lächeln löste sich in Luft auf.

Frau Wurm-Fischer sah Jegor scharf an.

»Ich dulde es nicht, dass man so respektlos über eine Mitschülerin redet. Sie werden nicht länger Teil dieses Chors sein.«

»Was?«, rief der Junge erschrocken.

Auch Mia glaubte, sich verhört zu haben. Sie öffnete den Mund, um zu protestieren, doch der neue Lehrer kam ihr zuvor.

»Entschuldigen Sie, Frau Wurm-Fischer, wenn ich mich einmische«, sagte Daniel Amantke mit ruhiger Stimme, »aber ich finde nicht, dass solch drastische Maßnahmen notwendig sind. Wir wollen uns doch jetzt erst mal alle kennenlernen.« Er warf einen Blick zu Jegor. »Du hast das sicher nicht so gemeint, oder?«

Obwohl es in diesem Moment nicht wichtig war, registrierte Mia, dass er die Schüler mit einem freundlichen »Du« ansprach, was ihr gefiel, auch wenn sie ihn am liebsten aus dem Raum geworfen hätte.

Jegor schüttelte den Kopf, doch ihm war anzusehen, dass er es nicht gerne tat.

»Nein. Hab ich nicht«, murmelte er.

Frau Wurm-Fischer schien kurz zu überlegen. »Nun gut. Aber sollte ich noch einmal ein böses Wort über Nele

Gitter hören, egal von wem, fliegt er oder sie aus dem Chor.«

Nun hatte Mia endgültig genug. Doch sie wollte ihre Auseinandersetzung mit der Direktorin nicht vor den Schülern führen. Und auch nicht vor diesem neuen Lehrer, der ihr den Chor wegnahm, der ihr so viel bedeutete.

»Kann ich Sie kurz draußen sprechen, Frau Wurm-Fischer?«, bat sie und bemühte sich, das Zittern in ihrer Stimme zu unterdrücken.

»Eigentlich habe ich jetzt keine Zeit mehr...«

»Nicht lange!« Mia sah sie eindringlich an. Direktorin Wurm-Fischer sah auf ihre goldene Armbanduhr.

»Ich gebe Ihnen ein paar Minuten.«

Mia nickte ihren Schülern zu, die sie immer noch ungläubig anschauten.

»Ich bin gleich wieder da«, sagte sie und verließ dann mit der Schulleiterin das Musikzimmer.

»Warum machen Sie das?«, fragte Mia kurz darauf, als die beiden sich im Flur gegenüberstanden.

»Es steht Ihnen nicht zu, meine Personalentscheidungen infrage zu stellen!«

»Doch, denn hier es geht um meine Arbeit! Und vor allem um meinen Chor!«

»Herr Amantke ist ein Lehrer mit ausgezeichneten Referenzen, er wird eine große Bereicherung für den Musikunterricht sein.«

»Das mag ja stimmen. Aber... aber meine Schüler brauchen mich!«

»An Selbstüberschätzung hat es Ihnen noch nie gemangelt, Frau Garber. Die Schüler werden auch ganz hervorragend mit dem neuen Lehrer klarkommen.«

»Sie machen das nur, weil ich Nele nicht in Chor aufnehmen wollte!«

»Sie haben mir keine andere Wahl gelassen. Als Chorleiterin wollen Sie Nele nicht dabeihaben. Nun. Ich habe dieses Problem gelöst. Herr Amantke wird den Chor bereits ab jetzt leiten und im zweiten Halbjahr ganz übernehmen. Somit steht Nele und dem Wunsch ihres Vaters nichts mehr im Weg.«

Mia wusste gar nicht, was sie darauf sagen sollte. Dass die Direktorin tatsächlich so weit gehen würde und es noch dazu so offen aussprach, hätte sie trotz all der zwischenmenschlichen Spannungen nicht für möglich gehalten.

»Ach ja – und sollten die Schüler beim Konzert auch nur ein Lied singen, das nicht auf der Liste steht und von mir genehmigt wurde, oder Nele sich im Chor nicht wohlfühlen, dann werde ich dafür sorgen, dass Sie sich nach dem Zwischenzeugnis nach einer neuen Stelle umsehen müssen!«

Der Tonfall, mit dem sie Mia diese Neuigkeit unterbreitete, war so verschlagen freundlich, dass Mia Gänsehaut bekam.

»Sie wollen mich rauswerfen? Nur weil ich meine Schüler nicht nach dem Geldbeutel ihrer Eltern bewerte?«, fragte sie empört.

»Offenbar fehlt Ihnen jegliches Verständnis für die wirklich wichtigen Belange unserer Schule«, zischte die Direktorin sie an.

In diesem Moment sah Mia rot.

»Ach ja? Und Ihnen fehlt jegliche fachliche und pädagogische Kompetenz!«, entgegnete sie aufgebracht. »Was ist das für eine Botschaft an die jungen Leute? Mit Geld kann man sich Privilegien erkaufen? Papi oder Mami werden es schon richten, wenn ich mal was nicht auf die Reihe kriege, oder das Können nicht reicht?!«

»Was erlauben Sie sich, Frau Garber!?«

Die Wangen der Direktorin waren vor Empörung dunkelrot angelaufen.

»Ich erlaube mir, einfach nur ehrlich zu sein!«

Eine innere Stimme riet Mia dringend, endlich still zu sein. Doch das konnte sie nicht. Zu lange schon gärte es in ihr. »Nele Gitter in den Chor zu holen ist ein großer Fehler!«

Die Augen der Direktorin waren jetzt zu kleinen Schlitzen verengt.

»Sie als Lehrerin hier anzustellen war ein Fehler meines Vorgängers, den ich jetzt korrigieren werde. Sie sind ab sofort vom Unterricht suspendiert, Frau Garber.«

»Und mit welcher Begründung?«

»Mangelnde Subordination.«

»Mangelnde Subordination?« Mia lachte ungläubig. »Sind wir hier vielleicht bei der Bundeswehr?«

»Packen Sie Ihre Sachen, und gehen Sie nach Hause!«, kam es schneidend. »Und zwar auf der Stelle!«

Mia hatte es zu weit getrieben. Doch noch war sie zu aufgeregt, um die ganze Tragweite zu erfassen.

»So einfach können Sie mich nicht rauswerfen«, entgegnete sie.

»Aber ich tue es doch gerade. Die schriftliche Kündigung folgt noch! Herr Amantke wird bezeugen können, wie respektlos und unverschämt Sie sich mir gegenüber benommen haben. Als Direktorin kann ich so ein Verhalten nicht dulden. Nicht wahr, Herr Amantke?«

Mia drehte sich um. Der neue Musiklehrer stand nur wenige Meter von ihr entfernt und sah sie mit einem seltsamen Blick an, den sie nicht deuten konnte. Mia ging davon aus, dass er ihnen schon seit geraumer Zeit zugehört hatte. Frau Wurm-Fischer begann zu lächeln. Offenbar hatte sie erreicht, was sie hatte erreichen wollen.

Wütend und hilflos, weil sie der Direktorin in die Falle getappt war, eilte Mia davon. Sie brachte es jetzt nicht über sich, ins Musikzimmer zurückzukehren und ihre Tasche und Jacke zu holen. Den Anblick ihrer Schüler, die sie so völlig unerwartet verloren hatte, könnte sie jetzt nicht ertragen. Sie sah auf die Armbanduhr. In ein paar Minuten wäre die Stunde vorbei, danach konnte sie unbemerkt ihre Sachen abholen und verschwinden.

Sie wartete zehn Minuten und ging dann in das vermeintlich leere Musikzimmer. Dort saß Daniel Amantke auf dem Klavierhocker und wartete auf sie.

»Frau Garber, hören Sie, ich habe mit alldem...«

»Was machen Sie denn noch hier?«, fuhr sie ihn an, um Fassung ringend. Bis jetzt hatte sie es geschafft, nicht loszuheulen. Und das sollte gefälligst auch so bleiben, bis sie zu Hause war. Oder zumindest bis weder dieser Mann noch die Direktorin in der Nähe waren.

»Ich würde gerne mit Ihnen reden. Wissen Sie, ich verstehe nicht, was es mit dem Ganzen auf sich hat«, sagte er und blickte sie dabei fragend an.

»Ach ja?...«, sie lachte kurz auf. »Dabei ist es doch ganz einfach. Sie haben meinen Job, meinen Chor, meine Schüler – und die Wurm-Fischer ist mich endlich los! Was gibt es da nicht zu verstehen?«

Während sie sprach, griff sie nach ihrer Tasche, die neben dem Klavier stand, und nahm ihre Jacke vom Haken.

»Ihr Chor wird...«, begann er.

»Ach, lassen Sie mich einfach in Ruhe!«, fuhr sie ihn an und verschwand.

Während sie zum überdachten Fahrradparkplatz hinausging, holte sie mit zitternden Fingern ihr Handy aus der Tasche. Offenbar hatte der Rauswurf bereits die Runde gemacht. Der Chatverlauf der Chorgruppe aktualisierte sich im Sekundentakt, und zahlreiche WhatsApp-Nachrichten gingen bei ihr ein. Die Schüler schienen das Handyverbot völlig zu ignorieren.

»Sie hören doch nicht wirklich auf, Frau Garber?«, hatte Joshua geschrieben. »Das dürfen Sie nicht!«

»Sie müssen bei uns bleiben!«, schrieb Tami.

»Die Wurm-Fischer ist irre geworden!«, kam es von Jegor, und Jette schrieb mit mindestens zehn Fragezeichen: »Muss ich jetzt für Nele den Chor wieder verlassen?«

Mia fühlte sich im Moment nicht gewachsen, irgendwelche Antworten zu schreiben. Schließlich wusste sie ja selbst nicht, wie es weitergehen würde. Warum nur war sie nicht diplomatischer gewesen? Wie hatte sie alles aufs Spiel setzen können?

Als immer mehr Nachrichten eingingen, schaltete sie das Handy ganz ab, stieg aufs Fahrrad und fuhr los. Vielleicht würde ihr eine große Runde helfen, den Kopf irgendwie freizubekommen. Doch mit jedem Meter, den sie fuhr, ging es ihr immer schlechter statt besser. Es war fast so, als würde sie sich sinnbildlich immer mehr von der Schule und dem, was ihr so wichtig war, entfernen. Irgendwann kehrte sie schließlich um und machte sich auf den Heimweg.

Als sie um die Ecke bog, schien ihr Herz stehen zu bleiben. Der Rettungswagen und das Auto ihres Hausarztes Doktor Geiger standen vor dem Haus! *Vater!*

Sie sprang vom Fahrrad, ließ es achtlos fallen und eilte ins Haus.

»Papa!«, rief sie in der Diele. Aus dem Wintergarten hörte sie Stimmen.

»Mia!«, schluchzte Alma mit tränenüberströmtem Gesicht. »Endlich bist du da! Ich versuche schon die ganze Zeit, dich zu erreichen. Aber du gehst nicht ans Handy, und in der Schule hat man mir gesagt, du wärst weg.«

»Ich ... ich ...«, setzte Mia an, doch ihr kam keine Erklärung über die Lippen. »Was ist passiert?«

»Er hat wohl versucht aufzustehen. Ich wollte nur eine Flasche Wasser aus der Küche holen, und als ich zurückkam, lag er am Boden und ...«

Mia hörte ihr gar nicht mehr zu. Sie trat zur Tür des Wintergartens. Bei dem Anblick, der sich ihr bot, erstarrte sie. Ihr Vater lag mit aufgeknöpftem Hemd auf dem Boden. Neben ihm ein Defibrillator und einige leere kleine Glasampullen, Spritzen und blutbefleckte Tupfer. Doktor Geiger, ihr Hausarzt, kniete neben Albert und machte eine Herzdruckmassage. Zwei Rettungssanitäter standen neben den beiden. Sie wirkten irgendwie hilflos. Rudi lag vor dem Fenster und winselte leise, als wüsste er, was hier gerade passierte. Als er Mia entdeckte, stand er auf, trabte zu ihr und drückte sich eng an ihr Bein. Doch sie registrierte das gar nicht.

»Papa«, flüsterte Mia. »Bitte...«

»Mia, was ist passiert?«, hörte sie Sebastian hinter sich rufen und drehte sich zu ihm um. Er sah sie betroffen an, ging zu ihr und legte einen Arm um sie.

Doktor Geiger ließ von Albert ab. Sein Gesicht war von der Anstrengung gerötet, Schweißperlen standen auf seiner Stirn. Mit traurig blickenden Augen schüttelte er den Kopf.

»Mia... es tut mir so leid...«

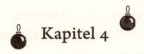

Kapitel 4

Am selben Tag in New York, Manhattan

VALERIE

Es war fast zehn Uhr vormittags, und Valerie spazierte mit ihren Gästen durch den Central Park. In der vergangenen Nacht hatte leichter Schneefall alles wie mit Puderzucker überzogen, und der seit zwei Wochen anhaltende Frost tat sein Übriges, um den Park in eine zauberhafte Winterlandschaft zu verwandeln.

Die beiden elegant gekleideten Frauen neben Valerie waren eigentlich keine echten Gäste, sondern wichtige Einkäuferinnen aus Frankreich, die derzeit eine neue und sehr exklusive Schuh- und Lederwarenkette in Europa aufbauten. Auf Wunsch ihres Stiefvaters Anthony sollte Valerie ihnen einige der bekanntesten Plätze in der amerikanischen Modemetropole zeigen, die gerade zur winterlichen Jahreszeit ein besonderer Magnet für Besucher waren.

Valerie sprach, neben drei weiteren Fremdsprachen, fließend Französisch und hatte keine Probleme, sich mit den Frauen in deren Landessprache zu unterhalten.

»Und hier sind wir am Strawberry Field«, erklärte

Valerie und deutete auf einen Kreis aus Mosaiken, in dessen Mitte das Wort *Imagine* zu lesen war. Dieser Platz im Park war im Jahre 1985 zum Gedenken an den von Chapman getöteten John Lennon errichtet worden.

»Und hier in der Nähe hat John Lennon gewohnt?«, wollte Louanne Sinne wissen.

»Ja ... im Dakota-Gebäude.« Valerie deutete mit dem behandschuhten Finger in die besagte Richtung.

»Würden Sie bitte ein Foto von mir und Louanne machen, Valerie?«, bat Eloise Faure.

»Aber natürlich, sehr gern, Eloise.«

Valerie griff nach dem Smartphone, das Eloise ihr reichte, streifte den Handschuh ab und machte mehrere Fotos der beiden Damen, die hinter dem Mosaikkreis standen und in die Kamera lächelten. Als sie das letzte Mal auf den Auslöser drückte, stieg ganz in der Nähe mit lautem Flügelrauschen und Gurren ein riesiger Schwarm Tauben hoch in die Luft und flog so tief über Valerie und die beiden Einkäuferinnen hinweg, dass sich der Himmel für ein paar Sekunden verdunkelte. Tauben hatte es im Park immer schon mehr als genug gegeben, die meisten bezeichneten sie sogar als Plage, aber so viele auf einmal hatte Valerie noch nie gesehen. Auch die beiden Französinnen waren beeindruckt und hielten instinktiv die Hände über die Köpfe, um eventuelle Hinterlassenschaften von oben auf ihren modischen Mützen vorzubeugen.

Sie sahen den Vögeln hinterher, die in enger Formation in Richtung Upper East Side davonflogen.

Valerie fröstelte es plötzlich, und ein seltsames Gefühl breitete sich in ihrem Magen aus. Im Gegensatz zu vielen anderen Menschen mochte sie Tauben. Zumindest hatte sie das in ihrer Kindheit getan. Sie versuchte, die Erinnerung daran zu verscheuchen, wie sie es immer tat. Doch obwohl sie es nicht wollte, sah sie sich plötzlich in ihrem früheren Zuhause am Chiemsee im Garten neben ihrem Vater auf einer Decke sitzen. Es war ein sonniger Frühlingstag, und sie waren vorher im See schwimmen gewesen.

»Schau Paps, da ist er wieder!«, flüsterte sie und deutete nach oben. Der Täuberich flog mit ein paar dürren Stängeln im Schnabel in die Wipfel der alten Kiefer. Dort war das Ringeltauben-Paar schon seit einigen Jahren zu Hause. Zumindest hatte Valerie sich in ihrer Phantasie ausgemalt, dass es immer dasselbe Paar war, das dort zusammenlebte.

»Er bessert das Nest aus, damit die Eier sicher sind«, hörte sie ihren Vater sagen. »Und dann wartet er, ob das Weibchen damit zufrieden ist.«

»Und wenn nicht?«, hatte sie gefragt.

Er hatte mit den Schultern gezuckt.

»Dann muss er eben ein neues Nest bauen.«

»Ich hoffe, es gefällt ihr.«

»Ich auch. Was meinst du, Walli ...«, ihr Vater war der Einzige, dem Valerie die Abkürzung ihres Namens hatte durchgehen lassen. »... sollen wir uns ein Eis aus dem Gefrierschrank holen, bevor ich zum Konzert aufbrechen muss?«

»Ja!«, hatte sie freudig zugestimmt.

»Na dann komm, mein Schätzchen!«

»So etwas habe ich noch nie gesehen«, riss Eloise sie aus ihren seltsamen Gedanken. Die plötzliche Erinnerung war so deutlich gewesen, als ob ihr Vater ihr die Worte ins Ohr geflüstert hätte.

Valerie räusperte sich.

»Ja, das war wirklich ungewöhnlich«, stimmte sie ihr zu und holte ihr Smartphone aus der Jackentasche. Es war kurz nach halb zehn.

»Wir sollten uns jetzt langsam auf den Weg machen«, forderte sie die Damen freundlich auf.

Der Ablauf des Besuchs der Französinnen war schon seit Langem nahezu minutiös geplant. Um zehn Uhr stand ein Brunch in einem der derzeit angesagtesten Restaurants in der 72nd Street auf dem Programm, dem sich auch ihre Mutter Olivia anschließen würde.

Danach ging es zu ihrem Stiefvater Anthony in die Geschäftsräume der Firma *Rubinston Shoes* in der Madison Avenue. Die beiden Einkäuferinnen erwartete dort eine exklusive Modenschau und Präsentation der neuesten Rubinston-Schuhkollektion für den kommenden Sommer.

Der krönende Abschluss des Tages sah auf Wunsch der Französinnen einen Besuch des Rockefeller Centers vor, wo sie den imposanten Weihnachtsbaum bewundern wollten. Anschließend würde man bei einem schicken Abendessen in der Penthousewohnung der Rubinstons in der Upper West Side hoffentlich auf eine gelungene neue Geschäftsverbindung anstoßen.

Valerie, Louanne und Eloise saßen mit Valeries Mutter Olivia am reservierten Tisch. Olivia, in klassischem Chanel-Kostüm, gab beim Ober die Bestellung für alle auf.

»Und dazu noch eine Flasche Dom Pérignon«, schloss sie und lächelte den Gästen zu.

»Eigentlich unvorstellbar, dass Sie keine Schwestern sind«, sagte Eloise bewundernd. Und das war keine Plattitüde. Olivia sah tatsächlich so jung aus, dass kaum jemand sie für Valeries Mutter hielt. Ein Umstand, der Olivia sehr viel bedeutete. Sie nahm einiges an Aufwand in Kauf, um diesen Eindruck zu erzielen und vor allem zu halten. Regelmäßiger Sport, viel Schlaf, gesunde Ernährung, teuerste Kosmetikprodukte – und dazu alle Vorzüge, die ihr als Ehefrau eines wohlhabenden Unternehmers zur Verfügung standen. Der karamellfarbene Haarton, den Valerie von ihr geerbt hatte, war von ihrer Friseurin erst heute früh erneuert und mit goldglänzenden Highlights versehen worden, die ihre dunkelblauen Augen strahlen ließen.

»Ach wie lieb, Eloise. Vielen Dank«, flötete Olivia charmant. »Wir fühlen uns auch meist wie Schwestern, nicht wahr, Valerie?«, meinte sie mit einem kurzen Blick zu ihrer Tochter.

»Das tun wir«, bestätigte Valerie. Sie war routiniert darin, überzeugend zu klingen. Tatsache war, dass sie nicht wusste, wie sie die Beziehung beschreiben sollte, die sie mit ihrer Mutter verband. Valerie liebte sie natürlich sehr, doch Olivia verhielt sich nicht wie eine typische Mutter, versuchte tatsächlich eher eine ältere Schwester oder beste Freundin zu sein, allerdings eine, die den Ton angeben wollte. Olivia überließ nichts dem Zufall, sie hatte Valeries Leben in den letzten achtzehn Jahren, die sie in New York lebten, mehr oder weniger durchgeplant. Glücklicherweise waren die beruflichen Vorstellungen von Mutter und Tochter sehr ähnlich, und so musste Olivia Valerie nicht erst überreden, an der Columbia University Wirtschaftswissenschaften zu studieren und später in Anthonys traditionelles Familienunternehmen einzusteigen. Und als Olivia und Anthony ihr zum bestandenen Abschluss eine eigene Wohnung im selben Gebäude schenkten, in dem auch ihre Penthousewohnung war, blieben sie sich auch räumlich sehr nah.

Selbst was die Wahl eines geeigneten Heiratskandidaten betraf, hatte Olivia ganz genaue Vorstellungen – auch wenn diese nicht zu Valeries Zukunftsplänen passten. Besser gesagt sah Valerie sich momentan als glückliche Singlefrau und hatte nicht vor, daran in Kürze etwas zu ändern. Olivia wäre jedoch nicht Olivia, wenn sie es nicht zumindest immer wieder versuchte, Valerie geeignete Männer vorzustellen.

»Wie gefällt Ihnen New York bisher?«, fragte Olivia die beiden Frauen. Inzwischen waren sie ins Englische gewechselt.

»Oh, es ist sehr imposant«, antwortete Eloise mit starkem Akzent. »Soweit ich das bisher beurteilen kann.«

»Ich freue mich schon sehr auf morgen«, sagte Louanne und lächelte Valerie an. »Toll, dass Sie sich die Zeit nehmen, um mit uns das Museum of Modern Art zu besuchen.«

»Aber sehr gerne doch«, sagte Valerie, die diesen Aspekt ihrer Arbeit zwar mochte, jedoch auch als sehr anstrengend empfand. Viel lieber würde sie sich im Betrieb vermehrt in die Arbeit der Geschäftsführung einbringen. Doch sie wusste, dass sie Anthony damit einen großen Gefallen tat und er sich auf Valerie verließ, die dafür sorgte, dass die europäischen Geschäftspartner sich rundherum wohlfühlten.

Während sie sich unterhielten, wurde der Brunch serviert.

»Ach sieh doch mal, Valerie, wer da kommt!«, sagte Olivia.

Valerie drehte den Kopf und entdeckte den hochgewachsenen Konstantin Treval. Der gutaussehende junge Mann war der jüngste Spross einer alteingesessenen Anwaltsfamilie, und ihre Mütter versuchten schon seit einer Weile, Valerie und Konstantin miteinander zu verkuppeln.

Valerie fand Konstantin gar nicht mal so übel, allerdings erachtete sie ihn eher als Freund, denn als möglichen Lebenspartner. Ähnlich schien es Konstantin zu gehen, denn bisher hatte er ebenfalls noch keine Anstalten gemacht, sie über gelegentliche und meist zufällige Treffen hinaus zu einem Date einzuladen. Das jedoch wollten weder ihre noch seine Mutter zur Kenntnis nehmen. Valerie war es nur recht, dass Konstantin mehr wie sie tickte. Sie hatte so viel in der Firma ihres Stiefvaters zu tun, dass sie ohnehin kaum Zeit für ein echtes Privatleben in einer neuen Beziehung hätte.

Konstantin kam lächelnd auf den Tisch zu und begrüßte die Damen. Olivia stellte ihm die französischen Einkäuferinnen vor.

»Es ist mir ein Vergnügen«, sagte er charmant.

Sie wechselten ein paar unverbindliche Worte, dann verabschiedete er sich.

»Es tut mir leid«, sagte er, »aber ich habe gleich ein Meeting.«

»Natürlich. Wiedersehen, Konstantin«, sagte Olivia. »Bis spätestens zu Valeries Geburtstagsfeier.«

Konstantin nickte Valerie kurz zu.

»Darauf freue ich mich schon sehr. Bis bald, Valerie.«
»Bis bald.«

Natürlich hatte Olivia auch ihn zu Valeries Feier am ersten Weihnachtsfeiertag – einen Tag nach dem tatsächlichen Geburtstag – eingeladen. Für Olivia stand dieses bevorstehende gesellschaftliche Ereignis schon seit Monaten im Fokus. Sie liebte Partys in ihrem Haus, und der dreißigste Geburtstag ihrer Tochter war eine hervorragende Gelegenheit, ihr besonderes Talent für die Ausrichtung unvergesslicher Feste der High Society unter Beweis zu stellen.

Valerie selbst nahm es mit der stoischen Gelassenheit hin, mit der sie fast alles hinnahm, was ihre Mutter für sie plante. Sie sah dieser Party ohne große Begeisterung entgegen. Am liebsten würde sie ihren Geburtstag gar nicht feiern. Aber da sie wusste, dass die Feier für ihre Mutter überaus wichtig und auch Anthonys geschäftlichen Interessen dienlich war, tat sie so, als könne sie es ebenfalls kaum erwarten.

Plötzlich spürte sie ein leises Vibrieren. Es kam aus ihrer Handtasche, die neben ihr auf der lederbezogenen Bank stand. Sie hatte vorhin vergessen, das Handy auf Flugmodus zu stellen, wie sie es sonst immer tat, wenn sie mit Kunden beschäftigt war. Sie ignorierte den Anruf und lenkte das Thema wie nebenbei auf ihren Stiefvater und damit auf die neueste Schuhkollektion. Anthony wollte diesen großen Deal mit den Europäern unbedingt noch heute unter Dach und Fach bringen, und sie würde alles dafür tun, damit es auch klappte.

Nun klingelte das Handy in Olivias Handtasche.

»Oh, tut mir leid«, sagte sie und drückte den Anruf weg, ohne auf das Display zu sehen.

»Kein Problem«, meinte Louanne.

»Wir sind schon sehr gespannt auf die neuen Modelle«, sagte Eloise und nahm den letzten Schluck Champagner aus ihrem Glas.

»Soll ich uns noch eine Flasche bestellen?«, fragte Olivia, die selbst bisher nur an ihrem Glas genippt hatte. Alkohol, egal in welcher Form, bedeutete für sie überflüssige Kalorien, auf die sie ihrer Figur zuliebe weitgehend verzichtete.

Doch die beiden Einkäuferinnen lehnten dankend ab.

In diesem Moment kam der Geschäftsführer des Lokals auf sie zu. Er beugte sich zu Olivia.

»Entschuldigen Sie, Frau Rubinston. Ihr Mann hat gerade angerufen«, sagte er leise. »Er kann weder Sie noch Ihre Tochter erreichen, es sei jedoch sehr dringend, hat er gemeint.«

»Danke.«

Olivia wirkte überrascht und griff nach dem Handy.

»Entschuldigen Sie bitte. Ich muss nur ganz kurz abklären, was los ist«, sagte sie zu den beiden Damen und rief ihren Mann an.

»Anthony ... Wir sind hier gerade ...« Plötzlich sprach sie nicht mehr weiter. Sie hörte zu und nickte nur ab und zu.

»Danke, Anthony ... ja ... bis dann.« Ihre Stimme war leise, und ihr Gesicht schien etwas blasser geworden zu sein.

Valerie fragte sich, was passiert war.

Olivia legte auf und wandte sich an die beiden Französinnen, die sie ebenfalls neugierig anschauten. Sie räusperte sich, als ob sie sich einen kleinen Moment Zeit verschaffen wollte.

»Entschuldigen Sie die Unterbrechung«, begann sie schließlich mit einem Lächeln, das tatsächlich nur aufgesetzt war, wie Valerie erkannte. Sie griff nach ihrem Glas und trank es in großen Schlucken leer. Das war für Valerie endgültig der Beweis, dass etwas Ernstes geschehen sein musste. Beunruhigt warf sie ihrer Mutter einen fragenden Blick zu.

»Wir reden später«, sagte Olivia leise und winkte dem Ober. »Bringen Sie uns doch noch eine Flasche.«

Eine Dreiviertelstunde später verließen sie das Restaurant. Draußen wartete schon eine Firmenlimousine. Olivia wandte sich an die beiden Frauen.

»Der Fahrer bringt Sie jetzt zur Firma. Mein Mann erwartet Sie dort, und die Modenschau wird wie besprochen stattfinden. Nur leider werden meine Tochter und ich Sie nicht begleiten können.«

»Aber Mutter ...«, begann Valerie überrascht. Sie hatte die Präsentation der neuen Kollektion lange mit Anthony geplant und vorbereitet. Egal was passiert war, sie musste und wollte unbedingt dabei sein! Die Kunden waren zu wichtig, als dass etwas schiefgehen dürfte.

»Ich erkläre es dir gleich, Valerie«, unterbrach ihre Mutter sie jedoch sofort in einem Ton, der Valerie daran hinderte, weiter nachzufragen. Das würde warten müssen, bis sie allein waren. Sie verabschiedeten sich von Eloise und Louanne.

»Mutter! Was ist passiert?«, drängte Valerie, nachdem sie in den Fond der zweiten Firmenlimousine gestiegen waren, die vor dem Restaurant auf sie gewartet hatte.

»Moment, ich gebe Anthony nur kurz Bescheid, dass die beiden unterwegs sind.«

Während Olivia ihrem Mann eine Nachricht schickte, holte Valerie ihr Handy aus der Tasche und warf einen Blick auf die entgangenen Anrufe.

»Mia hat versucht, mich zu erreichen«, murmelte sie ziemlich überrascht. »Hat ... hat das Ganze vorhin etwas mit ihr zu tun?«, fragte Valerie. Nervös sah sie ihre Mutter an.

»Valerie ...«, sagte Olivia und griff nach der Hand ihrer Tochter. Doch sie sprach nicht weiter.

»Jetzt bitte, sag schon!«, drängte Valerie.

»Ich weiß nicht, wie ich es dir beibringen soll, mein Liebes.«

»Du machst mir gerade wirklich Angst!«

Olivia senkte kurz den Kopf, dann sah sie ihrer Tochter fest in die Augen.

»Es geht um Albert.«

»Was ist mit ... Vater?« Es fiel ihr schwer, das letzte Wort auszusprechen.

»Er ... er ist tot, Valerie.«

Reflexartig zog Valerie ihre Hand aus der ihrer Mutter und sah sie ungläubig an.

»Nein«, flüsterte sie kaum hörbar.

Vater ... Vater ist tot?

Ihr wurde schlagartig übel.

»Was ist passiert?«

»Ich weiß es nicht, Valerie. Aber wir werden das sofort herausfinden, wenn du möchtest.«

In Valeries Ohren rauschte es so laut, dass sie gar nicht hörte, was ihre Mutter sagte.

»Bitte halten Sie sofort an, Jack!«, rief sie nach vorne zum Fahrer.

»Aber Valerie...« Ihre Mutter sah sie besorgt an.

»Schnell. Anhalten!« Sie presste eine Hand auf den Mund.

»Natürlich!« Der Fahrer schätzte die Situation offenbar richtig ein. Er fuhr sofort in zweiter Reihe an den Straßenrand und schaltete die Warnblinkanlage ein.

Valerie riss die Tür auf und stieg so rasch aus dem Wagen, dass sie in ihren hohen Schuhen fast stolperte.

»Valerie!«, rief ihre Mutter besorgt.

Valerie stützte sich am Dach des Wagens ab und atmete ein paarmal tief ein und aus. Es gelang ihr gerade noch, den Brechreiz zu unterdrücken. Der Champagner, den sie vorhin beim Brunch getrunken hatte, brannte in ihrem Magen.

Ihr Vater war tot. Sie konnte es einfach nicht glauben.

Sie spürte eine Hand auf ihrem Rücken.

»Komm, Liebes. Lass uns jetzt nach Hause fahren«, sagte Olivia leise.

Doch Valerie schüttelte den Kopf und stieg wieder in den Wagen. Olivia folgte ihr.

»Es... es geht schon wieder. Setz mich bitte in der Firma ab«, sagte Valerie.

»Das werde ich ganz bestimmt nicht tun. Das Geschäft ist zu wichtig für Anthony, um zu riskieren, dass etwas schiefgeht. Und du kannst jetzt nicht zu hundert Prozent bei der Sache sein.«

»Doch. Das kann ich, Mutter«, widersprach sie, während sie eine weitere Welle der Übelkeit überrollte. Sie schloss für einen Moment die Augen.

»Von wegen! Du bist kreidebleich! Wir fahren jetzt nach Hause, und dann versuchen wir, deine Schwester zu erreichen und herauszufinden, was überhaupt passiert ist«, sagte Olivia.

»Na gut«, gab Valerie schließlich doch nach, weil sie sich plötzlich selbst nicht mehr sicher war, ob sie dem Geschäftstermin momentan gewachsen war. Mit der Nachricht vom Tod ihres Vaters war etwas in ihr aufgebrochen. Gefühle, die sie seit vielen Jahren unter Verschluss gehalten hatte, bahnten sich unaufhaltsam ihren Weg. Gefühle aus Trauer, Wut, Angst und Liebe.

 Kapitel 5

Valeries Hände und Füße waren eiskalt. Ihre Mutter versuchte nun schon zum dritten Mal, Mia zu erreichen.

»Wieder nur die Mailbox«, sagte Olivia und legte auf.

Valerie zuckte ratlos mit den Schultern.

»Komm doch bitte mit zu mir nach oben«, forderte Olivia sie auf. »Ich möchte dich jetzt nur ungern allein lassen, Valerie.«

»Es ist nicht nötig, Mutter«, lehnte sie ab. »Ich komme schon klar.«

»Die Situation ist ... nun ja, sie ist schwierig, aber wir werden es meistern, und dann ...«

»Ich möchte jetzt gern eine heiße Dusche nehmen«, unterbrach Valerie sie, weil sie endlich allein sein wollte. »Und mach dir keine Gedanken, es geht mir gut!«

»Na gut, wenn du meinst. Aber ich werde später nach dir sehen. Und wenn du mich brauchst, dann komm bitte nach oben.«

Als Valerie ihr das versprach, verließ Olivia die Wohnung. Endlich.

Valerie ging ins Badezimmer und streifte rasch ihre Kleidung ab. Dann drehte sie das Wasser heiß auf und ließ es über ihren Körper prasseln, bis ihre Haut brannte und rot wurde. Doch das Gefühl der Kälte verschwand nicht ganz. Sie trocknete sich ab und schlüpfte in bequeme Sachen. Dann ging sie ins Schlafzimmer, legte sich ins Bett und wickelte sich so fest in ihre Bettdecke ein, dass sie sich kaum bewegen konnte.

Die Nachricht vom Tod ihres Vaters hatte sie aus der Bahn geworfen, sie wusste nicht, wie sie damit umgehen sollte.

Das Handy klingelte. Sie schob einen Arm unter der Bettdecke hervor und nahm nach einem kurzen Zögern den Anruf an, als sie sah, dass es Anthony war.

»Anthony, es tut mir leid, dass ich ...«

»Liebes, wie geht es dir?«, unterbrach er sie besorgt.

»Ich ... ich weiß es nicht«, antwortete sie wahrheitsgemäß. Obwohl er nicht ihr richtiger Vater war, mochte sie den zweiten Ehemann ihrer Mutter sehr, der in ihr Leben getreten war, als sie elf war. Auch wenn sie es ihm zunächst alles andere als leicht gemacht hatte, war er geduldig geblieben und hatte viel Verständnis für sie gehabt. Inzwischen war Valerie für ihn längst die Tochter, die er selbst nicht hatte. Sie und ihre Mutter hatten mit Anthony ein paar Jahre länger zusammengewohnt als mit ihrem echten Vater. Doch ausgerechnet dieser Umstand schmerzte sie in diesem Moment mehr, als er es je zuvor getan hatte.

»Ich habe den Einkäuferinnen erklärt, dass es einen Todesfall gegeben hat. Sie haben vollstes Verständnis dafür, dass du unter diesen Umständen in den nächsten Tagen nicht zur Verfügung stehst«, sagte er. »Und das habe ich auch, Val.«

»Aber ... vielleicht sollte ich doch kommen«, bot Valerie an. Womöglich würde es ihr sogar guttun, von der Arbeit abgelenkt zu sein. Immerhin konnte sie ohnehin nichts tun.

»Ganz bestimmt nicht, Val. Hier läuft alles gut. Gleich beginnt die Präsentation. Du hast alles so toll vorbereitet, da kann gar nichts schiefgehen. Und das Abendessen habe ich schon ins Restaurant verlegen lassen. Wobei ich am liebsten alles absagen und nach Hause kommen würde, um bei dir und deiner Mutter zu sein.«

»Ach Unsinn, Anthony!«, lehnte Valerie ab. »Du weißt, wie wichtig dieses Geschäft für die Firma ist. Wir kommen beide klar.«

»Na gut ... Trotzdem werde ich versuchen, dass es nicht zu spät wird. Und bitte geh nach oben zu deiner Mutter. Ich kann den Gedanken kaum ertragen, dass du allein bist, mein Liebes.«

»Mache ich dann«, versprach sie, damit Anthony sich keine zu großen Sorgen um sie machte.

»Und für Olivia ... für sie ist es sicherlich auch einfacher, wenn du jetzt bei ihr bist«, fügte er noch hinzu. »Was meinst du?«

»Ja«, antwortete sie, obwohl sie keine Ahnung hatte, wie es ihrer Mutter nach der Nachricht von Alberts Tod ging. Sie und ihre Mutter hatten schon seit Jahren nicht mehr über ihren Vater gesprochen. Genauer gesagt seit etwa drei Jahren, als Valerie ihn und Mia zu ihrer Abschlussfeier an der Uni eingeladen hatte. Es war ein Versuch gewesen, nach langen Jahren der Trennung und Streitigkeiten, bei diesem besonderen Anlass zu einer Versöhnung zu finden. Doch

Mia und ihr Vater waren nicht gekommen. Seither war der sporadische Kontakt, den sie zuvor gehabt hatten, gänzlich abgebrochen.

»Hör bitte zu, Val, ich bin für dich da, wenn du mich brauchst. Das weißt du doch, oder?«, unterbrach Anthony ihre Gedanken. Seine Stimme klang ein klein wenig rau.

»Danke, Anthony«, sagte sie.

»Wirst du ... hinfliegen?«, fragte er, und sie hörte das Zögern in seiner Stimme, so, als ob er selbst nicht wüsste, welche Antwort er am liebsten hören würde.

»Nein«, sagte sie rasch.

»Vielleicht denkst du darüber noch mal nach, womöglich wäre es gut, wenn du ...«

»Bitte, Anthony, ich möchte jetzt nicht weiter darüber reden«, unterbrach sie ihn schroffer, als sie das beabsichtigt hatte.

»Na gut. Wir reden später, ja?«

»Okay.«

Sie verabschiedete sich von ihm und legte das Handy neben sich. Eine Weile lang starrte sie in Richtung des großen Panoramafensters, aus dem sie einen traumhaften Blick über Manhattan und den Central Park hatte, bis ihr auffiel, dass es schneie. Flocken, so dick wie kleine Daunenfedern, schwebten vom Himmel.

Unruhe erfasste sie. Sie musste sich bewegen. Rasch schälte sie sich aus der Decke und sprang vom Bett auf. Wie ein eingesperrter Tiger ging sie auf und ab. Versuchte nachzudenken, Ordnung in ihre Gedanken zu bringen. Doch ihr schwirrten nur tausend Bilder durch den Kopf. Bilder aus einer Zeit, die sich für sie anfühlte, als wäre das ein anderes

Leben oder auch ein Traum gewesen. Bilder, die sie sonst so gut verdrängen konnte.

»Verdammt!«, rief sie.

Sie verließ das Schlafzimmer und ging in die offene Wohnküche. Im Kühlschrank war eine angebrochene Flasche Chardonnay. Sie nahm sie heraus, schenkte ein und trank das Glas in einem Zug leer. Sofort schenkte sie nach und ging dann mit dem Weinglas in der Hand auf und ab. Draußen vor dem Fenster wurde das Schneetreiben immer dichter, und im Raum war es düster geworden, obwohl erst früher Nachmittag war. Rasch schaltete sie alle Lampen ein und fühlte sich gleich etwas wohler.

Ihr Handy klingelte: Olivia. Sie drückte den Anruf weg. Sie wollte jetzt nicht mit ihrer Mutter sprechen.

Langsam ließ sie sich aufs Sofa sinken und trank auch das zweite Glas leer, diesmal jedoch langsamer. Der Alkohol schien ihre aufgewühlten Gefühle ein wenig zu betäuben, und sie war dankbar dafür. Nachdenklich nahm sie das Handy in die Hand und starrte mehrere Minuten auf das Display.

Ich werde es nicht tun, sagte sie fest entschlossen zu sich selbst.

Doch als ob sich ihre Finger selbstständig gemacht hätten, tippten sie plötzlich die Nummer, die sie sogar im Schlaf auswendig aufsagen könnte, obwohl sie sie schon einige Jahre nicht mehr gewählt hatte. Plötzlich schlug ihr Herz sehr viel schneller.

Es klingelte fünfmal. Sie erwartete, dass jeden Moment die Mailbox ansprang, doch dann hörte sie eine Stimme. Ihre Stimme!

»Ja?«

Valerie ließ ein paar Sekunden verstreichen. Suchte nach Worten.

»Ich bin's«, sagte sie schließlich.

»Ich weiß.« Mias Stimme klang rau.

»Warum ... ich meine, was ist passiert?« Es kostete Valerie große Überwindung, diese Frage zu stellen, deswegen blieb sie so sachlich wie möglich. Ihr Vater war immerhin erst neunundfünfzig Jahre alt gewesen.

»Herzinfarkt.« Die Antwort kam schroff, fast feindselig. Das machte es für Valerie einfacher.

»Gibt es irgendwas, das ich von hier aus für dich tun kann?«, bot sie nüchtern an und stellte damit gleichzeitig klar, dass sie nicht kommen würde.

»Nein. Was solltest du auch schon für mich tun können?« Die Bitterkeit in Mias Stimme war nicht zu überhören. Es war eine blöde Idee gewesen, sie anzurufen.

»Gut, dann werde ...«

»Oder doch«, unterbrach Mia sie.

»Ja?«

»Du kannst etwas für mich tun. Sag Mutter, dass sie mich nicht mehr anrufen soll. Sie hat es mehrmals versucht, aber ich möchte nicht mit ihr sprechen. Ich wollte euch beide nur informieren, was passiert ist. Sonst nichts. Kannst du ihr das sagen?«

»Okay. Mache ich.«

»Danke.«

Einerseits konnte Valerie ihre Schwester verstehen. Das, was in der Vergangenheit passiert war, war für sie beide schlimm gewesen. Über die Trennung der Eltern und dem

Rosenkrieg, der für einige Jahre in einem völligen Abbruch des Kontaktes gipfelte, hatten auch die ehemals innig verbundenen Schwestern den Kontakt zueinander verloren. Trotzdem wünschte sie sich noch immer, Mia würde ihrer Mutter zumindest eine Chance geben, damit sie wieder aufeinander zugehen könnten.

»Gib mir Bescheid, wann die Beerdigung stattfindet, damit ich einen Blumenkranz in Auftrag geben kann«, sagte Valerie.

»Blumen? Das musst du echt nicht!«

»Darüber werde ich sicher nicht mit dir am Telefon diskutieren, Mia.«

Ein paar Sekunden lang herrschte Stille in der Leitung, und Valerie dachte schon, Mia hätte bereits aufgelegt. Doch sie hörte sie atmen.

»Wann... also, wann ist es denn passiert?«, frage Valerie leise.

»Heute um 15.33 Uhr«, kam die knappe und sehr exakte Antwort.

Valerie überschlug im Kopf die Zeit. Das war nur etwas mehr als vier Stunden her. Mit der Zeitverschiebung war es kurz nach halb zehn in New York gewesen, als es passierte. Da war sie mit den Französinnen im Park gewesen. Wieder fröstelte es sie, als ihr die vielen Tauben in Erinnerung kamen, die ungefähr zu diesem Zeitpunkt über sie hinweggeflogen waren. Dabei hatte sie ganz intensiv an ihren Vater denken müssen. Wie konnte das sein? Konnte man den Tod eines Menschen spüren? Sie schluckte. Was für ein Unsinn! Das war einfach nur ein Zufall gewesen!

»Mia, ich ...«

»Ich muss jetzt zum Bestatter«, unterbrach Mia sie mit fester Stimme.

»Mia!«

Doch bevor Valerie noch etwas sagen konnte, hatte sie bereits aufgelegt.

Valerie strich sich fahrig eine Haarsträhne hinters Ohr.

Ich muss jetzt zum Bestatter.

Die Worte ihrer Schwester hallten in Valerie nach und bescherten ihr eine Gänsehaut.

Plötzlich fragte sie sich, ob es jemanden im Leben ihrer Schwester gab, der ihr bei alldem zur Seite stand. Oder musste sie das allein durchziehen? Sie hatte keine Ahnung, ob Mia derzeit einen Freund hatte oder ob ihr Vater eine Partnerin gehabt hatte. Bis vor etwa drei Jahren hatten sie nur ab und zu mal telefoniert, doch seit dem letzten großen Streit wusste sie nur noch, dass Mia wieder zu ihrem Vater an den Chiemsee gezogen war. Lebte sie immer noch dort? Ach, was kümmerte sie das überhaupt? Mia wollte nicht, dass sie kam. Sie würde es sicher allein schaffen.

Valerie stand auf und ging wieder zum Kühlschrank. Sie hatte die Weinflasche schon in der Hand, um sich den Rest einzuschenken, doch dann stellte sie die Flasche wieder zurück.

Ich muss jetzt zum Bestatter. Dieser Satz ging ihr nicht mehr aus dem Kopf, er nagte an ihr. Plötzlich und ohne Vorwarnung brannten Tränen in ihren Augen, die sie unwirsch wegzublinzeln versuchte.

Sie eilte ins Schlafzimmer, zerrte einen kleinen Koffer aus dem angrenzenden begehbaren Schrank und begann, wahllos Sachen einzupacken.

»Was machst du da, Valerie?«

Erschrocken drehte sie sich um.

»Mutter?«

Olivia stand in der Tür. Und zum ersten Mal sah sie genau so alt aus, wie sie mit ihren siebenundfünfzig Jahren war.

»Tu es nicht!«

»Ich ... ich kann sie damit nicht allein lassen«, sagte Valerie, die sich ihren Sinneswandel selbst kaum erklären konnte.

»Nach all den Jahren? Glaubst du wirklich, dass das eine gute Idee ist?«, gab Olivia zu bedenken.

»Das weiß ich doch auch nicht, Mutter. Aber ich kann nicht hier einfach so herumsitzen, ohne irgendwas zu tun, während mein Vater ...«, entgegnete Valerie und griff nach dem Handy.

»Valerie ...«

»Immerhin ist sie trotz allem meine Schwester. Und es geht um die Beerdigung unseres Vaters.«

Sie versuchte, ihre Emotionen zu unterdrücken und wählte die Nummer von Anthonys Sekretärin, die augenblicklich an den Apparat ging.

»Serena, bitte buchen Sie einen Flug für mich nach München ... Ja, wenn möglich heute noch. Den nächsten, der geht ... Genau. Schicken Sie mir die Daten einfach aufs Handy ... Danke, Serena.«

Valerie legte auf und sah kurz aus dem Fenster. Inzwischen hatte es aufgehört zu schneien.

»Bitte sag Anthony Bescheid, dass ich für ein paar Tage weg bin. Ich werde gleich nach der Beerdigung zurückkommen«, wandte sie sich an ihre Mutter.

Olivia nickte nachdenklich.

»Ich richte es ihm aus.«

»Danke.«

Valerie packte noch ein paar letzte Sachen ein und schloss den Koffer.

»Sie geht nicht ans Telefon«, sagte Olivia wie nebenbei, als ob sie das Wetter kommentieren würde, und strich eine nicht vorhandene Haarsträhne aus ihrem Gesicht.

»Mutter ... Mia hat mich gebeten, dir zu sagen, dass sie nicht mit dir sprechen möchte.«

»Natürlich ... verstehe. Weiß sie, dass du kommst?«

»Nein.«

»Das ... das ist vielleicht besser so«, murmelte Olivia, dann drehte sie sich um und verließ ohne ein weiteres Wort die Wohnung.

Inzwischen war es Abend geworden. Valerie saß im Flugzeug hoch über dem Atlantik und trank ein Bier, um zu entspannen. Jetzt, da sie nicht mehr umkehren konnte, zweifelte sie daran, ob es tatsächlich richtig gewesen war, so spontan nach Bayern zu fliegen. Vielleicht hätte sie vorher doch besser noch einmal mit Mia reden sollen. Doch Mia hätte bestimmt versucht, ihr die Reise auszureden und sie immer noch nicht sehen wollen. Zumindest schätzte Valerie ihre Schwester, die schon früher sehr impulsiv gewesen war, so ein.

»Haben Sie Flugangst, junges Fräulein?«, fragte die ältere Dame neben ihr auf Deutsch. Sie reiste mit ihrer Tochter und deren Mann von einem Verwandtenbesuch in den Staaten zurück nach München und ging offenbar davon aus, dass es auch bei Valerie eine Rückreise nach Deutschland war.

»Nein. Ich habe keine Flugangst«, sagte Valerie, was auch stimmte, zumindest seit ein paar Jahren. Dafür war sie für Rubinston Shoes geschäftlich viel zu viel unterwegs gewesen. Allerdings schien sich das für ihre Sitznachbarin nicht ganz überzeugend anzuhören.

»Wenn man Angst hat, dann hilft so ein mickriges Bier sicher nicht. Das können Sie mir glauben. Ich habe da einen besseren Vorschlag«, meinte sie. Gleich darauf hob sie die Hand und winkte der Flugbegleiterin, die mit dem Getränkewagen noch in der Nähe war.

»Zwei Whiskey, bitte!«, rief sie so laut, dass einige Leute sich zu ihr umdrehten.

»Irene. Bitte!«, ermahnte sie ihr Schwiegersohn. »Muss das sein?«

»Was denn, Karl?«, fuhr sie ihn an. »Willst du vielleicht auch einen? Natürlich willst du einen!«

Bevor er antworten konnte, rief sie: »Huhu! Doch besser gleich drei!«

Sie wandte sich wieder an Valerie.

»Bis wir in München landen, werden Sie das Wort Flugangst aus ihrem Sprachgebrauch gestrichen haben«, versprach sie zwinkernd.

Wider Willen musste Valerie lächeln.

»Wenn Sie meinen«, sagte sie, ohne sie zu berichtigen. Sie hatte tatsächlich keine Angst vor dem Flug selbst, aber vor der Reise. Oder besser gesagt, vor dem, was sie am Ziel dieser Reise erwartete.

Ein paar Minuten später reichte die Flugbegleiterin ihnen die Getränke.

»So. Bitteschön.«

Valerie nahm den Whiskey entgegen und wandte sich an ihre Sitznachbarin.

»Danke, Frau ...«

»Sagen Sie einfach Irene«, sagte die alte Dame lächelnd zu Valerie. »Und der lästige Kerl neben meiner mit Beruhigungstabletten zugedröhnten schlafenden Tochter ist mein Schwiegersohn Karl.«

»Ich bin Valerie!«

»Na dann prost, Valerie!«

»Prost!«, kam es auch von Karl, der dem Whiskey offensichtlich nicht abgeneigt war.

»Waren Sie im Urlaub in Amerika, oder haben Sie dort auch Verwandtschaft?«, wollte Irene wissen.

»Ich ... ich war geschäftlich dort«, antwortete Valerie ausweichend, weil sie nicht vorhatte, Privates von sich preiszugeben. Sie mochte es generell nicht, im Flugzeug mehr als Höflichkeitsfloskeln mit Fremden auszutauschen, unterhielt sich aber ausnahmsweise noch eine Weile mit der rüstigen älteren Dame, die es irgendwie verstand, sie abzulenken. Beziehungsweise hörte Valerie die meiste Zeit zu, denn sie redete ohne Punkt und Komma. Schon bald wusste Valerie mehr über Irene, deren Tochter und den Schwiegersohn, der in München eine große Werbeagentur besaß, als ihr lieb war.

»Manchmal könnte ich meine Familie ja auf den Mond schießen«, sagte Irene trocken, während sie bedauernd auf das leere Glas in ihrer Hand schielte. »Aber so ganz ohne die Bande – nee, das wär auch nichts, nicht wahr?«

Valerie nickte höflich.

»Und zum Spaß mache ich es ihnen auch nicht immer so ganz einfach, mit mir auszukommen.«

Irene grinste, und auch Valerie konnte sich ein Lachen nur schwer verkneifen, als sie den Blick ihres Schwiegersohnes sah, der das offenbar nur bestätigen konnte.

Als Irene mit ihren gesundheitlichen Befindlichkeiten loslegte und eine Gallenkolik mit anschließender Notoperation im vergangenen Jahr in allen Einzelheiten schilderte, wurde es Valerie dann aber doch zu viel.

Sie entschuldigte sich bei ihrer Sitznachbarin, setzte eine Schlafmaske auf und versuchte, ein wenig Ruhe zu finden. Doch das war nicht einfach. Ständig kreisten ihre Gedanken um Mia und den Tod des Vaters. Aber irgendwann hörte sie die Stimmen der anderen Flugpassagiere nur noch wie aus weiter Ferne und schlief ein.

Kapitel 6

Es war kurz nach neun Uhr früh am nächsten Tag, als Valerie ziemlich müde vor dem Haus ihres Vaters aus dem Taxi stieg. Nach New Yorker Zeit wäre es jetzt nach drei Uhr morgens, und da ihr im Flugzeug – dank Irenes hartnäckigem Mitteilungsbedürfnis – nur ein kurzes Nickerchen vergönnt gewesen war, fühlte sie sich wie eine Schlafwandlerin.

Die Temperaturen in Bayern waren deutlich milder als in New York. Kaum eine Wolke war am tiefblauen Himmel zu sehen, die Landschaft war frei von Schnee, und fast könnte man meinen, der Frühling stünde vor der Tür. Valerie bezahlte mit der Kreditkarte und rechnete ein ordentliches Trinkgeld dazu.

Der Taxifahrer bedankte sich und holte ihr Gepäck aus dem Kofferraum.

»Schönen Tag«, wünschte er ihr.

»Danke. Ihnen auch.«

Obwohl es ihr zunächst komisch vorgekommen war, sich auf Deutsch zu unterhalten, hatte es nicht lange gedauert, bis es sich wieder ganz natürlich anfühlte. Sie hatte in all den Jahren nichts vergessen, auch wenn ihre Mutter in New

York von Anfang an ausschließlich Englisch mit ihr gesprochen hatte.

Sie überlegte kurz, ob sie den Taxifahrer vielleicht bitten sollte zu warten, da sie nicht wusste, ob Mia zu Hause war. Ob überhaupt jemand hier war. Doch als sie sich noch mal zu ihm umdrehen wollte, schlug er bereits die Tür zu und fuhr los.

Das flaue Gefühl in ihrem Magen verstärkte sich. Wie würde Mia reagieren? Wie würde sie selbst reagieren, wenn sie sich zum ersten Mal seit über achtzehn Jahren wieder gegenüberstehen würden?

Sie sah sich um. Es hatte sich nicht viel verändert. Nur die ehemals graue Fassade des Hauses war in einem freundlichen Hellblau gestrichen, und der kleine Garten vor dem Haus war viel dichter bewachsen und schien ein wenig vernachlässigt zu sein. Sonst wirkte alles fast so vertraut wie damals, als sie mit ihrer Mutter auf dem Weg zum Flughafen auf der Rückbank des Taxis gesessen und auf das Fenster im ersten Stock zurückgeblickt hatte, aus dem Mia ihnen traurig hinterhergeschaut hatte.

Es fühlte sich unwirklich an, wieder hier zu sein, und gleichzeitig auch so, als ob sie einfach aus einem langen Urlaub heimkäme. Niemals hätte sie sich damals vorstellen können, dass sie erst so viele Jahre später wieder an den Ort ihrer Kindheit zurückkehren würde, schon gar nicht unter diesen Umständen. Sicherlich hätte sie sich sonst geweigert, in das Taxi zu steigen. Wann immer sie einen schwachen Moment hatte und ihre Erinnerungen um diesen Tag kreisten, spürte sie ein tiefes Unbehagen, weshalb sie es möglichst vermied, in die Vergangenheit abzutauchen.

Lautes Gebell riss Valerie aus ihren Gedanken. Die Haustür öffnete sich, ein Hund schoss heraus und rannte auf sie zu. Erschrocken trat sie einen Schritt zurück und hielt schützend den Koffer vor sich.

»Rudi! Platz!«, hörte sie eine Stimme, die ihr gleichzeitig fremd und doch vertraut war. Ihr Pulsschlag beschleunigte sich.

Das Tier gehorchte aufs Wort. Doch ihm war anzusehen, wie schwer es ihm fiel, sitzen zu bleiben. Neugierig taxierte der Hund den Neuankömmling und knurrte leise.

Mia stand jetzt auf der untersten Treppenstufe. Sie starrte ihre Schwester an und schien nicht überrascht zu sein, sie zu sehen. Aus ihr war eine hübsche Frau geworden, die sie nur von Bildern der Homepage ihrer Schule oder Social-Media-Plattformen kannte, wo sie ab und an nach ihrer Schwester googelte. Doch Valerie entdeckte sofort auch die vertrauten Gesichtszüge ihrer Kindheit wieder.

»Was machst du hier?«, fragte Mia barsch.

»Kannst du vielleicht den Hund zurückrufen und mich kurz ins Haus lassen?«

Mia zögerte mit einer Antwort.

»Jetzt mach schon. Du hast doch ganz genau gewusst, dass ich kommen werde, Mia... Also bitte...«, sagte Valerie.

»Okay. Rudi. Ab ins Haus«, gab Mia schließlich das Kommando.

»Danke.«

Als der Hund durch die Haustür verschwunden war, ging Valerie langsam auf ihre Schwester zu, bis sie sich gegenüberstanden. Ein seltsames Gefühl breitete sich in ihrem

Magen aus. Eine Mischung aus Angst und Freude, die sie gerade ein wenig überforderte, vor allem der Versuch, sie sich nicht anmerken zu lassen.

»Du hättest nicht kommen müssen«, sagte Mia, die über einer ausgewaschenen Jeans einen riesigen dunkelgrauen Pullover trug, in dem sie ein wenig verloren aussah.

Mias dunkle Haare waren zerzaust, und unter ihren Augen lagen tiefe Schatten. Sie sah aus, als hätte sie in der letzten Nacht ebenso wenig geschlafen wie Valerie. Und vermutlich war es auch so.

»Aber jetzt bin ich da«, sagte Valerie, bemüht, ihre Stimme fest klingen zu lassen. Was ihr gar nicht so leicht fiel, wie sie es sich gewünscht hätte.

Wortlos drehte Mia sich um und ging ins Haus. Valerie folgte ihr. Als sie die große Diele betrat, stieg ihr der Geruch von Putzmittel in die Nase. Rudi saß vor der geschlossenen Tür zum Wintergarten und beäugte sie.

»Er tut dir nichts«, sagte Mia.

»Das sagen sie immer alle«, murmelte Valerie, die Vierbeinern gegenüber skeptisch war. Das lag sicher auch daran, dass ihre Mutter ihr niemals ein Haustier erlaubt hatte, noch nicht einmal etwas so Kleines wie ein Meerschweinchen.

»Wenn ich jemanden ins Haus lasse, dann weiß Rudi, dass alles passt. Streck ihm die Hand hin, damit er dich kennenlernen kann«, empfahl Mia.

»Und mich ableckt? Nein, danke.« Bei dem Gedanken einer nassen Hundezunge an ihren Fingern schüttelte es sie innerlich.

»Wie du meinst.« Mia zuckte mit den Schultern und ging in die Wohnküche.

»Kann ich hier schlafen, oder soll ich mir ein Zimmer in einem Hotel nehmen?«, wollte Valerie wissen, während sie ihr folgte.

Mia sagte nichts, ging zum Geschirrschrank und drehte ihr den Rücken zu.

Keine Antwort war auch eine Antwort. Es war ganz offensichtlich keine gute Idee gewesen, als Erstes hierherzufahren. Oder überhaupt nach Deutschland zu fliegen.

»Okay ... Dann ruf ich mir jetzt ein Taxi und gehe ins Hotel«, murmelte Valerie und wollte die Küche schon verlassen.

»Kaffee?«, fragte Mia.

Valerie blieb stehen und nickte. Mia schien ihre Antwort erraten zu haben, denn sie hatte sie nicht angesehen, holte aber zwei Kaffeebecher aus dem Schrank und schenkte aus einer Thermoskaffeekanne ein.

»Du kannst dein altes Zimmer haben«, sagte Mia. Sie drehte sich um.

»Das gibt es noch?« Valerie sah ihre Schwester völlig überrascht an.

»Ja«, antwortete diese knapp.

Mia stellte die beiden Kaffeetassen auf den runden Tisch. Früher hatte in der Küche eine gemütliche Eckbank gestanden, an der sie und Mia immer ihre Hausaufgaben gemacht hatten. Die war nicht mehr da, doch ansonsten schien sich auch hier nicht viel verändert zu haben. An der Küchenzeile aus heller Eiche im Landhausstil hatte ihr Vater damals immer seine berühmten Pfannkuchen gemacht. Die Erinnerung überkam sie so deutlich, dass sie fast sein Lachen hören konnte.

Valerie schlüpfte aus ihrem dunklen Wollmantel und hängte ihn über einen Stuhl.

»Milch und Zucker?«, fragte Mia.

»Nein, danke.«

Auch Mia trank ihren Kaffee schwarz und ohne Zucker.

»Willst du was essen?«

»Nein, danke, ich habe keinen Appetit.«

Die Schwestern setzten sich an den Tisch und schwiegen. Offenbar wusste keine so recht, was sie sagen sollte. Das Ticken der Wanduhr schien mit jeder Sekunde lauter zu werden. Valerie nippte am heißen Kaffee, dessen wohltuendes Aroma ein wenig Belebung verhieß.

»Wie war dein Flug?«, fragte Mia schließlich, offenbar, um wenigstens irgendwas zu sagen.

»Lang...«, rutschte es Valerie lapidar heraus, was sie gleich darauf bedauerte.

Mia sparte sich einen Kommentar.

»Ich wollte unbedingt so schnell wie möglich kommen, deswegen war es mir egal, wie lang der Flug dauert«, setzte Valerie hinzu. Doch das schien Mia nur noch mehr zu ärgern, wenn sie ihren Blick richtig deutete.

»Ich hab es nicht von dir verlangt!«

»Das weiß ich doch.«

Wieder schwieg Mia.

»Hör mal, Mutter hat mich gebeten, dir...«

»Spar es dir«, unterbrach Mia sie schroff, und ihre Gesichtszüge wurden hart.

»Mia...«

»So lang du hier in diesem Haus bist, möchte ich nichts über sie hören.«

Valerie unterdrückte ein Seufzen.

»Wie du meinst.« Valerie wusste, dass es zwecklos war, mit Mia darüber zu reden. Und sie konnte ja auch nachvollziehen, warum. Ihre Verletzung saß zu tief. Mia machte ihre Mutter für die Trennung der Eltern verantwortlich. Mehr noch, sie gab ihr die Schuld an der Trennung der ganzen Familie.

In diesem Moment klingelte das Telefon auf der Kommode. Mia stand auf und hob ab.

»Garber?«, meldete sie sich. »Ja ... Danke.« Dann hörte sie eine Weile lang nur zu, nickte mehrmals und murmelte ein zustimmendes »Hmm«.

Valerie nutzte die Gelegenheit, ihre Schwester etwas genauer zu betrachten. Modische Kleidung war für Mia schon als Kind kein wichtiges Thema gewesen, während Valerie sich zur Freude ihrer Mutter schon damals gerne hübsch angezogen hatte. Mia war immer etwas pummelig gewesen. Was ihr selbst und niemandem sonst etwas ausgemacht hatte. Wäre nicht Olivia gewesen, die ihr Essverhalten ständig thematisiert hatte und ihr mit einer strikten Nahrungsumstellung und viel Sport dabei helfen wollte, Gewicht zu verlieren. Das hatte damals nur zu Reibereien zwischen Mutter und Tochter geführt, ansonsten aber kein nennenswertes Ergebnis hervorgebracht. Jetzt hingegen war Mia schlank, fast zu schlank, wie Valerie fand.

»Ich maile Ihnen später ein paar Fotos zur Auswahl«, hörte sie Mia sagen. »Ja, klar ... Und sollten Sie noch weitere Fragen haben, rufen Sie bitte noch mal an ... Okay. Wiederhören.«

Sie legte auf.

»Presse?«, fragte Valerie instinktiv. Ihr Vater war zwar keine echte Berühmtheit gewesen, aber in Musikkreisen doch eine bekannte Größe.

Mia nickte. »Sie wollen ein kleines Porträt über Papa bringen.«

Sie ging zurück zum Tisch, setzte sich und griff nach der Kaffeetasse.

»Wenn ich was tun kann ...«, bot Valerie an.

»Was denn zum Beispiel?«, fuhr Mia sie an. »Willst du was über das Leben unseres Vaters zusammenschreiben? Oh wie dumm, das geht ja gar nicht. Denn du hast keinen blassen Schimmer, wie das in den letzten achtzehn Jahren ausgesehen hat.«

Ihre spitze Bemerkung traf mitten ins Schwarze. Valerie schluckte.

»Mia! Wir müssen ...«

»Ich muss jetzt zum Pfarrer«, unterbrach Mia sie sofort, nahm einen letzten Schluck und stellte die Tasse in die Spüle.

»Gib mir eine halbe Stunde. Ich mache mich frisch und ziehe mir was anderes an, dann komme ich mit«, sagte Valerie, auch wenn sie so erschöpft war, dass sie am liebsten nur noch ins Bett fallen und schlafen würde. Doch trotz Mias ablehnender Haltung wollte sie ihrer Schwester beistehen.

»Nicht nötig«, winkte Mia jedoch ab.

»Jetzt hör mal. Ich bin hier, um dich zu unterstützen«, sagte Valerie.

»Das brauchst du nicht. Alma begleitet mich.« Mia zog einen Haargummi aus der Hosentasche und band ihre Locken zu einem lockeren Dutt nach oben.

»Alma?«, fragte Valerie, die diesen Namen noch nie gehört hatte. »War das seine ... Freundin?«

»Papas Pflegerin«, sagte Mia knapp.

Valerie sah ihre Schwester verdutzt an.

»Wieso seine Pflegerin? Mia, du sagtest doch gestern, er hatte einen Herzinfarkt. Ich verstehe das nicht. War er denn ... war er denn vorher auch schon krank?«

Mia drehte den Kopf zur Seite, doch Valerie konnte die Tränen sehen, die in ihren olivgrünen Augen schimmerten. Die gleiche Augenfarbe, die auch Valerie besaß und die sie beide von Albert geerbt hatten. Auch Valeries Kehle war plötzlich eng geworden. Sie hatte das Gefühl, dass die Antwort auf ihre Frage einen noch tieferen Riss in ihr ohnehin schwieriges Verhältnis reißen könnte. Trotzdem ließ sie nicht locker.

»Mia. Was fehlte Paps?« Zum ersten Mal seit langer Zeit war ihr das vertraute Kosewort herausgerutscht, das früher nur sie für ihren Vater benutzt hatte.

»Er ... er ... also, er hatte Alzheimer«, erklärte Mia schließlich barsch.

Es dauerte ein paar Sekunden, bis Valerie erfasste, was das bedeutete.

»Alzheimer?«, sagte sie fast tonlos.

»Ja.«

Mia wandte den Blick ab, nahm die Hundeleine, die auf der Kommode lag, und eine Umhängetasche. Dann ging sie ohne ein weiteres Wort aus dem Zimmer.

Wie erstarrt sah Valerie ihr hinterher. Nur am Rande registrierte sie, dass kurz darauf die Haustür ins Schloss fiel. Ihr Blick schweifte zum Fenster, an dem ihre Schwester gerade vorbeiging. Mia trug jetzt eine dunkle Jacke und ging auf die Garage zu. Der Hund rannte neben ihr her. Offenbar war sie auf dem Weg zu dieser Alma, die ihren Vater gepflegt hatte und die sie zum Pfarrer begleitete.

Alzheimer! Wieso hatte Mia ihr und Olivia nichts davon gesagt? Und wie lange hatte er schon an dieser Krankheit gelitten? Hieß das etwa …? Valeries Puls beschleunigte sich rasant. Sobald ihre Schwester zurück war, würden sie ein ernstes Gespräch führen müssen. Ein Gespräch, das schon längst überfällig war.

Gedankenverloren nahm Valerie einen Schluck Kaffee. Er war nur noch lauwarm und schmeckte bitter. Sie schüttete den Rest in die Spüle und wusch die beiden Tassen aus. Nachdem es für sie im Augenblick sonst nichts zu tun gab und sie nicht wusste, wann Mia zurück sein würde, wollte sie sich eine Weile hinlegen.

Als sie hinausging, bemerkte sie im Türstock schmale Kerben, neben denen mit Bleistift das jeweilige Datum und die Größe geschrieben waren. Bis zum Sommer des Jahres 2001 stand daneben auch noch entweder ein V oder ein M. Danach nur noch ein M. Valerie schluckte. Vorsichtig strich sie über die letzte Kerbe, hinter der ein V stand und die Zahl 158. Als wäre es gestern gewesen, sah sie ihren Vater, der das Ergebnis verkündete, während er den Meterstab zusammenklappte. Sie hatte gejubelt, weil sie einen Zentimeter größer gewesen war als Mia.

Aufgewühlt von der Erinnerung nahm sie den Koffer und ging müde die Treppe nach oben. Vor der Tür zu ihrem ehemaligen Kinderzimmer hielt sie kurz inne. Sie fragte sich, was sie erwartete, was ihr Vater und Mia aus dem Raum gemacht hatten. Ein Gästezimmer? Eine Abstellkammer? Ein Büro? Ihre Finger zitterten ein wenig, als sie die Klinke nach unten drückte und die Tür öffnete. Vor Überraschung riss sie die Augen weit auf. Das Zimmer war in genau demselben Zustand, wie sie es damals verlassen hatte. Sie trat ein und stellte überwältigt ihren Koffer ab. Man sah dem Raum an, dass er nicht bewohnt war, aber trotzdem offenbar in Ordnung gehalten wurde. Das Bett war frisch bezogen, wie der dezente Duft nach einem Weichspülmittel verriet. Auf dem Schreibtisch vor dem Fenster lag ein Buch. Mit einem Kloß im Hals nahm Valerie es in die Hand. *Harry Potter und der Gefangene von Askaban.* Der Roman, den sie damals gerade angefangen hatte, bevor ihre Mutter sie so überraschend auf die Reise mitgenommen hatte. Sie legte das Buch zurück und ging zum Kleiderschrank. Es verwunderte sie nicht, dass all die Sachen, die sie damals nicht mitgenommen hatte, fein säuberlich eingeräumt waren. So als warteten sie noch immer darauf, dass Valerie zurückkam und in sie hineinschlüpfte. Mit zitternden Händen zog sie einen roten Sommerpulli heraus, der oben auf dem Stapel lag und den sie damals ganz besonders gern getragen hatte. Mia hatte den gleichen gehabt. Es gab sogar ein Foto, auf dem die Schwestern ihn gleichzeitig trugen und frech in die Kamera grinsten. Eines der wenigen Bilder aus ihrer Vergangenheit, das Valerie in Amerika dabei gehabt hatte und das sie in ihrer Handtasche bei den Papieren immer bei sich trug. So schwierig die Konflikte auch gewesen sein mochten, nie hätte sie es übers Herz gebracht, das Foto wegzuwerfen.

Mit dem Pulli in der Hand ging sie zum Bett, setzte sich und schloss die Augen. Die Erinnerungen an die Zeit damals überwältigten sie unvermittelt, und Tränen, die sie so viele Jahre unterdrückt hatte, kullerten ihr mit einem Mal über die Wangen.

Kapitel 7

Mitte August 2001

Schon am Vormittag brannte die Sonne vom wolkenlosen Himmel. Es war einer der heißesten Tage im August, und Mia und Valerie planschten ausgelassen im See herum. Für die Schwestern war es eine Selbstverständlichkeit, dass sie einfach nur in den Garten gehen mussten, um dort das denkbar größte bayerische Schwimmbad, den Chiemsee, direkt vor der Nase zu haben. Ein Privileg, um das ihre Freunde sie sehr beneideten. Schon früh hatten die Eltern den Mädchen das Schwimmen beigebracht und ihnen bis zum Abwinken jede Baderegel eingetrichtert. Und jetzt, mit gut elf Jahren, durften sie auch ans Wasser, wenn Olivia und Albert nicht zu Hause waren. Hauptsache sie waren zu zweit, damit im Notfall eine der anderen helfen konnte.

»Jetzt will ich sie wieder!«, rief Mia und hielt sich am Rand der Luftmatratze fest, auf der Valerie lag und gemütlich herumpaddelte.

»Du hattest sie doch erst...!«, protestierte Valerie, doch da hatte Mia sie schon heruntergeschubst.

»Na warte! Jetzt zeig ich es dir«, rief Valerie, nachdem sie *wieder aufgetaucht war und nach Luft geschnappt hatte. Doch wirklich böse war sie Mia nicht. Das Erobern der Luftmatratze war ein Spiel, das die beiden liebten. Es gab kaum eine unterhaltsamere Weise, um sich bei der Hitze abzukühlen.*

Mia drückte das Mittelteil unter Wasser, damit sie leichter aufsteigen konnte. Das nutzte Valerie, um ihre Schwester zu kitzeln und die Matratze erneut zu kapern. Lachend quietschte Mia auf, und dabei rutschte die Luftmatratze weg, was Valerie nutzte, um ihre Beute zu schnappen und ein Stück weit damit wegzuschwimmen.

»Sie gehört mir!«, jubelte Valerie ausgelassen und grinste ihre Schwester an.

»Na gut. Kannst sie behalten. Ich geh jetzt sowieso raus«, rief Mia ihr zu.

Doch kaum war sie aus dem Wasser gewatet, folgte ihr auch schon Valerie, die ebenfalls genug hatte. Sie lehnte die Matratze zum Trocknen gegen einen Gartenstuhl.

Die Schwestern legten sich auf eine Decke, die ausgebreitet im Halbschatten unter dem alten Apfelbaum lag, und ließen sich von der warmen Sonne trocknen. Nach einer Weile griff Mia nach ihrem tragbaren CD-Player und setzte den Kopfhörer auf. Sie war ein großer Fan von Whitney Houston. Albert hatte ihr das Greatest-Hits-Album zum Ende des Schuljahres für ihr gutes Zeugnis geschenkt, das, genau wie das von Valerie, aus lauter Einsen und Zweien bestand. Valerie hatte für ihre tollen Leistungen den Roman Harry Potter und der Gefangene von Askaban *bekommen. Allerdings war ihr das Buch zu kostbar, als dass sie es mit in den Garten nahm. Sie wollte nicht, dass es dort eventuell nass wurde, denn sie achtete ganz besonders auf ihre Bücher. Das Gleiche galt für Lesezeichen, die sie zwi-*

schen die Seiten steckte, damit sie bloß keine Eselsohren machen musste. Sie las nur im Haus und teilte sich die Kapitel ein, um nicht zu schnell damit fertig zu sein. Auch wenn ihr das schwerfiel und sie die neue Geschichte um Harry und seine Freunde in Hogwarts am liebsten in einem Rutsch ausgelesen hätte.

Während Mia Musik hörte und heimlich davon träumte, irgendwann einmal selbst auf der Bühne zu stehen und vor einem großen Publikum zu singen – was bei ihrem Talent nicht unmöglich erschien –, ließ Valerie ihren Gedanken freien Lauf und träumte sich in die abenteuerlichen Welten der Helden aus ihren geliebten Büchern.

Heute war sie allerdings abgelenkt. Als Mia am Morgen mit dem Fahrrad unterwegs gewesen war, um Frühstücksbrötchen zu holen, hatte Valerie einen Streit ihrer Eltern mitbekommen. Wieder einmal war es um Geld gegangen. Um Geld, das die Familie nicht hatte. Zumindest nicht ausreichend, wie ihre Mutter hatte verlauten lassen. Zwar lebten sie in einem schönen Haus am See, das Albert von seinen Eltern geerbt hatte, doch als Künstler hatte er ein so unregelmäßiges Einkommen, dass Olivia sich ständig einschränken musste. Das jedenfalls hatte ihre Mutter ihrem Vater vorgeworfen.

»Ich hätte Karriere als Anwältin machen können, aber wegen dir und der Mädchen habe ich auf mein Studium verzichtet und immer zurückgesteckt«, hatte sie ihn angefahren. »Du hast mir versprochen, dass du alles für uns tun würdest, damit wir ein gutes Leben haben.«

»Aber Olivia, das haben wir doch!«, hatte ihr Vater eingewandt. Und dem konnte Valerie nur zustimmen. Sie hatte noch nie das Gefühl gehabt, dass es ihnen an irgendetwas fehlen würde.

Doch ihre Mutter hatte nur bitter gelacht.

»Wenn meine Eltern uns nicht unterstützen würden, könnte ich noch nicht einmal anständige Kleidung für die Mädchen kaufen!«

Dass Albert und Olivia sich vor dreizehn Jahren kennengelernt hatten, war einem großen Zufall zuzuschreiben. Albert war im Rahmen einer Konzertreise in den Staaten unterwegs gewesen. In New York spielte er für den Bruder seines Agenten auf der Hochzeitsfeier, zu der auch Olivia und ihre Eltern eingeladen gewesen waren.

»Es war Liebe auf den ersten Blick«, sagte ihr Vater jedes Mal mit einem Strahlen in den Augen, wenn er den Mädchen erzählte, wie er und ihre Mutter zusammengekommen waren. »Sie war die schönste Frau auf der Hochzeitsfeier. Viel schöner noch als die Braut selbst.«

Und auch Olivia war dem Charme des gutaussehenden Pianisten aus Deutschland erlegen. Sehr zum Verdruss ihrer Eltern, die ebenfalls in New York lebten und als Steuerberater in der eigenen Kanzlei in Brooklyn arbeiteten. Die hätten sich für ihre Tochter einen anderen Mann gewünscht. Vor allem Olivias Mutter Kate.

Bereits am Tag nach besagter Hochzeit hatten sie sich zu einem Picknick im Hudson River Park verabredet, und danach verbrachten sie jeden Tag miteinander – bis zu seiner Abreise. Da er Engagements und Konzerttermine in weiteren Ländern hatte, mussten die beiden sich schon bald wieder voneinander trennen. Doch das hielten die frisch Verliebten nicht lange aus. Wenige Wochen später reiste Albert erneut nach New York und hielt um ihre Hand an. Olivias Eltern hatten versucht, ihr die Heirat auszureden. Doch ihre Tochter war so vernarrt in Albert gewesen, dass sie ihn auch ohne ihren Segen geheiratet hätte. Und so hatten sie schließlich doch zugestimmt. Olivia brach ihr Jura-Studium ab und begleitete ihn als Gattin auf den Reisen.

Als seine Eltern bei einem Autounfall ums Leben kamen, kehrte er mit seiner Frau zunächst nur für die Beerdigung in seine alte Heimat in Bayern zurück. Doch Olivia verliebte sich in die herrliche Gegend und das schöne Haus am Chiemsee, das Albert geerbt hatte, und so beschlossen sie, sich hier niederzulassen. Sie waren gerade dabei, sich einzurichten, da bemerkte sie, dass sie schwanger war und sie nicht nur ein, sondern gleich zwei Kinder erwartete. Um bei seiner Frau zu sein, sagte Albert alle Konzertreisen um den Entbindungstermin herum ab und nahm vorübergehend einen Job als fester Studiomusiker in einem Aufnahmestudio in der Nähe von Rosenheim an. Zudem gab er privaten Unterricht, und ab und zu spielte er bei Konzerten in München und der näheren Umgebung.

Am Anfang hatte Olivia dieses Familienidyll sehr genossen. Sie lernte die deutsche Sprache, und wenn sie mit den Zwillingen allein war, redete sie nur Englisch mit ihnen. Doch trotz ihrer Liebe zu Albert und der Familie kam sie auf Dauer nur schwer mit der finanziellen Ungewissheit klar. Als die Kinder in die Schule kamen, bemühte sie sich um einen Halbtagsjob. Ohne Ausbildung und Berufserfahrung waren ihre Chancen jedoch gleich null. Einzig mit Übersetzungsarbeiten konnte sie ein wenig dazuverdienen. Doch es war zu wenig, und so musste Albert wieder Engagements in anderen Städten annehmen und allein auf Konzertreisen gehen. Olivia kümmerte sich währenddessen um die Kinder und den Haushalt. Auch wenn sie ihre

Töchter liebte, so vermisste sie Albert und fühlte sich einsam, wenn er nicht da war. Lange Zeit hatte sie sich diese Gefühle nicht anmerken lassen, sich gesagt, sie hätte es sich selbst so ausgesucht. Aber seit einer Weile hatte sich das offenbar geändert. Sie schaffte es nicht mehr, so zu tun, als ob sie glücklich wäre.

Valerie hatte gehört, wie ihr Vater sagte: »Ich tu doch, was ich kann, damit es uns gut geht, Olivia!«, denn wie immer rechtfertigte er sich und versuchte die Wogen zu glätten.

»Das reicht aber nicht, Albert!«

Das weitere Gespräch hatte Valerie nicht mehr mitbekommen, da einer der beiden die Tür zum Wintergarten geschlossen hatte, doch ihr war unbehaglich zumute gewesen. In letzter Zeit stritten die beiden immer öfter. Schon die kleinste Kleinigkeit schien ihre Mutter aufzuregen.

Als Mia zurückkam, erzählte sie ihr nichts davon, weil sie wusste, wie bedrückt ihre Schwester dann immer war. Glücklicherweise bemühten sich die Eltern, sich beim gemeinsamen Frühstück nichts anmerken zu lassen. Im Gegenteil, Olivia versuchte, auffallend fröhlich zu sein.

»Ich habe gleich einen Termin beim Friseur«, hatte Olivia schließlich gesagt und war als Erste vom Frühstückstisch aufgestanden.

»Tu, was du nicht lassen kannst«, hatte Albert geantwortet. Ein Satz, der eigentlich ein Scherz hätte sein können, doch seine Miene sah nicht danach aus. Und das war ungewöhnlich für ihn, denn normalerweise war er stets um Harmonie bemüht.

Als Olivia weg war, hatte er seine Töchter angelächelt.

»Ich muss nach München zu einer Besprechung für ein Engagement. Aber wenn ich am frühen Nachmittag zurückkomme, dann bringe ich einen Film aus der Videothek mit, und wir machen uns einen gemütlichen Filmabend, einverstanden?«

»Ist eigentlich noch Eis im Gefrierschrank?«, riss Mia sie jetzt aus ihren Gedanken.

»Wenn du noch nicht alles aufgefuttert hast, dann schon«, antwortete Valerie.

»Hab ich nicht«, sagte Mia. Sie nahm den Kopfhörer ab und stand auf.

In diesem Moment watete Sebastian aus dem Wasser. Der Zaun zu den Nachbarn ging zwar bis hinunter zum Ufer, doch über den See konnten die Kinder sich gegenseitig problemlos besuchen.

»Hey, ihr zwei!«, rief Sebastian und kam lächelnd auf die beiden zu.

»Hey, Sebi!«, sagte Mia erfreut. »Ich hol uns Eis. Magst du auch eines?«

»Oh ja, gern ... Darf ich?« Er deutete auf die Decke.

»Klar!«, sagte Valerie und rutschte ein Stück, während Mia ins Haus ging.

Sebastian setzte sich neben sie und schob eine nasse dunkelblonde Haarsträhne aus seinem gebräunten Gesicht.

Die Kinder kannten sich schon von klein auf und waren die besten Freunde. Doch seit Kurzem spürte Valerie, dass ihr Herz jedes Mal ein klein wenig schneller schlug, wenn sie ihn sah. Vor allem, wenn er sie mit seinen unglaublichen blauen Augen anlächelte. So wie jetzt.

»An meinem Geburtstag werden wir im Garten grillen«,

begann er. »Und weil sowieso Ferien sind, hat Mama erlaubt, dass alle bei mir zelten dürfen.«

»Super«, *sagte Valerie, wobei sie im Gegensatz zu ihrer Schwester kein besonderer Fan davon war, in einem Zelt zu übernachten. Trotzdem freute sie sich schon auf die Party. Sebastians Eltern ließen sich immer etwas Besonderes für ihren einzigen Sohn einfallen. Im letzten Jahr gab es für die Gäste eine Schnitzeljagd durch ganz Prien, bei der sie eine kleine Truhe mit Süßigkeiten finden mussten. Das Jahr davor hatte Sebastians Vater im Garten eine lustige Krocket-Strecke für ein Turnier aufgebaut. Was sich Sebastians Eltern wohl für dieses Jahr einfallen ließen?*

»Ihr könnt doch euer Zelt mitbringen?«, *fragte Sebastian. Und tatsächlich hatte Albert ihnen im letzten Jahr ein gebrauchtes gekauft.*

»Ja schon. Aber du musst uns unbedingt beim Aufbauen helfen. Mia und ich kriegen das nie alleine hin. Das ist immer ganz schief.«

Sebastian lachte.

»Das mache ich schon.«

Mia kam aus dem Haus, in der Hand einen Eisbecher und drei Löffel.

»Wir haben nur noch einen halben Becher Schoko«, *sagte sie und setzte sich zu den beiden auf die Decke.* »Hier!«

Sie reichte ihnen die Löffel und öffnete den Deckel. Das Eis war steinhart gefroren, und es war mühsam, etwas davon herunterzuschaben, deswegen reichten sie den Becher reihum.

Sie lachten gerade über einen Witz, den Mia gemacht hatte, da kam Olivia mit schicker neuer Frisur in den Garten.

»Hallo, Olivia«, *grüßte Sebastian sie freundlich.*

»*Hallo, Sebastian ... Valerie, kommst du bitte mal mit mir ins Haus?*«

»*Jetzt?*«

»*Ja. Jetzt.*«

»*Na gut.*«

Valerie reichte den Becher an Sebastian weiter und folgte ihrer Mutter in den Wintergarten.

»*Ich habe eine tolle Neuigkeit*«, *sagte Olivia und griff nach den Händen ihrer Tochter. Ihre Augen funkelten aufgeregt.*

»*Was denn?*«, *wollte Valerie neugierig wissen.*

»*Deine Großeltern haben uns beide nach New York eingeladen, stell dir vor.*«

Überrascht sah Valerie ihre Mutter an. Bisher hatte sie Oma und Opa erst zweimal gesehen, als sie am Chiemsee zu Besuch waren. In New York war sie noch nie gewesen.

»*Und was ist mit Papa und Mia?*«, *fragte Valerie.*

»*Dein Papa spielt doch nächste Woche beim Konzert in München und kann deswegen nicht weg.*«

»*Und Mia?*«

»*Diesmal darfst du mit!*«, *erklärte Olivia ausweichend.* »*Und das nächste Mal ist Mia dann an der Reihe. Deine Großeltern freuen sich jedenfalls schon so sehr, dich wiederzusehen. Und stell dir vor, der Flug geht schon heute Abend.*«

»*Heute?*«

Valerie wusste nicht so recht, was sie von dieser Überraschung halten sollte.

»*Aber ... am Samstag ist doch Sebis Geburtstagsparty, und morgen wollte Paps mit uns eine Fahrradtour machen*«, *sagte sie.*

»*Sebastian versteht das bestimmt, wenn du diesmal nicht dabei bist, Schätzchen. So eine Reise würde er sich sicherlich auch nicht entgehen lassen. Und Fahrradfahren könnt ihr mit Papa auch dann noch, wenn wir wieder zurück sind.«*

»Aber ... kann Mia wirklich nicht mit?«

»Mia bleibt hier bei deinem Papa. Den beiden wird bestimmt nicht langweilig. Du kennst sie doch. Die werden sicher die meiste Zeit im Musikzimmer verbringen. Aber was rede ich lange? Lass uns gleich nach oben gehen. Wir müssen noch deine Sachen packen.«

»Kann ich es nicht erst Mia und Sebi sagen?«, fragte Valerie, die hin- und hergerissen war zwischen Freude und einem seltsam flauen Gefühl, das sie nicht benennen konnte. Sie fand es irgendwie nicht richtig, dass nur sie mit ihrer Mutter nach Amerika reisen durfte.

»Du darfst es ihnen natürlich sagen. Aber lass uns doch erst noch rasch deine Sachen packen ... Wir haben nicht mehr viel Zeit.«

»Na gut.«

»Sag mal, freust du dich denn nicht?«

Olivia schaute ihre Tochter mit einem enttäuschten Blick an.

»Doch ...«, sagte Valerie schnell. »Schon.« Auch wenn das nicht ganz stimmte. Sie wäre eben am liebsten mit der ganzen Familie nach Amerika geflogen, aber das ging ja nicht.

»Es wird toll werden. Und wir bringen Mia und deinem Vater schöne Geschenke mit.«

»Und wir machen viele Fotos.«

»Na klar.«

Mia dachte zunächst, ihre Schwester würde sie veräppeln, als Valerie ihr nach dem Packen von der Reise erzählte. Vor allem, dass sie noch am selben Tag abreisen würden. Doch dann wurde ihr klar, dass es ihrer Schwester wirklich ernst damit war. Warum hatte ihre Mutter ihnen das nicht schon früher gesagt?

Sebastian war in der Zwischenzeit wieder nach Hause gegangen, und so würde er es erst erfahren, wenn Valerie bereits weg war.

»Nächstes Mal darfst du dann mitfahren, mein Schätzchen«, sagte Olivia und streichelte ihrer Tochter über die Wange. »Du wirst doch in der Zwischenzeit gut auf deinen Papa aufpassen, Mia?«

»Klar!«, sagte Mia nur, weil sie mit der Situation gerade ein wenig überfordert war. Die Vorstellung, die restlichen Ferien ohne ihre Schwester zu sein, war irgendwie bedrückend. Auch wenn sie sich für Valerie freute, dass sie so eine tolle Reise machen durfte.

Als Albert aus München zurückkam, standen die gepackten Koffer bereits in der Diele. Völlig perplex sah er seine Frau an.

»Was wird das denn, Olivia?«, fragte er. »Du willst verreisen?«

Olivia versuchte, dem Blick ihres Mannes standzuhalten.

»Mädchen, bitte lasst uns kurz allein«, bat sie.

Mia und Valerie gingen in die große Wohnküche. Doch natürlich versuchten sie, das Gespräch der Eltern zu belauschen und ließen die Tür dazu einen Spalt breit offen stehen.

»Ich weiß, ich hätte es dir früher sagen müssen«, begann Olivia, so ruhig es ihr möglich war. »Aber ich wusste nicht, wie du es auffassen würdest, Albert. Und ich hatte auch keine Lust auf Diskussionen.«

»Diskussionen? Worüber denn?«, fragte er.

»Ich brauche unbedingt eine kleine Auszeit. Meine Eltern

haben mich eingeladen, und... und ich werde Valerie mitnehmen.«

Völlig irritiert sah er sie an.

»Du fliegst mit Walli nach New York?«, fragte er sie ungläubig.

»Ja. Und ich bitte dich, jetzt keine große Sache draus zu machen. Du bist die ganze Zeit so viel unterwegs, da wirst du doch sicherlich nichts dagegen haben, wenn ich auch einmal verreise.«

»Ich... ich... aber natürlich habe ich nichts dagegen«, begann er. »Ich verstehe nur nicht, warum du es mir nicht schon früher gesagt hast. Das kommt jetzt etwas überraschend. Offenbar hast du das ja schon längst alles geplant und vorbereitet.«

»Ich dachte, so wäre es für alle besser«, sagte sie ausweichend. »Valerie wird eine aufregende Zeit mit mir bei meinen Eltern haben. Und du und Mia könnt es euch hier schön machen.«

»Natürlich freue ich mich auf die Zeit mit Mia, aber wieso nimmst du sie eigentlich nicht auch mit?«, fragte Albert.

»Du kennst doch meine Mutter. Zwei Kinder auf einmal sind ihr zu viel. Dieses Mal hat sie Valerie eingeladen, und beim nächsten Mal darf dann Mia mit.«

»Trotzdem verstehe ich nicht, wieso du mich vor vollendete Tatsachen stellst«, sagte Albert.

»Bitte mach da jetzt kein Drama draus. Es ist ein Familienbesuch. Und außerdem... der Abstand wird uns beiden guttun. Meinst du nicht?«

»Es ist ja nicht so, als hätten wir durch meine Reisen nicht ohnehin immer wieder Auszeiten«, sagte Albert ein wenig schroff. »Ist dir das nicht genug?«

»Tja... nur bist du dann ständig unterwegs, während ich hier festsitze. Tag für Tag. Vielleicht brauche ich aber auch mal dringend etwas anderes um mich herum. Ich möchte meine Eltern und Freunde endlich mal wieder sehen und Großstadtluft schnuppern. Und ich fände es jetzt ziemlich unfair von dir, wenn du mir das vorhältst.«

»Aber... ich halte es dir doch nicht vor. Ich... ich bin einfach total überrumpelt. Aber ich stehe dir nicht im Weg, Olivia. Ich will, dass es dir gut geht. Das wollte ich immer.«

»Dann ist es ja gut«, sagte Olivia.

»Wie lange bleibt ihr beide denn weg? Eine Woche oder zwei?«, fragte Albert.

»Das würde sich ja gar nicht lohnen. Außerdem hat mein Vater bald seinen 65. Geburtstag. Den wollen wir gemeinsam feiern.«

»Aber... der ist doch erst am 10. September! Das sind ja fast vier Wochen.«

Mia und Valerie sahen sich erschrocken an. Diese Information war auch für sie neu.

»Wir fliegen am Tag danach zurück.«

»Und was ist mit der Schule? Die fängt doch schon am 11. wieder an«, bemerkte Albert.

»Die ersten zwei Tage verpasst sie doch sowieso nichts. Ich habe das schon mit dem Direktor geklärt. Bitte, Albert, gönn mir das doch! Es ist mir wirklich wichtig.«

»Na gut... Auch wenn ich...«

In diesem Moment klingelte der Taxifahrer an der Tür.

»Valerie! Komm jetzt!«, rief Olivia in den Wintergarten, offenbar erleichtert, dass das Gespräch damit beendet war. »Das Taxi ist da.«

Mia und Albert hatten kaum mehr Zeit, sich von den beiden richtig zu verabschieden.

»Ich schreib dir«, sagte Valerie und drückte ihre Schwester fest an sich.

»Und vielleicht können wir ja mal telefonieren?«, meinte Mia und versuchte, den dicken Kloß in ihrem Hals hinunterzuschlucken, als sie sich voneinander lösten. »Hier. Nimm das mit.« Mia drückte ihrer Schwester ein Foto in die Hand, auf dem sie mit dem gleichen roten Pulli abgebildet waren.

»Danke.« Valerie steckte es rasch in die Tasche.

»Ich hab dich lieb, meine Süße«, sagte Olivia und nahm Mia fest in den Arm, während Albert Valerie umarmte und ihr eine schöne Zeit wünschte.

»Pass gut auf dich auf, meine kleine Walli«, flüsterte er ihr ins Ohr. »Ich hab dich lieb.«

»Ich dich auch, Paps.«

»Wir müssen jetzt los«, meinte Olivia und vermied es, ihrem Mann dabei ins Gesicht zu sehen.

»Gebt gut auf euch acht. Und ... grüße deine Eltern von mir«, sagte Albert bemüht und küsste seine Frau flüchtig auf die Wange. Dann half er, das Gepäck hinauszutragen.

»In meiner Schreibtischschublade liegt das Geschenk für Sebi. Gibst du es ihm bitte am Samstag?«, bat Valerie ihre Schwester.

»Mache ich«, versprach Mia.

Sie umarmten sich ein letztes Mal, wollten sich am liebsten gar nicht loslassen.

Während Olivia und Valerie ins Taxi stiegen, rannte Mia nach oben in ihr Zimmer. Von dort konnte sie dem Taxi am längsten hinterhersehen.

»Bis bald, Valerie«, murmelte sie mit Tränen in den Augen.

Als der Wagen um die Kurve verschwunden war, spürte Mia ein seltsames Gefühl in ihrem Bauch. Sie vermisste ihre Schwester schon jetzt schrecklich, dabei brach sie doch gerade erst auf. Fast vier Wochen lang würden sie und ihre Mutter in Amerika bleiben. Dabei hatten sie doch so viel gemeinsam machen wollen in den Ferien. Noch nie waren die Geschwister so lange voneinander getrennt gewesen. Sie konnte sich gar nicht vorstellen, wie das sein würde. Auch ihre Mutter würde sie vermissen. Doch nicht so sehr wie Valerie. Obwohl sie zweieiige Zwillinge waren, hatten sie eine so enge Verbindung, dass Mia sich nur dann komplett fühlte, wenn sie zusammen oder zumindest in der Nähe waren.

»Komm, Mia«, hörte sie die Stimme ihres Vaters. Sie drehte sich zu ihm um.

Albert stand ein wenig unbeholfen mit der DVD in der Tür. Die völlig unerwartete Abreise seiner Frau und Tochter hatte ihn sichtlich überfordert.

»Wir beide holen uns jetzt eine Pizza, und dann schauen wir uns Die Glücksjäger *an. Du wirst sehen, die vier Wochen vergehen wie im Flug, und dann sind Walli und Mama wieder da.«*

Kapitel 8

MIA

Seit dem Tod ihres Vaters, der so unmittelbar auf den Verlust ihres Jobs gefolgt war, funktionierte Mia wie ein Automat, der sich um alle anstehenden Dinge kümmerte. Sie war dankbar, dass es so viel zu erledigen gab, denn das half ihr dabei, sich nicht in ihrem Elend zu verkriechen. Da ihr Vater nach der schlimmen Diagnose bereits genau festgelegt hatte, was sie im Fall seines Todes zu tun hatte, musste sie keine Entscheidungen treffen, sondern nur seine Liste abarbeiten.

Zudem bekam sie Unterstützung von Alma, auch wenn das gar nicht zu ihren Aufgaben gehörte. Über die Jahre waren sie zu einer Art Familie zusammengewachsen, und Alma stand ihr bei wie eine gute mütterliche Freundin. Mia spürte, dass auch Alma sehr um Albert trauerte und es ihnen beiden guttat, Zeit miteinander zu verbringen. Leider endete nun auch Almas offizielle Arbeit im Haus der Garbers, und sie würde sich eine neue Aufgabe suchen müssen.

Und dann gab es noch Sebastian.

»Ich bin für dich da, Mia. Das habe ich deinem Vater versprochen«, hatte er zu ihr gesagt und sie im schrecklichsten Moment ihres Lebens fest im Arm gehalten. Er war es auch gewesen, der gedrängt hatte, Valerie und Olivia zu informieren.

Ohne Alma und Sebastian hätte Mia nicht gewusst, wie sie die ersten Stunden überstehen sollte.

»Möchtest du mit Rudi bei uns schlafen? Oder soll ich Max zu seiner Mutter bringen und bei dir übernachten?«, hatte Sebastian ihr angeboten.

»Nein danke, das ist wirklich nicht notwendig«, hatte Mia gesagt. »Ich komme schon klar.«

Er war erst dann gegangen, als sie ihm versprochen hatte, ihn anzurufen, wenn sie ihn brauchte – zu egal welcher Tages- oder Nachtzeit.

Nachdem ihr Vater weggebracht worden war, hatte sie verschiedene Telefonate geführt, während Alma den Wintergarten aufgeräumt und geputzt hatte.

»Ich kann bei dir bleiben, Mia«, hatte auch sie ihr angeboten.

Doch das hatte sie ebenfalls abgelehnt. Sie wollte einfach nur mit Rudi allein sein.

Als Alma am späten Abend schließlich gegangen war, nicht ohne mehrmals zu wiederholen, dass sie auch jenseits der Arbeit immer für Mia da wäre, war Mia die Treppe nach oben und in das Zimmer ihrer Schwester gegangen. Nach Valeries Rückruf hatte Mia instinktiv gewusst, dass sie kommen würde, auch wenn sie ihr am Telefon das Gegenteil zu verstehen gegeben hatte. Allerdings hatte sie nicht damit gerechnet, dass Valerie sich so schnell auf den Weg machen würde.

Das Zimmer zu betreten war wie eine unfreiwillige Zeitreise in die Vergangenheit und gerade jetzt besonders schwer für sie. Albert hatte darauf bestanden, dass nichts daran verändert wurde.

»Irgendwann kommt sie zurück«, hatte er immer gesagt. Nun war Valerie tatsächlich zurückgekommen. Doch für ihren Vater war es zu spät.

Während sie mit dem Auto zu Alma fuhr, war sie immer noch durcheinander vom Zusammentreffen mit ihrer Schwester. Hunderttausendmal hatte sie sich ausgemalt, wie es sein würde, wenn Valerie zurückkommen und sie sich endlich wiedersehen würden. Dass jedoch ausgerechnet der Tod ihres Vaters sie zusammenführen würde, war in ihren Vorstellungen niemals vorgekommen.

Als Mia vom Küchenfenster aus gesehen hatte, wie Valerie aus dem Taxi stieg, hatte sie in der ersten Sekunde gedacht, es wäre ihre Mutter, so sehr ähnelte sie Olivia. Doch je näher sie gekommen war, desto mehr erkannte sie ihre Schwester wieder. Abgereist war sie damals als Kind – und jetzt kam sie als attraktive Frau zurück. Obwohl sie sich so lange Zeit nicht gesehen und beide sich verändert hatten, hatte Mia schon in den ersten Minuten das Gefühl gehabt, sie hätten sich erst vor wenigen Wochen zum letzten Mal gesehen. Tief in sich hatte sie den Wunsch verspürt, sie fest zu umarmen, doch beide hatten eine schützende Distanz gewahrt.

Mia war so in Gedanken versunken, dass sie fast an Almas Haus vorbeigefahren wäre. Unvermittelt bremste sie ab und fuhr an den Straßenrand, ohne zu blinken. Hinter ihr wurde laut gehupt, und Rudi begann zu bellen. Vorwurfsvoll schüttelte die Fahrerin den Kopf, als sie an ihr vorbeifuhr. Mia machte eine entschuldigende Geste. Der Schlafmangel und die ganze Aufregung hatten sie unaufmerksam gemacht. Gut, dass nichts passiert war.

»Schon gut, Rudi«, rief sie nach hinten, und der Hund hörte auf zu bellen.

Alma hatte sie offensichtlich erwartet, denn kaum war Mia ausgestiegen, kam sie auch schon aus dem Haus. Auch sie sah nicht so aus, als hätte sie in der letzten Nacht viel geschlafen.

»Hallo, Mia. Sag mal, möchtest du Rudi inzwischen bei Rosa lassen?«, fragte sie. »Sie hat vorgeschlagen, mit ihm Gassi zu gehen, während wir unterwegs sind.«

»Ja ... das wäre vielleicht besser«, sagte Mia. Almas Schwägerin Rosa liebte Hunde. Und Hunde liebten Rosa. Sie passte gerne auf Rudi auf.

»Meine Schwester ist gekommen«, sagte Mia, nachdem sie Rudi an Rosa übergeben hatte und mit Alma losgefahren war.

»Wirklich? Valerie ist da? Das ist ja wunderbar«, sagte Alma.

Mia zuckte mit den Schultern.

»Ich weiß nicht.«

»Glaub mir. Auch wenn es mit der Familie nicht immer einfach ist, so ist es doch gut, wenn man sich gegenseitig unterstützt.«

»In unserer Situation ist das doch etwas völlig anderes, Alma«, sagte Mia.

»Sie hat immerhin den ersten Schritt gemacht. Das bedeutet etwas, meinst du nicht?«

Mia nickte. Alma hatte recht. Der erste Schritt war gemacht. Was er allerdings bedeutete, würde sich erst noch herausstellen müssen.

Das Gespräch mit dem Pfarrer dauerte länger, als Mia erwartet hatte. Dabei würde die Beerdigung am Friedhof nur im kleinen Kreis stattfinden. So, wie Albert es gewollt hatte. Allerdings war der Musiker in der Gegend so bekannt gewesen, dass der Pfarrer Mia zu einem Gedenkgottesdienst überredete.

»Er hat so vielen Leuten mit seiner Musik Freude bereitet, Mia. Es wäre schön, wenn sie sich auf diese Weise von ihm verabschieden könnten.«

Alma nickte bei seinen Worten zustimmend.

»Na gut«, sagte Mia schließlich. »Das wäre sicher... sehr schön.«

Pfarrer Huber, der sie schon lange kannte, griff nach ihrer Hand und drückte sie tröstend.

»Ich weiß, wie schwer das alles für dich ist, Mia. Und du brauchst dich auch nicht darum zu kümmern. Wir bereiten alles vor. Und der Kirchenchor hat schon angeboten, die musikalische Gestaltung zu übernehmen, wenn dir das recht ist.«

Offenbar waren das ein Dankeschön und die Wertschätzung dafür, dass Albert jahrelang nicht nur den Chor geleitet, sondern auch die Orgel gespielt hatte.

»Das wäre mir sehr recht«, sagte Mia.

Der Pfarrer lächelte ihr zu.

»Du hast ja bestimmt noch zusätzlich viel zu tun mit den Proben für das Weihnachtskonzert der Schule. Die

Direktorin hat mich heute früh angerufen und gefragt, ob wir nicht noch ein paar Stühle mehr aufstellen können, weil sie immer noch so viele Anfragen für Karten erhält.«

Das Konzert fand wie immer in der Kirche statt, die einen besonderen Rahmen und außerdem mehr Platz als die Schulaula bot.

Offenbar hatte Frau Wurm-Fischer den Pfarrer noch nicht darüber informiert, dass inzwischen ein neuer Lehrer die Leitung des Chors übernommen hatte. Und Mia hatte ja auch noch niemandem von ihrer Suspendierung erzählt. Angesichts des Todes ihres Vaters war diese zweite Katastrophe vorerst in den Hintergrund gerückt. Trotzdem belastete dieser Umstand sie natürlich zusätzlich, und sicherlich würde es auch nicht mehr lange dauern, bis diese Nachricht die Runde machte.

Mia schluckte und suchte nach Worten. Doch der redselige Geistliche sprach bereits weiter.

»Leider können wir da nicht mehr viel machen, weil ohnehin schon fast jeder freie Platz ausgereizt ist. Für das nächste Jahr würde ich vielleicht vorschlagen, zwei Termine zu machen. Was meinst du?«

Das waren Fragen, die für Mia leider keine Bedeutung mehr hatten.

»Das muss die Direktorin entscheiden«, sagte sie deswegen nur.

Der Pfarrer spürte wohl, dass Mia im Moment damit überfordert war, und schob es auf den Tod ihres Vaters.

»Natürlich. Und das ist auch nichts, was wir jetzt klären müssen«, sagte er sanft.

Mia war froh, dass er es fürs Erste dabei beließ.

Nach fast eineinhalb Stunden verließen sie und Alma endlich das Pfarrbüro. Danach ging es zum Bestatter, mit dem sie gestern schon kurz geredet hatte. Sie versuchte, ihre Gefühle weitgehend auszublenden, während sie mit ihm alles Wichtige besprach. Alma saß still neben ihr und hielt ihre Hand. Kurz überlegte Mia, ob sie ihre Schwester nicht hätte mitnehmen sollen, aber vermutlich wäre das in ihrer Situation emotional viel zu aufwühlend gewesen. *Es ist besser so*, sagte sie sich, obwohl sie fast so etwas wie ein schlechtes Gewissen hatte.

Als sie nach dem Gespräch zum Auto gingen, spürte sie, wie ihr ein wenig schummerig wurde. Sie schwankte und musste kurz stehen bleiben.

»Ist was, Mia?«, fragte Alma besorgt und hielt sie am Arm fest.

»Mir ... mir ist nur ein wenig schwindelig«, antwortete sie leise.

»Hast du denn heute überhaupt schon was gegessen?«

Mia schüttelte den Kopf.

»Aber Mädchen, das geht doch nicht!«, protestierte Alma.

Seit dem Essen gestern Mittag in der Schule hatte Mia keinen Bissen mehr hinuntergebracht. Es kam ihr vor wie eine Ewigkeit, dabei waren gerade mal vierundzwanzig Stunden vergangen. Vierundzwanzig Stunden, in denen so viel passiert war.

»Ich hole dir jetzt beim Bäcker eine Breze. Die isst du. Und ich kaufe inzwischen rasch alles ein, was ich für eine Suppe benötige. Dann komme ich mit und koche für dich und deine Schwester. Ihr braucht was Ordentliches im Magen, damit ihr genug Kraft habt für die schwierige Zeit.«

Mia widersprach nicht. Es tat ihr gut, dass Alma sich um sie kümmerte. Und insgeheim war sie auch froh über ihre Anwesenheit, damit sie später nicht mit Valerie allein sein musste. Ihr war klar, dass eine baldige Aussprache unvermeidbar war. Doch sie fühlte sich dieser noch nicht gewachsen.

Damit sie es nicht von anderen Leuten erfahren musste, erzählte Mia Alma auf der Rückfahrt, dass sie ihren Job verloren hatte.

Alma fiel aus allen Wolken.

»Das kann die doch nicht machen!«, protestierte sie empört. »Spinnt die Frau denn? Die kann doch nur froh sein, so eine tolle Lehrerin wie dich zu haben! Das darfst du dir nicht gefallen lassen!«

»Ich weiß, dass ich etwas unternehmen sollte, aber mir fehlt gerade einfach die Kraft.«

»Das verstehe ich. Jetzt hast du den Kopf nicht frei dafür, aber nach der Beerdigung musst du das auf jeden Fall klären«, redete sie Mia gut zu. »Denn so einfach geht das doch nicht mit einer Kündigung.«

Immerhin schaffte sie es damit, dass Mia nicht mehr ganz so schwarz sah. Sie würde die Sache nicht so ohne Weiteres auf sich beruhen lassen.

Als sie Rudi abgeholt hatten und zurück nach Hause kamen, schlief Valerie. Zumindest ging Mia davon aus, dass sie in ihrem Zimmer war und sich ausruhte. Ihr Mantel hing jedenfalls an der Garderobe, und darunter standen ihre Stiefel.

Auch Mia sehnte sich danach, endlich ein wenig zur Ruhe zu finden. Offenbar sah Alma ihr an, wie müde sie war, denn sie sagte: »Leg dich doch ein wenig hin, Mia. Ich koche inzwischen und habe ein Auge auf Rudi.«

»Aber ich habe doch noch so viel zu erledigen«, sagte Mia mit einem Blick auf das blinkende Licht des Anrufbeantworters. Mehrere Anrufe waren eingegangen, die sie abhören sollte. Ganz zu schweigen von den vielen Nachrichten, die sie inzwischen auf dem Handy erreicht hatten und die sie ebenfalls noch nicht beantwortet hatte. Die meisten hatte sie noch nicht einmal gelesen oder nur kurz überflogen. Viele davon waren von ihren Schülern und Kollegen, die ihr gleichzeitig das Beileid aussprachen, aber auch noch immer nicht glauben wollten, dass Mia nicht mehr als Lehrerin an die Schule zurückkommen würde.

»Alles, was wirklich wichtig und dringend war, hast du erledigt«, sagte Alma. »Jetzt musst du dich ein wenig ausruhen. Sei vernünftig. Niemandem ist geholfen, wenn du zusammenklappst.«

Während sie sprach, putzte sie bereits routiniert das Gemüse für die Suppe. »Und wenn du ein wenig geschlafen hast, essen wir alle zusammen.«

Mia spürte, wie ihre Augen brannten. Almas Fürsorge bewegte sie und tat ihr gut.

»Danke, Alma. Dann leg ich mich jetzt ein wenig hin«, sagte sie.

»Mach das.«

»Aber wenn irgendwas ist, dann weckst du mich«, bat sie.

»Nur, wenn es wirklich notwendig ist.«

»Okay.«

Irgendwie war ihr jedoch nicht danach, auf ihr Zimmer zu gehen und sich ins Bett zu legen. Deswegen betrat sie das Musikzimmer, in dem auch ein altes bequemes Ledersofa stand, das noch von ihren Großeltern war.

Wenn ihr Vater früher abends an seinen Kompositionen gearbeitet oder Musik gehört hatte, hatte sich Mia oft auf das Sofa gelegt und einfach zugehört. Manchmal war sie eingeschlafen, und dann hatte Albert sie in ihr Zimmer getragen, ohne dass sie aufwachte.

Sie schlüpfte aus den Schuhen, griff nach der Decke, die über der Lehne hing, und machte es sich bequem. Es schmerzte sie, dass ihr Vater nie wieder am Klavier sitzen und spielen oder durch seine Noten blättern würde. Und dass sie nie wieder mit ihm singen würde. Doch gleichzeitig war die Erinnerung an ihn, die in diesem Raum besonders zu spüren war, trotz allem tröstlich. Hier fühlte sie sich ihm ganz nah.

Mit den leisen Hintergrundgeräuschen aus der Küche schlief Mia schließlich ein.

Kapitel 9

VALERIE

Als Valerie die Augen öffnete, brauchte sie ein paar Sekunden, bis sie registrierte, dass sie sich nicht in einem Traum befand, sondern tatsächlich in ihrem ehemaligen Kinderzimmer im Haus am Chiemsee. Für einen Augenblick fühlte sie sich glücklich, so, als wäre ihr sehnlichster Wunsch endlich in Erfüllung gegangen. Bis ihr einfiel, was sie hierher zurückgeführt hatte. Das Gefühl des Glücks wich schlagartig dem des Verlustes um ihren Vater.

Obwohl sie nur drei Stunden geschlafen hatte, fühlte Valerie sich seltsam wach und ausgeruht. Ein Blick auf ihr Handy verriet ihr, dass es jetzt in New York fast acht Uhr morgens war.

Sie blieb noch einige Minuten liegen, die Decke hochgezogen bis zur Nasenspitze, und schaute sich um. Das Zimmer war nicht halb so groß, wie das Kinderzimmer, das ihre Mutter in der Wohnung ihrer Großeltern in New York für sie eingerichtet hatte, in der sie die ersten eineinhalb Jahre gelebt hatten. Doch jede Einzelheit war ihr so vertraut, als ob sie nie weg gewesen wäre.

Obwohl nichts zu hören war, spürte sie, dass inzwischen jemand im Haus sein musste.

Langsam setzte sie sich auf. Sie hatte ihrer Mutter versprochen, sich zu melden. Sicherlich wartete sie bereits auf ihren Anruf. Sie griff nach dem Handy und wählte die Nummer.

»Endlich rufst du an, Valerie!« Sie hörte die Erleichterung in der Stimme ihrer Mutter.

»Tut mir leid, ich habe mich nach der Ankunft ein wenig hingelegt.«

»Das dachte ich mir schon... Was... wie... ist alles soweit okay?« Olivia suchte ganz offensichtlich nach den richtigen Worten.

»Mia und ich haben noch nicht viel miteinander gesprochen. Sie versucht, es mit Fassung zu tragen«, sagte Valerie und stand auf.

»Gut... Gibt es schon einen Termin für die Beerdigung?« Olivias Stimme klang ein wenig höher als sonst.

»Ich weiß es nicht. Das werde ich aber sicher bald erfahren.«

»Übrigens – Anthony hat den Deal mit den Französinnen gestern abgeschlossen.«

»Großartig. Das freut mich!«, sagte Valerie, doch eigenartigerweise ließ sie die Nachricht ziemlich kalt, was sie selbst überraschte. Schließlich hatte sie wochenlang darauf hingearbeitet. Das alles schien ihr jedoch im Moment Lichtjahre entfernt zu sein.

Sie stand vor dem Bücherregal neben dem Schrank und ließ ihren Finger vorsichtig über die einzelnen Buchrücken gleiten, die fein säuberlich aufgereiht waren.

»Anthony ist sehr zufrieden. Vielleicht kannst du ihn heute mal anrufen.«

»Mache ich«, versprach Valerie halbherzig. »Ich muss jetzt aber aufhören.«

»Na gut. Sag mir Bescheid, wenn du weißt, wann du zurückfliegst, ja?«

»Klar. Bis dann, Mutter.«

Nachdem sie aufgelegt hatte, hob Valerie den Koffer aufs Bett, um frische Sachen herauszuholen. Dabei fiel ihr auf, dass sie in der Eile hauptsächlich elegante Kleidungsstücke eingepackt hatte, wie sie sie in New York immer trug. Hier wirkten sie irgendwie fehl am Platz. Am liebsten wäre sie in eine legere Jeans und einen Pulli geschlüpft, wie ihre Schwester sie trug. Vielleicht würde sie ihr etwas ausleihen? Aber so wie es gerade zwischen ihnen lief, konnte sie sie vermutlich schlecht fragen, ob sie ihr Klamotten borgen würde.

Schließlich entschied sie sich für eine schwarze Hose und eine dunkelgraue Bluse, die einem legeren Outfit am nächsten kamen, und nahm die Sachen mit ins Badezimmer, das gegenüber ihrem Zimmer lag. Bis auf die fehlenden bunten Zahnputzbecher, die sie als Kinder benutzt hatten, hatte sich auch hier kaum etwas verändert. Sie schaute in den Spiegel. Für einen Sekundenbruchteil schien ihr die Valerie von damals entgegenzublicken.

»So ein Unsinn«, murmelte sie und schüttelte den Kopf, um das Bild zu vertreiben.

Als sie frisch geduscht nach unten ging, empfingen sie ein appetitlich würziger Duft und Stimmen aus der Küche, die ihr unbekannt waren. Die Tür war nur angelehnt. Valerie griff nach der Türklinke, zögert jedoch, als ihr Name fiel.

»Valerie und Mia waren als Kinder unzertrennlich. Als Valerie weg war und der Kontakt für ein paar Jahre völlig abbrach, hat Mia sehr gelitten«, sagte ein Mann. Sebastian?

»Ich bin schon sehr gespannt auf diese Schwester aus Amerika«, hörte sie nun eine Frauenstimme mit einem leicht spanischen Akzent.

»Dass sie so schnell kommt, beziehungsweise dass sie überhaupt kommt, hätte ich nicht gedacht. Obwohl...«, ein kurzes Zögern. »Irgendwie meine ich mich zu erinnern, dass Valerie mehr an ihrem Vater hing als Mia«, fügte er hinzu.

Valerie schluckte.

»Aber Mia und Albert sind sich doch so ähnlich. Auch mit ihrer Leidenschaft zur Musik«, warf die Frauenstimme überrascht ein.

»Das schon. Vom Aussehen her schlug Valerie auch ganz nach ihrer Mutter... Aber trotzdem... Was ist denn, Rudi?«

Offenbar hatte der Hund mitbekommen, dass sie im Flur stand. Sie wartete noch einen kurzen Moment, dann öffnete sie die Tür.

Zwei Leute saßen am Tisch. Eine dunkelhaarige, etwas rundliche Frau, deren Alter sie schwer schätzen konnte. Und ein Mann, der ihr irgendwie bekannt vorkam: Sebastian? Natürlich. Es konnte nur er sein!

Der Hund kam auf sie zu. Sie blieb stehen.

»Rudi, Platz!«, rief die Frau, und der Hund gehorchte.

»Guten Tag!«, sagte Valerie.

»Valerie!«, sagte Sebastian und stand auf. Lächelnd kam er auf sie zu. Aus dem hübschen Jungen von damals war ein attraktiver Mann geworden, und die blauen Augen schienen noch intensiver zu strahlen als in ihrer Erinnerung.

Er schien sie zur Begrüßung umarmen zu wollen, aber dann zögerte er und streckte ihr doch nur die Hand entgegen, die sie ergriff. Sein Händedruck war angenehm fest und stark.

»Hallo, Sebastian«, sagte sie.

»Mein herzliches Beileid.«

»Danke.«

»Gut, dass du gekommen bist!«, sagte er und ließ ihre Hand wieder los.

Valerie nickte.

Alma war ebenfalls aufgestanden.

»Willkommen, Valerie. Endlich lerne ich auch die Zwillingsschwester kennen«, sagte sie mit einem warmen Lächeln. »Auch wenn der Anlass traurig ist. Es tut mir sehr leid.«

»Vielen Dank... Sie müssen Alma sein«, sagte Valerie. »Sie waren die Pflegerin meines Vaters, hat Mia mir gesagt, nicht wahr?«

Alma nickte.

»Nicht nur das. Sie ist auch eine liebe Freundin für uns«, bemerkte Sebastian.

Am liebsten hätte Valerie die Frau sofort über ihren Vater ausgefragt, um zu erfahren, was es mit seiner Krankheit auf sich gehabt hatte. Doch sie wollte nicht mit der Tür ins Haus fallen. Und sicher war es auch vernünftiger, zuerst mit Mia darüber zu sprechen.

»Mia hat sich hingelegt«, erklärte Alma, als ob sie ihre Gedanken erraten hätte. »Sie war so erschöpft... Sicher waren Sie das nach dem langen Flug ebenfalls.«

»Etwas ... Aber es geht schon wieder«, sagte Valerie, die sich tatsächlich erstaunlich frisch fühlte, während sie alle am Tisch Platz nahmen. »Ich konnte inzwischen ein wenig schlafen.«

Danach war eine kurze Stille. Offenbar wusste niemand so recht, was er sagen sollte.

»Ich kann echt kaum glauben, dass du tatsächlich wieder da bist«, meinte Sebastian schließlich kopfschüttelnd.

»Tja. Ich kann es selbst kaum glauben«, sagte sie.

»Wie lange bleibst du denn hier?«, fragte er.

»Gleich nach der Beerdigung fliege ich wieder zurück«, antwortete sie.

»So bald schon?«, fragte Alma überrascht.

»Ich hätte auch gedacht, dass du ein wenig länger bleibst, Valerie«, meinte Sebastian. »Ich meine, wenn du jetzt schon mal hier bist, nach all der Zeit.«

»So einfach geht das nicht. Ich habe ja auch einen Job«, sagte sie ausweichend.

Wieder herrschte ein paar Sekunden Schweigen.

»Bestimmt sind Sie hungrig«, sagte Alma schließlich, um das Thema zu wechseln, das etwas unangenehm zu sein schien. »Die Tafelspitzsuppe dauert leider noch ein wenig, aber ich habe frische Brezen gekauft.«

»Brezen?«, wiederholte Valerie und spürte, wie ihr beim Gedanken daran das Wasser im Mund zusammenlief. Sie war tatsächlich hungrig.

»Möchten Sie eine?«

»Gern!«

»Ich richte Ihnen eine kleine Brotzeit her«, bot Alma ihr an.

»Danke. Aber eine Breze mit Butter reicht mir völlig«, sagte Valerie.

»Möchtest du auch was, Sebastian?«, fragte Alma, während sie aufstand und zum Kühlschrank ging.

»Nein, danke. Ich muss jetzt los«, antwortete Sebastian. Dann wandte er sich an Valerie. »Ich hoffe, wir beide haben trotzdem noch Gelegenheit, uns ganz in Ruhe etwas länger zu unterhalten.«

»Ich denke, das schaffen wir«, sagte sie.

»Und wenn irgendwas ist, komm einfach zu mir rüber«, schlug er vor.

»Du wohnst immer noch nebenan?«, fragte sie.

»Ja ... stell dir vor. Ich bin immer noch da.« Sein Lächeln wirkte nun etwas bemüht.

Offenbar war ihre Frage bei ihm ganz anders angekommen, als sie gemeint war. Bevor sie etwas sagen konnte, sagte Alma: »Wenn du und Max später mitessen wollt, seid ihr herzlich eingeladen. Es reicht für alle.«

»Danke, Alma. Aber Max muss dann zum Fußballtraining. Und ich hab heute noch Termine. Wir sehen uns aber sicher morgen.«

»Bis dann.«

Sie verabschiedeten sich voneinander, und Sebastian machte sich auf den Weg nach Hause.

Alma stellte einen Teller mit einer Breze und Butter auf den Tisch.

»Vielen Dank, Alma.«

»Und jetzt mache ich uns noch Kaffee. Oder mögen Sie lieber Tee?«

»Gerne Kaffee ... Sagen Sie mal, wer ist denn Max?«

»Max? Das ist Sebastians Sohn«, erklärte Alma, die Kaffeepulver in den Filter löffelte.

»Er hat schon ein Kind?«, fragte Valerie überrascht. Gleichzeitig wurde ihr bewusst, wie wenig sie von ihrem ehemaligen Freund wusste.

»Ja. Der Kleine geht in die erste Klasse und ist ein ziemlicher Racker«, meinte Alma.

»Da ist er aber schon ganz schön früh Vater geworden«, sagte Valerie, da Sebastian kaum älter war als sie und Mia.

»Allerdings. Seit der Scheidung lebt Max hauptsächlich bei seinem Vater. Das ist praktischer, weil Sebastian sein Büro zu Hause hat«, erklärte Alma, ohne dass Valerie nachfragen musste. »Aber Tina, seine Exfrau, kümmert sich auch gut um den Jungen, wenn sie nicht arbeiten muss. Vor allem an den Wochenenden. Sie funktionieren zumindest als Eltern sehr gut, die beiden. Das muss man ihnen lassen ... Aber was rede ich denn so viel?«, sagte Alma. »Das alles soll Sebastian Ihnen selbst erzählen. Und jetzt greifen Sie zu.«

Valerie nickte, riss ein Stück von der Breze ab und strich Butter darauf. Genussvoll biss sie ab.

»Hm ... die sind nirgends so gut wie hier in Bayern«, sagte sie, und Alma lächelte.

»Das will ich wohl meinen. Ich habe eine ganze Tüte voll gekauft. Sie dürfen sich gerne mehr nehmen.«

»Vielen Dank, aber die eine reicht mir vorerst«, lehnte sie höflich ab und bestrich ein weiteres Stück, während Alma sich um das Essen auf dem Herd kümmerte und die Suppe abschmeckte.

So lange schon hatte sie keine richtige Breze mehr gegessen, die für sie mit vielen Kindheitserinnerungen verbunden war. Die riesigen Brezen zum Beispiel, die es mit hauchdünn geschnittenem Käse bei den Besuchen auf dem Rosenheimer Herbstfest gegeben hatte. Oder die Brezenpflanzerl, die Sebastians Oma Marianne extra für Valerie, Mia und Sebastian aus übriggebliebenem Laugengebäck, Eiern und Gemüse gemacht hatte. Die Kinder waren ganz scharf auf dieses Gericht gewesen, das Marianne entweder mit Kartoffelsalat oder Rahmkohlrabi als Beilage in der gemütlichen Küche oder auf der Terrasse auftischte. Sebastian hatte immer die meisten Pflanzerl verputzt. Sein Rekord waren elf Stück gewesen, während sie und Mia nicht mehr als sechs Stück geschafft hatten. In diesem Moment konnte Valerie sich genau an den Geschmack des Gerichtes erinnern. Seither hatte sie nie wieder etwas Ähnliches gegessen.

»Ich bin sehr froh, dass Sie so schnell gekommen sind, Valerie«, riss Alma sie aus ihren Gedanken. »Mia tut immer sehr stark, aber sie braucht jetzt jemanden aus der Familie, der sie unterstützt.«

Valerie suchte nach den passenden Worten.

»Ich weiß gar nicht, ob Mia das auch so sieht«, sagte sie schließlich. »Es ist doch ... nun ja, alles ein wenig kompliziert.«

Alma sah sie mit einem Blick an, der voller Verständnis war. Valerie wusste nicht, inwieweit diese Frau über die Situation Bescheid wusste. Doch wenn sie tatsächlich für ihren Vater als Pflegerin gearbeitet hatte, dann kannte sie wohl die ganze Geschichte.

»Doch. Das denke ich schon«, sagte Alma. »Jedenfalls ist es richtig, dass Sie hier sind.«

»Seit wann haben Sie denn für meinen Vater gearbeitet?«, fragte Valerie.

»Letzten Monat sind es drei Jahre gewesen«, sagte Alma mit traurigem Blick.

»So lange?«, rutschte es Valerie heraus.

Alma nickte und schien etwas überrascht über die Frage.

»Nun ja, Mia musste ja tagsüber in die Schule. Sie hätte ihn nicht allein lassen können.«

»War es denn so schlimm mit ihm?«

Alma schenkte den Kaffee ein.

»Es war niemals schlimm mit Albert«, sagte sie ein wenig kühler.

»So meinte ich das nicht«, korrigierte Valerie ihre Bemerkung sofort.

»Albert war auch in seiner Vergesslichkeit immer liebenswürdig. Man konnte ihn nur nicht mehr alleine lassen.«

Valerie sah, dass in ihren Augen Tränen schwammen.

Sie stellte die beiden Tassen mit Kaffee auf den Tisch und dazu Milch und Zucker.

»Vielen Dank.«

»Ich muss kurz ins Badezimmer«, sagte Alma und verschwand aus der Küche.

Valerie nahm den Kaffee und nippte vorsichtig daran. In dem Moment klingelte es an der Haustür. Der Hund hob den Kopf und bellte einmal. Dann stand er auf und trottete zur Tür, nicht ohne Valerie einen Blick zuzuwerfen, bevor er in den Flur verschwand. Ganz wohl war ihr nicht dabei, als sie ebenfalls aufstand und hinausging. Unerfahren wie sie war, konnte sie das Tier einfach nicht einschätzen.

»Einen Moment!«, rief sie dem Schatten hinter der Milchglastür zu. Dann wandte sie sich an den Hund. »Geh in die Küche zurück, Rudi!«, befahl sie ihm und zeigte dabei mir dem Arm in besagte Richtung. Und erstaunlicherweise folgte ihr das Tier aufs Wort. Endlich konnte sie die Tür öffnen. Draußen stand ein junger Bursche mit einem großen Strauß bunter Blumen in der Hand.

»Ja bitte?«

»Ist Frau Garber hier?«, fragte er höflich.

»Meine Schwester schläft gerade. Kann ich Ihnen weiterhelfen?«

»Sie sind Ihre Schwester?«, fragte er überrascht.

»Ja.«

»Also, ich bin Joshi. Ein Schüler von Frau Garber.« Er hielt ihr den Blumenstrauß entgegen. »Könnten Sie ihr den bitte geben? Der ist von unserem Chor. Es tut uns allen so leid, mit ihrem Vater.«

»Danke«, sagte Valerie und nahm die Blumen entgegen.

»Und Ihnen natürlich auch mein Beileid«, stotterte der hübsche Kerl ein wenig unbeholfen, als ihm offensichtlich bewusst wurde, dass Albert natürlich auch ihr Vater gewesen war.

»Joshua! Was machst du denn hier?«, fragte Mia da.

Valerie drehte sich kurz um.

Mia kam zur Haustür und sah ihren Schüler völlig überrascht an.

»Hallo, Frau Garber. Ich habe Ihnen Blumen gebracht... von uns allen. Damit Sie wissen, dass wir an Sie denken.«

Valerie reichte ihr den Strauß weiter.

»Das ist total lieb von euch«, sagte Mia leise. »Die

Blumen sind wunderschön. Willst ... willst du vielleicht reinkommen?«

Er schüttelte den Kopf.

»Geht leider nicht. Wir haben gleich Bandprobe für den Auftritt morgen in Didis Oberstübchen.«

»Verstehe. Bitte sag auch den anderen vielen Dank. Ich freue mich wirklich sehr.«

Valerie sah, dass die Augen ihrer Schwester verdächtig schimmerten.

»Sie fehlen uns jetzt schon total«, sagte Joshua mit betrübtem Blick.

Offenbar hingen die Schüler sehr an ihrer Schwester, wenn sie schon nach einem Tag so sehr vermisst wurde, dachte Valerie.

Mia schluckte. »Ihr fehlt mir auch, Joshua«, sagte sie ganz leise. »Sehr.«

»Sie müssen auf alle Fälle wieder zurückkommen, Frau Garber!«

»Darüber reden wir besser nicht jetzt, Joshua«, winkte Mia rasch ab. »Danke für deinen Besuch. Mach's gut.«

Der Schüler verabschiedete sich und ging zu seinem Moped, das neben der Garage stand.

Mia und Valerie gingen zurück in die Küche. Alma war bereits wieder am Herd.

»Da haben die jungen Leute aber schöne Blumen ausgesucht«, sagte sie.

Mia nickte und öffnete einen Schrank, aus dem sie eine Vase nahm und mit Wasser füllte.

»Wie lange bist du denn wegen der Beerdigung von der Schule beurlaubt?«, fragte Valerie ihre Schwester, die etwas irritiert über die Aussage dieses Joshua war, dass sie unbedingt wieder zurückkommen müsse.

Mia reagierte nicht und tat so, als ob sie die Frage nicht gehört hätte, was allerdings unmöglich war, da sie nur zwei Meter von ihr entfernt stand.

»Mia?«, hakte Valerie noch mal nach.

»Die Direktorin hat sie...«, begann Alma, doch Mia unterbrach sie.

»Ich möchte jetzt nicht darüber reden«, sagte sie in einem scharfen Ton.

»Okay. Es geht mich ja auch gar nichts an«, sagte Valerie nun kühl, obwohl sie das, was Mia ihr verschweigen wollte, tatsächlich interessierte.

»Eben!«

Alma schaut bedrückt zwischen den beiden Schwestern hin und her, sagte jedoch nichts. Offenbar hatte sie Angst, dass jedes Wort falsch sein könnte.

Mia zupfte einige Blumen zurecht und stellte die Vase dann auf die Kommode neben dem Fenster.

»Gibt es schon einen Termin für die Beerdigung?«, wollte Valerie wissen.

»Am Montag um 13 Uhr«, sagte Mia, und ihre Stimme hörte sich etwas kratzig an.

Also in vier Tagen, wenn man den heutigen Freitag noch mitrechnet, dachte Valerie.

»Und gleich anschließend um 14 Uhr findet ein Gedenkgottesdienst statt«, fügte Mia noch hinzu.

»Okay. Ich fliege dann am Dienstag wieder zurück.«

»Ja klar«, nahm Mia die Information fast lapidar zur Kenntnis.

»Ich finde es wirklich schade, dass Sie nicht länger bleiben können«, sagte Alma.

»Es geht leider nicht anders ... Aber wenn ich bis dahin etwas machen soll, dann sag es mir bitte, Mia«, bot Valerie erneut an, ihre Schwester zu unterstützen.

»Brauchst du nicht. Es ist besser, ich kümmere mich selbst um ...«, begann Mia, da unterbrach Alma sie.

»Der Blumenkranz muss doch noch ausgesucht werden«, sagte sie zu Valerie, ohne auf Mia zu achten.

»Aber ...«, begann Mia.

»Das kann ich gerne übernehmen«, sagte Valerie, froh, sich irgendwie an den Vorbereitungen beteiligen zu können, auch wenn es Mia offensichtlich nicht recht war.

»Du weißt doch gar nicht, welche Blumen er mochte«, fuhr Mia sie an.

Valerie schluckte.

»Anemonen«, sagte sie dann leise. »Paps mochte rote Anemonen.«

Zum ersten Mal seit ihrer Ankunft wich Mia Valeries Blick nicht aus, in dem sich die Trauer um ihren Vater spiegelte.

»Na gut ... dann kümmere du dich darum«, sagte Mia, und Valerie nickte.

»Dann ist das ja geklärt«, sagte Alma und wirkte erleichtert. »Die Suppe ist bald so weit. Mia, deck doch bitte schon mal den Tisch.«

Das Essen schmeckte ausgezeichnet, doch es verlief ziemlich schweigend. Alma versuchte immer wieder, ein Gespräch in Gang zu bringen, doch Mia und auch Valerie war gerade nicht nach einer Unterhaltung zumute.

»Falls ihr beiden mich heute nicht mehr braucht, würde ich nach dem Essen nach Hause gehen«, sagte Alma schließlich, als sie fertig waren. Inzwischen hatte sie Valerie das Du angeboten.

»Ich fahr dich«, bot Mia an.

»Danke ... Aber erst räume ich noch die Küche auf.«

»Das kann ich doch machen«, sagte Valerie. »Und nochmals danke für das Essen. Die Suppe war hervorragend.«

»Es freut mich, dass es euch geschmeckt hat.«

»Es ist noch so viel da, nimm doch eine Portion für Rosa mit«, sagte Mia zu Alma. »Wir haben danach immer noch genug.«

»Na gut.«

Alma füllte ein wenig Suppe und Fleisch in eine Tupperschüssel, nahm ihre Handtasche, als sie sich in einem letzten Appell noch einmal an die Schwestern wandte.

»Ich weiß, dass es sicherlich nicht einfach für euch ist, euch nach so langer Zeit wiederzusehen. Noch dazu unter den traurigen Umständen. Aber bitte haltet doch zusammen. Ich weiß, dass es eurem Vater sehr wichtig gewesen wäre, dass ihr wieder einen guten Draht zueinander bekommt. Ihr habt doch nur noch euch, Mädchen«, sagte sie eindringlich.

»Das stimmt nicht«, sagte Mia barsch. »Valerie hat noch immer ihre Mutter, ihre Oma und ihren Stiefvater!«

Bevor Valerie darauf etwas sagen konnte, rauschte Mia an Alma vorbei hinaus in den Flur.

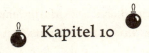

Kapitel 10

11. September 2001

Mia war an diesem Tag schon aufgewacht, bevor der Wecker klingelte. Nicht nur, weil es der erste Schultag nach den Ferien war, sondern weil Valerie und ihre Mutter heute endlich wieder nach Hause fliegen würden. Obwohl sie durch den Zeitunterschied und den langen Flug erst morgen früh in München landen würden, war Mia schon jetzt aufgeregt.

Die ganzen Ferien über hatte Mia auf das Ende derselben hingefiebert, so sehr freute sie sich darauf, endlich ihre Schwester wiederzusehen. Natürlich hatte sich ihr Vater nach besten Kräften bemüht, dass sie eine schöne Zeit hatte. Und sie hatte die freien Tage mit Sebastian genossen. Sie waren schwimmen gewesen, ins Kino gegangen und hatten bei schlechtem Wetter Kniffel oder Monopoly gespielt. Dennoch fehlte ihr einfach ihre Schwester. Sie waren es nicht gewohnt, so lange getrennt zu sein, und die gelegentlichen Telefonate hatten alles eigentlich nur noch schlimmer gemacht, weil Valerie ständig von neuen tollen Sachen erzählt hatte, die sie in New York erlebte.

»Mia! Beeil dich!«, rief ihr Vater die Treppe hoch.

»*Komme schon!*«, *rief sie zurück. Sie schnappte sich die Schultasche, die ohne Bücher am Schulanfang noch wunderbar leicht war, und eilte nach unten in die Wohnküche. Albert hatte ihr einen Toast mit Butter und Marmelade geschmiert und Orangensaft eingeschenkt. Ein entspanntes Lächeln umspielte seine Lippen, als er ihr einen guten Morgen wünschte und einen Kuss auf die Wange drückte. Auch er freute sich unübersehbar auf seine Frau und seine Tochter.*

»*Gut geschlafen?*«, *fragte er.*

Mia nickte und schaute auf die Uhr. Kurz nach sieben. Gleich würde Sebastian sie abholen, um gemeinsam zur Bushaltestelle zu gehen. Sie nahm einen Schluck Saft und biss in den Toast, da klingelte es auch schon. Sie legte den angebissenen Toast wieder auf den Teller.

»*Tschüss, Papa*«, *sagte sie mit vollem Mund und war schon auf dem Weg zur Tür.*

»*Auf keinen Fall gehst du ohne Frühstück aus dem Haus*«, *sagte Albert bestimmt.*

»*Aber ich muss los. Sebastian ist da.*«

»*Der soll reinkommen. Ich fahr euch heute. Ausnahmsweise. Dann kannst du noch in Ruhe frühstücken.*«

»*Oh, das ist ja cool. Danke, Papa*«, *sagte sie und eilte zur Haustür.*

Eine Viertelstunde später waren sie mit dem Wagen unterwegs zum Gymnasium. Die Strecke dauerte mit dem Auto keine zehn Minuten, während der Bus so viele Haltestellen anfuhr, dass er fast eine halbe Stunde unterwegs war.

»*Danke, dass ich mitfahren darf*«, *sagte Sebastian.*

»*Aber klar doch.*« *Albert lächelte ihm im Rückspiegel zu.*

»*Wann fliegen Olivia und Valerie denn eigentlich in New York los?*«, wollte Sebastian wissen.

»*Um 17.30 Uhr. Da ist es bei uns aber schon halb zwölf Uhr nachts*«, erklärte Mia eifrig, die sich Abflug- und Ankunftszeit genau angesehen und auf ihre Zeitzone umgerechnet hatte, damit sie nur ja nichts verpasste. »*Und kurz vor halb acht Uhr morgen früh landen sie in München.*«

»*Da sind sie ja ganz schön lange unterwegs*«, kommentierte Sebastian.

»*Etwa acht Stunden*«, sagte Mia.

»*Aber wenn ihr euch vorstellt, was für eine große Entfernung zwischen München und New York liegt und dass sie den riesigen Atlantik überfliegen müssen, geht es doch eigentlich sehr schnell*«, gab Albert zu bedenken, und die Kinder nickten.

»*Darf ich morgen wirklich nicht mitkommen zum Flughafen, Papa?*«

»*Nein, mein Fräulein, du gehst schön brav zur Schule. Und wenn du nach Hause kommst, sind die beiden schon da und warten auf dich.*«

»*Ich könnte ja vielleicht einen Marmorkuchen für sie backen?*«, schlug Mia vor.

»*Mach das. Da freuen sie sich bestimmt, Mäuschen. Und ich mich auch*«, meinte Albert.

»*Und was ist mit mir?*«, fragte Sebastian.

»*Du kriegst natürlich auch ein Stück zur Feier des Tages ab*«, sagte Mia und grinste ihm zu.

Der Schultag verging wie im Flug. An den ersten beiden Tagen ging der Unterricht nur bis Mittag. Erst danach war an der Ganztagsschule wieder lernen bis zum Nachmittag angesagt.

Valerie würde demnach tatsächlich so gut wie nichts verpassen. Die Schwestern gingen in verschiedene Klassen, da Mia den musischen und Valerie den neusprachlichen Zweig des Gymnasiums besuchte.

Als Mia am Mittag nach Hause kam, fand sie auf der Kommode im Flur einen Zettel von Albert, auf dem stand, dass er beim Einkaufen im Supermarkt war und etwas zu Essen mitbringen würde. Für den Nachmittag hatten sie geplant, in den kleinen Schreibwarenladen im Ort zu fahren, um die Schulsachen für beide Mädchen zu besorgen.

Um sich die Zeit bis zu seiner Rückkehr zu vertreiben, schnappte sie sich einen Apfel und schaltete den Fernseher ein. Bei ihrer Mutter durfte sie das normalerweise nicht. Da gab es unter der Woche tagsüber Fernsehverbot, abgesehen von gelegentlichen Ausnahmen in den Ferien bei besonders schlechtem Wetter oder wenn eines der Mädchen krank war. Albert sah das glücklicherweise nicht ganz so streng, und solange Olivia noch nicht zurück war, nutzte Mia das auch aus.

Plötzlich wurde die Sendung durch aktuelle Nachrichten unterbrochen. Ein Flugzeug sei in New York in einen Turm des World Trade Centers geflogen. Erschrocken verfolgte Mia das Geschehen im Fernsehen. Dann hörte sie, wie die Haustür aufgesperrt wurde.

»Mia?«, die Stimme ihres Vaters klang völlig aufgelöst. »Mia! Bist du schon zu Hause?«

»Ja. Ich bin hier!«

Ziemlich blass im Gesicht kam er ins Wohnzimmer und starrte auf das Bild im Fernseher.

»Schau mal, was da gerade passiert!«, sagte Mia aufgeregt, die die ganze Tragweite des Geschehens noch gar nicht erfas-

sen konnte. »Das ist kein Film, sondern das sind die Nachrichten!«

»Ich weiß. Ich habe es eben im Radio gehört«, *sagte er atemlos.*

Sie zuckten beide erschrocken zusammen, als in diesem Moment eine weitere Maschine in den zweiten Turm flog.

»Um Gottes willen«, *rief Albert entsetzt. Dann eilte er zum Telefon, um bei seinen Schwiegereltern anzurufen.*

Es klingelte mehrmals, bis endlich jemand abhob. Als er Olivias Stimme hörte, fiel ihm ein riesengroßer Stein vom Herzen. Mia drückte auf die Lautsprechertaste an der Telefonanlage, damit sie mithören konnte.

»Olivia! Geht es euch allen gut?« *Er schrie es fast ins Telefon.*

»Ja. Uns fehlt nichts, Albert«, *sagte Olivia und hörte sich dabei ziemlich erschüttert an.* »Aber niemand weiß, was noch passieren wird.«

»Wir haben es gerade in den Nachrichten gesehen. Offenbar wird New York mit Flugzeugen angegriffen«, *sagte Albert aufgewühlt.*

»Es ist alles so schrecklich, Albert. Wir sehen vom Fenster aus die Rauchwolken in den Himmel aufsteigen.«

Glücklicherweise lag die Wohnung von Olivias Eltern in Brooklyn Heights und damit nicht zu nah beim World Trade Center. Trotzdem war die Lage derzeit völlig unübersichtlich, und es war absolut nicht abzusehen, was noch alles passieren könnte.

Mia sah, dass ihr Vater völlig außer sich vor Sorge war.

»Wie geht es Valerie?«, *fragte er.*

»Sie hat auch Angst, aber es geht ihr gut. Meine Mutter kümmert sich gerade um sie«, erklärte Olivia.

»Hallo, Mama!«, rief nun auch Mia ins Telefon und begann zu weinen.

»Schätzchen... bitte... bitte nicht weinen. Es wird alles gut!«, versuchte Olivia ihre Tochter über die weite Entfernung hinweg zu beruhigen.

»Ich will nicht, dass euch etwas passiert!«, schniefte Mia, und Tränen liefen über ihre Wangen.

»Das wird es nicht. Deine Mama und Valerie passen bestimmt gut auf sich auf«, versuchte nun auch Albert, beruhigend auf Mia einzureden.

»Ich muss jetzt leider aufhören, weil Vater telefonieren muss«, sagte Olivia schnell.

»Bitte ruf uns bald wieder an, damit wir wissen, wie es euch geht, wie es weitergeht, und passt bitte, bitte auf euch auf!«, sagte Albert eindringlich.

»Bis bald, Mama. Ich hab dich lieb!«

Bevor Olivia antworten konnte, war das Gespräch abgebrochen.

Albert hatte versucht, Mia vom Fernseher wegzulocken. Doch das war vergebliche Liebesmüh gewesen. Nichts zu wissen war für sie noch schlimmer, als zu sehen, was passierte. Und so verfolgten die beiden gebannt die Nachrichten über die schrecklichen Geschehnisse, hörten, dass auch noch zwei weitere Flugzeuge in Arlington und in Shanksville zum Absturz gebracht worden waren, und sahen, wie die Türme in New York in sich zusammenstürzten. Später kam Sebastian dazu, der ebenfalls nicht glauben konnte, was gerade in Amerika passierte.

Immer wieder klingelte das Telefon, und jedes Mal hofften Albert und Mia auf einen Anruf von Olivia. Doch es waren nur Freunde und Bekannte, die sich erkundigten, wie es Olivia und Valerie ging.

Mehrmals versuchten sie es selbst bei ihnen in New York, doch sie bekamen keine Verbindung. Immerhin hatte es in New York keine weiteren Anschläge mehr gegeben.

Mia kam es so vor, als würde sie gerade in einem furchtbaren Albtraum feststecken. Sie wünschte sich nichts sehnlicher, als aufzuwachen und festzustellen, dass alles wieder gut war. Albert versuchte, sie zu beruhigen, aber er konnte seine Besorgnis und Hilflosigkeit selbst kaum verbergen.

»Du musst schlafen gehen, Mia«, sagte er, als es schon spät war und sie die Augen kaum noch offenhalten konnte.

»Aber Papa, ich kann doch nicht schlafen, wenn ich nicht weiß, wie es Mama und Valerie geht«, sagte sie mit Tränen in den Augen.

»Bestimmt geht es ihnen bei Oma und Opa gut.«

»Das weißt du doch gar nicht!«, warf sie ein.

»Aber ich spüre es«, sagte Albert und legte eine Hand auf sein Herz. »Ganz tief da drinnen weiß ich, dass alles gut ist.«

Dann nahm er die Hand seiner Tochter und legte sie auf ihre Brust. »Mach die Augen zu und versuch mal, in dich hineinzuhören. Was hast du für ein Gefühl? Was sagt dir dein Herz?«

Mia schloss die Augen und versuchte sich zu konzentrieren. Sie dachte an ihre Mutter und an Valerie. Dann sah sie ihren Vater an.

»Ich spüre auch, dass es ihnen gut geht«, sagte sie schließlich, ohne zu wissen, woher diese Erkenntnis kam.

Albert bemühte sich um ein aufmunterndes Lächeln, doch es wirkte traurig.

»Siehst du«, sagte er. »Und bald werden wir auch erfahren, dass es stimmt.«

Kurz vor Mitternacht kam endlich der erlösende Anruf. Olivia und Valerie waren mit ihren Eltern zu Freunden nach Long Island in die Hamptons gefahren, wo sie eine Weile bleiben konnten und hoffentlich in Sicherheit waren. Niemand wusste derzeit, wie es weitergehen würde. An einen Rückflug nach Deutschland war erst einmal nicht zu denken. Dazu war die Lage viel zu unübersichtlich. Doch zumindest konnte Mia endlich auch mit Valerie sprechen.

»Wären wir doch nur nie nach Amerika geflogen«, jammerte Valerie. »Ich möchte daheim sein, bei dir und bei Paps.«

Dass die ansonsten stets vernünftige und gefasste Valerie so verzweifelt war und hemmungslos weinte, brachte Mia ein wenig aus der Fassung. Doch obwohl ihr selbst nach Heulen zumute war, war sie es diesmal, die versuchte, ihre Schwester wieder aufzumuntern.

»Es wird bestimmt bald alles wieder gut, Valerie ... Und dann kommt ihr heim, und dann ist alles wieder so, wie es vorher war.«

Mia wollte das ganz fest glauben. Immerhin war weder ihrer Schwester und Mutter noch ihren Großeltern etwas passiert. Sie hatten Glück gehabt.

»Ich muss jetzt aufhören«, sagte Valerie leise, und sie verabschiedeten sich mit dem Versprechen, am nächsten Tag wieder zu telefonieren.

Nach dem Telefonat konnte Albert Mia endlich überreden, ins Bett zu gehen.

»Schlaf jetzt, mein Kleines«, sagte er, als er sie zudeckte, und strich ihr eine Haarsträhne aus der Stirn. »Ich komme später noch mal und schaue nach dir. Okay?«

»Ja, okay... Gute Nacht, Papa.«

»Gute Nacht, Mia. Du wirst sehen, alles wird wieder gut.« Seine Stimme klang ganz sanft.

»Lässt du das Licht an?«, bat sie.

»Ja klar.«

»Muss ich morgen zur Schule?«

»Nein, Mia. Das musst du nicht. Außer... außer du möchtest es gerne?«

Sie überlegt kurz, schüttelte dann aber den Kopf.

»Ich möchte lieber hier bei dir sein.«

»Na gut. Dann machen wir das so. Ich kläre es gleich morgen früh mit deinem Klassenlehrer.«

Als er das Zimmer verlassen hatte, schloss Mia die Augen. Doch die schrecklichen Bilder, die sie heute gesehen hatte, spukten wieder und wieder durch ihren Kopf und machten ihr Angst. Sie konnte nicht einschlafen. Schließlich stand sie auf und ging ans Fenster. Sie starrte in die dunkle Nacht hinaus und fühlte sich so einsam wie nie zuvor in ihrem Leben.

»Valerie«, murmelte sie. »Bitte komm bald zurück mit Mama.«

Doch in diesem Moment hatte sie zum ersten Mal eine vage Ahnung, dass sie ihre Schwester und Mutter für längere Zeit nicht mehr sehen würde. Wie lange es tatsächlich dauern würde, bis sie sich wiedersahen, hätte sie sich jedoch nie im Leben träumen lassen.

Kapitel 11

Valerie

Während Mia Alma nach Hause brachte, räumte Valerie die Küche auf. Dann schickte sie ihrer Mutter eine Nachricht, dass die Beerdigung am Montag stattfinden und sie am Tag danach zurückfliegen würde.

»Ich freue mich, wenn du bald wieder hier bist«, hatte Olivia zurückgeschrieben, was Valerie etwas seltsam fand. Solche Sätze war sie von ihrer Mutter nicht gewohnt.

Wie versprochen kümmerte sich Valerie auch um den Blumenkranz und rief dazu beim örtlichen Blumenladen an. Sie bestellte die teuerste Ausführung, die sie anboten, mit roten Anemonen und weißen Rosen. Außerdem erkundigte sie sich gleich, wie teuer eine professionelle Grabpflege wäre. Sie wollte nicht, dass die ganze Arbeit später allein an Mia hängen blieb. Und eine ordentliche Grabpflege war nicht gerade billig. In ihren Augen war das das Mindeste, was sie übernehmen konnte.

Nachdem sie das geregelt hatte, las sie ihre geschäftlichen E-Mails und leitete die an Anthonys Sekretärin weiter, die dringend beantwortet werden mussten. Um den Rest würde sie sich kümmern, wenn sie wieder zurück in New York war. Im Moment hatte sie dafür keinen Kopf.

Als Mia eine Stunde später immer noch nicht zurück war, schlüpfte Valerie in ihre Stiefel und den Mantel. Sie brauchte unbedingt ein wenig Bewegung an der frischen Luft. Da sie keinen Schlüssel hatte, verließ sie das Haus durch die Kellertür, die sie unversperrt ließ, in der Hoffnung, dass nicht ausgerechnet jetzt jemand auf diesem Weg ins Haus einbrechen würde.

Die Bewegung tat ihr gut, auch wenn die Sonne inzwischen hinter dichten Wolken verschwunden und es seit ihrer Ankunft heute früh deutlich kälter geworden war. In der Luft lag ein ganz besonderer Duft. Ein Duft, der Schnee ankündigte. Nach einer Weile spürte sie, dass ihre Stiefel mit den Absätzen für weitere Strecken nicht sonderlich gut geeignet waren. Kurz überlegte sie, ob sie umkehren sollte, doch dann steuerte sie den Weg zum Ortskern an. Im Gegensatz zur Hektik in der Metropole, in der sie die letzten achtzehn Jahre gelebt hatte, ging es an dem kleinen Ort am Chiemsee beschaulich zu. Sogar den Verkäufer des Schuhgeschäftes erkannte sie noch, auch wenn sie sich nicht mehr an seinen Namen erinnerte.

Valerie kaufte ein bequemes Paar gefütterter Schuhe, die sie gleich anließ, und gönnte sich dann noch einen Abstecher in die Boutique nebenan, die sie mit einer Jeans und zwei Pullis wieder verließ. So ausgestattet machte sie sich auf den Rückweg.

»Kann ich Sie vielleicht mitnehmen, junge Frau?«

Ein Wagen war neben ihr an den Rand des Bürgersteigs gefahren. Überrascht erkannte Valerie Sebastian, der sie durch das geöffnete Beifahrerfenster von seinem Fahrersitz aus anlächelte.

»Nur wenn Sie keine schlimmen Absichten haben«, entgegnete sie trocken.

»Na gut. Heute lasse ich mein Samuraischwert ausnahmsweise im Kofferraum.«

»In diesem Fall nehme ich das Angebot gern an.«

»Welches Schwert, Papi?«

Erst jetzt entdeckte Valerie auf dem Rücksitz einen kleinen Jungen.

»Das war nur ein Spaß«, sagte Sebastian.

»Ach so ... Hallo. Ich bin Max«, stellte der Kleine sich selbst vor.

»Hallo, Max ... und ich bin Valerie.« Sie stieg ein und schloss die Beifahrertür.

»Bist du Mias Zwillingsschwester?«

»Stimmt genau.«

»Aber du schaust gar nicht so aus wie sie«, sagte er mit kritischem Blick. »Die Zwillinge in meiner Klasse sind ganz gleich.«

»Weißt du, Max, das liegt daran, dass Mia und ich keine eineiigen Zwillinge sind, sondern zweieiige«, erklärte Valerie ihm.

»Welche Eier?«, fragte Max neugierig.

Sebastian war inzwischen losgefahren und warf ihr einen amüsierten Blick zu, als ob auch er auf ihre Erklärung gespannt war.

Valerie suchte nach den passenden Worten. Mit Kindern hatte sie kaum Erfahrung und absolut keine Ahnung, wie viel der Kleine schon über Fortpflanzung und das ganze Drumherum wusste.

»Nun, mit Eiern, so wie du sie kennst, hat das natürlich

nichts zu tun, Max ... also mit Hühnereiern, meine ich ...«, begann sie.

»Mit was dann?«

Puh! Ihm das genau zu erklären würde jetzt viel zu kompliziert werden.

»Na ja ...«, versuchte sie deshalb eine ganz einfache Antwort. »... es gibt Zwillinge, die sehen ganz gleich aus, und andere, wie Mia und ich, können völlig unterschiedlich aussehen. Trotzdem sind wir Zwillingsschwestern und haben am selben Tag Geburtstag.«

»Ich hätte auch gern einen Bruder«, sagte er und schien mit ihrer Erklärung zufrieden zu sein. »Dann wäre der immer da, und wir könnten zusammen spielen.«

»Ja. Geschwister zu haben, ist echt schön«, sagte Valerie. Zumindest war es damals schön gewesen, als sie noch Kinder waren. Jetzt war es leider mehr als schwierig, einen Weg zu finden, die wenigen Tage, die sie hier sein würde, mit ihrer Schwester klarzukommen.

»Wie läuft es denn zwischen dir und Mia?«, wollte Sebastian wissen, nachdem der Kleine sich wieder mit einem Satz Fußball-Quartett-Karten beschäftigte, was Valerie erstaunte. Die meisten Kinder würden jetzt vermutlich auf einem Smartphone oder iPad herumdaddeln. Zumindest beschweren sich die Eltern, die sie kannte, über diesen Zeitvertreib.

»Es ist so schwierig, wie ich vermutet hatte«, sagte sie ehrlich. »Und Mia ... sie blockt ständig ab und macht es uns dadurch auch nicht unbedingt leichter.«

Sebastian nickte nachdenklich.

»Ich weiß noch, dass du von euch beiden früher diejenige

warst, die besser mit Schwierigkeiten umgehen konnte und diplomatischer war, während Mia bei allem gleich an die Decke ist. Da hatte ich immer das Gefühl, dich würde nichts aus der Bahn werfen können.«

Damit hatte er wohl recht. Sie hatte immer versucht, Dinge nicht zu nah an sich heranzulassen und einen kühlen Kopf zu bewahren. Damit war sie viel weniger verletzlich und fühlte sich stärker. Und in Amerika hatte sich dieser Charakterzug noch weiter verfestigt. An der Universität hatten sie einige sogar als »Eisprinzessin« tituliert, weil sie sich hauptsächlich aufs Lernen konzentriert hatte. In Steward, ihrem damaligen Freund, hatte sie sich einen Partner gesucht, der ihr sehr ähnlich gewesen war. Sie funktionierten gut zusammen, weil sie beide den Hauptfokus auf einen bestmöglichen Abschluss gelegt hatten. Als das geschafft war und Steward ein lukratives Jobangebot in Seattle bekam, während Valerie in New York in die Firma ihres Stiefvaters einsteigen wollte, bedeutete es für keinen der beiden den großen Herzschmerz, sich aus Vernunftgründen zu trennen. Eine Fernbeziehung wollten sie nicht führen.

»... und wenn dann noch zwei Katastrophen gleichzeitig passieren«, riss Sebastian sie aus ihren Gedanken. »Das muss sie ja wirklich völlig aus der Bahn werfen.«

»Denkst du, sie sieht es als Katastrophe an, dass ich zurück bin?«, fragte sie betroffen.

»Dich als Katastrophe? Aber nein, ich meinte, dass sie den Job in der Schule verloren hat. Ich habe es gerade vorhin von einem Vater erfahren, als ich Max vom Fußballtraining abgeholt habe. Noch nicht einmal mit mir hat sie darüber gesprochen.«

Das war es also, was Mia mir vorhin nicht sagen wollte, als dieser Schüler ihr den Blumenstrauß gebracht hatte!

»Wie kann man denn mitten im Schuljahr einen Job an einer Schule verlieren?«, fragte Valerie verwundert.

»Keine Ahnung.«

»Hat sie sich was zuschulden kommen lassen? Oder ist sie so eine schlechte Lehrerin?«

»Mia? Eine schlechte Lehrerin? Ganz im Gegenteil«, sagte Sebastian und lachte trocken. »Die Schüler lieben sie. Und die Arbeit an der Schule bedeutet ihr alles. Was sie in den letzten Jahren musikalisch am Gymnasium auf die Beine gestellt hat, ist wirklich beeindruckend. Die Konzerte, die sie mit ihrem Chor zweimal im Jahr aufführt, sind immer restlos ausverkauft.«

»Ja aber, dann kann man ihr doch nicht so einfach kündigen!«, war Valerie ein.

»Offenbar gab es zwischen ihr und der Direktorin einige Differenzen. Was genau war, weiß ich nicht. Aber Mia kann ab und zu schon ein wenig aufbrausend sein, wenn sie sich ungerecht behandelt fühlt, und dann denkt sie leider nicht über die Konsequenzen nach.«

»Du kennst sie wirklich sehr gut«, sagte Valerie und fragte sich, ob die beiden mehr verband als reine Freundschaft.

»Wir sind schon immer beste Freunde. Da weiß man das eben«, sagte er, und damit hatte sich ihre Frage auch schon wieder erledigt.

»Ich kann mir vorstellen, dass sie die Sache mit der Schule wegen Alberts Tod momentan verdrängt. Aber ich muss wissen, was wirklich passiert ist. Vielleicht lässt sich ja doch noch etwas machen. Ich weiß, wie sehr sie ihren Job liebt«, sagte Sebastian.

»Wenn ich irgendwie helfen kann, dann sag es mir bitte«, meinte Valerie. Auch wenn sie momentan nicht wusste, wie sie in der kurzen Zeit, in der sie noch da war, etwas unternehmen sollte.

»Mache ich.«

Inzwischen waren sie zurück. Sebastian hatte sie bis vor die Haustür gefahren.

»Danke fürs Mitnehmen«, sagte Valerie und stieg mit ihren Einkäufen aus.

»Immer gern ... Wir sehen uns dann sicher morgen«, sagte Sebastian.

»Okay. Tschüss ihr beiden«, sagte sie und winkte auch Max zu.

Eigentlich hatte Valerie mit Mia über ihren Vater sprechen wollen. Vor allem über seine Krankheit, von der sie bis heute nichts gewusst hatte. Doch nachdem sie nun von Sebastian erfahren hatte, dass sie offenbar auch noch ihren Job verloren hatte, war ihr klar, dass das jetzt kein guter Zeitpunkt war. Schon am Nachmittag war Mia dem Thema Schule auf ziemlich barsche Weise ausgewichen. Nun konnte Valerie das auch nachvollziehen. Ihre Schwester musste gerade einiges verkraften. Vielleicht gab es ja doch irgendeine Möglichkeit, ihr zu helfen.

Plötzlich fühlte sie sich erschöpft von den anstrengenden letzten Stunden. Sie wollte nur noch eine Kleinigkeit essen und dann bald schlafen gehen. Um Mia nicht zu erschrecken, wenn sie durch die Kellertür ins Haus kam, klingelte sie an der Haustür. Rudi hatte sich in der kurzen Zeit offenbar schon an sie gewöhnt, denn als Mia öffnete, stand er zwar neben ihrer Schwester, bellte diesmal jedoch nicht.

»Ich habe gerade die restliche Suppe auf den Herd gestellt. Magst du auch noch was?«, fragte Mia, und es klang beinahe freundlich.

»Gern«, antwortete Valerie und hängte ihren Mantel auf, während Mia in die Küche ging.

»Kann ich dir was helfen?«, rief sie ihr hinterher.

»Nein, danke.«

Valerie ging nach unten und schloss die Tür im Keller ab. Dann kam sie in die Küche. Es sah richtig gemütlich aus. Mia hatte den Tisch, auf dem auch der Blumenstrauß der Schüler stand, schon für zwei Personen gedeckt. Unter diesen Umständen musste ihr der Strauß besonders viel bedeuten. Valerie nahm Platz.

»Möchtest du ein Glas Wein?«, fragte Mia.

»Oh ja, gern.«

Mia drehte sich zu ihr um.

»Ich weiß zwar noch, dass du früher Johannisbeersaft lieber mochtest als Apfelsaft, aber ob du jetzt lieber Weißwein oder Rotwein trinkst, musst du mir verraten«, sagte sie.

Immerhin schien Mia seit dem Gespräch vorhin ein wenig zugänglicher geworden zu sein.

»Ich mag beides gern. Aber jetzt wäre mir eher nach einem Glas Weißwein«, sagte Valerie. »Soll ich eine Flasche öffnen?«

»Im Kühlschrank steht eine.«

Während Mia den Topf mit der dampfenden Suppe auf

den Tisch stellte, holte Valerie eine Flasche Grünen Veltliner aus dem Kühlschrank, entkorkte sie und schenkte ein.

»Prost!«, sagte sie und hob das Glas.

»Prost!«, sagte Mia.

Irgendwie kam es Valerie irreal vor, dass sie nun einfach so mit ihrer Schwester in der Küche saß, in der sie in ihrer Kindheit unzählige Stunden verbracht hatte.

»Ich habe einen Blumenkranz bestellt. Er wird zum Friedhof geliefert«, sagte sie schließlich.

»Danke.«

»Die Sache mit der Grabpflege habe ich auch geregelt. Da brauchst du dich nicht weiter zu kümmern. Ich würde dich gern noch viel mehr unterstützen, wenn du mich nur lässt, Mia«, wagte sie einen weiteren Vorstoß.

Mia stand auf, stellte den Teller in die Spüle.

»Ich geh noch mal kurz mit Rudi raus«, sagte sie. »Und dann muss ich ins Bett. Gute Nacht!«

Als Valerie später ins Bett ging, hörte sie, wie ihre Schwester aus dem Badezimmer kam und in ihrem Schlafzimmer verschwand. Sie knipste das Nachtlicht aus. Während sie sich fest in die Bettdecke einkuschelte, erfüllte sie ein Gefühl der Behaglichkeit, wie sie es schon lange nicht mehr gespürt hatte. Kaum hatte sie die Augen geschlossen, war sie auch schon tief und fest eingeschlafen.

Valerie erwachte im Dunkeln und war sofort hellwach. Ein Geräusch, das sie nicht einordnen konnte, hatte sie geweckt. Sie griff nach ihrem Handy und sah, dass es kurz nach zwei Uhr morgens war. Da! Schon wieder dieses Geräusch. Kam das vom Speicher? Schlagartig bekam sie Gänsehaut, versuchte jedoch gleichzeitig, eine rationale Erklärung zu finden. Vielleicht war es ja Rudi, der dort oben ein wenig herumschnüffelte? Ein Einbrecher würde schließlich nicht ausgerechnet die alten Sachen vom Speicher klauen wollen.

Unter dem Türschlitz hindurch sah sie, dass im Flur das Licht angegangen war. Vermutlich hatte Mia den Hund vom Speicher geholt, mutmaßte sie.

Valerie schloss die Augen und versuchte, wieder einzuschlafen. Doch es gelang ihr nicht. Das Licht brannte immer noch. Und sie hörte schon wieder Geräusche, die von oben kamen.

Schließlich stand sie auf und ging aus dem Zimmer. In diesem Moment sah sie ihre Schwester, wie sie im Schlafanzug mit einem großen Karton langsam die Speichertreppe herunterkam, der schon ziemlich lädiert aussah und den Valerie sofort erkannte.

»Mia? Was machst du denn da?«, fragte sie.

Mia zuckte zusammen und blieb stehen.

»Valerie! Erschreck mich doch nicht so«, sagte sie vorwurfsvoll.

»Entschuldige, aber das hast du auch gemacht. Was willst du denn mitten in der Nacht mit der Weihnachtsdekoration anfangen?«

Mia nahm jetzt die letzten Stufen und sah sie an. Sie wirkte blass, und Valerie war sich nicht sicher, ob ihre Schwester überhaupt geschlafen hatte.

»Am Sonntag ist schon der erste Advent«, sagte Mia. »Und Papa hat da immer...« Sie stockte.

»Er hat immer schon vorher das Haus für uns dekoriert«, vollendete Valerie den Satz.

Ihre Mutter hatte nichts von dieser ganzen Deko gehalten und fand all die kleinen Figürchen, die Weihnachtsmänner, Alberts selbstgebaute Krippe, die Motiv-Kerzen, Engel und Sterne viel zu kitschig. Aber Albert hatte sich nicht davon abbringen lassen, und die Mädchen hatten es geliebt, das Haus gemeinsam mit ihm zu schmücken. Jahr für Jahr war neuer Schmuck dazugekommen, den Albert oft von seinen Reisen aus aller Welt mitgebracht hatte oder den die Kinder im Kindergarten oder der Grundschule gebastelt hatten.

Mia nickte.

»Ist noch was oben?«, fragte Valerie.

»Nein. Das war der letzte Karton«, antwortete Mia.

»Na, dann lass uns mal loslegen.«

»Du willst mir helfen?« Mia sah sie völlig überrascht an.

»Was denkst du denn?«

Eine halbe Stunde später hatten sie den Flur und die Wohnküche dekoriert. Auch wenn sie dabei nicht viel sprachen, so herrschte doch eine besondere, eine friedliche Atmosphäre. Rudi war nur kurz aufgewacht und hatte sich vermutlich über den nächtlichen Aktivismus der beiden Frauen gewundert. Dann hatte er sich wieder auf seine Decke gelegt und war leise schnarchend eingeschlafen.

»Jetzt haben wir nur noch den Wintergarten vor uns«, sagte Valerie. Den Eingangsbereich vor der Haustür wollten sie erst tagsüber machen.

Mia stand vor der Tür zum Wintergarten, machte jedoch keine Anstalten, sie zu öffnen.

»Mia? Ist er ... ist er darin gestorben?«, fragte Valerie leise. Bisher wusste sie immer noch so gut wie gar nichts darüber, was genau passiert war.

Mia nickte.

»Er hat wahrscheinlich versucht, aus dem Rollstuhl aufzustehen. Dabei brach er zusammen. Sie haben noch versucht, ihn wiederzubeleben. Aber es ... es war ...«

Mia konnte nicht mehr weitersprechen.

Valerie schluckte.

Die Schwestern sahen sich an.

Mia atmete einmal tief durch und griff dann zögernd nach der Türklinke.

»Warte mal ...«, sagte Valerie und ging in die Küche. Sie nahm die angebrochene Weinflasche aus dem Kühlschrank und schenkte zwei Gläser ein.

»Hier«, sagte sie und reichte ihrer Schwester ein Glas. »Vielleicht geht es damit ein wenig besser.«

Mit einem traurigen Lächeln prosteten sie sich zu und nahmen beide einen großen Schluck.

»Danke«, sagte Mia, dann öffnete sie die Tür.

Der große Wintergarten war der Raum im Haus, den Albert in der Adventszeit immer am aufwändigsten dekoriert hatte. Und einen Tag vor dem Heiligen Abend kam dann noch der zimmerhohe Tannenbaum dazu, der wegen des Geburtstages der Zwillinge nicht nur weihnachtlich, sondern mit allerlei sonstigem buntem Krimskrams behängt wurde und vor den bodentiefen Fenstern zum Garten stand.

Um die beiden Ereignisse zumindest ein wenig zu trennen, bekamen die Mädchen die Geburtstagsgeschenke bereits am Vormittag nach dem Frühstück in der mit bunten Luftballons geschmückten Küche. Am späten Nachmittag gab es dann ein Weihnachtsmenü, das Olivia gezaubert hatte. Danach ging es in den Wintergarten, um den Heiligen Abend zu feiern. Valerie hatte diesen Tag immer geliebt, den vor allem ihr Vater zu etwas ganz Besonderem für die Mädchen gemacht hatte.

»Vielleicht wäre ein bisschen Musik schön?«, schlug Valerie vor, damit die Stimmung nicht allzu traurig war.

Mia nickte und schaltete das Radio an der Musikanlage ein. Ein Rockklassiker aus den 8oer Jahren erfüllte den Raum mit fröhlichen Rhythmen. Genau das, was sie jetzt brauchten. Und Valerie wusste instinktiv, dass ihr Vater das auch so sehen würde.

Sie ging zur Kommode neben dem Fernseher und stellte einen der kleineren Kartons mit Weihnachtsschmuck darauf ab. Neben verschiedenen Preisen und Auszeichnungen, die Albert in den vielen Jahren seiner musikalischen Laufbahn bekommen hatte, standen dort gerahmte Fotos der Familie. Hauptsächlich waren sie von Mia, doch auf einigen war auch Albert abgebildet. Er hatte sich seit ihrer Kindheit kaum verändert, nur seine dunklen Haare waren im Laufe der Jahre an den Schläfen grauer geworden, und um Augen und Mundwinkel hatten sich Fältchen eingegraben.

Valerie schluckte, als sie ein Foto entdeckte, auf dem die ganze Familie zu sehen war. Sie nahm es in die Hand und betrachtete es. Sie konnte sich noch gut an den Moment erinnern. Albert hatte es mit dem Selbstauslöser aufgenommen am letzten Weihnachtsfest, das sie gemeinsam in diesem Haus verbracht hatten. Daneben gab es auch ein Bild, auf dem Mia und Valerie, beide noch im Kindergartenalter, im Garten auf einer Decke saßen und Eis aßen. Was waren das für glückliche Zeiten gewesen!

Mia trat hinter sie.

»Die anderen Fotos hat er alle in Alben geklebt«, sagte sie leise. »Willst du sie sehen?«

Valerie stellte das Foto zurück.

»Gerne ... Aber vielleicht erst morgen ... Lass uns jetzt lieber hier weitermachen.«

»Wie du meinst.«

Mia holte eine kleine Weihnachtspyramide aus dem Karton und platzierte sie auf einem Regalbrett. Dabei fiel ihr Blick zum Fenster. Es hatte angefangen, in dicken Flocken zu schneien.

»Schau mal«, sagte sie.

Valerie folgte ihrem Blick.

»Wow. Was für ein Timing. Das ist ja schon fast kitschig schön«, sagte sie, und sie lächelten sich zu.

Etwas hatte sich verändert. Es herrschte ein zerbrechlich wirkender Frieden zwischen den Schwestern.

Während Mia die Engel aufstellte und Kerzen in die Leuchter verteilte, stieg Valerie auf einen Stuhl und befestigte eine silberne Girlande mit Sternen um den Lampenschirm. Im Laufe der Jahre waren einige der kleinen Sterne verloren gegangen, aber im Licht der Lampe glitzerten die Übrigen immer noch besonders schön.

»So. Das war's«, sagte Mia schließlich und stellte den leeren Karton zur Seite.

Valerie stieg vom Stuhl und sah sich um. »Es sieht total schön aus.«

»Ja«, stimmte Mia zu. »So wie es hier immer aussah vor Weihnachten.«

Valerie hatte plötzlich einen dicken Kloß im Hals. Achtzehn Weihnachten, die sie nicht miterlebt hatte.

Mia lächelte traurig. »Er ... er fehlt mir so sehr.«

Valerie fühlte sich in diesem Moment überfordert. Sie wusste nicht, was sie darauf antworten sollte. Das Gefühl, ihren Vater zu vermissen, hatte sich seit damals so tief in ihre Seele eingegraben, dass es permanent schmerzte, auch wenn sie einen Weg gefunden hatte, es zu unterdrücken und damit umzugehen. Irgendwie hatte sie trotz allem immer die leise Hoffnung gehabt, dass sie ihn einmal wiedersehen würde. Die Gewissheit der Endgültigkeit jedoch, ihn tatsächlich nie mehr wiedersehen zu können, wollte sie noch nicht an sich heranlassen. Das, was es bedeutete, würde einfach viel zu weh tun.

Mia riss sie aus ihren Gedanken. »Danke. Dass, du mir geholfen hast, Valerie.«

»Gerne«, sagte sie. »Mutter würde einen Schreikrampf kriegen, wenn sie das jetzt zu sehen bekäme.« Schon als es ihr herausgerutscht war, hätte Valerie sich am liebsten auf die Zunge gebissen. Dabei hatte sie mit dem unbedachten Scherz nur ihre Gefühle überspielen und ein wenig Leichtigkeit in das Gespräch bringen wollen. Doch sie sah, dass das Lächeln aus Mias Gesicht sofort verschwand. Valerie hatte das Bedürfnis, mit Mia über ihre Mutter zu sprechen, doch sie wusste noch immer nicht, wie sie es anstellen sollte. Aber jetzt, wo sie sich durch die Dekoaktion endlich ein wenig

angenähert hatten, war ein äußerst ungünstiger Moment.
»Tut mir leid, Mia«, entschuldigte sie sich. »Wirklich.«

»Gut, dass sie das alles hier nicht sehen kann...«, begann Mia und schlug die Hände vors Gesicht. Valerie befürchtete, dass sie gleich anfangen würde zu weinen.

Doch das tat sie nicht. Mia begann zu lachen!

Valerie sah sie völlig verblüfft an. Verlor ihre Schwester jetzt die Nerven?

»Mia!«

Doch Mia hörte nicht auf.

»Mutter würde tatsächlich einen Schreikrampf kriegen, wenn sie all die Weihnachtsmänner sehen würde«, presste sie zwischen zwei Lachsalven hervor. »Und das Rentier mit dem kleinen dicken Schneemann auf dem Rücken.«

Valerie folgte ihrem Blick zu den bunten Figuren auf der Kommode.

»Oder den kleinen Rockmusiker-Engel mit Sonnenbrille neben dem Elefanten mit dem weißen Rauschebart«, sagte Valerie und kicherte plötzlich. Das Lachen ihrer Schwester war ansteckend.

»Und erst der Schneemann mit der Bermudahose und dem Surfbrett neben dem Christkind mit dem Baströckchen«, gackerte Mia.

Die beiden konnten gar nicht mehr aufhören, bis ihnen die Tränen kamen. Erst nach und nach beruhigten sie sich wieder.

Mia fuhr durch ihre dichte Haarmähne. »Gut, dass sie nicht da ist«, sagte sie schließlich, und das Lächeln, das in ihrem Gesicht zurückgeblieben war, wirkte nun künstlich.

Valerie kommentierte das nicht.

Inzwischen war es schon fast vier Uhr früh, und draußen schneite es immer noch.

»Wir sollten jetzt ins Bett gehen«, schlug Valerie vor, die sich plötzlich total erschöpft fühlte.

»Aber ich weiß nicht, ob ich einschlafen kann«, sagte Mia leise.

»Trotzdem musst du es versuchen. Du brauchst dringend Schlaf. Komm.«

Und Mia folgte ihr tatsächlich nach oben.

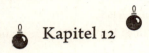

Kapitel 12

Mia

Nachdem das Haus für den Advent dekoriert war, fand Mia endlich Ruhe. Womöglich lag es auch daran, dass Valerie und sie sich dabei irgendwie ein wenig angenähert hatten, selbst wenn ihre ganzen Fragen natürlich noch immer unbeantwortet waren. Als Kinder hatten sie nur ganz selten Meinungsverschiedenheiten gehabt, und fast immer hatten sie sie noch am selben Tag geklärt. Doch jetzt war die Lage anders. Sie waren keine Kinder mehr, und Mia wusste nicht, wie ihre Schwester sich in den vergangenen langen Jahren entwickelt hatte. Letztlich war Valerie fast wie eine Fremde für sie. Und doch – als sie vorhin gemeinsam lachten, hatte sie in ihren Augen das Funkeln der Valerie von damals wiederentdeckt.

Dieser Moment hatte sich besonders kostbar angefühlt.

Diesmal schlief sie so tief und fest, dass sie noch nicht einmal träumte. Zumindest konnte sie sich nach dem Aufwachen nicht daran erinnern. Draußen war es schon längst hell. Der Schnee von letzter Nacht war liegen geblieben und hatte die Landschaft wie mit Puderzucker überzogen. Für einige wenige kostbare Sekunden schien die Welt in Ordnung zu sein. So lange, bis ihr alles wieder einfiel. Und damit kam die Trauer zurück, legte sich wie eine schwere Decke um ihre Schultern.

Ein Blick auf die Uhr ließ sie hochschrecken. Es war schon nach halb elf! *Rudi!*

Sie schoss aus dem Bett und eilte nach unten.

»Rudi!«

Der Hund lag im Esszimmer und kaute versonnen an einem großen Hundeknochen.

»Guten Morgen, Mia!«, sagte Valerie, die mit einer Tasse Kaffee am Tisch saß. Vor ihr lag aufgeschlagen die Tageszeitung. »Und keine Sorge, ich war schon mit dem Hund draußen.«

»Du?«, fragte Mia überrascht.

»Ja. Stell dir vor.«

»Ich dachte, du magst keine Hunde.«

»Tu ich auch nicht. Aber er stand winselnd vor der Haustür. Und ich hatte keine Lust, hier womöglich eine unschöne Bescherung wegputzen zu müssen. Schnee geräumt habe ich auch schon, und Kaffee ist ganz frisch gemacht.« Sie nickte zur Kaffeemaschine.

»Danke«, sagte Mia ein wenig überrumpelt über den Aktionismus ihrer Schwester und schenkte sich ein. Während sie vorsichtig daran nippte, betrachtete sie Valerie. Obwohl ihr Outfit heute legerer war, wirkte sie sogar in Jeans und Pulli so viel schicker, als Mia das jemals möglich wäre, egal was sie anziehen würde.

Valeries Frisur saß perfekt, und sie wirkte frisch und ausgeruht. Wie machte sie das nur? Sicher waren das die Gene und der Einfluss ihrer Mutter! Anders konnte Mia sich das nicht erklären.

»Kannst du mir vielleicht deinen Wagen leihen? Dann fahr ich gleich noch in den Supermarkt und kaufe für uns ein«, bot Valerie an.

»Okay«, stimmte Mia ihr zu. Sie hatte ohnehin keine Lust, unter Leute zu gehen, die ihr das Beileid aussprechen würden. Oder womöglich einigen ihrer Schüler oder deren Eltern zu begegnen, die sicher nachfragen würden, ob es tatsächlich stimmte, dass sie nicht länger am Gymnasium unterrichtete. Für solche Gespräche hatte sie im Moment keine Kraft.

»Im Schrank ist die Kaffeedose mit dem Haushaltsgeld. Nimm dir raus, was du brauchst«, sagte sie zu Valerie.

»Ach was«, winkte diese ab. »Das übernehme ich. Ich fülle die Vorräte hier einfach mal ordentlich auf. Da fehlt ja so einiges, wie ich bemerkt habe.«

»Du musst hier nichts auffüllen«, erwiderte Mia scharf, die sich über den gönnerhaften Ton ihrer Schwester ärgerte. Nur weil Olivia mit einem superreichen Unternehmer verheiratet war und sie und Valerie die letzten Jahre offenbar in Saus und Braus gelebt hatten, konnte Mia das Geld für die nötigen Lebensmittel sehr wohl selbst aufbringen.

»Und du musst das auch nicht bezahlen. Schließlich bist du hier Gast«, setzte sie ausdrücklich noch hinzu.

Bei diesen Worten war das Lächeln aus dem Gesicht ihrer Schwester verschwunden. Gut so! Valerie sollte ruhig wissen, dass sie nicht auf ihre Großzügigkeit angewiesen war. Immerhin würde sie schon in wenigen Tagen wieder von hier verschwunden sein.

»Dann schreib einfach eine Liste, was ich besorgen soll«,

sagte Valerie knapp und verschanzte sich hinter der Zeitung, sodass Mia sie nicht mehr sehen konnte.

Mia holte einen kleinen Notizblock aus der Schublade und notierte die Sachen, die sie brauchten. Wichtig war vor allem das Hundefutter für Rudi. Dann fischte sie Geld aus der Kaffeedose und legte es zusammen mit dem Zettel auf den Tisch.

»Das müsste reichen. Der Autoschlüssel liegt draußen im Flur auf der Kommode im Körbchen«, sagte sie. »Ich geh jetzt duschen.«

Hinter der Zeitung kam von Valerie nur ein knappes zustimmendes »Hmm«.

Als Mia aus dem Badezimmer kam, war Valerie schon weg. Sie ging in die Küche und hörte endlich alle Anrufe auf dem Anrufbeantworter ab, bei denen es sich ausschließlich um Trauerbekundungen handelte, und las ihre Nachrichten auf dem Handy. Einige beantwortete sie gleich. Sie schrieb ihrer Chorgruppe und bedankte sich für alle aufmunternden lieben Worte und die schönen Blumen, über die sie sich sehr gefreut habe. Nur wenige Sekunden später kamen lächelnde Smileys und Grüße ihrer Schüler, froh über ein Lebenszeichen ihrer Lieblingslehrerin.

»Es macht einfach keinen Spaß ohne Sie«, schrieb Jegor mit traurigen Smileys dahinter. Und Janina, die inzwischen nach München umgezogen war, war total entsetzt, dass Mia nun nicht mehr Chorleiterin war. »Dann will ich auch gar nicht mehr mitsingen«, schrieb sie.

Mia wühlte das alles ziemlich auf. Also schaltete sie das Handy auf stumm und drehte es um, damit sie gar nicht mehr mitbekam, wenn neue Nachrichten eingingen.

Dann griff sie zur Zeitung und blätterte sie durch. Als ihr im Heimatteil das Foto ihres Vaters entgegensprang, musste sie heftig schlucken. Der Nachruf war viel größer, als sie gedacht hatte. Es gab sogar noch eine zweite Erwähnung im Feuilleton. Während sie las, konnte sie ihre Tränen nicht zurückhalten.

Rudi setzte sich auf und sah sie an. Dann trabte er zu ihr und legte seinen Kopf auf ihren Oberschenkel.

»Er fehlt dir auch, nicht wahr?«, sagte sie heiser. Zärtlich streichelte sie über sein Fell. Auch wenn Albert durch seine Krankheit vieles vergessen hatte, so hatte er bis zum Schluss einen liebevollen Zugang zu Rudi gehabt, den er vor sechs Jahren aus einem Tierheim geholt hatte.

Bis Valerie zurückkam, hatte Mia sich wieder einigermaßen gefangen. Doch das rotfleckige Gesicht verriet sie.

»Der Bericht in der Zeitung ist wirklich sehr schön geworden. Sehr wertschätzend und berührend«, sagte Valerie in freundlichem, aber sachlichem Ton und stellte einen gut gefüllten Einkaufskorb und eine Papiertüte ab, der ein würziger Duft nach Kräutern, Tomaten und geschmolzenem Käse entstieg. Es war offensichtlich, dass Valerie doch mehr eingekauft hatte, als Mia aufgeschrieben hatte. Aber darüber würde sie jetzt besser einfach hinwegsehen.

»Ich habe Pasta aus dem *Dolce Vita* mitgebracht«, sagte Valerie, während sie die frischen Lebensmittel aus dem Korb in den Kühlschrank einräumte.

Das *Dolce Vita* war Mias Lieblings-Pizzeria im Ort und ein Familienbetrieb in der zweiten Generation.

»Such dir aus, was dir lieber ist. Und falls du nichts

magst – auch kein Problem. Dann wärme ich es mir morgen auf. Und die Lebensmittel, die nicht auf der Liste standen, sind ebenfalls für mich. Ich möchte deine Gastfreundschaft schließlich nicht zu sehr strapazieren. Immerhin bin ich uneingeladen hergekommen.«

Mia schluckte. Offenbar hatte sie ihre Schwester vorhin doch sehr verletzt. Vielleicht war es an der Zeit, versöhnlichere Töne anzuschlagen. Schließlich würde Valerie noch ein paar Tage hier bei ihr wohnen.

»Hör mal«, sagte sie deswegen. »Das vorhin war vielleicht etwas...«

»Schon gut, Mia«, unterbrach Valerie sie und schloss den Kühlschrank. »Wo der Rest hingehört, weiß ich nicht.«

»Danke. Das räume ich schon ein.«

Valerie öffnete die Papiertüte, holte zwei flache Schalen heraus und zog die Deckel ab.

»Rigatoni mit Basilikum-Pesto... und da hab ich noch Lasagne. Ich weiß noch, dass du früher beides mochtest. Was ist dir lieber?«

Mia konnte nicht anders. Nun musste sie lächeln.

»Ich nehme die Lasagne«, sagte sie und holte Teller und Besteck.

»Gut. Die Rigatoni sind mir eh lieber«, bemerkte Valerie und füllte das Gericht auf ihren Teller, während sie die Lasagne zu Mia schob.

»Hast du eigentlich einen Freund?« Die Frage war Mia ganz plötzlich herausgerutscht.

Überrascht sah Valerie sie an.

»Nein«, antwortete sie. »Seit einer Weile nicht mehr. Und du?«

Mia schüttelte den Kopf.

»Auch nicht ... Mit dem letzten habe ich Schluss gemacht, kurz bevor ich wieder hierhergezogen bin.«

Sie schaufelte die Lasagne auf ihren Teller. Danach begannen sie schweigend zu essen.

»Ist es dir schwergefallen, wieder zurückzukommen?«, fragte Valerie nach einer Weile.

»Darüber habe ich gar nicht nachgedacht. Papa hat mich gebraucht, deswegen kam ich zurück.«

Valerie nickte gedankenverloren.

»Die Rigatoni schmecken richtig gut«, sagte Valerie schließlich. »Wie ist deine Lasagne?«

»Perfekt wie immer.«

»Wenn du noch was von mir abhaben möchtest, nimm dir ruhig was«, bot Valerie an. »Du kannst es inzwischen ja echt vertragen.«

»Du meinst, im Gegensatz zu früher, als du schlank und ich ein echtes Moppelchen war?« Schon wieder hatte sie die Frage schärfer vorgebracht, als Mia das eigentlich gewollt hatte.

Valerie legte die Gabel weg und sah sie an.

»Hör mal, ich weiß, dass du es momentan besonders schwer hast, Mia. Und du musst mich auch nicht mögen. Aber vielleicht könnten wir ein wenig respektvoller miteinander umgehen?«

Mia sagte nichts darauf. Und das war auch besser so. In ihr tobten die unterschiedlichsten Gefühle, und sie wusste nicht, wie sie diese unter Kontrolle bringen sollte. All die Jahre hatte sie sich gewünscht, dass ihre Schwester wieder da wäre, und jetzt war sie da, und doch konnte sie es nicht genießen, konnte sich noch nicht einmal so richtig darüber freuen, und nicht nur deswegen, weil der Tod ihres Vaters dieses Zusammentreffen überschattete. Mit Valeries Ankunft war alles wieder aufgebrochen, der ganze Schmerz von damals, all das, was sie so lange verdrängt hatte, kam wieder zum Vorschein.

»Oder ist es dir lieber, wenn ich ins Hotel gehe?«, unterbrach Valerie ihre Gedanken.

»Schon gut. Du kannst natürlich hierbleiben.«

»Nur noch ein paar Tage, dann bist du mich ohnehin wieder los«, sagte Valerie.

Mia schluckte. Valerie hatte recht. Es musste doch zu schaffen sein, dass sie sich wie zivilisierte Menschen verhielten.

»Vielleicht ist es aber auch an der Zeit, dass wir endlich mal über alles reden, Mia. Über Vater, Mutter, und wie es damals dazu kam, dass ...«

»Bitte, Valerie. Nicht jetzt«, sagte Mia leise, aber eindringlich. »Ich ... ich kann das jetzt nicht.«

»Na gut. Aber dir ist schon klar, dass wir irgendwann reden müssen?«, fragte Valerie.

»Ich weiß.«

»Okay und ...«

In diesem Moment klingelte es an der Haustür, worüber Mia mehr als erleichtert war. Sie stand auf. Rudi hob den Kopf und machte sich dann mit ihr auf den Weg in den Flur.

Sebastian und Max waren gekommen.

»Hey, ihr beiden«, begrüßte Mia sie erfreut.

»Hallo, Mia«, sagten die beiden gleichzeitig.

»Kommt doch rein.«

Valerie kam in den Flur und begrüßte Sebastian und Max ebenfalls.

»Habt ihr Lust auf einen gemeinsamen Spaziergang?«, schlug Sebastian vor.

»Das ist eine gute Idee«, sagte Valerie. »Ein wenig Bewegung würde mir jetzt guttun.«

Doch Mia schüttelte den Kopf.

»Nein, danke«, winkte sie ab. »Ich hab noch ziemlich viel zu tun.«

»Ach komm, so wichtig wird das schon nicht sein«, sagte Sebastian.

»Doch. Außerdem ist mir jetzt echt nicht danach. Aber ihr könnt doch auch ohne mich gehen«, schlug Mia vor, die gerne ein wenig allein sein wollte.

»Na gut. Wenn du meinst.«

»Hast du vielleicht einen Schlüssel für mich, Mia?«, bat Valerie.

»Ja.« Mia zog die Schublade einer kleinen Kommode neben der Haustür auf. Ganz hinten in einem Beutel war ein Schlüssel mit einem Anhänger in Form eines Notenschlüssels.

»Hier. Das ist der von Papa.«

»Danke!«, sagte Valerie, sah ihn kurz an und steckte ihn ein, bevor sie in ihre Schuhe schlüpfte.

»Wie geht es dir denn überhaupt?«, fragte Sebastian Mia ein wenig leiser, während Max mit dem Hund spielte.

»Ich komme schon klar«, sagte sie und zuckte lapidar mit den Schultern.

»Das Kaminholz kommt wahrscheinlich Ende nächster Woche«, informierte er sie. »Ich helfe dir natürlich. Wie versprochen.«

»Danke, Sebastian.«

»Schon gut. Hör mal, die Sache mit der Schule und deinem Chor ist ja wirklich ...«, begann er.

»Woher weißt du das?«, unterbrach Mia ihn sofort.

»Das hat sich natürlich schon im Ort rumgesprochen. Man hört die wildesten Gerüchte. Du kennst doch die Leute hier«, sagte er. »Ich weiß ja nicht, was genau passiert ist, aber das darfst du nicht akzeptieren, Mia.«

»Man kann nicht so einfach fristlos gekündigt werden«, mischte Valerie sich plötzlich ein. »Du musst dich da rechtlich beraten lassen.«

»Du weißt es auch?« Mia sah Valerie an.

»Ja«, antwortete ihre Schwester. »Und es tut mir echt leid für dich! Auch darüber wollte ich mit dir reden.«

»Da gibt es nichts zu reden!«, fuhr Mia sie an.

»Mia ...«

»Gehen wir jetzt endlich?«, drängelte Max ungeduldig.

»Ja. Lasst den Max nicht so lange warten«, sagte Mia. »Und macht euch keine Gedanken um mich. Ich kümmere mich schon um meine Sachen.«

Sebastian sah sie besorgt an.

»Du musst das nicht alles alleine schaffen, Mia.«

»Wenn ich Hilfe brauche, dann melde ich mich«, sagte sie etwas versöhnlicher und bemühte sich um ein Lächeln.

»Okay ... und du willst wirklich nicht mitkommen?«, hakte er nach.

»Nein.«

»Schade, aber wie du meinst. Dann bis später!«, sagte Sebastian, und die drei machten sich auf den Weg.

Mia war erleichtert, als sie endlich weg waren. Sie hatte nicht gewollt, dass ihre Schwester erfuhr, dass sie ihren Job verloren hatte. Und ihr Mitleid wollte sie schon gar nicht. Wie sie wusste, war Valerie eine erfolgreiche Geschäftsfrau im Unternehmen ihres Stiefvaters. Da konnte sie als unbedeutende Lehrerin natürlich nicht mithalten. Und inzwischen war sie auch noch eine Lehrerin ohne Anstellung.

Doch trotzdem hatten Sebastian und Valerie natürlich recht. Sie durfte das nicht so ohne Weiteres hinnehmen. Gleich in der kommenden Woche wollte sie einen Versuch starten, mit Direktorin Wurm-Fischer zu sprechen.

Mia nutzte die Zeit allein, um einige E-Mails zu beantworten und auch noch vor der Haustür zu dekorieren. Hier stellte sie jedoch nur ein paar dicke Kerzen in Weckgläsern und einen Weihnachtsmann mit einer kleinen Laterne in der Hand auf, in die sie ein Teelicht steckte.

»Hallo, Mia!«, rief die Briefträgerin ihr zu, als sie gerade ins Haus gehen wollte.

»Hallo, Christine!«

»Mein herzliches Beileid.«

»Danke.«

»Diesmal habe ich einiges für dich.« Sie stellte ihr Fahrrad ab und holte einen Packen Briefe aus der großen Box, die vorne am Lenker befestigt war. Dann verabschiedete sie sich, und Mia ging mit der Post ins Esszimmer. Es waren hauptsächlich Trauerkarten. Doch ein Brief stach ihr sofort ins Auge. Absender war die Privatschule Schloss Willing. Mia schluckte, als sie das Kuvert aufriss. Ihre Kündigung. Jetzt war es offiziell. Damit erübrigte sich das geplante

Gespräch mit Frau Wurm-Fischer. Ihr blieb nur noch die Möglichkeit, sich juristischen Rat zu holen, um die Rechtmäßigkeit der Kündigung anzweifeln und eventuell rückgängig machen zu lassen. Doch wollte sie das überhaupt noch? Die Direktorin hatte ihr von Anfang an das Leben schwer gemacht. Vielleicht war es ja besser, dieses Kapitel in ihrem Leben abzuhaken und sich an einer anderen Schule zu bewerben, die Mias Engagement zu schätzen wusste? Gleichzeitig widerstrebte es Mia, es dieser Frau so einfach zu machen. Zugegeben, sie war etwas aufbrausend gewesen, aber ansonsten hatte sie sich nichts zu Schulden kommen lassen. Sie würde nach der Beerdigung und Valeries Abreise noch mal in Ruhe über alles nachdenken und dann entscheiden, wie sie vorgehen würde.

Inzwischen hatte Sebastian eine Nachricht geschickt, dass sie zurück waren und bei ihm noch heiße Schokolade tranken. »Komm doch auch!«, hatte er geschrieben, doch Mia hatte dankend abgelehnt. Im Moment war ihr einfach nicht nach Gesellschaft zumute.

»Rudi! Wir gehen Gassi!«, rief sie schließlich dem Hund zu. Obwohl sie es gar nicht vorgehabt hatte, dehnte sich der Spaziergang zu einer langen Runde aus.

Rudi war begeistert über den Schnee und tollte auf einer abgelegenen Wiese fröhlich herum. Mia sah ihm eine Weile lang zu und freute sich, dass zumindest er so ausgelassen sein konnte. Sie hing unterdessen vielen Gedanken nach, die neben der Kündigung hauptsächlich die Situation mit Valerie betrafen. Sie war genervt, dass sie sich ungefragt in alles einmischte, kaum dass sie hier war. Als würde Mia es nicht auch allein schaffen. Aber sie war auch nicht gerade allzu nett zu ihr gewesen.

»Ach Papa«, sagte sie und seufzte mit einem hilflosen Blick gen Himmel. »Warum ist das alles so schwierig?«

Sie dachte an die letzten Stunden, die sie mit ihm verbracht hatte. Als sie in der Nacht im Garten waren und er diese kleine Melodie gesummt hatte, an die sie sich jetzt plötzlich wieder erinnerte. Es war so ein friedlicher Moment gewesen. Leise begann sie zu summen und fühlte sich dabei ein wenig besser. Es war, als ob ihr Vater ihr ganz nah war und ihr Trost spendete. Damit verflüchtigte sich auch dieses seltsame Gefühl der Wut auf Gott und die Welt, das sie mit sich herumtrug.

Wieder warf sie einen Blick nach oben.

»Es ist wohl an der Zeit für ein ausführliches Gespräch mit Valerie. Nicht wahr?!«, murmelte sie.

Auf dem Nachhauseweg besorgte sie in einer Konditorei verschiedene Tortenstücke für sich und Valerie als eine Art Friedensangebot. Doch als sie zurückkam, war Valerie immer noch bei Sebastian und Max.

Sie nahm eine lange heiße Dusche, zündete den Kachelofen im Wintergarten an und machte es sich auf dem Sofa gemütlich. Sie zappte durchs Fernsehprogramm, um sich ein wenig abzulenken, bis es an der Haustür klingelte und Alma kam. Mia freute sich über ihre Gesellschaft. Bei Alma wusste sie, woran sie war und konnte auch einfach sie selbst sein.

»Lust auf Kaffee und was Süßes?«, fragte Mia. »Ich habe jede Menge Käsesahne und Sachertorte besorgt.«

»Gern ein Stück Sachertorte«, nahm Alma das Angebot an, während sie aus ihrer Jacke schlüpfte. »Wo ist denn Valerie?«

»Bei Sebastian und Max.«

»Und warum bist du nicht auch drüben?«

Mia zuckte mit den Schultern. »Mir war einfach nicht danach.«

»Du solltest nicht so viel allein sein.«

»Ich hab ja Rudi. Und dich.«

Sie gingen in den Wintergarten.

Alma sah sich erstaunt um.

»Oh wie schön! Hier ist ja auch schon dekoriert. Warst du das?«

»Valerie hat mir geholfen.«

»Wann habt ihr beide das denn alles gemacht?«, fragte sie.

»Letzte Nacht ... Ich konnte nicht schlafen.«

»Ach Mädchen.« Alma drückte Mia kurz an sich. »Dann kommt ihr also etwas besser klar?«

»Hmm, ja«, murmelte sie ausweichend. »Ich mache uns mal Kaffee«, sagte Mia und löste sich von ihr.

Sie trug gerade das Tablett mit Kaffee und Kuchen aus der Küche, da kam Valerie zurück.

»Schön, dass ich euch beide jetzt zusammen hier habe«, sagte Alma, nachdem sie zu dritt um den Tisch im Wintergarten saßen und jede mit Kaffee und Torte versorgt war. »Es gibt etwas, das ich mit euch besprechen muss.«

Alma griff nach ihrer großen Handtasche und holte ein ziemlich dickes braunes Kuvert heraus.

»Was ist das denn?«, wollte Mia wissen.

»Euer Vater hat mir das gegeben. Es ist schon eine Weile her. Und es war an einem Tag, an dem er ganz klar war. Er hat mich gebeten, es euch nach seinem Tod zu geben. Ich hätte nicht gedacht, dass es so schnell der Fall sein wird.«

Almas Augen schimmerten verdächtig, und auch Mia schluckte.

»Bevor ich euch das aber gebe, möchte ich gerne noch etwas sagen ... Mia, ich weiß, wie verzweifelt und traurig du bist, dass Albert so plötzlich starb. Aber so schlimm das auch ist – für euren Vater ...«, nun wandte sie sich wieder an beide, »für Albert war es ein Geschenk, dass er auf diese Weise gehen durfte. Er hat mir einmal anvertraut, dass er am meisten Angst davor hat, er könnte seine Würde verlieren, wenn er durch die Krankheit irgendwann überhaupt nicht mehr wissen sollte, wer er ist und was er tut. Aber das ist ihm, Gott sei Dank, erspart geblieben.«

Bei diesen Worten kullerten Tränen über ihre Wangen, und auch Mia weinte. Valerie räusperte sich, sie kämpfte ebenfalls sichtlich um ihre Fassung.

»Euer Vater durfte mit Würde gehen. Und das ist wirklich ein Geschenk. Für ihn und für euch«, sagte Alma abschließend. Sie ergriff jeweils eine Hand der Schwestern und drückte sie schweigend.

Schließlich löste Alma sich und drückte Mia das Kuvert in die Hand.

»Das ist für euch. Und ich lasse euch jetzt besser damit alleine.«

»Danke, Alma«, sagte Valerie leise.

Mia konnte nichts sagen und nickte ihr nur zu.

Alma stand auf und verabschiedete sich. Mia legte das Kuvert auf den Tisch und begleitete sie zur Tür.

Als sie zurückkam, sah Valerie sie fragend an.

»Sollen wir das jetzt öffnen?«, fragte sie.

»Ja«, antwortete Mia, obwohl sie sich nicht sicher war, ob sie das wirklich wollte.

»Dann sehen wir mal nach«, sagte Valerie entschlossen und öffnete das Kuvert.

Sie zog einen schmalen weißen Umschlag heraus, auf dem das Wort *Testament* geschrieben stand, zusammen mit einem weiteren dicken braunen Kuvert, auf dem *Für Valerie* stand. Valerie reichte Mia das Testament.

»Lies du es bitte«, sagte sie.

Mit zitternden Fingern öffnete Mia das Kuvert und holte den Brief heraus. Die letzte Nachricht ihres Vaters! Schon wieder brannten Tränen in ihren Augen. Sie räusperte sich und begann dann zu lesen:

»Valerie und Mia, meine beiden geliebten Töchter. Der Tag, an dem eure Mutter euch zur Welt gebracht hat, war für mich der wundervollste in meinem Leben. Ich danke Gott, dass es euch gibt.« Mia ließ den Brief sinken. Sie konnte nicht mehr weiterlesen.

Valerie nahm ihn ihr aus der Hand. »Leider hat das Schicksal es uns nicht einfach gemacht und uns getrennt ...«, fuhr sie fort. »... doch ich hoffe von Herzen, dass es zumindest euch beide inzwischen wieder zusammengeführt hat. Nichts wünsche ich mir mehr. Und bitte verzeiht mir alle Fehler, die ich gemacht habe. Könnte ich die Zeit zurückdrehen, würde ich vieles anders machen. Doch leider ist das nicht möglich.«

Auch Valerie musste kurz innehalten, las dann jedoch weiter. »Ich, Albert Garber, bestimme mit meinem letzten Willen, dass meine Töchter Valerie und Mia das Haus am Chiemsee, die Rechte an meinen Musikstücken und alles, was ich besitze, zu gleichen Teilen erben. Ich wünsche euch eine glückliche Zukunft und habe euch immer lieb! Euer Papa ... Datum und Unterschrift«, beendete Valerie und wischte sich nun auch eine Träne aus dem Gesicht.

Danach herrschte für einige Sekunden Stille.

Mia musste erst einmal verarbeiten, was Valerie eben vorgelesen hatte. So sehr sie den letzten Willen ihres Vaters respektierte und sich über die berührenden Worte freute, so wenig konnte sie im ersten Moment nachvollziehen, warum er das Haus beiden Schwestern vererbt hatte. Valerie lebte doch in New York. Und Mia würde es sich niemals leisten können, ihr den Anteil auszuzahlen. Zudem war ihre Schwester so vermögend, dass sie gewiss nicht auf das Erbe angewiesen war. Kaum war ihr das durch den Kopf gegangen, schämte sie sich für ihre Gedanken. Sie wollte nicht so sein wie ihre Mutter, für die Geld immer ein unglaublich wichtiges Thema gewesen war.

Valerie sah Mia an, als ob sie auf irgendeine Reaktion von ihr wartete. Doch Mia wusste nicht, was sie jetzt hätte sagen sollen.

»Ich hatte nicht damit gerechnet, dass ich etwas von ihm erben würde«, murmelte Valerie schließlich.

»Es steht dir zu«, sagte Mia bemüht, war aber auch irgendwie enttäuscht, dass ihr Vater beide Kinder in seinem Testament gleich behandelt hatte.

»Trotzdem ...«

»Willst du das andere Kuvert nicht öffnen?«

Valerie nahm das dicke braune Kuvert in die Hand. Sie schien zu zögern und wirkte fahrig, was Mia sehr überraschte.

»Na gut«, sagte sie schließlich, riss es auf und kippte den Inhalt auf den Tisch. Etwa zwanzig ungeöffnete Briefe rutschten heraus. Alle adressiert an Valerie in New York.

Valerie starrte auf die Briefe. Sie war blass geworden.

»Er hat so oft von dir gesprochen, Valerie«, sagte Mia leise.

»Ach ja?«, Valerie fuhr Mia völlig unerwartet an. »Hat er das?«

Mia sah sie überrascht an. Sie war davon ausgegangen, dass Valerie sich freuen, ja berührt sein würde über die Briefe ihres Vaters. Doch das Gegenteil war der Fall. Ihre sonst so beherrschte Zwillingsschwester blitzte sie wütend an.

»Jetzt werden also die berühmten Briefe aus dem Hut gezaubert, die nie abgeschickt wurden? Und die einem zeigen sollen, wie sehr man geliebt und vermisst wurde? Was ist das für ein verdammter Mist? Darauf kann ich sowas von verzichten.«

»Valerie ...«, begann Mia erschrocken über ihren unerwarteten Ausbruch.

»Ja? Was? Was denn, Mia?«, schrie ihre Schwester sie an und stand abrupt auf. »Soll ich mich etwa darüber freuen? Achtzehn Jahre lang habe ich darauf gewartet, ihn endlich wiederzusehen. Und jetzt bleiben mir nur ein paar alte Briefe, mit denen ich mich zufriedengeben soll?«

Aufgebracht ging sie auf und ab.

»Es lag ja wohl nicht nur an ihm, dass ihr euch nicht gesehen habt«, schoss Mia nun zurück, die das Gefühl hatte, ihren Vater verteidigen zu müssen. »Du hättest lange vorher Gelegenheit gehabt, ihn zu besuchen.«

Valerie blieb stehen und sah sie an. Mia konnte sich nicht erinnern, dass sie Valerie in ihrer Kindheit jemals so wütend erlebt hatte.

»Ach ja? Ich hätte ihn also besuchen sollen, nachdem er mich erst einmal ein paar Jahre völlig aus seinem Leben gestrichen hatte und kein einziges Mal kam, um mich zu sehen? Dabei konnte er ansonsten in der ganzen Welt herumfliegen, wenn es um seine Arbeit ging. Kannst du dir vorstellen, wie weh es mir tat, als ich herausfand, dass er beruflich sogar zweimal in New York war, sich aber nicht bei mir gemeldet hatte?«

»Valerie, es war doch…«

Doch sie ließ Mia nicht ausreden.

»Weißt du überhaupt, wie sehr ich ihn und dich vermisst habe?«, rief sie verzweifelt.

»Ja glaubst du denn, ich euch nicht?« Mia stand nun auch auf.

»Du? Uns vermisst? Du wolltest doch noch nicht mal mit Mutter telefonieren!«, warf Valerie ihr vor.

»Weil sie dich uns weggenommen hat! Sie hat unsere Familie kaputt gemacht, Valerie.«

Valerie trat einen Schritt zurück und fuhr sich durch die Haare. Sie wirkte völlig aufgelöst und sogar ein wenig verwirrt.

Mia hatte plötzlich Mitleid mit ihr.

»Vater wollte dir mit diesen Briefen zeigen, wie wichtig

du ihm warst, Valerie. Verurteile ihn nicht dafür«, versuchte sie, ihr in ruhigem Ton zuzureden.

»Du verstehst es nicht«, sagte Valerie und schüttelte den Kopf. »Diese Briefe zeigen mir was anderes. Sie zeigen mir, dass ich ihm nicht wichtig genug war. Einen Brief schreiben, das kann jeder. Aber mir die Gelegenheit zu geben, mit ihm zu sprechen, noch einmal von ihm umarmt zu werden, das hat er mir genommen. Und daran kann ich nichts mehr ändern, egal, wie sehr ich es mir wünsche. Und du, du hast genauso dazu beigetragen«, warf sie Mia vor. »Ich habe euch damals zur Feier bei meinem Universitätsabschluss eingeladen. Ich hatte gedacht, es könnte für uns alle eine Versöhnung werden, nach all den Jahren. Aber du hast dich zuerst gar nicht gemeldet, und als ich noch mal nachfragte, hast du gesagt, Vater könne aus Termingründen nicht reisen.«

Mia spürte, wie ihre Kehle plötzlich eng wurde. Sie kämpfte mit Schuldgefühlen. Ja, sie hatte die Einladung ausgeschlagen. Doch das hatte einen Grund gehabt.

»Vater ging es nicht gut«, versuchte sie zu erklären. »Wir hatten nur wenige Tage vorher die Diagnose erfahren, dass er an Alzheimer erkrankt war. Wir waren total geschockt. Ich konnte damals überhaupt nicht absehen, ob so eine Reise für ihn nicht viel zu aufwühlend gewesen wäre.«

»Das mag sein. Aber du hättest es mir sagen müssen, Mia. Dann hätte ich nicht das Gefühl gehabt, dass ich ihm nicht wichtig genug bin, um nach New York zu fliegen. Ich hätte zu ihm reisen und mich mit ihm aussprechen können. Drei Jahre hattest du Zeit, mich anzurufen. Und du hast es nicht gemacht.«

»Aber du sagtest doch damals, dass du künftig nichts mehr mit uns zu tun haben willst«, verteidigte sich Mia.

»Ernsthaft? Es hat mich damals große Überwindung gekostet, euch einzuladen. Weil ich Angst hatte, dass Vater und du vielleicht ablehnen würdet. Dabei habe ich mir nichts mehr gewünscht, als euch wiederzusehen. Und was ist passiert?« Sie lachte bitter. »Du hast tatsächlich abgesagt! Das, was ich am meisten gefürchtet hatte, ist eingetroffen. Wieder war ich ihm nicht wichtig genug, als dass er mich sehen wollte. Und aus dieser Enttäuschung heraus hab ich gesagt, dass ich überhaupt keinen Kontakt mehr zu euch möchte!«

Mia schluckte.

»Aber dass Vater krank war und seine Erinnerung mehr und mehr verlieren würde, hätte ich wissen müssen«, fuhr Valerie fort.

»Ich wollte es dir ja sagen. Ehrlich. Ich habe nur den richtigen Zeitpunkt nicht gefunden«, versuchte Mia, sich zu verteidigen. »Niemals hätte ich damit gerechnet, dass Papa so bald stirbt!«

Doch das schien Valerie nicht im Mindesten zu beschwichtigen, im Gegenteil.

»Und wie lange hättest du damit noch warten wollen? Bis er durch die Krankheit ohnehin nicht mehr mit mir hätte reden können? Weil er mich komplett vergessen hatte?« Valerie stand nun ganz nah vor Mia. »Oder hatte er das vielleicht schon?«

Mia erkannte in den Augen ihrer Schwester, dass neben der Wut auch enttäuschte Verzweiflung über die verpassten Chancen aus ihr sprach. Doch sie konnte das Versprechen nicht brechen, das sie ihrem Vater gegeben hatte, weil er auf keinen Fall gewollt hatte, dass Olivia von seiner Krankheit erfuhr.

»Ich würde es nicht ertragen, wenn Olivia mich bemitleidet«, hatte er gesagt und damit auch in Kauf genommen, weder Olivia noch Valerie jemals wiederzusehen.

Mia wusste nicht, wie sie Valerie das beibringen sollte, ohne sie womöglich noch mehr gegen ihren Vater aufzubringen. Vielleicht war es besser, wenn Mia die Schuld auf sich nahm?

»Jetzt habe ich nur diese verdammten Briefe«, riss Valerie sie aus ihren Gedanken. »Die ich niemals beantworten kann! Was glaubst du, wie ich mich damit fühle?«

Aufgebracht schob sie die Briefe zusammen und warf sie in den Abfalleimer.

Mia war total schockiert.

»Valerie, spinnst du?... Du kannst sie doch nicht wegwerfen?«

Ihre Schwester drehte sich zu ihr um. Ihr Blick war nun eisig.

»Ich will das alles nicht lesen, denn für mich spielt es keine Rolle mehr, was er zu sagen hat. Es war ein riesengroßer Fehler, dass ich hergekommen bin! Ich werde bis zur Beerdigung bleiben. Aber nicht mehr hier in diesem Haus. Du hast es heute ohnehin auf den Punkt gebracht: Ich bin nur Gast hier. Das will ich aber nicht sein, Mia. Ich nehme mir ein Hotelzimmer! Dort bin ich wenigstens willkommen.«

Damit rauschte sie hinaus.

Mia sah ihr hinterher und fühlte sich schrecklich. Damals

war es ihr richtig erschienen, Alberts Wunsch zu respektieren. Zudem war sie selbst überfordert gewesen. Der Umzug an den Chiemsee, die neue Arbeit, ihr Vater, der immer öfter Aussetzer hatte. Das alles hatte ihre ganze Kraft gekostet.

Doch jetzt war ihr klar, dass es ein großer Fehler gewesen war, dieses Gespräch immer weiter hinauszuschieben. Und nicht nur das. Sie hatte ihrem Vater damals gar nichts von der Einladung zur Abschlussfeier erzählt. Vielleicht hätte er ja anders entschieden und es den beiden doch gesagt?

Albert hatte in seinem Testament geschrieben, er würde die Zeit gerne zurückdrehen. Oh, wie gerne würde Mia das nun auch tun. Doch daran ließ sich nichts mehr ändern.

Erschöpft und unglücklich ließ sie sich in den Stuhl sinken. Sie hatte keine Kraft, zu Valerie nach oben zu gehen und sie zu überreden, doch noch hierzubleiben. Ihr war klar, dass es zwecklos sein würde. Rudi kam aus der Wohnküche, wo er auf seiner Decke geschlafen hatte. Das Tier sah sie aus seinen hellen Augen mitleidig an. Er schien zu spüren, wie schlecht es Mia ging. Sanft stupste er sie mit seiner Schnauze an.

»Ach, Rudi«, murmelte Mia und streichelte gedankenverloren über seinen Kopf.

Sie wusste nicht, ob fünf Minuten oder eine Stunde vergangen waren, als sie hörte, wie Valerie die Treppe nach unten ging und kurz darauf die Haustür ins Schloss fiel.

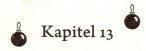

Kapitel 13

New York, 15. Dezember 2001

Jeden Tag wachte Valerie schon lange vor dem Klingeln des Weckers auf. Und auch heute, an diesem Samstag im Dezember, konnte sie nicht länger schlafen. Sie hatte die Augen immer noch geschlossen und stellte sich vor, sie wäre daheim am Chiemsee und würde dort in ihrem Bett liegen. Bald würde Mia ins Zimmer kommen und sie aufwecken, um mit ihr nach draußen in den Garten zu gehen. Dann würden sie einen riesigen Schneemann bauen oder sich mit Sebi eine lustige Schneeballschlacht liefern. Oder zu dritt in ihrem Zimmer sitzen und stundenlang Monopoly spielen.

Ihr Vater würde währenddessen im Musikzimmer für ein Konzert üben oder Privatschüler am Klavier unterrichten. Und ihre Mutter säße am Schreibtisch in ihrem kleinen Büro neben der Küche und übersetzte Briefe für ein kleines ortsansässiges Unternehmen mit amerikanischen Geschäftspartnern.

An den Samstagen würde ihr Vater zu Mittag Nudelgerichte und Pizza im Dolce Vita abholen, ihrem kleinen italienischen Lieblingslokal, damit Olivia nicht kochen musste. Vier verschie-

dene Gerichte, und jeder suchte sich aus, was er wollte. Meistens aber teilten sie alles, und jeder durfte überall probieren.

Valeries Gedanken an daheim lösten sich in Luft auf, als ihre Mutter, ohne anzuklopfen, ins Zimmer kam. Valerie öffnete die Augen. Sie war nicht in ihrem Zimmer in Bayern, sondern im eleganten Gästezimmer ihrer Großeltern in Brooklyn Heights in New York. Da Valerie außer ihrer Kleidung, die sie mit auf die Reise genommen hatte, keine persönlichen Dinge dabei hatte, sah der Raum nicht danach aus, als ob eine bald Zwölfjährige seit drei Monaten darin wohnen würde.

»Guten Morgen, mein Liebes. Komm, Oma und Opa warten schon mit dem Frühstück auf uns«, sagte Olivia auf Englisch. Seitdem sie in New York waren, hatte ihre Mutter nur noch dann deutsch gesprochen, wenn sie mit Albert oder Mia telefonierte.

»Und heute Nachmittag besuchen wir das Guggenheim-Museum«, fuhr Olivia fort und zog die schweren Vorhänge auf. Draußen war ein trüber Tag und der Himmel verhangen von schweren Regenwolken.

»Nur wir beide?«, fragte Valerie, während sie aus dem Bett schlüpfte.

»Anthony kommt auch mit. Genauer gesagt hat er uns eingeladen. Ist das nicht nett von ihm?«

»Ja«, murmelte Valerie, nicht sonderlich erfreut.

Anthony war ein Unternehmer, mit dem ihre Mutter schon lange vor ihrer Hochzeit mit Albert befreundet gewesen war. Obwohl Valerie den sympathischen Mann mochte, fand sie es nicht richtig, dass ihre Mutter so viel Zeit mit ihm verbrachte. Überhaupt konnte sie nicht verstehen, warum sie immer noch in New York waren. Gut, gleich nach den schrecklichen Ereignis-

sen des 11. Septembers hätte sie tatsächlich viel zu große Angst gehabt, in ein Flugzeug zu steigen. Immer wieder hatte sie diese Bilder vor Augen gehabt, wie die Flugzeuge in die Türme des World Trade Centers geflogen waren. Olivia und ihre Eltern hatten jedoch noch mehr Angst als sie. Deswegen hatten sie die Rückreise immer wieder hinausgezögert. Anfangs war auch Albert damit einverstanden gewesen, der seiner Tochter und seiner Frau nicht zumuten wollte, dass sie direkt nach den Anschlägen in ein Flugzeug stiegen. Doch inzwischen überwog bei Valerie die Sehnsucht nach zu Hause. Sie wollte zurück zu ihrem Vater und vor allem zu ihrer Schwester, die ihr von Tag zu Tag mehr fehlte. Daran änderten auch die Mails, die sie sich schickten, und die gelegentlichen Telefonate nichts.

Damit Valerie nicht zu viel in der Schule versäumte, hatten ihre Großeltern sie in der Middle School angemeldet. »Nur für ein paar Wochen«, hatte ihre Großmutter gesagt. »Du glaubst ja gar nicht, wie wundervoll es für uns ist, dass wir dich mal ein wenig länger hier haben. Dich und deine Mama.«

Auch Olivia betonte, was für eine tolle Erfahrung das für sie wäre und wie neidisch sie ihre Klassenkameraden damit machen würde.

Valerie war nicht begeistert darüber gewesen. Seit acht Wochen ging sie nun schon auf die Schule, allerdings versuchte sie nicht, neue Freundschaften zu knüpfen. Sie wollte einfach nur schnell wieder nach Hause.

Nachdem sie sich im Bad kurz frischgemacht hatte, saß Valerie mit ihren Großeltern und der Mutter am ovalen Tisch im Esszimmer, an dem eine Fußballmannschaft samt Trainer Platz ge-

funden hätte. Der Raum war mindestens dreimal so groß wie ihr Wintergarten zu Hause. Überhaupt war die Wohnung in Brooklyn Heights, einer sehr schönen und grünen Gegend am East River, mit sechs Zimmern und drei Bädern für zwei Leute viel zu groß. Doch ihre Großeltern liebten diesen Luxus, den sie sich als Steuerberater mit einer eigenen Kanzlei erarbeitet hatten.

»Wir müssen unbedingt noch ein paar schöne Sachen für dich zum Anziehen kaufen«, unterbrach Valeries Großmutter ihre Gedanken.

»Aber ich habe doch genügend Kleider daheim«, sagte Valerie und meinte damit natürlich ihren Kleiderschrank in Bayern. »Und die Sachen, die wir jetzt schon gekauft haben, passen sowieso gar nicht alle in meinen Koffer.«

»Aber du wirst...«, begann Kate, doch Olivia unterbrach ihre Mutter und sah sie mit einem Blick an, der Valerie instinktiv etwas Unbehagen bereitete, ohne dass sie wusste, warum.

»Heute haben wir ohnehin was anderes vor, Mutter«, sagte sie.

»Ach ja, stimmt. Ihr geht mit Anthony ins Guggenheim-Museum. Eine sehr gute Idee... möchte noch jemand Rührei?«

»Ja, ich bitte«, sagte der Großvater.

»Du musst auf dein Cholesterin achten, Richard!«, erinnerte ihn seine Frau und reichte ihm stattdessen einen Teller mit Obst, was bei ihm nicht gerade Begeisterungsstürme auslöste. Doch er widersprach ihr nicht, weil er wusste, dass er diese Diskussion ohnehin nicht gewinnen würde.

»Was ist mit dir, Valerie?«

Kate sah ihre Enkelin fragend an.

»Danke, aber ich habe keinen Hunger mehr«, lehnte sie höflich ab.

»*Du hast aber nicht viel gegessen, Schätzchen*«, sagte ihr Großvater. »*Ich hoffe, ihr gönnt euch später ein ordentliches Mittagessen.*«

»*Das werden wir, Vater*«, versprach Olivia.

»*Darf ich schon aufstehen und Paps und Mia anrufen?*«, bat Valerie. In Deutschland war es kurz nach zwei Uhr nachmittags, und sie ahnte, dass ihre Schwester bereits auf ihren Anruf wartete.

»*Muss das jetzt sein?*«, fragte ihre Großmutter.

»*Ach, lass sie doch telefonieren, Kate*«, kam Richard seiner Enkeltochter zu Hilfe.

Valerie warf ihm einen dankbaren Blick zu. Ihr Opa war überhaupt das Beste an New York. Da er viel in der Kanzlei arbeitete, bekam Valerie ihn nicht allzu oft zu sehen, doch die Zeit, die sie mit dem humorvollen Mann verbrachte, war für sie immer besonders schön. Und schon jetzt wusste Valerie, dass sie ihn am meisten vermissen würde, wenn sie erst wieder zu Hause wäre.

Mit ihrer Großmutter hingegen war Valerie immer noch nicht so richtig warm geworden. Sie war eine kühl wirkende Frau, die sehr auf ihr Äußeres achtete und nur selten lachte. Valerie und Mia mutmaßten in ihren Mails, dass ihre Oma wohl Angst hatte, sie könnte davon Falten bekommen. Doch vor allem mochte Valerie an Kate nicht, dass diese kein einziges gutes Wort für Albert fand. Sie nahm es ihm nach wie vor übel, dass er ihre Tochter damals um den Finger gewickelt hatte, wie sie es nannte, und Olivia vor lauter Verliebtsein so dumm gewesen war, mit ihm nach Deutschland zu gehen.

Da sie vor zwei Jahren wegen Rückenbeschwerden beruflich kürzertreten musste, hatte sie auch genügend Zeit, um mit ihrer

Tochter und Enkelin das kulturelle Leben New Yorks zu erkunden, das sich nach den Anschlägen langsam wieder normalisierte, oder in exklusiven Läden zu shoppen. Letzteres schien ohnehin eine ihrer Lieblingsbeschäftigungen zu sein.

Auch Olivia genoss es sehr, wieder in New York zu sein, ins Theater zu gehen, Broadway-Shows, Ausstellungen und Galerien zu besuchen und alte Bekannte zu treffen. Sie blühte hier regelrecht auf.

Nachdem ihre Großmutter es schließlich doch erlaubt hatte, saß Valerie in dem großen, mit hellbraunem Leder bezogenen Sessel im Wohnzimmer und rief zu Hause an. Mia hatte offensichtlich nur darauf gewartet, denn schon nach dem ersten Klingeln hob sie ab.

»Garber«, meldete Mia sich erwartungsvoll.

»Hier auch«, sagte Valerie.

»Endlich! Ich warte schon die ganze Zeit darauf, dass es klingelt.«

»Tut mir leid, du weißt ja, die Zeitverschiebung... Und ich musste erst noch frühstücken.«

»Ja. Schon gut.«

»Ist alles okay bei euch?«, wollte Valerie wissen.

»Papa ist nur ein wenig erkältet, aber sonst geht es uns gut. Und euch? Wann kommt ihr denn endlich zurück? Habt ihr schon einen Flug gebucht?« Die Ungeduld in der Stimme ihrer Schwester war nicht zu überhören.

»Nein. Noch nicht«, antwortete Valerie seufzend. »Ich hoffe, Mama macht das in den nächsten Tagen.«

»Das hoffe ich auch... Ihr müsst Weihnachten unbedingt wieder hier sein, damit wir unseren Geburtstag feiern kön-

nen... Ach ja, ich soll dir von Sebi einen schönen Gruß sagen. Er findet auch, dass du jetzt lange genug weg bist.«

Valerie lächelte.

»Sag ihm, das finde ich auch... Was macht ihr denn heute?«, fragte sie neugierig.

»Eigentlich wollten Papa und ich am Nachmittag ins Erlebnisbad fahren. Aber wegen der Erkältung verschieben wir das. Ich muss sowieso noch für Mathe lernen, weil wir am Montag eine Schulaufgabe haben. Und was machst du?«

»Ach. Nichts Besonderes. Wir gehen ins Museum.«

»Schon wieder?«, hakte Mia nach, weil Valerie ständig von irgendwelchen Museumsbesuchen erzählte.

»Ja... Hier gibt es echt total viele. Mama ist da ganz scharf drauf. Aber erzähl mir lieber, was so alles in der Schule los ist und so«, forderte Valerie ihre Schwester auf.

Während Mia Neuigkeiten über Mitschüler und Lehrer berichtete, empfand Valerie immer größeres Heimweh, das, wie schon oft in der letzten Zeit, mit ziehenden Bauchschmerzen einherging. Sie wollte wieder in ihre alte Schule zu ihren Freunden. Und vor allem wollte sie bei Mia und ihrem Vater sein!

»Papa steht neben mir, er will auch mit dir sprechen«, sagte Mia. »Melde dich bald wieder bei mir, ja?«

»Mache ich.«

»Hallo, Walli, mein Schätzchen«, begrüßte Albert seine Tochter mit heiserer Stimme.

»Hallo, Paps! Du bist ja echt ganz schön erkältet«, sagte Valerie.

»Ach, das wird schon wieder«, winkte er ab. »Ich hoffe, ihr kommt bald nach Hause. Mia und ich haben hier schon überall

dekoriert. Wir können es gar nicht mehr erwarten, bis du das alles siehst.«

»Ich auch nicht, Paps«, *sagte Valerie und spürte, wie ihre Kehle eng wurde.*

In diesem Moment kam ihre Mutter ins Zimmer.

»Gib mir mal deinen Vater, Valerie«, *bat sie ihre Tochter.*

»Paps? Mama möchte mit dir reden«, *sagte Valerie und bedauerte, nicht mehr Zeit zu haben, um sich mit ihm zu unterhalten.*

»Das ist schön. Ich möchte nämlich auch gern mit ihr sprechen«, *sagte Albert jovial.* »Dann gib sie mir doch am besten.«

»Mach ich. Hab dich lieb, Paps.«

»Ich dich auch, mein Schätzchen.«

Sie reichte ihrer Mutter das Telefon. Diese hielt die Sprechmuschel zu und sagte zu Valerie: »Geh bitte aus dem Zimmer, Valerie.«

»Warum denn?«

»Weil ich dich darum bitte.«

Valerie verstand nicht, warum sie nicht hierbleiben durfte. Nur zögernd kam sie der Bitte ihrer Mutter nach und ging hinaus. Doch sie schloss die Tür nicht ganz und lauschte durch den Spalt, in der Hoffnung, dass ihre Großeltern sie nicht entdecken würden.

»Hallo, Albert… Ja, es geht uns gut. Sehr gut sogar«, *betonte Olivia.*

Dazwischen war Stille, wenn ihr Vater sprach. Valerie musste sich das Gespräch aus den Antworten ihrer Mutter zusammenreimen. Offenbar hatte er sie nach dem Termin des Rückfluges gefragt.

»Es tut mir leid, aber ich bin immer noch nicht so weit, in ein

Flugzeug zu steigen«, *erklärte Olivia und kurz darauf: »Du weißt ganz genau, dass ich seekrank werde. Eine Überfahrt mit dem Schiff kommt deswegen auf keinen Fall in Frage... Nein, ich werde Valerie auch nicht allein nach München fliegen lassen...«*

Ihre Mutter wurde immer lauter. Es war nicht zu überhören, dass das Ehepaar stritt. Mal wieder. Valerie kaute an der Unterlippe, während die Bauchschmerzen stärker wurden. Die Spannungen zwischen ihren Eltern belasteten sie hier weit mehr als in Deutschland. Sie fühlte sich hilflos und auch ein wenig ausgeliefert. Schließlich hatte sie außer ihrer Mutter und den Großeltern niemanden, zu dem sie gehen konnte.

»Die Wahrheit ist, Albert...«, *nun sprach Olivia sehr ruhig und deutlich. »... ich denke, unsere Ehe ist am Ende. Ich möchte auch gar nicht mehr zurück nach Deutschland kommen. Ich... ich will die Scheidung!«*

Valerie hatte das Gefühl, ihr Herz würde zerspringen, so schnell schlug es nach den Worten ihrer Mutter. Ihr Bauch schmerzte so sehr, dass ihr übel wurde. Sie unterdrückte den Wunsch, ins Zimmer zu rennen und ihrer Mutter das Telefon aus der Hand zu reißen, damit sie nicht noch mehr Dinge sagen konnte, die alles zerstören würden. Gleichzeitig musste sie unbedingt noch mehr hören. Sie musste wissen, was ihre Mutter vorhatte. Und was mit ihr, Valerie, passieren würde.

»Wenn du mich so anschreist, lege ich sofort auf, Albert... Nein, es ist kein anderer Mann im Spiel!... Nein, das müssen wir jetzt nicht besprechen... Du weißt, dass Valerie hier bestens aufgehoben ist. Und ich möchte, dass auch Mia hier bei mir lebt... Du kannst die Mädchen natürlich besuchen, wann immer du möchtest... Nein! Was?... Das wirst du auf keinen Fall machen!«

Plötzlich konnte Valerie kaum mehr verstehen, was ihre Mutter sagte. In ihren Ohren rauschte es, und auf ihrer Stirn bildete sich kalter Schweiß. Schwindel ergriff sie. Sie fasste nach der Türklinke, um sich festzuhalten. Dann wurde alles schwarz.

Als sie wieder zu sich kam, lag sie in ihrem Bett. Ihre Mutter saß neben ihr auf einem Stuhl und sah sie besorgt an. Die Bauchschmerzen hatten noch nicht nachgelassen, doch jetzt war sie froh darüber, weil sie zumindest ein wenig den Schmerz überdeckten, den sie nach der Ankündigung ihrer Mutter, dass sie die Scheidung wollte und Valerie zukünftig in New York leben sollte, spürte. Sie drehte sich zur Seite und zog die Knie an, doch davon wurde es auch nicht besser.

»Hast du Schmerzen?«, fragte ihre Mutter.

Valerie reagierte nicht.

»Gleich kommt Omas Hausärztin«, sagte Olivia und strich Valerie eine verschwitzte Haarsträhne aus der Stirn. »Aber ich glaube, es war die Aufregung, nicht war? Du hättest es nicht so erfahren sollen«, murmelte Olivia.

Als die Ärztin kam und Valerie immer noch kein Wort gesagt hatte, bat sie Olivia, sie mit der Patientin allein zu lassen.

Valerie lag weiterhin auf der Seite und hatte die Augen inzwischen wieder geschlossen.

»Hallo, Valerie. Ich bin Doktor Parbello«, sagte die Ärztin freundlich. »Du bist ohnmächtig geworden, und deswegen ist es sehr wichtig, dass du mir sagst, ob du Schmerzen hast und wie du dich genau fühlst. Ansonsten müssen wir dich gleich in eine Klinik bringen, um dich dort genauer zu untersuchen.«

Valerie öffnete die Augen und sah die Ärztin an, die schätzungsweise so alt wie ihre Grußmutter war und gewiss schon viel in ihrem Leben gesehen hatte. Valerie hatte das Gefühl, dieser Frau vertrauen zu können, und schilderte ihre Beschwerden, ohne jedoch etwas über die familiären Umstände zu erwähnen. Nachdem Doktor Parbello sie sorgfältig untersucht und einige Fragen gestellt hatte, lächelte sie Valerie aufmunternd zu.

»Ich glaube, es gibt etwas, das dich belastet und dir Bauchschmerzen bereitet. Kann das sein?«

Valerie nickte. Und schließlich erzählte sie der ihr unbekannten Frau doch, was in den letzten Monaten passiert war.

»Du musst unbedingt mit deiner Mutter darüber reden, Valerie. Eine Trennung der Eltern ist immer schlimm, aber besonders hart ist es, wenn sie so weit voneinander entfernt leben. Das tut mir sehr leid für dich, Mädchen...«

Valerie schluckte.

»Aber du bist auch in einem Alter«, fuhr die Ärztin fort, »in dem die Periode vermutlich nicht mehr lang auf sich warten lässt und es jeden Tag so weit sein kann. Ich denke mal, dass das auch mit ein Grund für die Ohnmacht war. Ich möchte das morgen zur Sicherheit mit einigen Untersuchungen in meiner Praxis abklären... Aber jetzt bekommst du von mir ein leichtes Schmerzmittel, und vielleicht versuchst du, ein wenig zu schlafen, okay?«

»Okay.«

Die Ärztin gab ihr eine Tablette, die Valerie mit einem großen Schluck Wasser hinunterspülte. Dann stand Dr. Parbello auf, verabschiedete sich mit aufmunternden Worten und verließ das Zimmer.

Valerie zog die Bettdecke wieder fest um sich und schloss die Augen. Das Mittel wirkte erstaunlich schnell, und die Bauchkrämpfe ließen nach. Doch wohler fühlte sie sich trotzdem nicht. Je geringer die körperlichen Schmerzen waren, desto schlimmer hallten die Worte ihrer Mutter in ihr nach. Scheidung!

Auch wenn die Eltern sich öfter stritten, hätte Valerie doch niemals gedacht, dass es so weit kommen würde. Es war für sie unvorstellbar, nicht mehr zusammen mit ihrer ganzen Familie in Bayern zu leben. Ihre Mutter konnte das doch nicht ernst meinen! Vielleicht war sie ja immer noch zu aufgewühlt durch die Ereignisse vom 11. September? Immerhin waren unter den Opfern zwei Männer gewesen, die sie von früher gekannt hatte. Vielleicht brauchte sie deswegen einfach nur noch ein wenig mehr Zeit für die Rückkehr? Und bestimmt würde ihr Vater sie überreden können, wieder zu ihm zurückzukommen. Schließlich wusste Valerie, wie sehr ihre Eltern früher ineinander verliebt gewesen waren. So verliebt, dass Albert seiner Frau sogar ein Lied geschrieben hatte. Alles musste wieder gut werden! Valerie klammerte sich an diesen Gedanken, bis die Müdigkeit sie überwältigte und sie schließlich einschlief.

Als sie später wach wurde, hörte sie leise Stimmen im Zimmer. Ihre Mutter und Großmutter standen am Fenster und unterhielten sich. Valerie ließ die Augen geschlossen, um zu lauschen.

»Ich fürchte, ich werde doch an den Chiemsee reisen müssen, um alles zu regeln«, meinte Olivia, und Valerie hörte Unsicherheit in der Stimme ihrer Mutter.

»Damit er dich ein weiteres Mal um den Finger wickelt? Ich halte das für keine gute Idee, Olivia«, sagte Kate leise, aber bestimmt.

»Das wird er nicht. Unsere Ehe ist für mich Geschichte. Aber du siehst doch, wie sehr Valerie unter der Situation leidet.

Außerdem muss ich alles in die Wege leiten, um Mia hierherzuholen.«

Valeries Herz schlug immer schneller, während sie dem Gespräch lauschte.

»Wie ich ihn einschätze, wird er dir das so schwer wie möglich machen. So ein Sorgerechtsstreit könnte Jahre dauern«, gab Kate zu bedenken. »Ich werde mich mit meinem Anwalt besprechen, sehe aber eigentlich nur eine einzige Möglichkeit.«

»Und welche?«, fragte Olivia.

Valerie würde die Antwort vorerst nicht erfahren, denn in diesem Moment klopfte ihr Großvater an die Tür und betrat gleich darauf das Zimmer.

»Anthony ist gerade gekommen«, informierte er sie.

»Danke, Vater. In der ganzen Aufregung habe ich völlig vergessen, dass wir ins Museum wollten.«

»Was soll ich ihm denn sagen?«, fragte er.

»Sag ihm bitte, ich komme gleich und rede mit ihm«, antwortete Olivia.

Valerie konnte nun nicht mehr länger vorgeben, dass sie noch schlief. Sie tat so, als ob sie langsam aufwachen würde, und setzte sich auf.

»Wie geht es dir denn, Schätzchen?«, fragte ihre Mutter besorgt. »Fühlst du dich besser?«

»Ja«, antwortete Valerie, was nur in Bezug auf ihre Bauchschmerzen der Fall war. Seitdem sie gehört hatte, dass es für ihre Mutter keine Chance mehr auf eine Versöhnung mit Albert gab, hätte sie am liebsten einfach nur losgeheult. Aber sie wollte weiterhin so tun, als ob sie das nicht wüsste.

»Gott sei Dank!«, sagte Olivia erleichtert.

»Trotzdem sollte sie sich besser noch ein wenig schonen«,

sagte Kate. »*Ich leiste ihr Gesellschaft, während du mit Anthony ins Museum gehst*«, *schlug sie vor.*

»*Ich weiß gar nicht, ob mir jetzt danach ist*«, *sagte Olivia.*

»*Glaub mir, es ist gut, sich ein wenig abzulenken von den ganzen Sorgen. Das hast du dir wirklich verdient. Valerie und ich kommen schon miteinander klar, nicht wahr?*«

Kate warf ihrer Enkeltochter einen Blick zu, der zu eindringlich war, um wirklich freundlich zu sein.

»*Natürlich*«, *sagte Valerie deswegen, um sie nicht zu verärgern.*

»*Siehst du.*«

»*Ist es wirklich okay für dich, Valerie?*«, *hakte Olivia nach.* »*Wenn du möchtest, dann bleibe ich hier.*«

Ja, bitte, bleib hier bei mir, oder besser noch, lass uns gleich noch heute nach Deutschland zurückfliegen, hätte Valerie sie am liebsten angefleht. Doch sie tat es nicht, weil sie genau wusste, dass es nichts bringen würde. Im Gegenteil. Damit würde sie sich auch noch offen gegen ihre Oma stellen, und mit ihr konnte Valerie es nicht aufnehmen. Sie brauchte Zeit, musste darüber nachdenken, ob es vielleicht einen anderen Weg gab.

»*Du kannst ruhig gehen, Mama*«, *sagte Valerie.* »*Wirklich. Ich versuche einfach, noch ein wenig zu schlafen.*«

»*Du bist wirklich ein sehr vernünftiges Mädchen*«, *lobte Kate sie.*

Olivia gab ihrer Tochter einen Kuss auf die Stirn.

»*Wenn ich heute Abend zurück bin, dann schauen wir uns gemeinsam einen Film an. Ja?*«

Valerie nickte und bemühte sich zu lächeln.

»*Ich freue mich*«, *sagte sie.*

»*Ich mich auch.*«

Dann verließen die beiden endlich ihr Zimmer. Valerie wartete eine Weile, bis alles still war, dann stand sie auf und klappte den Laptop auf, ein ausgemustertes Modell aus der Steuerkanzlei, welches ihr Opa Valerie für die Dauer des Aufenthalts gegeben hatte.

Mia hatte bereits aufgeregt und verzweifelt geschrieben.

Auch sie wollte es nicht wahrhaben, dass die Eltern sich trennen würden. Vielleicht konnten sie ja gemeinsam irgendeine Lösung finden oder sich wenigstens gegenseitig trösten. Valerie schrieb Mia eine lange Mail, und als sie auf »Senden« klickte, fühlte sich die Entfernung zu ihr plötzlich unüberwindbar an.

Kapitel 14

Valerie

Das Taxi wartete bereits, als Valerie aufgewühlt das Haus verließ. Das Testament, die Briefe und der Streit mit Mia hatten sie völlig aus der Bahn geworfen. Sie hatte vorhin tatsächlich die Nerven verloren. Dabei hatte sie ihr Leben lang immer versucht, sich unter Kontrolle zu haben, egal wie aufgewühlt sie war oder mit welchen Schwierigkeiten sie zu kämpfen hatte. Zumindest sollten andere Menschen ihr nicht ansehen können, wie es in ihr aussah. Damit war sie die letzten Jahre ziemlich gut gefahren. Doch hier am Chiemsee schien sie nicht mehr Herrin über ihre Gefühle zu sein.

»Wohin soll es gehen?«, fragte die ältere Taxifahrerin, nachdem sie eingestiegen war.

»Zum Yachthotel, bitte«, antwortete Valerie, die dort bereits telefonisch ein Zimmer reserviert hatte.

»Gern.«

Die Entfernung war nicht allzu weit, und als sie knapp zehn Minuten später die Lobby betrat, verspürte sie ein vages Gefühl der Erleichterung. Der dezente Luxus, den das traumhaft am See gelegene Viersternehotel ausstrahlte, erinnerte sie mehr an ihre Welt in New York. Hier fiel es ihr leichter, die aufgewühlten Gefühle wieder unter Kontrolle zu bringen und hinter einer Maske zu verstecken.

»Einen wunderschönen Aufenthalt in unserem Haus«, wünschte der junge Angestellte freundlich, nachdem er auf die Frühstückszeiten und den weitläufigen Wellnessbereich mit Schwimmbad hingewiesen hatte.

»Danke«, sagte sie.

Sport wäre jetzt genau das Richtige, um sich abzureagieren. Doch natürlich hatte sie für ihre Reise keinen Badeanzug eingepackt. Die Bekleidungsgeschäfte in Prien hatten am späten Samstagnachmittag bereits geschlossen. Nachdem sie ihr Zimmer bezogen hatte, mietete sie einen Wagen, um in den nächsten Tagen mobil zu sein und fuhr nach Rosenheim. In der Sportabteilung eines Kaufhauses fand sie einen Badeanzug und trank danach in einem kleinen Café einen Espresso, bevor sie wieder zurück nach Prien fuhr. Da sie in New York nur ganz selten selbst mit dem Auto unterwegs war, genoss sie den kleinen Ausflug nach Rosenheim, der sie ein wenig ablenkte.

Im Hotelpool zog sie so lange ihre Bahnen, bis sie langsam die Erschöpfung in ihren Gliedern spürte. Doch die Bewegung half tatsächlich, ihr Gleichgewicht wieder einigermaßen herzustellen.

Jetzt lag sie in einem flauschigen Bademantel auf dem Bett in ihrem Zimmer und schaute durch das Fenster hinaus auf den See, der im Dunklen geheimnisvoll funkelte. Die aufgeschlagene Speisekarte lag neben ihr, doch sie hatte sich noch nicht entscheiden können, was sie essen wollte. Sie wusste nicht, ob sie überhaupt einen Bissen hinunterbringen würde.

Obwohl sie das Gefühl hatte, jetzt wieder mehr in sich zu ruhen, hatte sich seit dem Nachmittag etwas unwiderruflich verändert. Durch das Testament und die Briefe hatte sie sich endgültig der Tatsache stellen müssen, dass sie ihren Vater nie mehr sehen würde, dass sie nie mehr eine Gelegenheit haben würde, sich mit ihm auszusprechen. Ihren hilflosen Zorn darüber hatte sie an Mia ausgelassen. Und im Moment konnte sie ihr auch nicht verzeihen, dass sie Valerie nichts von seiner Krankheit erzählt hatte.

Doch gleichzeitig nagten bittere Selbstvorwürfe an ihr. Warum war sie nicht schon viel früher einfach in ein Flugzeug gestiegen und nach Bayern geflogen, um ihren Vater und Mia zu besuchen? Was hatte sie davon abgehalten? Ihre Mutter? Olivia hatte sie tatsächlich niemals dazu ermuntert, Kontakt zu ihrem Vater aufzunehmen, geschweige denn, ihn zu treffen.

In den ersten Jahren nach der Trennung war der Kontakt völlig abgebrochen. Erst nach und nach hatte es eine vorsichtige Annäherung mit gelegentlichen Telefonaten an besonderen Feiertagen gegeben. Doch die Situation war schwierig geblieben. Für Mia war Olivia die einzige Schuldige an der ganzen Misere, und wann immer Valerie um Verständnis für ihre Mutter warb, hatten die Schwestern darüber einen heftigen Streit vom Zaun gebrochen und sich noch mehr voneinander entfernt.

Schlimm genug, doch nur wenige Monate später hatte Valerie erfahren, dass Albert beruflich in New York gewesen war. Ihr Vater war ihr so nah gewesen und hatte sie ganz offensichtlich nicht sehen wollen. Damals war für sie erneut eine Welt zusammengebrochen. Trotzdem, oder vielleicht gerade deswegen, hätte sie eine Aussprache erzwingen sollen. Sie konnte nach wie vor nicht verstehen, was damals passiert war. Doch aus Angst vor einer weiteren Enttäuschung hatte sie bis zum Ende ihres Studiums gewartet. Gefestigt, wie sie dachte, und mit dem beflügelnden Gefühl des erfolgreich absolvierten Abschlusses, hatte sie ihren Vater und Mia eingeladen, ohne jedoch Olivia in ihr Vorhaben einzuweihen. Im Nachhinein war sie froh, es nicht getan zu haben. Denn so musste sie die erneute Enttäuschung nur mit sich selbst ausmachen.

Damit war sie wieder an dem Punkt angekommen, ihre Schwester zu verteufeln, weil sie ihr damals die Gründe für die Absage verschwiegen hatte. Nichts hätte sie mit dem Wissen um die Krankheit ihres Vaters aufhalten können, ihn zu besuchen.

Ihr Handy klingelte. Mia! Als ob sie von ihren Gedanken angezogen worden wäre! Valerie spürte, wie ihr Puls sich beschleunigte, ließ es aber klingeln. Sie stand auf, nahm sich eine Flasche Saft aus dem kleinen Kühlschrank und schaltete den Fernseher ein. Kurz darauf meldete das Handy eine Sprachnachricht, die sie ebenfalls ignorierte. Ein paar Minuten später kam eine WhatsApp-Nachricht. Sie seufzte genervt und wollte das Handy schon ausschalten. Doch die Nachricht war nicht von Mia, sondern von Sebastian.

Max fragt, ob du morgen mal rüberkommst, um mit ihm wieder ein Autorennen zu fahren?

Valerie musste lächeln. Die Stunden, die sie heute mit Sebastian und Max verbracht hatte, waren eine erholsame kleine Auszeit gewesen. Nach dem Spaziergang hatte Sebastian sie auf heiße Schokolade und Kekse eingeladen.

»Ich frage Mia, ob sie auch kommen mag«, hatte er gesagt und ihrer Schwester eine Nachricht geschrieben. Doch Mia hatte abgelehnt.

»Mia hat zwei Phasen, wenn es ihr nicht gut geht. Entweder sie poltert laut herum oder sie zieht sich zurück«, hatte er Valerie erklärt. »Normalerweise dauert es aber nicht lange, bis sie wieder auftaucht. Trotzdem wäre mir wohler, wenn sie sich gerade jetzt nicht abschotten würde.«

»Vielleicht sollte ich gleich zu ihr rübergehen?«, hatte Valerie vorgeschlagen.

»Für eine Tasse Kakao und ein paar Kekse kannst du schon noch bleiben ... Magst du Sahne darauf?«

»Besser nicht. Sonst wird mir das zu viel«, hatte sie abgelehnt.

»Aber ich mag Sahne«, hatte Max gerufen. »Ganz viel sogar.«

Später hatte der Kleine ihr sein Zimmer gezeigt, in dem eine große Carrerabahn aufgebaut war, die er zu seinem letzten Geburtstag bekommen hatte.

»Spielst du mit mir, Valerie?«, hatte er sie aufgefordert.

»Ja, wenn du möchtest.«

»Mia hat immer das blaue Auto und ich das rote. Magst du auch das blaue?«

»Klar.«

Überraschenderweise hatte sie sich ziemlich geschickt angestellt und Max schon beim zweiten Versuch geschlagen.

»Nächstes Mal gewinne ich aber wieder!«, hatte er gerufen und konzentriert die Autos wieder in die Spur gesetzt. Das glückliche Lachen, als er sie beim nächsten Rennen tatsächlich schlug, war so ansteckend gewesen, dass sie fröhlich mitgelacht hatte.

»Na warte. Ich verlange Revanche!«, hatte sie gefordert und mit ihm ein paar weitere Rennen ausgetragen, die mal er, mal sie gewonnen hatte.

»Ich will ja kein Spielverderber sein, aber Max, du musst gleich zum Fußballtraining«, hatte Sebastian die beiden schließlich unterbrochen.

»Und ich muss rüber zu Mia ... Danke für die leckere heiße Schokolade und die Kekse, Sebastian.«

»Jederzeit gerne wieder!«

Zunächst war sie erfreut gewesen, dass Alma zu Besuch war. Doch dann hatte diese den Schwestern das Testament und die Briefe übergeben, die schließlich zum großen Zerwürfnis geführt hatten.

Valerie griff nach dem Handy und tippte eine Antwort:

Ich bin inzwischen im Hotel. Vielleicht komme ich morgen Nachmittag mal bei euch vorbei, wenn es da bei euch passt.

Valerie hatte die Nachricht kaum abgeschickt, da klingelte schon das Handy.

»Du bist im Hotel?«, fragte Sebastian sofort. »Was ist denn passiert?«

Valerie überlegte kurz, wie viel sie ihm sagen wollte. Schließlich waren er und Mia beste Freunde.

»Ach, Mia und ich hatten eine Auseinandersetzung«, versuchte sie die Sache herunterzuspielen. »Vielleicht war es ein Fehler, dass ich nicht gleich ins Hotel gegangen bin. Immerhin habe ich sie mit meinem Besuch mehr oder weniger überrumpelt.«

»Ich glaube nicht, dass du sie überrumpelt hast, Valerie. Mia hat offenbar geahnt, dass du kommen würdest. Deswegen hat sie auch sofort das Zimmer für dich hergerichtet.«

»Trotzdem – wir kennen uns doch eigentlich gar nicht mehr. Letztlich sind wir wie Fremde füreinander.«

Für einige Sekunden herrschte Stille in der Leitung.

»War der Streit so schlimm?«, fragte Sebastian.

»Ja ...«

»Willst du darüber reden?«

»Eigentlich nicht.«

»Und uneigentlich?«

Sie musste lächeln. Es war nicht ihre Art, Probleme mit anderen zu besprechen. Doch in dieser Situation war das anders. Sebastian kannte Mia.

»Na gut«, sagte sie zu ihrer eigenen Überraschung, und dann erzählte sie ihm, was passiert war. Zunächst versuchte sie, möglichst sachlich zu bleiben, doch schon rasch redete sie sich in Rage.

»Verstehst du das? Das hätte sie nicht machen dürfen! Und jetzt diese Briefe? Darauf kann ich wirklich verzichten«, endete sie schließlich aufgebracht.

Sebastian hatte ihr zugehört, ohne sie zu unterbrechen.

»Valerie, ich kann verstehen, dass du dich darüber aufregst«, sagte er nun verständnisvoll. »Vielleicht ist ein kleiner Abstand jetzt tatsächlich genau richtig für euch. Aber ...«

»Aber was?«

Inzwischen war sie aufgestanden und ging im Zimmer auf und ab.

»Aber alles hat immer zwei Seiten«, fuhr er fort. »Ihr

müsst euch die Zeit nehmen und euch zusammensetzten. Und dann nochmal versuchen, in Ruhe über alles zu reden«, schlug er vor.

»Das bringt doch nichts... Zumindest nicht jetzt. Vielleicht müssen wir erst noch ein paar weitere Jahre verstreichen lassen. Und es dann erneut versuchen«, sagte sie bitter.

»Valerie...«

»Nein, Sebastian, ich meine das ernst. Und ich möchte jetzt auch nicht mehr darüber reden...« Sie hatte nach dem schwierigen Tag heute tatsächlich keine Energie für weitere Diskussionen.

Sebastian zögerte kurz mit einer Antwort, dann sagte er: »Okay... Versprochen. Ich werde nichts mehr dazu sagen.«

»Danke, Sebastian... Dann wünsche ich dir einen guten Abend und...«

»Deswegen müssen wir doch nicht gleich aufhören zu telefonieren«, unterbrach er sie. »Was hast du denn für morgen vor?«

»Ich? Keine Ahnung«, sagte sie. Darüber hatte sie sich bisher noch keine Gedanken gemacht.

»Hör mal, ich möchte nicht, dass du den ganzen Tag allein im Hotel hockst... Wo bist du eigentlich abgestiegen?«

»Im Yachthotel«, antwortete Valerie.

»Ah – mein Mitleid sollte sich bei so einer Umgebung wohl in Grenzen halten«, sagte er, und sie vermeinte, ein Lächeln in seinen Worten zu hören.

»Zugegeben. Es lässt sich hier aushalten«, sagte sie.

»Trotzdem. Einsam kann man auch unter Menschen an den schönsten Orten sein.«

»Das macht mir nichts aus. Echt nicht.«

»Aber mir ... Max und ich kommen dich morgen Vormittag abholen. Sei um zehn Uhr fertig, und zieh dir bitte was Warmes an.«

»Ist das dein Ernst? Was hast du denn vor?«

»Das wirst du morgen herausfinden ... Ich muss jetzt los und schnell noch was mit Max besorgen. Mach's gut, Valerie!«

Und damit legte er auf. Valerie schaute verdutzt aufs Handy und schüttelte dann lächelnd den Kopf.

»Na gut, dann bis morgen, Sebi«, murmelte sie und legte das Handy zur Seite. Dann griff sie nach der Speisekarte.

Nach dem Gespräch mit Sebastian verspürte sie jetzt tatsächlich etwas Appetit. Sie hob den Hörer des Telefons ab und drückte die Taste für den Zimmerservice.

Kapitel 15

MIA

Nachdem Valerie gegangen war, war Mia zunächst in eine Art Schockstarre verfallen. Sie saß einfach nur im Sessel und starrte aus dem Fenster, bis es draußen langsam zu dämmern begann. Es fühlte sich für sie an, als hätte sie ihre Schwester durch den Streit ein weiteres Mal verloren. Und letztlich war es wohl auch so.

Rudi brachte sie schließlich dazu aufzustehen und mit ihr noch mal eine kleine Runde zu drehen, damit er sein Geschäft verrichten konnte. Die frische klare Luft tat ihr gut, und die Bewegung weckte zumindest ihre Lebensgeister.

Mia fütterte den Hund und ging dann wieder in den Wintergarten. Im Papierkorb lagen immer noch die Briefe, die zum Zerwürfnis geführt hatten. Egal ob Valerie sie lesen wollte oder nicht, sie waren von ihrem Vater, und Mia brachte es nicht übers Herz, sie endgültig in den Müll zu werfen. Natürlich würde sie die Briefe selbst nicht öffnen, auch wenn sie gerne gewusst hätte, was Albert ihrer Schwester geschrieben hatte. Sie fischte sie heraus und verstaute sie vorerst in einer Schublade in der Kommode, bis sie entschieden hatte, was sie damit machen sollte.

Obwohl sie sich nichts davon versprach, versuchte sie,

Valerie am Handy zu erreichen. Es klingelte ein paarmal, dann sprang die Mailbox an, und sie hinterließ ihr eine Nachricht: »Valerie... bitte, lass uns nochmal in Ruhe reden. Es muss doch nicht sein, dass du im Hotel bist, wenn du hier dein Zimmer hast... Du... du bist hier kein Gast. Das ist hier auch dein Zuhause... Es tut mir wirklich leid. Bitte ruf mich an.« Ihre Schwester sollte zumindest wissen, dass Mia sie nicht so einfach gehen lassen wollte und dass ihr der Streit leidtat. Doch Valerie rief nicht zurück.

Die Aussicht, den ganzen Abend allein zu verbringen, war nicht sonderlich verlockend. Vielleicht sollte sie Sebastian und Max einen Besuch abstatten? Doch als sie wenig später vor dem Nachbarhaus stand, brannte darin kein Licht. Niemand war zu Hause. Seufzend ging sie wieder zurück und schaltete den Fernseher ein, fand jedoch keine Ruhe.

Immer wieder griff Mia zum Handy, um zu kontrollieren, ob eine Nachricht von Valerie eingegangen war. Doch ihre Schwester ließ nichts von sich hören. Sie hatte ihre Nachricht noch nicht einmal abgehört. Dafür entdeckte sie auf Instagram ein Fotoposting von Joshua. Er grinste mit seinen Musikerkumpels breit in die Handykamera und schrieb dazu: »Heute Abend rocken wir die Bühne!«

Das Konzert in Didis Oberstübchen!

Plötzlich hielt Mia es nicht mehr zu Hause aus. Sie sehnte sich nach der Gesellschaft von Menschen und lauter Musik, die sie ablenken würde. Rasch warf sie einen kontrollierenden Blick zu Rudi, der auf seiner Decke im Esszimmer tief und fest schlief, schlüpfte in Schuhe und Jacke und verließ das Haus. Die Straßen waren frei von Schnee, und so brauchte sie noch nicht einmal eine halbe Stunde, bis sie auf den Parkplatz hinter dem Gebäude in der Nähe von Rosenheim fuhr.

Didis Oberstübchen war eine urige Kneipe für Jung und Alt, mit einer langen Theke, wie man sie aus englischen Pubs kannte. Wie meistens an einem Samstagabend war auch heute in der Gaststube ziemlich viel los. Als die Tür zum angrenzenden Saal kurz aufging, hörte man bereits Musikklänge von Joshua und seiner Band.

Mia zog ihre Jacke aus und hängte sie an einen letzten, halbwegs freien Haken an der ziemlich überfüllten Garderobe.

»Ein großes Wasser bitte, Betty«, bestellte sie bei der Bedienung, die schon fast so lange hier arbeitete, wie es die Kneipe gab.

»Aber klar, Mia«, sagte sie und schob noch ein »Schön, dass du da bist«, hinterher. »Das mit deinem Vater ... das tut mir sehr leid. Wirklich.«

Albert war hier früher Stammgast gewesen und hatte sich ab und zu mit befreundeten Musikern im Saal zu einer spontanen Musiksession zusammengefunden. Auch Didi, der Wirt der Kneipe, war als begeisterter Hobbyschlagzeuger mit Feuereifer dabei gewesen, wenn er nicht zu eingespannt war.

»Danke, Betty«, sagte Mia. »Was kriegst du?«

Sie nahm die Geldbörse aus ihrer Tasche, doch Betty winkte ab.

»Das geht heute aufs Haus!«, sagte sie mit einem freundlichen Lächeln.

Mia bedankte sich und ging in den angrenzenden kleinen Saal, in dem regelmäßig an den Wochenenden Konzerte, Kabaretts oder Lesungen stattfanden.

Joshua und seine Coverband hatten ziemlich viele Fans angelockt. Der Saal war gut gefüllt.

»Frau Garber!«, rief Jette erfreut, das Mädchen, das sie als letztes Mitglied in den Chor geholt hatte, bevor Wurm-Fischer ihr die Leitung weggenommen hatte. Sie saß neben der Tür an einem kleinen Tischchen und kassierte den Eintritt für die Band.

»Hallo, Jette!«

»Das ist ja cool, dass Sie da sind.«

Mia nickte ihr zu und reichte ihr 5 Euro.

»Brauchen Sie nicht. Sie stehen auf der Gästeliste!«, sagte Jette.

Doch Mia ließ es sich trotzdem nicht nehmen und bezahlte. Sie fand es nur gerecht, dass die jungen Leute zumindest ihre Unkosten mit dem Eintrittsgeld decken konnten. Dafür bekam sie einen Stempel auf den Handrücken.

»Ich durfte übrigens im Chor bleiben«, erklärte Jette, deren Blick jedoch nicht darauf schließen ließ, ob das gut oder weniger gut war.

»Das freut mich ...« Mia hätte gern mehr erfahren, aber das Mädchen musste schon bei den nächsten Gästen abkassieren.

Mia stellte sich mit ihrem Getränk ein wenig abseits und hörte den Musikern zu. Die Jungs hatten sichtlich Spaß, die überwiegend Folk- und Countrysongs bekannter Interpreten und Bands zu spielen.

Musik war einfach Balsam für die Seele – das war für Mia schon immer so gewesen, aber an diesem Abend spürte sie es ganz besonders. Nach allem, was in den letzten Tagen passiert war, brauchte sie dringend eine Dosis Musik.

Als weitere Schüler aus dem Gymnasium sie entdeckten, war sie nach kurzer Zeit von ihnen umringt. Auch wenn sie wegen der Lautstärke nicht viel reden konnten, erfuhr Mia doch, dass es mit dem neuen Chorleiter offenbar nicht sonderlich gut lief.

»Wir haben alle keine Lust, mit dem zu proben«, sagte Jegor und wirkte dabei sehr aufgebracht. »Und die Wurm-Fischer regt sich deswegen total auf.«

Mia wusste, dass sie den Schülern eigentlich hätte raten sollen, trotzdem mitzumachen, doch insgeheim freute sie sich darüber, dass es nicht so gut lief. Dieser Amantke hatte ihr den Job weggenommen, dann sollte er mal zusehen, wie er damit zurechtkam.

Inzwischen hatte auch Joshua sie entdeckt und nickte ihr von der Bühne aus gut gelaunt zu, während er Gitarre spielte und *Ho Hey*, einen Song der amerikanischen Band The Luminers zum Besten gab. Seine Bandkollegen forderten die Zuhörer durch Gesten dazu auf, bei *Ho* und *Hey* mitzusingen, was die meisten auch taten.

Als das Lied zu Ende war und die Leute applaudierten, stellte Joshua seine Gitarre zur Seite.

»So, ganz kurz mal eine Unterbrechung, Leute«, rief er den Zuhörern zu, sprang von der Bühne und ging auf Mia zu. Als er vor ihr stand, streckte er eine Hand nach ihr aus.

»Kommen Sie, Frau Garber. Einen Song!«, forderte er sie auf. »Sie haben es versprochen!«

Mia war hin- und hergerissen, doch da die Aufmerksamkeit nun bei ihnen lag und immer mehr Zuschauer sie mit

Klatschen und Rufen ermunterten, griff sie schließlich nach seiner Hand und begleitete Joshua auf die Bühne. Womöglich mochten es manche ja nicht nachvollziehen können, dass sie so bald nach dem Tod ihres Vaters öffentlich auftrat, aber ihr Vater würde sie verstehen und sich darüber freuen.

»Hey, Leute. Die meisten von euch kennen sie ganz sicher sowieso. Die beste Musiklehrerin an unserer Schule *ever*. Mia Garber!... Und ich find das so *nice*, dass sie jetzt mit mir singt... Und zwar *Just Breathe* von Pearl Jam.«

Die Leute applaudierten und johlten begeistert, während Joshua seine Gitarre nahm, ihr zunickte und zu spielen begann. Einer der anderen Musiker setzte gleichzeitig mit der Mundharmonika ein.

Mia ging zum Mikrofon, schluckte kurz, dann legte sie los. In dem berührenden Lied ging es um Liebe, Abschied nehmen, aber auch um die Aussicht, sich auf der anderen Seite irgendwann wiederzusehen. Während der ersten Zeilen wusste Mia nicht, ob sie es überhaupt zu Ende singen konnte, so nah war der Text dem, was sie gerade selbst erlebte. Doch überraschenderweise tröstete es sie, und sie fühlte sich ganz eng mit ihrem Vater verbunden... ohne die brennende Trauer, die sie seit Tagen mit sich herumtrug.

Joshua und sie wechselten sich mit den Strophen ab, um dann den Refrain gemeinsam zu singen.

Als das Lied zu Ende war, applaudierten die Leute begeistert.

»Noch eines?«, fragte Joshua sie.

»Ich weiß nicht, vielleicht sollte ich jetzt doch...«, begann sie.

»*Unter die Haut*?«, schlug er lächelnd vor, ohne sie

ausreden zu lassen. Ein Lied von Tim Bendzko featuring Cassandra Steen, das Joshua mit einem Mädchen aus dem Chor beim letzten Sommerkonzert gesungen hatte. Mia hatte es mit ihnen für den Auftritt geprobt und kannte den Text somit auswendig.

»Na gut«, sagte Mia.

Joshua begleitete das Lied anfangs nur mit seiner Gitarre, da der Song vermutlich auch gar nicht zum normalen Repertoire der Coverband gehörte. Doch nach den ersten Takten setzten erst der Schlagzeuger und dann auch der Bassist ein.

Mia war unglaublich stolz auf Joshua, der mit Sicherheit einer der talentiertesten Schüler war, den sie bisher unterrichtet hatte. Dem Publikum ging ihre Darbietung offenbar ebenfalls buchstäblich unter die Haut, denn sie wollten gar nicht aufhören zu klatschen, als der Song zu Ende war.

Als Mia schließlich von der Bühne ging, fühlte sie sich, als ob sie einen Dauerlauf hinter sich hätte. Sie war erschöpft und gleichzeitig voller Adrenalin und Glücksgefühle.

»Das war so super!«, rief Jegor begeistert. »Sie müssen unbedingt wieder zurück zu uns an die Schule.« Mehrere Mitschüler nickten heftig.

Mia wusste nicht, was sie darauf antworten sollte. Sie wollte den jungen Leuten und auch sich selbst nicht den Abend verderben, indem sie von der Kündigung erzählte, die sie inzwischen bekommen hatte. Sie wollte einfach nur die Livemusik hören und spüren und alles andere vergessen.

Als Joshua den letzten Song des Abends ankündigte, beschloss sie, vorher schon nach Hause zu fahren. Die Musiker würden sicherlich noch mächtig Party machen und feiern und vermutlich auch Mia dabei haben wollen, doch danach war ihr nicht zumute.

Sie tat so, als ob sie sich nur etwas zu trinken holen würde, und verließ, ohne sich von irgendjemandem zu verabschieden, den Saal.

Als sie die Jacke von der Garderobe nahm, sagte plötzlich eine Stimme hinter ihr: »Du wirst doch wohl nicht schon gehen wollen?«

Mia drehte sich um und war völlig überrascht, als sie Daniel Amantke gegenüberstand. Auch wenn sie einen Moment brauchte, um ihn zu erkennen. Im Gegensatz zu ihrer ersten Begegnung in der Schule trug er ziemlich legere Klamotten, eine Mütze und statt seiner dunkel gerahmten Brille offenbar Kontaktlinsen. Wäre sie ihm auf der Straße begegnet, wäre sie bestimmt an ihm vorbeigelaufen.

»Du?«

»Schön, dass du mich noch erkennst. Ich wollte dich gerade auf ein Bier oder ein Glas Wein einladen«, sagte er mit einem funkelnden Lächeln aus seinen dunklen Augen, das angesichts der Umstände ziemlich unverschämt war, wie Mia fand.

»Hast du Lust?«

»Lust? Offenbar hast du bereits genug Alkohol intus, wenn du es wagst, mich das auch nur zu fragen«, fuhr Mia ihn ärgerlich an. Der Kerl hatte sie wohl nicht alle.

»Ich hatte nur ein Bier bis jetzt«, erklärte er bereitwillig. »Aber wenn du mir Gesellschaft leisten würdest, dann käme sicher noch eines dazu.«

»Ganz sicher nicht!«, sagte sie. »Mit jemandem, der mir

meinen Job geklaut hat, trinke ich kein Bier. Noch nicht mal Kamillentee!«

»Hey ... ich habe gar nichts geklaut.«

»Gibt es ein Problem?«, fragte Betty, die gerade mit einem Tablett voller Getränke an ihnen vorbeiging und kurz stehen blieb.

»Nein, schon okay«, winkte Mia ab.

»Gut.« Betty nickte ihr zu und verschwand dann im Saal.

»Was machst du überhaupt hier?«, fragte sie ihn barsch.

»Das Konzert anhören. Ich stand ganz hinten in der Ecke.«

Wo er offenbar auch sonst niemandem aufgefallen war.

»Ich wollte mich einfach vergewissern, ob meine Schüler wirklich alle solche Nullen sind, wie sie vorgeben«, erklärte er.

»Nullen ...? Würdest du Joshua und seine Bandkollegen etwa als Nullen bezeichnen?«, fragte sie empört.

»Eben nicht. Aber in der Schule ist es mir nicht möglich, das herauszufinden. Ich hatte es noch nie mit solchen Chaoten von Chorschülern zu tun.«

Das Lächeln in seinem Gesicht machte einer missmutigen Miene Platz.

Dafür musste Mia nun lachen. Und es tat ein kleines bisschen gut. Ganz offenbar machten die Schüler ihm das Leben tatsächlich nicht leicht. Insgeheim freute sie sich darüber!

»Tja! Mieses Karma sag ich da nur.«

»Mieses Karma?«

»Ja! Und völlig verdient!«

»Das Problem ist, wenn das im Unterricht so weitergeht, reiten die sich alle noch in einen ziemlichen Schlamassel rein«, sagte er und wirkte tatsächlich besorgt.

»Du kannst offenbar nicht richtig mit ihnen umgehen«, sagte sie.

»Ich habe schon alles Mögliche versucht. Bei denen funktioniert gar nichts. Kannst du mir nicht ein paar Tipps geben?«

»Tipps? Da wär ich ja schön blöd«, blaffte sie ihn an.

»Nö. Nur hilfsbereit«, sagte er und schien sich nicht aus der Ruhe bringen zu lassen. »Übrigens, du singst großartig. Ich bin froh, dass ich heute hergekommen bin und dich auch gehört habe.«

Mia sagte nichts darauf. Schließlich war sie nach wie vor sauer auf ihn.

Sie zog den Reißverschluss ihrer Jacke hoch und schlang den dicken, von Alma gestrickten Schal um den Hals.

»Du gehst tatsächlich?«, fragte er, als ob ihn das wirklich überraschen würde.

»Ja klar.«

»Und ich kann dich nicht überreden? Ein Bier? Dann könnte ich auch erklären, warum ich...«

Doch sie ließ ihn einfach stehen.

Auf der Heimfahrt dachte Mia über Daniel Amantke nach. Ausgerechnet sie um Hilfe und Tipps zu bitten, war wirklich dreist von ihm. Doch unerwarteterweise hatte die Begegnung mit dem Musiklehrer sie ein wenig aufgemuntert. Immerhin lief es für ihn nicht wirklich gut auf dem Posten, den er ihr weggeschnappt hatte. Und da kam tatsächlich ein klein wenig Schadenfreude in ihr hoch, auch wenn ihr das nicht sonderlich als Eigenschaft zusagte.

Als Mia wieder zu Hause ankam, erwartete Rudi sie bereits schwanzwedelnd hinter der Tür. Sie ließ ihn kurz in den Garten und gab ihm dann ein paar Leckerlis, bevor er es sich wieder auf seiner Decke gemütlich machte.

Inzwischen war es schon nach Mitternacht, und Mia war ziemlich müde. Sie checkte ihr Handy. Zwei verpasste Anrufe von Sebastian, mehrere begeisterte Kommentare von einigen ihrer Schüler und Fotos des Auftritts mit Joshua. Doch keine Nachricht von Valerie, auf die sie besonders gehofft hatte. Mia ahnte, dass ihre Schwester sich bis zur Beerdigung nicht mehr melden würde. Seufzend ging sie nach oben in ihr Zimmer.

Als sie am nächsten Tag aufwachte, war es fast schon halb zehn. Der lange Schlaf hatte ihr gutgetan. Sie kümmerte sich um Rudi und machte sich dann eine große Portion Rührei mit Schinken, die sie mit erstaunlichem Appetit verspeiste. Sie schaltete ihr Handy an und sah, dass sie mehrere Nachrichten und verpasste Anrufe von Sebastian und von Alma hatte, die sich beide Sorgen um sie machten. Rasch schrieb sie zurück, dass alles in Ordnung sei und sie nur lange geschlafen habe. Nach einer ausgiebigen Dusche ging sie am Zimmer ihres Vaters vorbei und blieb stehen. Seit seinem überraschenden Tod hatte sie es nicht mehr betreten. Und auch jetzt war sie noch nicht so weit und konnte sich im Moment auch nicht vorstellen, dass sie es in naher Zukunft sein würde.

Am Nachmittag zog sie sich warm an und machte einen langen Spaziergang mit Rudi. Später würde Alma ihn abholen, damit Mia sich morgen, am Tag der Beerdigung, nicht um ihn kümmern musste. Rosa würde auf ihn aufpassen und ihn nach Strich und Faden verwöhnen. Für Mia war es gut zu wissen, dass der Hund bei ihr gut aufgehoben war.

»Komm Rudi, wir gehen wieder zurück!«, rief sie ihm zu, als er auf der verschneiten Wiese wild im Schnee zu graben begann.

Sie war schon fast wieder zu Hause, da fuhr Sebastian mit Max an ihr vorbei in seine Hofeinfahrt. Mia blieb stehen und wartete, bis die beiden ausgestiegen waren.

»Da bist du ja!«, sagte Sebastian und wirkte erleichtert, sie zu sehen.

»Hi, ihr zwei!«, sagte Mia.

»Ist wirklich alles klar bei dir?«, fragte er, nachdem er für Max die Haustür aufgesperrt hatte und der Junge wie der Blitz in Richtung Toilette gesaust war.

»Ja... ich war gestern in Didis Oberstübchen und bin spät ins Bett...«, erklärte sie. »Und heute hab ich mal ausschlafen können. Tut mir leid, dass ich mich nicht eher gemeldet habe.«

»Schon okay... Ich war nur echt besorgt, dass es dir nicht gut geht wegen des Streits, den ihr hattet.«

»Du hast mit Valerie gesprochen?«, fragte Mia, obwohl sie kaum verwundert war. Sebastian war schließlich der Einzige im Ort, den ihre Schwester noch kannte.

»Ja... Sie hat es mir gestern am Telefon erzählt. Max und ich waren heute mit ihr auf der Fraueninsel. Sie konnte ein wenig Aufmunterung gut gebrauchen... Aber ich mache mir auch Sorgen um dich, Mia.«

»Danke, Sebastian. Aber das musst du nicht«, winkte sie ab. »Es ist einfach eine schwierige Zeit gerade.«

»Und gerade deswegen solltet ihr zwei zusammenhalten und euch gegenseitig beistehen.«

»Ja ... aber es ist ... wohl zu viel passiert.« Sie fragte sich, was Valerie ihm alles erzählt hatte. Sicher wusste er bereits von den Briefen und dem Testament ihres Vaters.

»Trotzdem ... ich kann überhaupt nicht verstehen, warum ihr beide nicht klarkommt. Ihr wart doch früher nicht nur Schwestern, sondern die besten Freundinnen.«

»Hast du vergessen, was dazwischen alles war?«

»Nein, natürlich nicht. Aber morgen ist die Beerdigung, und da solltet ihr ...«

»Sebastian, bitte ... mir ist das gerade alles zu viel, und ich mag nicht darüber reden«, sagte Mia, die gar nicht an den Tag morgen denken wollte.

»Verstehe ... Aber hey, ich bin für dich da! Wir schaffen das schon, Mia«, sagte er und legte einen Arm um sie.

»Ja ... irgendwie«, murmelte Mia, kämpfte dabei aber mit den Tränen. Sebastian nahm sie nun fest in die Arme und drückte sie an sich. Es war tröstlich und tat ihr einfach nur gut, von einem Freund festgehalten zu werden.

»Möchtest du den Abend mit uns verbringen?«, fragte er, als sie sich langsam voneinander lösten.

Mia schüttelte den Kopf.

»Danke, aber Alma wird später noch vorbeikommen und Rudi abholen. Und wie ich sie kenne, wird sie ein Weilchen bei mir bleiben.«

Sebastian lächelte.

»Auf die gute Alma ist eben Verlass«, sagte er. »Trotzdem, falls du es dir nochmal anders überlegst, schau einfach vorbei.«

»Okay... Weißt du vielleicht, was Valerie heute macht?«, fragte sie Sebastian. Die Vorstellung, dass ihre Schwester ganz allein in einem Hotelzimmer saß, bereitete Mia Unbehagen.

»Ja... Sie holt später beim Griechen was zu essen und fährt dann zu uns.«

»Sie hat ein Auto?«, fragte Mia überrascht.

»Valerie hat sich gestern einen Wagen gemietet, damit sie unabhängig ist, bis sie am Dienstag wieder abreist.«

»Ah, okay... Dann ist es ohnehin besser, wenn ich zu Hause bleibe, denn sie wird mich nicht sehen wollen«, murmelte Mia. Einerseits war sie froh, dass Valerie nicht allein sein würde. Andererseits war Sebastian in den vergangenen Jahren zu ihrem besten Freund geworden. Niemandem konnte sie ihre Probleme so anvertrauen wie ihm. Er kannte sie einfach schon ihr ganzes Leben lang. Deswegen fühlte es sich gerade ein klein wenig so an, als ob Valerie ihn ihr wegnehmen würde.

»Umso wichtiger wäre es, dass ihr euch ausspricht«, riss er sie aus ihren Gedanken.

Mia zuckte mit den Schultern.

»Ich habe versucht, sie anzurufen, aber sie geht nicht ans Handy.«

»Ich rede nochmal mit ihr.«

»Ich glaube nicht, dass das was bringt.«

»Mal sehen.«

»Rudi, komm«, sagte sie zu ihrem Hund, der während ihres Gespräches geduldig gewartet hatte, und dann ging sie mit ihm nach Hause.

Kapitel 16

VALERIE

Die letzten beiden Tage waren für Valerie ein Wechselbad der Gefühle gewesen. Zuerst die zarte Annäherung in der Nacht, als sie und ihre Schwester das Haus weihnachtlich dekoriert hatten. Dann der große Streit mit Mia, nach dem sie am liebsten sofort zum Flughafen gefahren und nach New York zurückgeflogen wäre.

Glücklicherweise gab es Sebastian und Max, zu denen sie jetzt mit einer reichen Auswahl an griechischem Essen unterwegs war. Heute Vormittag hatten die beiden sie abgeholt und mit ihr einen Ausflug auf die Fraueninsel gemacht. Im ersten Moment hatte sie fast ablehnen wollen, denn die kleine Insel mitten im Chiemsee war mit vielen schönen Erinnerungen an ihre Kindheit und zahlreichen Familienausflügen an Sonntagen dorthin verbunden. Doch Sebastian konnte sie schließlich überreden. Nicht zuletzt mit der Unterstützung von Max. Sie hatten den zauberhaften Christkindlmarkt besucht, der an diesem Wochenende seine Pforten geöffnet hatte, waren ein Mal um die verschneite kleine Insel spaziert und hatten sich ein leckeres Mittagessen gegönnt. Mit Sebastian zusammen zu sein fühlte sich für Valerie an, als ob sie sich erst vor wenigen

Tagen zum letzten Mal gesehen hätten. Die alte Vertrautheit aus ihrer Kindheit war immer noch da und im Moment ihr einziger Anker.

Als sie jetzt in die Hofeinfahrt zu seinem Haus abbog, sah sie Licht in ihrem Elternhaus brennen. Mia war offenbar zu Hause. Für einen Moment kam sie in Versuchung, zu ihr zu gehen und sich auszusprechen. Doch vermutlich würden sie nur erneut aneinandergeraten. Und darauf hatte sie jetzt weder Lust, noch hatte sie die nötige Energie dafür.

Sie griff nach der Tüte mit dem Essen, stieg aus dem Wagen und klingelte. Es dauerte keine zehn Sekunden, bis Max öffnete.

Mit seinem lustigen Zahnlückengrinsen begrüßte er sie und zog sie ins adventlich geschmückte Esszimmer, wo Sebastian bereits den Tisch gedeckt hatte.

»Ich hab schon so Hunger!«, rief der Kleine und setzte sich an den Tisch. »Darf ich den Adventskranz anzünden?«

»Ja«, sagte Sebastian und reichte seinem Sohn ein Streichholzpäckchen. Max war ganz stolz, dass er die erste Kerze anzünden durfte.

»Wow!«, sagte Sebastian, während er Valerie half, das Essen aus den Schalen in Teller zu geben. »Kommen da noch ein paar Leute mehr?«

Valerie lächelte.

»Du wirst staunen, wie viel ich futtern kann«, sagte sie, und dann ließen es sich alle schmecken.

Als Nachspeise brachte Sebastian seine schon am Morgen vor dem Ausflug zubereitete Bayerische Creme mit Erdbeerspiegel herein.

»Wie hast du nur so gut kochen gelernt?«, fragte Valerie ehrlich erstaunt. »Ich würde so was nie so gut hinbekommen.«

In Wahrheit stand Valerie nur äußerst selten am Herd. Meistens war sie den ganzen Tag in der Firma und mittags oder abends bei irgendwelchen Geschäftsessen. Und an den Wochenenden hatte sie auch keine Lust, sich stundenlang in die Küche zu stellen, um für sich allein zu kochen. Wozu gab es schließlich den Lieferservice, der ihr eine schier unbegrenzte Auswahl an Köstlichkeiten aus aller Herren Länder bot?

»Früher hat Tina immer für uns gekocht«, erklärte Sebastian. »Nachdem sie weg war, blieb mir nichts anderes übrig, als mich mit dem Thema zu befassen. Du kennst mich ja und weißt, wie gern ich esse.«

Valerie lachte.

»Papa mampft total viel«, gluckste Max, dem die Nachspeise ebenfalls zu schmecken schien.

»Das stimmt, Max. Das hat er schon als kleiner Junge gemacht«, sagte sie und zwinkerte ihm zu. Wie Sebastian es schaffte, trotzdem so schlank zu sein, war ihr ein Rätsel. Sonderlich viel Zeit für Sport konnte er als alleinerziehender berufstätiger Vater kaum haben.

Sebastian schien ihre Gedanken zu erraten.

»Max und ich sind immer viel draußen unterwegs«, erklärte er ungefragt. »Außerdem gibt es bei uns natürlich oft Gemüse und auch leichtere Sachen.«

»Ich mag am allerliebsten viele Brezenpflanzerl«, informierte Max sie. »Mit Kartoffelsalat dazu. Das ist soo lecker.«

»Wirklich? Die habe ich früher auch total gern gegessen!«, sagte Valerie amüsiert, dass dieses Gericht aus der Vergangenheit schon wieder Thema war. »Dann kann dein Papa ja echt richtig toll kochen, was?«

Max nickte.

»Ich gestehe, dass Kochen mir von allen Aktivitäten im Haushalt am meisten Spaß macht ... Noch einen Löffel?«

Sie winkte ab.

»Danke, aber wenn ich noch was esse, platze ich«, sagte sie, was bei Max für einen Lachanfall sorgte.

»Ich platze auch«, sagte der Kleine.

»Dann gibt's jetzt wohl besser nichts mehr«, sagte Sebastian und stellte den Rest in den Kühlschrank.

Nach dem Essen durfte Max noch ein wenig fernsehen, bis es Zeit zum Schlafen war. Sebastian und Valerie räumten währenddessen gemeinsam den Tisch ab.

»Möchtest du noch einen Cappuccino oder Espresso?«, fragte Sebastian.

»Gern einen Espresso«, antwortete Valerie und sah ihm dabei zu, wie er zwei kleine Tassen aus dem Regal holte, und den Espresso zubereitete.

»Sag mal, was ist eigentlich bei dir und deiner Frau schiefgelaufen?«, stellte sie ihm eine Frage, die ihr schon den ganzen Tag auf der Zunge lag.

Sebastian schien ihr die Neugierde nicht zu verübeln.

»Es hört sich vielleicht banal an, aber Tina hat mich irgendwann nicht mehr geliebt. Sie war nicht mehr glücklich in unserer Ehe.«

Valerie musste spontan an ihre Eltern denken. War es bei ihrer Mutter damals genauso gewesen? Hatte sie Albert deswegen so unvermittelt verlassen können?

»Und du? Warst du glücklich in deiner Ehe?«, hakte Valerie nach, um nicht weiter über ihre Eltern nachdenken zu müssen.

»Schwierige Frage...« Er stellte die Tassen auf den Tisch und setzte sich zu ihr. »Tina und ich haben damals ziemlich schnell geheiratet, nachdem wir erfahren hatten, dass sie schwanger war. Mitunter frage ich mich natürlich, ob wir das auch getan hätten, wenn sie kein Kind von mir bekommen hätte.«

Nachdenklich gab er einen Teelöffel Zucker in seine Tasse. »Und wenn ich mir die Frage ganz ehrlich beantworte, dann bezweifle ich das... Ich glaube, was mich wirklich glücklich machte, war unsere Familie. Und erstaunlicherweise funktioniert sie jetzt besser als vorher, obwohl wir nicht mehr zusammen sind. Zumindest, was das gemeinsame Elternsein betrifft.«

»Ich finde es jedenfalls toll, dass ihr das so hinbekommt«, sagte Valerie. Sie nahm einen Schluck des aromatischen Espressos.

»Max kann ja schließlich nichts dafür, dass sich seine Eltern als Paar nicht mehr verstehen«, sagte er.

»Leider haben unsere Eltern das bei der Trennung ganz anders gesehen.« Es fiel ihr gar nicht auf, dass ihre Worte Mia mit einschlossen.

Sebastian sah sie aus seinen blauen Augen etwas verlegen an. »Ehrlich gesagt war die Trennung eurer Eltern für mich ein Grund, dass ich mir bei meiner eigenen Scheidung noch viel mehr Gedanken darüber machte, wie wir das für Max am besten hinbekommen«, sagte er.

Valerie lächelte bemüht. »Dann hatte das Ganze ja wenigstens für Max was Gutes«, sagte sie.

»Valerie ... ich weiß, dass ich versprochen habe, nicht mehr darüber zu reden, aber du und Mia hattet wegen eurer Eltern so schwere Zeiten, dass ich mir wirklich wünsche, ihr würdet noch mal miteinander über alles reden.«

Valerie spürte, wie ihre Kehle eng wurde. Doch sie wollte diese Gefühle nicht an sich heranlassen.

»Sie hätte mir sagen müssen, dass Paps krank war«, beharrte sie.

Sebastian fuhr etwas ratlos durch sein dichtes dunkelblondes Haar.

»Ja. Das hätte sie tun sollen«, gab er zu. »Und ich möchte das auch nicht verteidigen, aber zumindest erklären. Nach der Diagnose war Mia am Boden zerstört. Gleichzeitig musste sie sich um einen neuen Job kümmern, von München hierherziehen und euren Vater unterstützen, dem die Diagnose erstmal selbst den Boden unter den Füßen weggezogen hatte.«

»Seitdem sind über drei Jahre vergangen«, gab Valerie zu bedenken.

»Ja. Aber Albert hatte ihr doch verboten, es dir zu sagen. Er wollte auf keinen Fall, dass deine Mutter erfährt, wie krank er ist.«

»Vater hat es ihr verboten, damit Mutter es nicht erfährt?«, fragte Valerie fassungslos.

Sebastian nickte.

»Oh, oh – Mia wird mich vierteilen, wenn sie herauskriegt, dass ich dir das gesagt habe«, meinte er betreten.

Offenbar war ihm erst jetzt bewusst geworden, dass Mia ihrer Schwester diese Tatsache verschwiegen hatte.

Valerie wusste erst einmal nicht, was sie dazu sagen sollte. Doch letztlich war es keine Überraschung. Ihre Eltern hatten sich durch die Trennung so zerstritten, dass all die Jahre keine Annäherung mehr möglich gewesen war.

»Wie konnte aus einer großen Liebe nur so was rauskommen?«, murmelte sie ratlos.

Sebastian sah sie mitfühlend an.

»Ich weiß es nicht, Valerie.«

Valerie hob die Tasse zum Mund und merkte, dass sie schon leer war.

»Möchtest du noch einen?«, fragte Sebastian aufmerksam.

»Nein, danke. Ich fahr jetzt besser zurück ins Hotel.« Sie wollte es nicht aussprechen, aber der kommende Tag würde sie viel Kraft kosten, sie wollte zumindest einigermaßen ausgeruht sein.

»Vorher muss ich dir aber noch was zeigen«, sagte er und lächelte jetzt wieder. Er stand auf und sah sie an. »Kommst du mit?«

Sie zögerte.

»Nur ganz kurz.«

»Na gut.«

Sie stand ebenfalls auf und folgte ihm in den Flur, an dessen Ende sein geräumiges Büro war.

»Das war doch früher das Zimmer deiner Oma, oder?«, fragte Valerie und erinnerte sich an Marianne, die damals nicht nur lecker gekocht, sondern auch immer irgendetwas gestrickt hatte.

»Ja, genau«, sagte er.

Sie sah sich um. Der Raum war, wie die ganze Wohnung, freundlich mit hellen Möbeln eingerichtet. Auf den Fensterbrettern standen bunte Töpfchen mit Grünpflanzen. Der große Eckschreibtisch mit zwei Bildschirmen sah erstaunlich aufgeräumt aus. Schon bei ihrem Gespräch am Nachmittag hatte er ihr mehr über seine Arbeit erzählt, dass er als freier Grafikdesigner für verschiedene Unternehmen arbeitete.

»Vielleicht kannst du ja auch mal was für unsere Firma machen«, hatte Valerie laut überlegt.

»Da würde ich nicht Nein sagen. Aber nur wenn die Bezahlung stimmt und du meine Ansprechpartnerin bist«, hatte er gesagt und ihr zugezwinkert.

Valerie hatte das nur halb scherzend gemeint. Die Werbeabteilung der Firma vergab häufig Aufträge an externe Dienstleister. Und im Zeitalter von Internet und Videokonferenzen war es auch gar nicht unbedingt nötig, dass die Geschäftspartner immer alle an einem Tisch saßen. Außerdem gefiel ihr die Aussicht, mit Sebastian weiterhin Kontakt zu haben.

»Und was willst du mir zeigen?«, fragte sie.

»Na das hier«, sagte er und nahm ein Jo-Jo aus einem Regal.

»Das hast du noch?«, fragte sie überrascht.

»Aber klar. Das war immerhin dein letztes Geburtstagsgeschenk für mich.« Er ließ es einmal geschickt auf- und abrollen.

Valerie lächelte. Sie hatte das ursprünglich holzfarbene Jo-Jo damals mit kleinen bunten Figuren und Formen bemalt. Inzwischen waren die Farben ziemlich verblasst, doch es war ein echtes Unikat.

»Willst du auch mal?«

Er reichte ihr das Jo-Jo.

»Keine Ahnung, ob ich das noch kann ...«, sagte sie, doch als sie es ausprobierte, klappte es gleich beim ersten Mal.

»Ein Naturtalent«, feixte er.

Sie ließ es noch ein paarmal auf und ab tanzen, dann gab sie es ihm wieder zurück.

»Noch viel schöner wäre es gewesen, wenn du es mir selbst gegeben hättest«, sagte er, nun ein wenig leiser. »Ich weiß noch, wie enttäuscht ich damals war, dass du an meinem Geburtstag nicht da warst.«

Sie wusste nicht, was sie darauf antworten sollte. Damals war sie erst ein paar Tage in New York gewesen und hätte niemals gedacht, dass sie dortbleiben würde.

»Für mich war es jedenfalls eines der kostbarsten Geschenke, das ich je bekommen habe«, fuhr er fort.

Als sie ihn ansah, schien sich etwas zwischen ihnen verändert zu haben. Er stand ganz dicht vor ihr und betrachtete sie mit einem intensiven Blick, der ihr Herz unvermittelt schneller schlagen ließ. Als er sich ihr langsam näherte, hielt sie für einen Moment den Atem an.

»Papi! Es brennt!«, hörten sie Max aufgeregt rufen, und sie schreckten augenblicklich auseinander.

Sebastian eilte sofort hinaus, und Valerie folgte ihm. Max stand neben der Tür zum Esszimmer, aus dem beißender Rauch kam. Der Adventskranz hatte Feuer gefangen! Glücklicherweise war die Tischplatte aus Glas, und so konnte Sebastian den Brand rasch mit einer Flasche Wasser löschen. Bis auf viel Gestank und Rauch war weiter nichts passiert. Trotzdem saß allen der Schreck in den Gliedern.

»Man darf Kerzen doch nicht alleine brennen lassen«, mahnte Max vorwurfsvoll.

»Da hast du völlig recht«, antwortete sein Vater. »Das war mein Fehler.«

»Unser Fehler«, gab Valerie zu, die das Fenster öffnete, um den Gestank zu vertreiben.

»Jetzt haben wir keinen Adventskranz mehr«, sagte Max traurig.

»Wir besorgen einen neuen«, versprach sein Vater.

»Aber diesmal mit blauen Kerzen«, verlangte Max, und Sebastian nickte.

Eine halbe Stunde später verabschiedete Valerie sich an der Haustür.

»Danke für das Essen und für deine Hilfe beim Aufräumen«, sagte Sebastian.

»Kein Problem. Das ging doch super schnell«, meinte sie und lächelte. »Gut, dass weiter nichts passiert ist.«

»Ja ... das hätte auch anders ausgehen können.«

Für ein paar Sekunden herrschte Stille.

»Tja. Dann mache ich mich jetzt mal auf den Weg zum Hotel«, sagte sie schließlich.

»Soll ich dich morgen auch abholen?«, fragte er. »Wir könnten alle gemeinsam zum Friedhof fahren, Mia, du und ich.«

»Ich ... ich glaube, ich fahre am besten selbst.«

»Wenn du es dir anders überlegst, dann sag Bescheid.

Und ... und wenn du reden möchtest, dann melde dich, okay? Egal wann.«

Sie nickte. »Danke, Sebastian.«

»Gute Nacht, Valerie«, sagte er und umarmte sie zum Abschied.

Sie schloss für ein paar Sekunden die Augen und blieb ganz still in dieser Umarmung stehen, die offenbar keiner von beiden so schnell beenden wollte. Er streichelte sanft durch ihr Haar, und sie konnte seinen Herzschlag spüren. Es fiel ihr schwer, sich von ihm zu lösen.

»Weißt du, Valerie, du bist zwar erst seit Kurzem wieder hier, und wir haben uns so lange nicht ...«, begann er.

Sie legte einen Finger auf seinen Mund und bedeutete ihm zu schweigen.

»Bitte nicht, Sebastian. Sag jetzt nichts«, murmelte sie und wich seinem enttäuschten Blick aus.

Sie ahnte, dass er sich genau so zu ihr hingezogen fühlte, wie sie sich zu ihm, aber das alles hatte sie ziemlich verwirrt, wie sie sich eingestand. Vorhin wäre sie fast der Versuchung erlegen, ihn zu küssen. Doch schon in dem Moment, als Max sie unterbrochen hatte, war ihr bewusst geworden, dass es ein großer Fehler gewesen wäre. Gefühle zuzulassen und sich dann erneut von ihm zu trennen, wenn sie in zwei Tagen wieder zurückging, das wäre im Moment einfach zu viel für sie. Und auch Sebastian gegenüber wäre es nicht fair.

»Valerie ...«

Sie schüttelte den Kopf.

»Gute Nacht«, sagte sie möglichst fest, dann ging sie zum Auto und fuhr zum Hotel.

Sie nahm eine lange heiße Dusche, um den Rauchgeruch aus ihren Haaren zu bekommen. Obwohl es nur ein kleiner Brand gewesen war, rochen ihre Haare und ihre Kleidung, als hätte sie den ganzen Abend an einem Lagerfeuer verbracht. Dabei versuchte sie, die Gedanken an Sebastian zu verdrängen, was ihr nur schwer gelang. Die wenigen Tage, die sie nun hier war, hatten gereicht, um die Gefühle, die damals als junges Mädchen gerade zart zu sprießen begonnen hatten, aufblühen zu lassen. In seiner Nähe schien die Welt viel bunter und turbulenter und gleichzeitig auf eine wohltuende Weise ruhiger zu sein. Schon verrückt, dass ihr dieser Mensch, den sie so lange nicht gesehen hatte, noch immer unglaublich vertraut war ... mehr noch als das. Schon jetzt tat der Gedanke weh, dass sie ihn bald wieder verlassen würde. Natürlich könnten sie weiterhin Kontakt halten, aber zwischen ihnen lag ein Ozean, nicht nur geografisch, sondern sie lebten auch in völlig unterschiedlichen Welten. Sie war eine engagierte Geschäftsfrau im weltweit erfolgreichen Familienunternehmen, die kaum ein Privatleben hatte. Er hatte seinen Beruf der Situation als alleinerziehender Vater angepasst. Es war also für alle Beteiligten besser, wenn sie sich distanzierte, bevor sie sich in Gefühle verstrickten, die sie am Ende womöglich nur beide verletzen würden.

Als sie aus dem Badezimmer kam, hörte sie das Klingeln des Handys. Ihre Mutter. Kurz überlegte sie, es klingeln zu lassen. Aber wie sie Olivia kannte, würde sie es später sicherlich noch einmal versuchen.

»Ja, Mutter?«, meldete sie sich auf Englisch.

»Wie geht es dir?«

»Ich komme klar, danke.«

Ein paar Sekunden lang herrschte Stille in der Leitung, was für Olivia eher unüblich war.

»Mutter?«

»Entschuldige, ich war gerade abgelenkt von deiner Großmutter. Sie steht neben mir.«

»Sag ihr bitte Grüße«, bat Valerie.

»Mache ich ... Gruß zurück. Hör mal, du kommst doch ganz sicher am Dienstag wieder zurück?«

»Ja natürlich!« Was sollte diese Frage?

»Gut. Mutter plant am Tag danach ein Abendessen. Deswegen wollte ich noch mal nachfragen, ob du bis dahin wirklich wieder hier bist.«

»Muss das denn sofort nach meiner Rückkehr sein?«, fragte Valerie. »Als Erstes werde ich wohl ziemlich viel in der Firma aufzuholen haben, und ich ...«

»Anthony hat gesagt, dass du ruhig noch ein paar Tage freimachen kannst«, unterbrach ihre Mutter sie.

Valerie atmete einmal tief ein und aus. Letztlich war es müßig zu diskutieren, denn Kate würde ihren Willen ohnehin durchsetzen. So wie sie es immer getan hatte. Eine Einladung von ihr auszuschlagen kam nicht in Frage. Die einzige Entschuldigung, die ihre Großmutter gelten ließ, war der Tod.

»Du hattest doch ohnehin schon lange keinen richtigen Urlaub mehr«, fügte Olivia hinzu.

»Darüber reden wir, wenn ich zurück bin«, sagte Valerie.

»Gut ... Konstantin Treval und seine Eltern sind übrigens auch eingeladen.«

»Okay.« Also war es kein zwangloses Familienessen, ihre Großmutter plante etwas anderes. Vermutlich bemühte sie sich weiter darum, Valerie und Konstantin zu verkuppeln, ganz im Sinne von Olivia.

»Schön. Ich freue mich, wenn du wieder zurück bist. Außerdem gibt es für deine Geburtstagsparty noch einiges zu besprechen«, sagte Olivia.

Doch dafür hatte Valerie jetzt wirklich keinen Kopf.

»Ich muss langsam schlafen gehen, Mutter.«

»Natürlich. Gute Nacht, mein Liebes.«

»Gute Nacht«, antwortete Valerie, obwohl es in New York noch nicht einmal Abend war. Dann legte sie nachdenklich auf.

Sie hatte ihrer Mutter nichts davon gesagt, dass sie inzwischen im Hotel wohnte. Weder sie noch ihre Großmutter hatten wissen wollen, wie es Mia ging, oder ihr gar einen Gruß ausrichten lassen. Dabei mussten sie davon ausgehen, dass die Schwestern zusammen waren.

In einem plötzlichen Impuls wählte sie Mias Nummer. Doch offenbar war sie schon schlafen gegangen, denn es sprang nur die Mailbox an. Ohne eine Nachricht zu hinterlassen, legte sie auf und ging danach ins Bett.

Kaum hatte sie das Licht ausgemacht, meldete das Handy eine Sprachnachricht von Sebastian.

»Valerie, ich weiß, das ist jetzt absolut nicht der richtige Zeitpunkt, aber irgendwas passiert da gerade zwischen uns beiden, und ich ... ich merke, dass du es auch spürst. Da du schon übermorgen abreisen wirst, bleibt uns leider kaum Zeit. Max ist morgen bei seiner Mutter und schläft auch dort ... Sorry, ich hoffe, du denkst jetzt nicht, dass ich dich gerade frage, ob du die Nacht mit mir verbringen möchtest, wobei...«, er lachte kurz auf »... egal. Also, wenn du magst, könnten wir beide morgen Abend bei mir was trinken und reden... Das wäre echt schön!... Gute Nacht, Valerie.«

Dreimal hörte sie die Sprachnachricht an. Dann fasste sie einen Entschluss.

Kapitel 17

MIA

Mia wusste im Nachhinein nicht mehr, wie sie die Beerdigung überstanden hatte, ohne am offenen Grab zusammenzubrechen. Alma war ihr nicht von der Seite gewichen, während Sebastian sich um Valerie gekümmert hatte. Die Schwestern selbst hatten nur die nötigsten Höflichkeiten ausgetauscht.

Anschließend waren sie zur Kirche gefahren, die so überfüllt war, dass viele Besucher stehen mussten. Mia saß in der ersten Reihe neben Valerie, und das Einzige, das sie wirklich bewusst wahrnahm, war der Gesang des Chores. Als der Pfarrer von Alberts Leben und Wirken erzählte, griff sie, wie in einem Reflex, nach der behandschuhten Hand ihrer Schwester.

Durch ihren Tränenschleier hindurch sah Mia, wie irritiert Valerie sie ansah. Fast meinte sie zu spüren, dass Valerie ihre Hand wegziehen wollte, doch stattdessen drückte sie ihre Hand kurz, hielt sie weiter fest und sah wieder zum Pfarrer. Und egal, wie sehr sie sich entzweit hatten, offenbar gab es da immer noch ein unsichtbares Band aus der Vergangenheit, das die Zwillingsschwestern in dieser schwierigen Stunde zusammenhielt.

Als die Besucher am Ende in langen Reihen nach vorne gingen und sich vom Messdiener ein Sterbebildchen von Albert geben ließen, entdeckte Mia nicht nur einige ihrer Schüler und Lehrer aus dem Kollegium, sondern zu ihrer Überraschung auch Frau Wurm-Fischer, die mit ausdrucksloser Miene an ihr vorbeimarschierte. Mia ging nicht davon aus, dass sie gern hier war. Sie hatte sich als Schulleiterin offenbar verpflichtet gefühlt, da Albert in der Gegend doch sehr bekannt war und auch Schulleiter anderer Schulen am Gedenkgottesdienst teilnahmen.

Da ihr Vater keine Kremess – wie man in Bayern zum Leichenschmaus sagt – gewollt hatte, sollte es nach der Kirche nur für Familie und engste Freunde zu Hause Kaffee und Kuchen geben, den Alma für heute gebacken hatte.

»Wir fahren schon mal vor. Du kommst doch gleich nach?«, sagte Mia zu Valerie, nachdem sich der Platz vor der Kirche langsam geleert hatte. Sie hoffte sehr, dass Valerie ihre Streitigkeiten zumindest für heute vergessen konnte. Ein Anfang in der Kirche war immerhin gemacht.

»Ja. Ja, klar ... ich hole nur noch den Wagen. Den habe ich ganz hinten geparkt«, sagte Valerie, und ihre Stimme klang sehr kratzig.

»Gut ... Dann bis gleich ... Ach, Valerie?«

Valerie drehte sich noch mal zu ihr um.

»Ja?«

»Die Blumen, die du ausgesucht hast für den Kranz, sie ... sie sind wirklich wunderschön, und ich weiß, dass ... Papa hätte sich sicher darüber gefreut.«

Auf Valeries Gesicht erschien ein trauriges Lächeln. Zu

ihrer völligen Überraschung trat sie auf Mia zu und drückte sie kurz an sich.

»Danke, Mia«, sagte Valerie.

Mia schaute ihr hinterher, wie sie, sehr elegant in ihrem schwarzen Mantel und den hohen Stiefeln, in Richtung Parkplatz ging.

Eineinhalb Stunden später sah Mia zum wiederholten Male auf die Uhr. Der Pfarrer hatte sich vor ein paar Minuten verabschiedet, weil er noch einen anderen Termin hatte. Und ihre Schwester war immer noch nicht da.

»Sie geht nicht ans Handy«, sagte Sebastian, der sich langsam Sorgen zu machen schien.

»Vielleicht hat sie irgendwer aufgehalten?«, spekulierte Alma.

»Das kann ich mir nicht vorstellen«, meinte Mia. »Sie kennt doch kaum mehr jemanden hier.«

»Aber es waren einige ehemalige Mitschüler aus eurem Jahrgang auf der Beerdigung«, warf Sebastian ein.

»Stimmt. Das kann sein«, murmelte Mia und hoffte, dass es tatsächlich eine so einfache Erklärung gab. Allerdings hegte sie eher den Verdacht, dass Valerie es sich anders überlegt hatte und doch nicht hier sein wollte. Falls es so war, musste sie das akzeptieren.

»Mag noch jemand Kaffee?«, fragte sie. »Oder ein Stück Kuchen?«

Alma schüttelte den Kopf.

»Ja. Noch Kaffee, bitte«, sagte Sebastian.

Es klingelte an der Tür.

»Vielleicht ist sie das?«, rief Mia, drückte Sebastian die

Kaffeekanne in die Hand und ging hinaus. Doch schon durch das Milchglasfenster der Tür sah sie, dass es nicht Valerie war.

»Hallo, Rosa!«, begrüßte sie Almas Schwägerin, die Rudi zurückbrachte. Der Hund wedelte vor Freude darüber, wieder daheim zu sein, wild mit dem Schwanz.

»Schon gut, mein Rudi«, sagte Mia und streichelte seinen Kopf, bevor sie mit den beiden zurück in den Wintergarten ging.

»Ich rufe mal im Hotel an«, sagte Sebastian und griff nach seinem Handy. Ein paar Minuten später schüttelte er ungläubig den Kopf.

»Komisch. Sie hat schon heute früh ausgecheckt«, sagte er verwundert. »Ich verstehe das nicht. Ihr Flug geht doch erst morgen.«

»Vielleicht will sie die letzte Nacht ja doch noch mal hier im Haus verbringen?«, überlegte Alma.

»Das könnte echt sein«, stimmte Sebastian ihr zu, und Mia bemerkte, wie dieser Gedanke ihn wieder zum Lächeln brachte.

Doch Mia glaubte das nicht. Ein ungutes Gefühl beschlich sie. Sie griff nach dem Handy und wählte Valeries Nummer.

Es klingelte viermal, bevor die Mailbox ansprang.

»Hey, Valerie. Wir warten hier alle auf dich. Bitte ruf mich an, wenn du das abhörst, wir machen uns Sorgen«, hinterließ sie eine Nachricht und legte auf.

Es dauerte jedoch noch eine weitere Stunde, bis Valerie sich bei ihr meldete:

Bin am Flughafen und fliege heute schon zurück. Es ist

besser so für uns alle, hatte sie geschrieben. Mehr stand da nicht.

Sebastian hatte offenbar eine ähnliche Nachricht bekommen, denn er starrte ziemlich betreten auf sein Handy. »Warum macht Valerie das bloß?«, murmelte er fassungslos. »Einfach so abzuhauen, ohne sich von uns zu verabschieden?«

»Weil wir ihr egal sind«, sagte Mia bitter.

»Wir sind ihr nicht egal«, sagte sie ein paar Stunden später. Inzwischen war es Nacht geworden, und Alma und Rosa hatten sich ebenfalls verabschiedet. Mia und Sebastian saßen im Esszimmer und hatten fast eine Flasche Rotwein geleert. »Sie ist immer noch wütend auf mich, weil ich ihr das mit Papa nicht gesagt habe. Deswegen ist sie einfach so verschwunden.«

»Aber, falls das wirklich der Grund ist, warum hat sie sich dann nicht wenigstens von mir verabschiedet?«, warf Sebastian ein und schenkte den letzten Rest Rotwein in Mias Glas.

»Sie wollte dich wahrscheinlich nicht in einen Gewissenskonflikt bringen«, überlegte Mia.

»Oder sie hatte Angst, dass...«, begann er, stockte dann aber. »Hast du noch Wein hier?«

»Ja.« Sie stand auf und holte eine weitere Flasche aus dem Regal. »Wovor hatte sie Angst?«, bohrte sie nach, während sie den Korken zog.

»Ach... irgendwas ist da zwischen ihr und mir«, rückte er mit der Sprache heraus.

Mia sah ihn sprachlos an.

»Zwischen euch läuft was?«, fragte sie ungläubig.

»Nein ... ja ... nein. Ach, da läuft nicht wirklich was. Aber irgendwie vielleicht schon. Zumindest denke ich, dass da was ist.«

Er nahm ihr die geöffnete Flasche aus der Hand und schenkte die beiden Gläser gut voll.

»Du denkst, dass da was ist?«, hakte Mia nach. Sie fragte sich, was sich in den letzten Tagen zwischen den beiden abgespielt haben mochte.

»Ich glaube, sie hat Angst vor ihren Gefühlen«, redete Sebastian weiter, nachdem er einen großen Schluck getrunken hatte.

Mia sah ihn nachdenklich an.

»Ihr beide hattet schon immer einen ganz besonderen Draht zueinander«, erinnerte sie sich. Womöglich war mehr daraus geworden.

»Ich hätte nicht gedacht, dass sie mir nach all den Jahren noch so vertraut sein kann. Es war, als ob wir uns nur ein paar Wochen nicht gesehen hätten.«

Genauso hatte Mia es auch empfunden, als sie ihrer Schwester nach der langen Zeit zum ersten Mal wieder gegenübergestanden war.

»Hast du dich in sie verliebt?«, fragte Mia ihn ganz direkt. Sie hatten noch nie um den heißen Brei herumgeredet, egal, um was es ging.

Er zuckte mit den Schultern.

»Keine Ahnung, wie ich es genau nennen soll. Vor allem, nachdem sie einfach so verschwunden ist. Aber ... aber ich mag sie echt sehr, Mia. Und vielleicht bin ich auch verliebt in sie ...«

»Himmel noch mal, Sebastian! Könntest du dich vielleicht irgendwann mal auf eine Frau einlassen, die es dir nicht so schwer macht?«, fuhr sie ihn nur halb im Scherz an.

»Entschuldige, das nächste Mal suchst du mir einfach eine aus, damit ich ja nichts falsch mache«, schoss er zurück.

»Besser wär's!«, sagte Mia. »Du siehst doch, was bei dir immer rauskommt.«

»Immerhin besser, es wenigstens zu versuchen, statt sich ein Schild umzuhängen: *Für die Liebe bis auf Weiteres gesperrt.* So wie eine gewisse Mia das schon seit Jahren macht.«

»Das mache ich doch gar nicht!«, empörte sie sich.

»Ach, nein? Lüg dich nur weiter an, wenn du damit besser klarkommst.«

»Ich lüge mich nicht an!«

»Klar tust du das. Ich kenne dich lange genug!«

»Blödmann!«

»Blödfrau!«, schlossen sie die Diskussion ab, wie sie es oft taten, wenn sie nicht einer Meinung waren, aber keiner von ihnen nachgeben wollte. Sie grinsten plötzlich und prosteten sich zu.

Trotzdem hatte er einen wunden Punkt getroffen. Seitdem sie München damals verlassen hatte, waren Männer für sie tatsächlich tabu gewesen. Sie hatte sich eingeredet, dass ein Partner ihr Leben nur unnötig verkompliziert hätte. Doch auch vorher hatte keine ihrer Beziehungen die vier Jahreszeiten überdauert. Sobald es tiefer geworden war und darum ging, zusammenzuziehen und gemeinsam etwas aufzubauen, hatte sie jedes Mal die Notbremse gezogen und sich unter irgendeinem Vorwand getrennt.

»Ich bin einfach keine Frau für was Festes«, resümierte

sie und wischte mit dem Zeigefinger einen Tropfen Rotwein vom Tisch weg.

»Aha«, sagte er nur und trank einen weiteren Schluck Wein.

»Man kann ja auch ganz gut leben, ohne dass man in einer Partnerschaft steckt«, versuchte sie zu erklären.

»Klar. Man kann auch gut leben, wenn man jeden Tag nur Bohnen und Reis isst.«

»Etwas Dämlicheres ist dir als Vergleich nicht eingefallen?«

»Leider nicht«, gab er zu. »Aber du weißt ganz genau, was ich meine.«

Mia sah ihm an, dass er sich wirklich Sorgen um sie machte. Deswegen konnte sie ihm auch nicht böse sein. Trotzdem wollte sie jetzt ganz bestimmt nicht weiter darüber reden. Nicht am Tag der Beerdigung ihres Vaters und nicht nachdem Valerie ohne Abschied verschwunden war.

»Weißt du denn schon, was du jetzt machen möchtest, wo...«, begann Sebastian, nachdem sie eine Weile geschwiegen hatten, beendete den Satz jedoch nicht. Sie hatte ihm heute auf der Autofahrt zum Friedhof von der Kündigung erzählt. Seine Empörung darüber hatte sie von dem, was ihr bei der Beerdigung bevorstand, ein wenig abgelenkt. Er hatte sie ermuntert, sich juristische Beratung zu holen, doch Mia hatte bereits für sich beschlossen, das nicht zu tun. Die Vorstellung, womöglich zwar zu gewinnen, aber dann wieder tagtäglich mit Direktorin Wurm-Fischer zu tun zu haben, schreckte sie davon ab.

Sie schüttelte den Kopf. Wie ihr Leben jetzt nach dem

Tod ihres Vaters und ohne Job weitergehen würde – da hatte sie absolut keinen Plan.

»Ich geh jetzt erst mal schlafen«, sagte sie.

»Du wirfst mich also raus?«

»Ganz genau.«

»Ich glaube, das ist vielleicht auch besser so«, sagte er. Seine Aussprache war inzwischen schon ein wenig verwaschen vom Alkohol.

Sie begleitete ihn zur Haustür.

»Danke, Sebastian, für ... für alles.«

»Hey, schon okay.«

»Und wegen Valerie ...«, begann sie, doch er schnitt ihr sogleich das Wort ab.

»Besser für uns alle, wir vergessen es.«

»Ja ... Sie ist jetzt bald wieder in New York, und wir ... wir sind immer noch hier.«

»Ganz genau ... Nacht, Mia.«

Er umarmte sie kurz und ging dann nach Hause.

Eine Weile lang stand sie im Flur und wusste nicht, was sie jetzt machen sollte. Eigentlich war sie nicht müde, auch wenn sie sich erschöpft fühlte.

Valerie war einfach verschwunden. So wie damals. Und dieses Mal hatte sie es selbst entschieden. Vielleicht wäre alles anders gewesen, wenn Mia ihr rechtzeitig gesagt hätte, dass Albert krank war. Im Nachhinein konnte sie sich selbst nicht verstehen.

Schuldgefühle und Trauer kamen mit einem Schlag zurück. Sie holte die angebrochene Flasche und das Glas aus der Wohnküche und nahm sie mit ins Musikzimmer.

Sie schenkte Wein ein und setzte sich damit ans Klavier.

»Du fehlst mir so, Papa«, murmelte sie und versuchte, die Tränen zu unterdrücken, die in ihren Augen brannten. »Wenn ich dich doch nur noch einmal sehen dürfte. Noch ein einziges Mal mit dir singen und lachen dürfte...«

Sie nahm einen Schluck Wein und starrte auf die Klaviertasten. Die Stille im Raum war erdrückend und kaum auszuhalten. Abrupt stellte sie das Glas ab. Ohne es vorgehabt zu haben, begann sie zu singen – ein wenig heiser von ungeweinten Tränen, aber doch kraftvoll. *Feeling Good* von Nina Simone, eines der Lieblingslieder ihres Vaters, das er ihr schon vor vielen Jahren beigebracht hatte. Wie oft hatte er es am Klavier gespielt und sie dazu gesungen! Sie schloss die Augen, und ihre Finger bewegten sich wie von selbst über die Tasten. Das Lied nahm sie auf eine Art Zeitreise mit, und sie stellte sich vor, dass Albert hinter ihr stand und zuhörte. Und solange sie die Augen nicht öffnete, konnte sie sich einreden, dass dem tatsächlich so war.

Als die letzten Töne des Klaviers verklangen und die Stille den Raum zurückeroberte, fühlte sie sich ein wenig getröstet. Langsam öffnete sie die Augen und konnte akzeptieren, dass ihr Vater nicht da war, auch wenn es schmerzte.

Sie nahm das halbvolle Weinglas und stand auf. Es war Zeit, ins Bett zu gehen. Doch im Vorbeigehen warf sie einen Blick auf den alten Sekretär ihres Vaters. Dort hatte er Texte geschrieben und dann am Klavier die Melodien dazu komponiert.

Olivia hatte sich unter anderem von ihm getrennt, weil sie das finanzielle Auf und Ab nicht mehr länger hatte ertragen können. Nach einigen sehr erfolgreichen Stücken, die

Albert für die Werbebranche geschrieben hatte, war Geld jedoch kein Thema mehr gewesen. Sie waren zwar nicht reich, doch sie kamen nach der Trennung finanziell gut über die Runden. Eine Ironie des Schicksals, die ihm seine Frau und die zweite Tochter jedoch auch nicht mehr zurückgebracht hatten.

Mia nahm am Sekretär Platz und griff nach einem auf Daumenlänge heruntergespitzten Bleistift, mit dem Albert die Notenblätter beschrieben hatte, und drehte ihn zwischen ihren Fingern. Nach der Diagnose hatte er weder komponiert noch getextet, auch nicht an seinen guten Tagen. Doch manchmal hatte er sich ans Klavier gesetzt und völlig versunken meist ältere Lieder gespielt. In diesen Momenten schien seine Krankheit weit weg gewesen zu sein.

»Auf dich, Papa!«, sagte sie und nahm einen großen Schluck des samtig fruchtigen Rotweins. Der sanfte Nebel des Alkohols schien sie gleichzeitig in dämpfende Watte zu packen und ihre Sinne trotzdem zu schärfen.

Mia öffnete die Schublade, die bisher für sie tabu gewesen war. Darin hatte Albert allerlei private Notizen und seine ersten Entwürfe für Lieder aufgehoben.

»Die meisten davon sind nicht gut genug, um sie zu spielen. Aber auch nicht schlecht genug, um sie wegzuwerfen«, hatte er ihr einmal erklärt, als er noch gesund gewesen war. »Und somit darf niemand außer mir sie je zu Gesicht bekommen, bis ich sie überarbeitet habe.«

Mia hatte das sogar in den Zeiten seiner Krankheit respektiert. Doch nun konnte sie nicht länger widerstehen. Mit leicht zitternden Fingern holte sie Notenblätter und vollgeschriebene Seiten heraus, die von Notizblöcken abgerissen worden waren.

Teilweise waren die Lieder nicht fertig geschrieben oder Textzeilen wild durchgestrichen und diverse Anmerkungen dazu notiert worden. Ein aus einem Notenheft herausgerissenes Blatt Papier erregte ihre Aufmerksamkeit. Es lag oben auf und war als Einziges zerknüllt, so, als ob ihr Vater es schon weggeworfen und dann doch aufgehoben hätte. Gerade dieses Blatt machte sie neugierig. Die Schrift des Bleistiftes sah relativ frisch aus, auch wenn der englische Text durch das Zusammenknüllen an vielen Stellen schwer lesbar und unvollständig war. Hatte er daran erst kürzlich gearbeitet, ohne dass sie es mitbekommen hatte? Manchmal war er allein im Musikzimmer gewesen, während Alma kochte, und hatte dort Musik gehört. Hatte er vielleicht doch irgendwann versucht, ein neues Lied zu komponieren?

»Was ist das nur?«, murmelte sie und schrieb die Wörter, die sie entziffern konnte, auf den Block.

Als sie begann, die lesbaren Noten zu summen, zuckte sie zusammen. Sie kannte die Melodie! Ihr Vater hatte sie in den letzten Tagen vor seinem Tod immer wieder gesummt.

Plötzlich bekam sie eine Gänsehaut. Mia ging mit dem Blatt und einem Stift zurück zum Klavier. Ohne es erklären zu können, spürte sie, dass es mit diesem unvollständigen Lied etwas Besonderes auf sich haben musste.

»Wann hast du das nur geschrieben, Papa?«, murmelte sie vor sich hin.

Aufgeregt begann sie, die Noten vom Blatt und einen Teil der Melodie, die ihr Vater gesummt hatte, aus dem Gedächtnis zu spielen. Wie getrieben versuchte sie, die Bruchstücke beim Refrain zu einer Melodie zusammenzusetzen. Doch mit dem, was herauskam, war sie nicht zufrieden. Aus den unvollständigen Textstellen konnte sie allerdings erkennen, dass es sich wohl um ein Weihnachtslied handelte.

Enttäuscht stand sie schließlich auf und streckte sich. Als sie auf die Uhr schaute, war es fast zwei Uhr früh. Die Zeit war nur so verflogen, ohne dass sie merklich weitergekommen war. Doch sie wollte nicht aufgeben.

Der Wein war inzwischen leer getrunken, und sie holte Nachschub aus der Küche. Dazu ein Päckchen Erdnüsse, weil sie auch hungrig geworden war. Dann setzte sie sich wieder ans Klavier und versuchte es erneut. Doch wieder ohne Ergebnis. Irgendwann klappte sie genervt den Klavierdeckel herunter und legte die Unterarme darauf. Erschöpft und müde ließ sie den Kopf auf die Arme sinken und schloss die Augen. Immer wieder hörte sie in Gedanken den Teil der Melodie, den Albert gesummt hatte. Doch es wurde einfach kein vollständiges Lied daraus. Sie öffnete die Augen.

»Warum finde ich nur die richtigen Töne und Worte nicht?«, rief sie verzweifelt.

»Weil du es nicht mit deinem Herzen versuchst…«, sagte ihr Vater, der plötzlich neben ihr stand, »… sondern mit dem Kopf.«

Mia setzte sich gerade hin.

»Papa? Du bist hier?« Sie starrte ihn fassungslos an.

»Das bin ich doch immer, meine Kleine«, sagte er sanft.

Ein Gefühl von purem Glück erfüllte sie. Ihr Vater war wieder zurück! Und er schien völlig klar im Kopf zu sein, so, als ob es die Krankheit und den Tod nie gegeben hätte. Hatte sie das alles nur geträumt?

»Rutsch doch mal rüber«, forderte er sie auf.

Sofort machte sie auf der Klavierbank für ihn Platz und klappte den Deckel wieder auf.

»Was ist das denn für ein Stück, Papa?«, fragte Mia, als ob es keine anderen Dinge zu klären gäbe. Es schien ihr völlig logisch zu sein, dass Albert nun neben ihr saß. Sie überlegte kurz, ob sie ihm sagen sollte, dass sie gedacht hatte, er sei gestorben. Doch es war wohl besser, das nicht zu tun. Vermutlich würde er ohnehin nur über den vermeintlichen Scherz und ihre immer schon lebhafte Phantasie lachen. Letztlich war doch jetzt alles wieder gut. Albert war zurück, und alles andere war völlig unwichtig.

»Es ist ein Weihnachtslied«, riss Albert sie aus ihren Gedanken. »Ich wusste nie, ob ich es zu Ende schreiben soll. Aber ich finde einfach keine Ruhe, so lange es nicht fertig ist. Deswegen musst du das für mich machen, Mia.«

Er sah sie aus seinen olivgrünen Augen an, die ihren so ähnlich waren.

»Ich? Aber allein schaffe ich das doch nicht, Papa«, erklärte sie ihm.

»Deswegen bin ich ja hier, um dir dabei zu helfen. Es ist wirklich sehr wichtig, dass du das für mich zu Ende bringst.«

»Ich werde es versuchen«, versprach Mia.

»Danke, mein Liebes. Ich weiß, dass du es kannst.«

»Lange nicht so gut wie du«, sagte sie.

»Oh doch, mein Mädchen. Das ist dir leider nur viel zu wenig bewusst. Glaub an dich, Mia. Dann wird alles möglich sein.«

»Danke, Papa!«, sagte sie leise. »Ich hab dich lieb.«

»Ich dich auch!«

Er lächelte sie zärtlich an, legte einen Arm um sie und drückte sie an sich.

Mia fühlte sich glücklich und geborgen und ignorierte die leise Stimme in ihrem Kopf, die ihr sagte, dass er womöglich wieder verschwinden, sie erneut allein lassen könnte.

»Ich bin schon so gespannt auf das Lied«, sagte sie, nachdem er sie wieder losgelassen hatte.

»Na dann, lass uns beide mal loslegen«, sagte Albert und zwinkerte ihr zu.

Mia spürt etwas Warmes, Nasses auf ihrem Gesicht und öffnete blinzelnd die Augen. Sie lag auf dem Sofa im Musikzimmer. Durch das Fenster fiel helles Tageslicht. Rudi stand vor ihr und leckte leise fiepend über ihre Wange. Mia hatte Mühe zu schlucken. Ihr Mund fühlte sich so trocken an wie Sandpapier, und in ihrem Kopf schien ein Güterzug Achterbahn zu fahren. Stöhnend richtete sie sich auf.

»Schon gut, Rudi«, sagte sie mit kratziger Stimme, und Rudi wedelte erfreut mit dem Schwanz. »Moment... Du darfst gleich raus.«

Langsam rappelte sie sich hoch, stand auf, merkte jedoch sofort, dass ihr Kreislauf für den Weg zur Haustür noch nicht bereit war. Vorsichtig setzte sie sich noch mal aufs Sofa und schloss die Augen.

Am liebsten hätte sie sich sofort wieder hingelegt und weitergeschlafen, bis es ihr besser ging, aber Rudi würde es sicher nicht mehr lange aushalten. Er musste dringend mal raus.

»Nur noch einen Augenblick, mein Kleiner«, sagte sie

leise und bemühte sich, den Schwindel unter Kontrolle zu bekommen, bevor sie ein weiteres Mal versuchte aufzustehen. Diesmal klappte es schon etwas besser, doch einen Spaziergang würde sie jetzt noch nicht schaffen.

Sie entschloss sich, Rudi vom Wintergarten aus in den eingezäunten Garten zu lassen. Dort konnte er sein Geschäft verrichten und noch ein wenig herumtollen.

Währenddessen schlurfte sie leicht schwankend in das Badezimmer im Erdgeschoss und wusch sich das Gesicht, zuerst mit warmem, dann mit kaltem Wasser. Als sie in den Spiegel schaute, erschrak sie. Die vom Wein leicht bläulich gefärbten Lippen hoben sich zusammen mit den dunklen Augenringen erschreckend in ihrem kreidebleichen Gesicht ab, als ob ein wenig talentierter Maskenbildner sie für einen Gruselfilm geschminkt hätte.

»Oh Mann«, murmelte sie und schwor sich insgeheim, erst einmal keinen Tropfen Alkohol mehr anzurühren.

Sie putzte die Zähne und musste dabei einen heftigen Würgereiz unterdrücken. Danach ließ sie Rudi wieder ins Haus, der sich hungrig auf das Futter stürzte, das sie ihm in den Napf gekippt hatte. Normalerweise machte ihr das nichts aus, doch heute bereitete der Geruch ihr Übelkeit, und sie musste das Fenster öffnen und mehrmals tief ein- und ausatmen.

Zwanzig Minuten später saß sie ziemlich lädiert am Tisch und versuchte, ein paar Schlucke Kaffee zu trinken und ein Stück trockenen Toast zu essen, damit sie die Kopfschmerztablette nicht auf nüchternen Magen nahm. Noch rebellierte ihr Magen, und der Grund dafür stand in Form von drei leeren Weinflaschen neben der Spüle. *Wieso habe ich gestern nur so viel getrunken?*, fragte sie sich fassungslos. Die Erinnerung an die vergangene Nacht war ziemlich nebulös, nachdem Sebastian sich verabschiedet hatte. Sie wusste nur noch, dass sie im Musikzimmer in den Sachen ihres Vaters gestöbert hatte und dabei in Erinnerungen versunken war. Irgendwann musste sie sich dann aufs Sofa gelegt haben und eingeschlafen sein. Allerdings hatte sie einen besonders schönen Traum gehabt, in dem sie mit ihrem Vater am Klavier saß und mit ihm gemeinsam ein Lied komponiert hatte.

Mia versuchte, sich an die Melodie und den Text zu erinnern, doch dafür schmerzte ihr Kopf viel zu sehr. Sie sollte sich wohl dringend noch mal eine Weile hinlegen. Etwas Besseres hatte sie momentan ohnehin nicht zu tun. Also holte sie eine Flasche Wasser aus dem Kühlschrank und ging nach oben in ihr Zimmer.

Kapitel 18

VALERIE

Valerie hatte es gerade noch geschafft, nach der Beerdigung rechtzeitig zum Flughafen zu kommen und ihr Gepäck aufzugeben. Den Entschluss, früher zu fliegen, hatte sie gefasst, nachdem Sebastian ihr am Abend zuvor die Sprachnachricht geschickt hatte, in der er sie für den letzten Abend einlud. Spätestens da war ihr klar geworden, dass sie es nicht zulassen konnte, sich in Gefühle zu verstricken, die keinem von ihnen guttun würden. Sie hatte die Bremse gezogen, früh genug, wie sie hoffte.

Da sie wusste, wie schwer es ihr fallen würde, ihre ehemalige Heimat ein weiteres Mal zu verlassen, hatte sie sich weder von Sebastian noch von ihrer Schwester verabschiedet. So wollte sie Gesprächen mit den beiden aus dem Weg gehen, die sie momentan überfordert hätten. Doch die Aussprache mit Mia konnte sie natürlich nicht ewig aufschieben. Nicht zuletzt, weil sie die Sache mit dem Erbe zu klären hatten. Aber das ließe sich vermutlich auch per Mail oder am Telefon besprechen, wenn sie beide weniger aufgewühlt wären. Im ersten Impuls hatte sie auf alles verzichten wollen. Sie wollte nicht vom Tod ihres Vaters profitieren. Das wollte sie immer noch nicht. Doch irgendetwas in ihr war trotzdem nicht bereit, alles aus der Hand zu geben. So, als ob mit der Ablehnung seines Erbes auch noch die letzte Verbindung zwischen Valerie und ihrem Vater gekappt würde.

Jetzt wollte sie erst einmal nach Hause und ein wenig zur Ruhe finden, um über alles nachzudenken.

Als sie nach neuneinhalb Stunden Flug vor dem Hochhaus aus dem Taxi stieg, konnte sie die übliche Hektik und den Lärm um sie herum kaum ertragen. Der Gestank nach Abgasen, das aggressive Hupen und die Menschenmassen, die achtlos aneinander vorbeieilten, waren nicht zu vergleichen mit der ruhigen Beschaulichkeit in ihrer ehemaligen bayerischen Heimat.

Rasch betrat sie das Foyer des Hauses, wechselte ein paar Höflichkeiten mit dem Portier, der ihr die in den letzten Tagen eingegangene Post überreichte, und fuhr dann mit dem Aufzug nach oben in den 18. Stock. Sie griff in ihre Handtasche, um die elektronische Schlüsselkarte herauszuholen, da entdeckte sie den Notenschlüssel von Albert mit dem Schlüssel für das Haus am Chiemsee. Sie hatte vergessen, ihn Mia vor der Abreise wieder zurückzugeben. Vielleicht hatte sie es aber auch übersehen wollen? Jetzt hielt sie ihn jedenfalls in der Hand wie einen kostbaren Schatz.

Auf dem Rückflug hatte sie keine Sekunde geschlafen. Sie hatte viel über ihren Vater und die Trauerfeier in der Kirche nachgedacht, die aufschlussreich für sie gewesen war. Albert war sehr beliebt gewesen und hatte mit Mia offenbar das Beste aus der prekären Situation gemacht, in die ihn das Scheitern seiner Ehe gebracht hatte. Er hatte sich ein neues Leben aufgebaut. Davon war sie, Valerie, leider seit vielen Jahren kein Teil mehr gewesen. Und das schmerzte. Es schmerzte sehr.

Doch auch Mia und Sebastian hatten sie gedanklich beschäftigt. Vermutlich waren sie ziemlich sauer und auch enttäuscht, dass sie sich so klammheimlich davongemacht hatte. Aber vielleicht täuschte sie sich auch, und womöglich war Mia sogar froh, dass sie endlich wieder weg war?

Wie sie mit den unterschiedlichen Gefühlen Mia gegenüber umgehen sollte, wusste sie nicht. Noch immer war sie wütend, weil sie ihr nichts gesagt hatte. Doch als Mia in der Kirche nach ihrer Hand gegriffen hatte und sie sich buchstäblich aneinander festgehalten hatten, hatte Valerie sich zum ersten Mal seit langer Zeit wieder komplett gefühlt. Auch Mias Worte, kurz bevor sie ging, hatten sie berührt. Trotzdem war sie der Überzeugung, mit ihrer Abreise richtig gehandelt zu haben. Mia und Valerie waren beide angeschlagen vom Tod des Vaters und jede auf ihre eigene Weise verwundet durch die Gegebenheiten, die viele Jahre zuvor mit der Trennung ihrer Eltern ihren Anfang genommen hatten. Sie würde jetzt ein paar Tage verstreichen lassen und sich dann bei Mia und Sebastian melden. Bis dahin hoffte sie, den nötigen Abstand gewonnen und wieder einen klaren Kopf zu haben.

Nach einer langen heißen Dusche zog Valerie ein bequemes Nachthemd an und schlüpfte unter die Bettdecke, in die sie sich, wie immer, wenn es ihr nicht gut ging, fest einwickelte. Doch obwohl ihr Körper völlig übermüdet war, dauerte es eine Weile, bis sie zur Ruhe fand. Sie versuchte es mit Atemübungen und kleinen Meditationen. Und schließlich segelte sie doch in einen tiefen Schlaf hinüber.

»Valerie! Um Himmels willen!«, riss die Stimme ihrer Mutter sie unsanft aus dem Schlaf.

Valerie schälte sich erschrocken aus der Bettdecke und setzte sich auf. Draußen war es bereits hell. Noch ein wenig orientierungslos sah sie ihre Mutter, die mit einem großen Blumenstrauß in ihrem Schlafzimmer stand.

»Mutter!«

»Ich dachte schon, hier wären Einbrecher und ich müsste die Polizei anrufen. Gut, dass ich deine Handtasche in der Diele sah.«

»Was machst du denn hier?«

»Ich wollte frische Blumen für deine Rückkehr ins Wohnzimmer stellen«, erklärte Olivia. »Wie sollte ich denn ahnen, dass du schon zurück bist? Du hast nichts dergleichen gesagt.«

Valerie strich sich eine Haarsträhne aus der Stirn. Ein Blick auf das Handy zeigte ihr, dass es kurz nach halb neun Uhr früh war.

»Ich bin nach der Beerdigung gleich zum Flughafen«, erklärte Valerie, stand auf und schlüpfte in einen seidenen Morgenmantel.

»Gut, dass du wieder zurück bist. Möchtest du vielleicht mit nach oben kommen und gemeinsam mit mir frühstücken?«, fragte Olivia.

Valerie zögerte mit einer Antwort. Eigentlich wäre sie am liebsten allein geblieben, aber ihr war auch klar, dass ihre

Mutter wissen wollen würde, wie sie die Tage am Chiemsee erlebt hatte.

»Na gut«, sagte sie. »Ich dusche noch kurz, dann komme ich hoch zu dir.«

Eine halbe Stunde später saß sie zusammen mit Olivia am Tisch des Esszimmers, das von einer der teuersten Innenarchitektinnen der Stadt eingerichtet worden war. Ingrid, das schwedische Hausmädchen, schenkte ihnen Kaffee ein.

Es herrschte ein seltsames Schweigen. Eines, das von unausgesprochenen Fragen nur so zu brodeln schien. Und trotzdem unterbrach es keine der Frauen.

Obwohl sie den Tag vorher nur wenig gegessen hatte, verspürte Valerie auch jetzt kaum Appetit. Lustlos löffelte sie etwas Obstsalat mit Joghurt und ließ sich eine zweite Tasse Kaffee einschenken.

»Danke, Ingrid.« Sie nickte der jungen Frau zu, die erst seit wenigen Wochen im Haus angestellt war. »Meine Mutter und ich kommen jetzt allein zurecht.«

Ingrid nickte ebenfalls und ging aus dem Zimmer.

»Wirklich tragisch, dass Albert so früh an einem Herzinfarkt sterben musste«, unterbrach Olivia schließlich die Stille.

Valerie nahm einen Schluck Kaffee. Dann stellte sie die Tasse ab und sah ihre Mutter an. Obwohl sie wie immer perfekt gestylt war, sah sie älter aus, seitdem sie von Alberts Tod erfahren hatte. Und Valerie kam es so vor, als ob sie auch abgenommen hätte, was ihr Gesicht härter wirken ließ.

»Er litt schon seit ein paar Jahren an Alzheimer«, sagte Valerie.

»Alzheimer?«, fragte Olivia überrascht, was jedoch nicht so ganz zum Ausdruck in ihren Augen passte. Valerie spürte plötzlich ein seltsames Kribbeln im Nacken, und das Obst in ihrem Magen fühlte sich an wie kaltes, glibberiges Gelee.

»Mutter?«

»Ja?« Olivia schnitt umständlich ein Stück Käse ab und platzierte es auf ihrem Toastbrot.

»Sag bitte nicht, dass du es gewusst hast.«

Ihre Mutter ließ sich Zeit mit einer Antwort.

»Mutter!«, drängte Valerie.

»Nein, Valerie«, antwortete sie schließlich. »Ich wusste nicht, dass er Alzheimer hatte, aber ...« Sie zögerte weiterzusprechen.

»Aber was?«

»Irgendwie überrascht es mich auch nicht so wirklich.«

»Es überrascht dich nicht?«, hakte sie irritiert nach. »Was meinst du damit?«

»Es ... es ist ein paar Monate her.« Olivia spielte sichtlich auf Zeit.

»Bitte Mutter, lass dir doch nicht alles aus der Nase ziehen? Was war vor ein paar Monaten? Hat Mia es dir gesagt? Oder vielleicht Alma?«, drängte Valerie.

»Welche Alma?«, fragte Olivia rasch, ohne auf Mia einzugehen.

»Vaters Pflegerin.«

Olivia schüttelte den Kopf und spielte nervös mit der Serviette. Ihr war anzusehen, dass sie sich nicht sonderlich behaglich fühlte.

»Albert hat mich angerufen. Wie aus heiterem Himmel«, erklärte sie schließlich.

»Was? Er hat dich angerufen? Warum hast du mir das nicht gesagt?«

»Weil ich nicht wusste, was ich davon halten sollte«, gab Olivia zu. »Immerhin hatten wir so viele Jahre keinen Kontakt mehr gehabt. Und es ... es war ein seltsames Gespräch.«

»Seltsam?«

Olivia nickte.

»Ich war ziemlich in Eile, weil Anthony und ich uns auf dem Empfang der Wittendales treffen wollten. Und plötzlich rief er an. Du kannst dir sicher vorstellen, wie überrascht ich war.«

Das konnte Valerie allerdings.

»Was hat er denn gesagt?«

»Er fing damit an, wie sehr er es bedauere, dass ich ihn damals verlassen habe. Und dass er mir etwas sagen müsse, aber er es nicht könne ...«

»Und dann?«

»Na ja, ich war wirklich schon sehr in Eile«, sagte Olivia ein wenig verlegen. »Du kennst doch die Wittendales, die mögen es gar nicht, wenn man zu spät kommt. Und da sagte ich zu Albert, dass ich ihn später zurückrufen würde. Doch daraufhin ...«

»Was?«

»Das war eben so seltsam. Plötzlich fragte er mich, wer ich überhaupt sei. Und wo ich seine Nummer herhätte ... Und da dachte ich, er wolle mich einfach nur provozieren und womöglich einen Streit beginnen. Immerhin waren die letzten Gespräche zwischen uns nicht sonderlich friedlich verlaufen, damals.«

»Und dann?«

»Ich ... ich legte auf.«

»Einfach so?«, fragte Valerie ungläubig.

»Entschuldige, aber ich hatte keine Lust auf irgendwelche Vorwürfe. Außerdem ging ich davon aus, dass er sich bestimmt noch mal melden würde, wenn es wirklich so dringend sei.«

Valerie wusste gar nicht, was sie darauf antworten sollte.

»Jetzt ist mir natürlich klar, dass das vielleicht ein Fehler war, und wenn er tatsächlich Alzheimer hatte ...«, sie machte eine kurze Pause und sah Valerie um Verständnis bittend an. »Aber das konnte ich doch nicht wissen!«

»Trotzdem hättest du erwähnen können, dass er angerufen hat.«

»Ja ... das hätte ich wohl«, gab sie zu. »Aber ich wollte nicht, dass du dich womöglich aufregst. Früher ging es dir jedes Mal schlecht, wenn sich Gespräche um deinen Vater drehten.«

Valerie sparte sich eine Antwort. Dass es ihr nicht gut gegangen war, hatte auch damit zu tun gehabt, wie ihre Mutter sich damals gegenüber Albert verhalten hatte.

»Vielleicht wollte er dir von der Krankheit erzählen«, spekulierte Valerie, und in diesem Moment kam ihr noch ein anderer Gedanke. Vielleicht hatte er aber auch angerufen, weil er mit ihr sprechen wollte! Ohne Vorwarnung überkam sie eine heftige Wut auf ihre Mutter. Ähnliches hatte sie Mia gegenüber empfunden, nachdem sie von Alberts Krankheit erfahren hatte. Es kam ihr so vor, als ob beide Frauen sie absichtlich von ihrem Vater hatten fernhalten wollen.

»Warum hast du ihn nicht zurückgerufen?«, fuhr Valerie sie an. »Konntest du zwischen deinen ach so wichtigen Terminen nicht mal ein paar Minuten für ihn erübrigen?«

Erstaunt sah Olivia ihre Tochter an. Sie war es ganz offensichtlich nicht gewohnt, dass Valerie auf diese Weise mit ihr sprach.

»Nicht in diesem Ton, Valerie!«, mahnte sie sogleich streng. »Das verbitte ich mir!«

Valerie stand auf.

»Du hättest es mir sagen müssen«, wiederholte sie und ging Richtung Tür.

»Du gehst doch jetzt nicht einfach!?«, rief Olivia ihr hinterher.

Doch da knallte Valerie bereits die Tür hinter sich zu.

Auf dem Weg zu ihrer Wohnung wurde ihr bewusst, dass sie es in all den Jahren, seit sie in New York lebten, nie wirklich gewagt hatte, sich ihrer Mutter oder gar Großmutter offen zu widersetzen. Damals, in der völlig fremden Umgebung, so weit entfernt von ihrer alten Heimat, war sie auf ihre Mutter angewiesen gewesen. Durch den Tod ihres Vaters und die Rückkehr nach Bayern war etwas in ihr aufgebrochen. Sie hatte das Gefühl, dass die Valerie von damals sich endlich aus diesem Kokon befreite, in den sie sich nach der Trennung ihrer Eltern als Schutz vor Verletzungen zurückgezogen hatte.

Nun saß sie auf dem Sofa im Wohnzimmer und versuchte, Mia anzurufen, um sie zu fragen, ob sie von diesem Telefonat ihrer Eltern gewusst hatte. Doch ihre Schwester ging nicht ans Handy, und Valerie wollte keine Nachricht hinterlassen.

Um ihre Wut und die Hilflosigkeit, die sie durch das Verhalten ihrer Mutter verspürte, ein wenig abzuschütteln, zog sie ihre Sportsachen an und machte sich auf den Weg zum Central Park. In hohem Tempo lief sie die verschneiten Wege entlang und versuchte, den Kopf freizubekommen. Der Tag war so kalt und trüb wie ihre Stimmung. Nach einer Dreiviertelstunde machte sie sich auf den Rückweg, als ihr Handy klingelte. Sie ging davon aus, dass es ihre Mutter war, oder vielleicht Mia, die zurückrief, doch als sie stehen blieb und das Handy aus der Hosentasche fischte, sah sie, dass der Anruf von Sebastian kam.

Sie zögerte so lange, bis das Klingeln aufhörte und ihre Mailbox ansprang. Er hinterließ keine Nachricht. Sie wollte das Handy schon wieder zurückstecken, doch dann rief sie ihn in einer spontanen Anwandlung zurück und konnte die Überraschung darüber in seiner Stimme hören.

»Hey. Ich glaub es ja nicht. Du rufst mich tatsächlich zurück?«

»Sieht ganz so aus«, sagte sie, immer noch ein wenig atemlos vom Laufen.

»Bist du gerade unterwegs?«, fragte er.

»Ja ... ich war joggen im Central Park und bin jetzt auf dem Rückweg in meine Wohnung«, erklärte sie.

»Warum bist du gestern einfach so verschwunden, Valerie?«, fragte er ohne Umschweife.

»Weil es besser für uns alle war«, antwortete sie.

»Wieso denkst du eigentlich, für andere entscheiden zu

müssen, was für sie das Beste ist?«, fragte er und klang dabei ziemlich genervt.

Das saß! Genau das Verhalten, was sie an ihrer Mutter störte, hatte sie selbst angenommen.

»Na gut. Dann war es eben für mich besser, dass ich ging«, räumte sie deshalb ein. »Außerdem – ein Tag hin oder her spielte auch keine Rolle mehr.«

Daraufhin sagte er nichts.

Valerie begann in ihren durchgeschwitzten Sachen zu frieren und beschleunigte ihre Schritte.

»Bist du noch dran?«, fragte sie schließlich.

»Ja ... ich weiß nur nicht, was ich sagen soll, damit du verstehst, was ich dir sagen will.«

»Sebastian. Ich denke, ich weiß ganz genau, was du mir sagen wolltest. Und genau das war mit ein Grund für meine vorzeitige Abreise.«

»Ich hätte nicht gedacht, dass aus dir so ein Feigling werden könnte«, sagte er.

Sie überlegte kurz, ob sie sich verhört hatte.

»Feigling? Ich?«, fragte sie empört nach.

»Klar. Du verdrückst dich einfach klammheimlich. Was ist das sonst, wenn nicht Feigheit?«

»Ich sag dir mal was. Das hat nichts mit Feigheit zu tun, sondern einfach nur mit Vernunft.«

»Oh Gott! Du willst vernünftig sein? Das ist ja irgendwie noch schlimmer als Feigheit!«

Er sagte das so voller hörbar gespielter Empörung, dass sie unerwartet lachen musste und sich der Knoten, der sich seit dem Gespräch mit ihrer Mutter festgezurrt hatte, ganz plötzlich auflöste.

»Hör mal, Sebi«, sagte sie. »Es ist nicht gemütlich, solche Gespräche verschwitzt und frierend auf der Straße zu führen. Was hältst du davon, wenn ich dich später noch mal anrufe, wenn ich geduscht habe?«

»Hm. Ich weiß nicht, ob ich dir trauen kann. Vielleicht vertröstest du mich einfach nur, und ich höre nie wieder was von dir.« Seine Worte klangen nur halb spaßig. Offenbar konnte er wirklich nicht einschätzen, ob sie es ernst meinte. Das traf sie. Aber sie konnte es ihm nicht verdenken.

»Du wirst es wohl darauf ankommen lassen müssen«, sagte sie schließlich. »Bis in einer Stunde!?«

»Na gut. Bis in einer Stunde ... Und Valerie?«

»Ja?«

»Wenn du mich nicht zurückrufst, dann ...«

»Dann was?«

»Keine Ahnung, aber ich lasse mir was einfallen! Was echt Mieses. Also überlege es dir gut.«

Sie glaubte, ein Grinsen in seiner Stimme zu hören.

»Okay, das will ich natürlich nicht riskieren. Bis dann«, sagte sie und legte lächelnd auf.

Knapp eine Stunde später saß sie frisch geduscht und in eine Decke gewickelt auf dem Sofa. Die Aussicht, gleich wieder mit Sebastian zu sprechen, trieb ihren Puls leicht in die Höhe. Irgendetwas hatte ihr vorheriges Telefonat in ihr verändert, doch sie wusste nicht, was genau das war. Waren es seine Bedenken, ihr nicht trauen zu können, die sie aufgerüttelt hatten? Oder eher seine gespielte Empörung darüber, dass sie zu vernünftig geworden war? Vielleicht brauchte sie nach dem Gespräch mit ihrer Mutter aber einfach nur einen guten Freund, mit dem sie darüber reden konnte, weil sie ihm trotz allem vertraute? Plötzlich konnte sie es kaum mehr erwarten, seine Stimme zu hören. Auch wenn es ein paar Minuten zu früh war, griff sie zum Hörer und wählte seine Nummer.

Nach dem zweiten Klingeln hob er ab.

»Hi, Mister Rudolph, New York is calling«, begrüßte sie ihn.

»Hey! Ich bin echt beeindruckt«, sagte er erfreut. »Hast wohl Angst gehabt, dass ich mir eine schlimme Strafe überlege?«

»Klar. Nur deswegen rufe ich an.«

»Dann ging mein Plan ja auf.«

»Könnte man so sagen ... Aber, Sebastian, auf eines müssen wir uns einigen«, sagte Valerie, und ihre Stimme klang nun sehr ernst.

»Müssen wir das?«

»Müssen wir. Wir können über alles reden«, stellte sie unmissverständlich klar. »Nur nicht über irgendwelche Gefühle, die womöglich mit uns zu tun haben. Dann lege ich sofort auf«, warnte sie ihn.

Sie hörte, wie er einmal tief durchatmete.

»Na gut. Kein Wort über irgendwelche Gefühle, die mit uns zu tun haben«, versprach er.

»Gut.«

»Sag mal, können wir uns vielleicht per Skype oder Facetime unterhalten? Es wäre viel angenehmer, wenn wir uns auch sehen könnten«, schlug er vor.

Sie lächelte.

»Oh, ich hoffe, dich stört meine Gurkenmaske nicht«, feixte sie.

»Echt jetzt?«

»Finde es raus.«

Sie tauschten die Skypeadressen aus, und kurz darauf winkte er ihr auf dem Bildschirm ihres iPads zu.

»Also doch keine Gurkenmaske.«

»Enttäuscht?«

»Nur ein bisschen ... Aber toll, dass es geklappt hat.«

Sebastian prostete ihr mit einer Tasse Kaffee aus seinem Homeoffice zu.

»Ich habe heute noch eine lange Nachtschicht vor mir«, erklärte er ungefragt. »Morgen früh muss ich ein Konzept abgeben.«

»Wenn es jetzt ungünstig ist, können wir auch morgen reden«, bot sie an, doch er schüttelte den Kopf.

»Jetzt meldest du dich schon mal!«, sagte er. »Wie wär's mit einer Wohnungsbesichtigung?«

»Du willst, dass ich dir meine Wohnung zeige?«, fragte sie amüsiert.

»Yep – ich möchte echt gern wissen, wie du so lebst.«

»Na gut«, sagte sie, stand vom Sofa auf und nahm das iPad in die Hand. »Dann komm mal mit.«

Sie ging mit ihm durch die Wohnung, damit er sich ein Bild machen konnte.

»Wow – ziemlich schick, aber sieht auch gemütlich aus!«, sagte er, als sie wieder zurück im Wohnzimmer waren.

»Danke.«

»Trotzdem passt du viel besser nach Bayern als nach New York.«

Valerie wusste darauf keine Antwort und erkundigte sich stattdessen nach Max.

»Dem geht's super. Der ist heute bei seiner Mutter.«

In der nächsten Dreiviertelstunde hielt er sich tatsächlich an das Versprechen, nicht über irgendwelche Gefühle zu sprechen. Er erzählte von Max, der sich vom Christkind nichts sehnlicher als einen Hund wünschte. Und wie er nach einer Lösung suchte, damit sein Sohn nicht allzu enttäuscht war, wenn am Heiligen Abend kein kleiner Welpe unter dem Weihnachtsbaum saß.

»Ich mag Hunde gern, aber momentan reicht es mir, die Verantwortung für mein Kind und die Arbeit unter einen Hut zu kriegen. Jetzt auch noch einen Welpen zu erziehen, das schaffe ich einfach nicht«, sagte er.

Valerie konnte das gut nachvollziehen, hatte jedoch auch keinen passenden Rat parat, wie er das am besten regeln konnte.

»Du findest bestimmt noch eine Lösung«, ermunterte sie ihn.

Kurz überlegte sie, ihm von Alberts Anruf bei ihrer Mutter zu erzählen, der sie doch ziemlich irritiert hatte. Aber andererseits würde dieses Thema vermutlich wieder zu schwierigen Gesprächen führen, und das wollte sie im Moment nicht. Also erzählte sie ihm mehr von ihrer Arbeit in der Firma ihres Stiefvaters, für die er sich sehr zu interessieren schien.

Schließlich musste er sich an die Arbeit machen. Doch sie vereinbarten, sich in den nächsten Tagen wieder online auszutauschen.

Als sie aufgelegt hatte, spürte Valerie ein Lächeln im

Gesicht. Und zum ersten Mal seit ihrer Abreise aus Bayern hatte sie wieder Appetit. Sie ging in die Küche und öffnete den Kühlschrank. Bis auf etwas Käse, ein angebrochenes Glas Oliven und verschiedene Weine herrschte darin jedoch gähnende Leere. Morgen würde sie einkaufen gehen. Und vielleicht würde sie sogar damit anfangen, ab und zu selbst etwas zu kochen. Sie knabberte ein wenig Käse, zog sich um und machte sich in einem spontanen Entschluss auf den Weg in die Firma. Sie wollte lieber arbeiten, als anzufangen zu grübeln.

Auf ihrem Schreibtisch hatte sich inzwischen einiges angesammelt. Sie ließ sich von Serena auf den neuesten Stand bringen und fühlte sich wieder ganz in ihrem Element.

Anthony kam in ihr Büro und begrüßte sie mit einer herzlichen Umarmung.

»Wie schön, dass du wieder da bist, Val«, sagte er und sah sie aus seinen fast schwarzen Augen ein wenig besorgt an. »Wie geht es dir?«

»Ich weiß es ehrlich gesagt nicht«, sagte sie offen. »Ich glaube, ich muss das alles erst verarbeiten, Anthony.«

»Das verstehe ich. Möchtest du dir nicht lieber noch ein paar Tage freinehmen?«, bot er an.

Sie schüttelte den Kopf.

»Ich glaube, die Arbeit ist jetzt genau das Richtige für mich«, sagte sie.

»Verstehe.« Er lächelte. »Dann komm am besten mit ins Besprechungszimmer. Ich habe gleich ein Meeting mit dem Designer. Er hat Vorschläge für die neu geplante Kinderkollektion.«

»Du willst das jetzt wirklich machen?«, fragte Valerie überrascht, da Kinderschuhe bisher noch nicht zum Sortiment gehörten. Sie hatte ihm den Vorschlag erst vor ein paar Wochen unterbreitet. Zunächst hatte er der Sache skeptisch gegenübergestanden. Umso mehr wunderte sie sich, dass er es sich offenbar anders überlegt hatte.

»Die Französinnen haben danach gefragt, als wir die Verträge machten. Der europäische Markt ist anscheinend momentan sehr offen für Qualitätsschuhe, auch für Kinder. Warum sollten wir das nicht nutzen? Und wie du mir letztens so schön gesagt hast: Kinder sind die Kunden von morgen. Und je früher sie mit unseren Schuhen zufrieden sind, desto eher werden sie auch später auf unsere Marke zurückgreifen.«

»Das freut mich, Anthony.«

»Ich überlege, erst einmal eine kleine Linie zu machen, als Versuchsballon. Wenn das funktioniert, dann können wir es weiter ausbauen.«

»Gute Idee. Na, dann bin ich mal auf die Vorschläge gespannt«, sagte Valerie und folgte ihm ins Besprechungszimmer.

Die Arbeit half ihr tatsächlich, auf andere Gedanken zu kommen. Als sie nach dem Meeting zurück in ihrem Büro diverse E-Mails beantwortete, verflog die Zeit wie im Nu. Es war schon nach neunzehn Uhr, als sie das erste Mal auf die Uhr schaute.

»Brauchen Sie mich noch?«, fragte die Sekretärin.

»Nein, danke, Serena. Sie können jetzt nach Hause gehen. Schönen Abend.«

»Danke. Ihnen auch.«

Da sie selbst noch einiges erledigen wollte, ließ sie sich vom Lieferservice Salat mit Hühnerbrust bringen und arbeitete bis tief in die Nacht weiter.

Am liebsten hätte Valerie sich am nächsten Abend den Besuch bei ihrer Großmutter erspart. Doch sie wusste, dass Kate fest mit ihr rechnete und eine kurzfristige Absage nicht gelten lassen würde.

Valerie machte sich mit ihrer Mutter und Anthony gemeinsam auf den Weg zu ihr. Seit ihrem Streit am Tag zuvor hatten Mutter und Tochter sich nicht mehr gesehen.

»Es tut mir leid, Valerie«, sagte Olivia leise auf dem Rücksitz zu ihr, sodass Anthony, der vorne neben dem Fahrer saß, nichts mitbekam. »Ich hätte dir vom Anruf deines Vaters erzählen sollen. Aber ich wusste wirklich nicht, was das zu bedeuten hatte.«

Valerie nickte nur und wollte es fürs Erste dabei bewenden lassen. Letztlich konnte sie ohnehin nichts mehr daran ändern. Trotzdem war ihr Ärger auf ihre Mutter immer noch nicht ganz verraucht. Gab es womöglich noch mehr, was sie ihr im Zusammenhang mit ihrem Vater verschwiegen hatte?, fragte eine leise Stimme in ihr. Zudem nagte die Tatsache an Valerie, dass ihre Mutter offenbar gar nicht auf den Gedanken gekommen war, dass Albert mit Olivia womöglich über Mia hatte sprechen wollen. Seit ihrer Rückkehr hatte Olivia Mia mit keinem Wort erwähnt. Valerie verstand nicht, was dahintersteckte. Nahm Olivia es Mia etwa immer noch übel, dass sie ihr die Schuld für die Trennung gab? Irgendwann würden sich auch Mia und Olivia aussprechen müssen. Zumindest hoffte Valerie, dass das irgendwann passieren würde.

Inzwischen waren sie bei ihrer Großmutter angekommen, die seit dem Tod des Großvaters vor vier Jahren allein im Haus lebte. Sie betraten das Wohnzimmer, in dem Kate sich mit Anthonys deutlich älterem Bruder Michael, Konstantin Treval und dessen Eltern Arlo und Bridget bei einem Aperitif unterhielt. Die Runde der geladenen Gäste war tatsächlich sehr überschaubar.

Nachdem sich alle begrüßt hatten, bat Kate sie in das angrenzende Esszimmer. Um nichts dem Zufall zu überlassen, gab es sogar für die wenigen Gäste handgeschriebene Platzkarten, und Valerie wunderte sich nicht im Geringsten, dass sie neben Konstantin saß.

»Das mit deinem Vater tut mir sehr leid, Valerie«, sagte der großgewachsene Mann mitfühlend, während Rose-Lynne, Kates langjährige Haushälterin, mit Hilfe einer für den heutigen Abend engagierten Hilfskraft die Vorspeise servierte. »Ich habe das vorhin erst von deiner Großmutter erfahren.«

»Danke, Konstantin«, sagte Valerie und war überrascht, dass Kate überhaupt jemandem davon erzählt hatte. Normalerweise verdrängte ihre Großmutter es völlig, dass es überhaupt einen Teil der Familie in Deutschland gab. Vor ein paar Jahren hatte sie sogar einmal Anthony als ihren Vater vorgestellt und es hinterher als Fauxpas entschuldigt. Aber Valerie wusste, dass ihre Großmutter nichts ohne Grund oder aus Versehen tat. Sie war eine äußerst kluge Frau mit einem ausgeprägten Geschäftssinn.

»Die Garnelen auf dem Paprikapesto sind ausgezeichnet«, lobte Konstantins Mutter die Vorspeise.

»Danke, Bridget. Das freut mich!«, nahm Kate das Kompliment entgegen, als hätte sie selbst das Gericht zubereitet, während Olivia sich bereits das zweite Glas Chardonnay einschenken ließ, wie Valerie erstaunt zur Kenntnis nahm.

Ohne dass es angesprochen wurde, war im weiteren Verlauf des Abends nicht zu übersehen, dass sich alle eine Verbindung zwischen Valerie und Konstantin gut vorstellen konnten. Vor allem Kate ging offenbar fest davon aus, dass die jungen Leute das perfekte Paar abgaben. Nur Anthony schien womöglich zu spüren, dass Valerie und Konstantin sich zwar sympathisch waren, aber nicht mehr dahintersteckte. Er lenkte die Gespräche immer wieder geschickt auf völlig andere Themen, was Kate ganz offensichtlich missfiel. Valerie hingegen hätte ihn dafür am liebsten umarmt.

Nach dem Dessert entschuldigte sie sich kurz und ging ins Badezimmer. Als sie es ein paar Minuten später wieder verließ, wartete Konstantin im Flur.

»Hör mal, Valerie«, sprach er sie an, »ich weiß ja nicht, wie du das siehst, aber ich denke, es geht dir ähnlich wie mir, und dir gehen diese Versuche, uns zu verkuppeln, genau so auf den Geist wie mir?«

Sie musste lächeln.

»Ja. Und wie. Was bin ich froh, dass du das genauso siehst.«

»Wir könnten das jetzt sofort klären. Oder...«

»Oder was?«, fragte sie neugierig, als sie sein verschmitztes Lächeln sah.

»Wir könnten ihnen auch eine Lektion erteilen und erstmal so tun, als ob wir beide einer möglichen Beziehung nicht abgeneigt wären.«

»Und was bringt uns das?«, fragte sie amüsiert.

»Ich kenne ja meine Mutter. Sobald sie merkt, dass das mit uns beiden sicher nichts wird, versucht sie es mit einer anderen Kandidatin. Und auch wenn sie sich bei mir die Zähne ausbeißt, so nervt mich das einfach. Mutter ist ansonsten echt super, aber was das Thema Heiraten betrifft, da scheint sie irgendeine Störung zu haben.«

»Du meinst also, wir sollen nur so tun, damit wir Ruhe vor weiteren Verkuppelungsbemühungen haben?«

»Ganz genau. Aber dafür muss ich wissen, dass du es nicht – verzeih mir, wenn ich das so direkt sage – also, dass du es nicht womöglich tatsächlich ernst meinen könntest. Ich möchte nicht, dass das für dich zu einem Problem wird«, sagte er vorsichtig.

»Ist es nicht«, bestätigte sie und musste plötzlich an Sebastian denken. Einen Mann wie ihn würde ihre Großmutter für ihre Enkeltochter sicherlich nicht gutheißen. Wobei Valerie ja selbst wusste, dass es mit Sebastian nicht funktionieren würde, also verscheuchte sie die Gedanken an ihn rasch wieder.

»Gut. Dann ist das abgemacht?«, hakte er nach.

»Ja. Es ist abgemacht«, stimmte sie zu.

»Perfekt!«

Um ihren Deal abzuschließen, umarmten sie sich kurz. Genau im richtigen Moment, denn Bridget betrat auf der Suche nach dem Badezimmer den Flur.

»Na, ihr zwei«, sagte sie und konnte ihre Freude darüber, die beiden jungen Leute in so trauter Zweisamkeit zu sehen, kaum verbergen. »Wir vermissen euch da drinnen schon.«

»Wir waren gerade wieder auf dem Weg zu euch«, sagte Konstantin. »Wir hatten nur noch etwas Wichtiges zu besprechen, nicht wahr, Valerie?«

»Natürlich, Konstantin.«

»Oh. Verzeiht. Ich hoffe, ich habe euch nicht gestört«, sagte Bridget.

»Nicht allzu sehr!«, meinte Konstantin und zwinkerte Valerie zu, bevor sie gemeinsam zurück ins Esszimmer gingen.

Als sie wieder am Tisch Platz genommen hatten, bemühte sich Konstantin ganz besonders, Valerie seine Aufmerksamkeit zu schenken.

»Vielleicht hast du ja mal Lust auf ein Skiwochenende«, fragte er.

»Gern«, sagte Valerie. »Allerdings habe ich seit meiner Kindheit nicht mehr auf Skiern gestanden«, gab sie zu.

»Aber früher warst du doch eine gute Skifahrerin, Valerie«, sagte Olivia. »Das verlernt man nicht. Du brauchst nur wieder ein wenig Übung.«

»Konstantin ist ein ausgezeichneter Lehrer«, mischte sich nun Bridget ein, die sich unübersehbar darüber freute, dass die jungen Leute zusammen in die Berge fahren und Zeit miteinander verbringen würden.

»Ich kann dir gern dabei helfen, wieder Übung zu bekommen«, bot er an.

Valerie bemerkte das zufriedene Lächeln der drei Frauen am Tisch. Offenbar schien ihr Plan zu funktionieren.

Kapitel 19

Mia

Die beiden Tage nach der Beerdigung verbrachte Mia damit, sich im Haus zu verkriechen und sich mit Filmen und Serien abzulenken. Sie hatte ihren Vater verloren, ihre Arbeit und dann auch noch ein zweites Mal ihre Schwester. Irgendwann musste sie sich darüber Gedanken machen, wie es mit ihr weitergehen sollte. Doch vorerst wollte sie einfach nur ihre Ruhe haben und möglichst wenig darüber nachdenken.

Bis auf längere Runden, die sie mit Rudi drehte, und regelmäßige Besuche auf dem Friedhof hatte sie keine Lust, aus dem Haus zu gehen oder mit irgendjemandem zu sprechen. Ihr Handy hatte sie ausgeschaltet, zuvor jedoch Alma und Sebastian Bescheid gegeben, dass sie sich ein paar Tage ausklinken wollte.

»Aber du kannst dich doch nicht so einigeln«, hatte Sebastian gesagt.

»Mach dir keine Sorgen. Nach dem, was passiert ist, brauche ich einfach ein wenig Abstand zu allem. Kannst du das nicht verstehen, Sebastian?«

Er zögerte kurz mit einer Antwort und sah sie besorgt an.

»Okay... Wenn du wirklich ein wenig Ruhe und Abstand brauchst, dann nimm dir die Zeit. Aber du versprichst mir, dass du mich anrufst oder zu mir rüberkommst, wenn es dir schlecht geht oder du doch jemanden zum Reden brauchst!«

»Ja. Das mache ich. Ehrenwort!«

Die meiste Zeit verbrachte sie in ihrem Zimmer, im Wintergarten oder in der Küche, wo sie ihre Kreativität beim Kochen mit den Zutaten auslebte, die sie noch im Haus hatte. So war sie abgelenkt und musste nicht ständig über sich und ihr Leben nachdenken.

Es war später Nachmittag, und Mia bereitete Nudelteig für Ravioli zu, die sie mit einer Ricotta-Parmesan-Mischung füllen wollte. Auf dem Laptop lief eine Folge der Serie *This is us*, die Mia in der letzten Nacht entdeckt hatte.

Rudi saß auf seiner Decke und sah ihr interessiert zu, in der Hoffnung, ein Stück vom Käse abzubekommen, den er so sehr liebte. Und natürlich konnte Mia seinem bettelnden Blick nicht lange widerstehen und schnitt ein Stück Parmesan ab.

»Rudi, fang!«

Sie warf es ihm zu, und der Hund schnappte geschickt danach.

»Gut gemacht!«, lobte sie ihn.

Dann widmete sie sich dem mehrfach gewalzten Teig und hob ihn vorsichtig über die Ravioli-Matrizen. In diesem Moment klingelte es an der Haustür.

Genervt schnaubte Mia. Rudi stand auf und trabte zur Küchentür.

»Bleib hier, Rudi«, sagte sie. »Wir machen einfach nicht auf!«

Doch es klingelte noch ein weiteres Mal. Vermutlich war es Sebastian, der sich davon überzeugen wollte, dass es ihr gut ging. Am besten redete sie kurz mit ihm, dann konnte sie hier weitermachen. Vielleicht lud sie ihn sogar zum Essen ein, falls er Zeit hatte. Nach zwei Tagen war sie einer kleinen menschlichen Ablenkung gar nicht mehr so abgeneigt.

Sie griff nach einem Küchentuch, wischte sich die Hände ab und ging hinaus in den Flur. Rudi folgte ihr neugierig. Als sie die Tür öffnete, konnte sie kaum glauben, wer da vor ihr stand.

»Was machst du denn hier?«, fragte sie Daniel Amantke, der sie freundlich angrinste. Auch heute war er wieder lässig gekleidet und trug eine dicke Winterjacke über der Jeans.

»Hallo, Mia«, begrüßte er sie, ohne auf ihre Frage einzugehen. »Ich hätte nicht gedacht, dass du einen Hund hast!«

»Warum sollte ich keinen Hund haben?«, blaffte sie ihn an. Er wollte doch sicher nicht mit ihr über Rudi reden!

»Klar. Warum nicht?«, sagte er.

»Bist du vielleicht allergisch dagegen?«

»Nein. Überhaupt nicht. Ich mag Hunde ... Hast du vielleicht kurz Zeit? Es gibt da etwas Dringendes, das ich mit dir besprechen muss.«

Sie schüttelte ungläubig den Kopf. Was wollte der Typ nur von ihr?

»Ich kann mir nicht vorstellen, was ausgerechnet wir beide zu besprechen hätten. Etwas Dringendes schon gar nicht. Und überhaupt hab ich jetzt auch gar keine Zeit.«

Sie bemerkte seinen Blick, der über ihre alte Jogginghose und den Pulli wanderte, den sie schon seit ein paar Tagen trug und der am Rand des Ärmels weiß vom Mehl war.

»Was kochst du denn?«, fragte er.

»Ravioli«, antwortete sie und fragte sich gleichzeitig, was ihn das überhaupt anging.

»Also, darf ich kurz reinkommen?«

»Nein!«, rief sie genervt, was Rudi nicht zu gefallen schien, denn er fing alarmiert zu bellen an.

»Rudi, still! Alles gut. Ab in die Küche!«, gab sie das Kommando, und der Hund folgte, wenn auch sichtlich widerwillig.

»Und du gehst jetzt auch!«, richtete sie das Wort wieder an Daniel.

»Er hatte mir prophezeit, dass es nicht einfach werden würde«, sagte er mit einem Seufzen.

»Wer hat was?«, fragte sie irritiert.

Daniel antwortete nicht, ging einen Schritt zurück und drehte sich zur Seite.

»Kommt ihr mal, Leute? Ich brauch jetzt doch eure Unterstützung!«, rief er.

Mia riss die Augen auf, als sie plötzlich Joshua und Jette sah, die aus der Dunkelheit um die Ecke und auf die Haustür zukamen. Ihnen folgten weitere Schüler ihres Chores.

»Was macht ihr denn alle hier?«, fragte sie verdattert.

»Wir singen das Konzert nur, wenn Sie wieder mit dabei sind«, sagte Joshua, und die anderen stimmten ihm entschlossen zu.

Amantke zuckte fatalistisch mit den Schultern.

»Sie wollen es alle drauf ankommen lassen, von der Schule zu fliegen, wenn sie für das Weihnachtskonzert nicht wieder mit dir üben dürfen«, sagte er.

»Aber die Wurm-Fischer hat mir gekündigt. Sie nimmt mich auf keinen Fall mehr zurück«, erklärte Mia.

»Na und?«, sagte Jegor. »Aber wir tun das.«

»Ach, macht es mir doch bitte nicht so schwer...«, begann Mia und spürte, wie Tränen in ihre Augen schossen.

»Normalerweise lasse ich mich nicht erpressen«, sagte Daniel. »Aber ich möchte auch nicht, dass die Schüler Schwierigkeiten bekommen, nur weil sie so loyal zu dir stehen«, sagte er. »Auf eine verrückte Art imponiert mir das nämlich.«

»Aber...«

Doch er ließ sie nicht ausreden.

»Und nur um das klarzustellen: Ich hatte niemals vor, dich von deinem Posten in der Schule zu verdrängen. Und ich finde es überhaupt nicht lustig, dass ich unfreiwillig zum Sündenbock gemacht werde. So habe ich mir den Beginn meiner neuen Arbeit echt nicht vorgestellt.«

Stimmte das wirklich? Mia wusste nicht, was sie von der ganzen Sache halten sollte.

»Kommen Sie schon, Frau Garber«, drängte Jette.

Mia blickte wieder in die erwartungsvollen Gesichter ihrer Schüler.

»Das ist ja alles schön und gut, aber wie soll das denn gehen?«, fragte Mia.

»Wir haben einen Plan«, sagte Joshua mit einem verschmitzten Lächeln.

»Einen Plan?«

»Yep, und zwar einen ziemlich guten«, ergänzte Jegor mit schelmischem Blick.

»Okay. Jetzt kommt erst mal alle rein! Dann reden wir«, sagte Mia und musste sich ein Grinsen verkneifen.

Der Wintergarten war groß genug, um die siebzehn Mitglieder des Chores aufzunehmen. Alle bis auf Nele waren heute mitgekommen, um sie zu überreden.

Mia bat Joshua, die anderen mit Getränken zu versorgen, und verschwand währenddessen rasch in ihr Zimmer, um in frische Sachen zu schlüpfen. Als sie in den Spiegel sah, entdeckte sie seit Langem mal wieder ein Funkeln in den Augen.

Im Wintergarten saßen die Schüler dicht gedrängt auf dem Sofa oder am Boden. Nur Daniel stand neben der Kommode, wo er scheinbar die Fotos betrachtet hatte.

»Das ist voll schön hier, Frau Garber«, sagte Tami, die im Alt sang und jetzt begeistert eine kleine Schneekugel schüttelte, die Albert von einer Konzertreise aus Tokio mitgebracht hatte. »Voll weihnachtlich alles.«

»Danke, Tami.«

»Hätte ich gar nicht gedacht, dass Sie so auf Weihnachten stehen«, sagte Jegor.

»Tja ... tu ich aber«, sagte Mia lächelnd.

»Und Weihnachten ist immer für ein Wunder gut, deswegen wird das mit dem Konzert auch klappen«, meinte Joshua.

»Also, ich finde das ja ganz rührend von euch, dass ihr euch so für mich einsetzt, aber ich weiß wirklich nicht, wie ihr euch das vorstellt«, sagte Mia und betonte noch einmal, dass es keine Chance gab, die Direktorin umzustimmen.

»Das wissen wir leider auch«, sagte Mirko.

»Aber Sie haben sich zumindest dieses letzte Weihnachtskonzert noch verdient«, stellte Joshua klar. »Wenn Sie schon von der Schule gehen müssen, dann mit einem richtigen Knaller!«

»Außerdem wird die Wurm-Fischer sich bestimmt nicht trauen, Sie beim Konzert aus der Kirche zu werfen«, fügte Jegor grinsend hinzu.

Mia spürte, wie ihr Herz über die Loyalität ihrer Schüler vor Freude aufging. Allerdings war sie fast noch mehr überrascht von Daniel, dass er dabei mitspielte. Offenbar hatte sie ihn anfangs tatsächlich falsch eingeschätzt.

»Ich habe einen Deal mit den Kids«, sagte der Lehrer, als ob er ihre Gedanken erraten hätte. »Du probst eure Lieder heimlich außerhalb der Schule mit ihnen und bist beim Konzert mit dabei, dafür machen sie zukünftig auch wieder ordentlich im Unterricht mit.«

»Das ist ja Erpressung!«, sagte Mia. Trotz ihrer Freude darüber, wie sehr die Schüler sie zurückhaben wollten, konnte sie als Pädagogin ein solches Verhalten eigentlich nicht gutheißen.

Sie bemühte sich um einen strengen Blick und taxierte die jungen Leute.

»Also, jetzt sag ich euch mal was. Erstens: Erpressung geht überhaupt nicht!«

Ihre ehemaligen Schüler nickten nur halbherzig.

»Aber was noch viel wichtiger ist, ihr dürft euer Talent und eure Zukunft nicht einfach so aufs Spiel setzen. Und schon gar nicht für mich. Ich habe euch alle zusammengebracht, um aus euch einen Chor zu machen. Doch das seid ihr nur, wenn ihr zusammen singt! In eurem Leben werdet ihr immer wieder auf Schwierigkeiten und Probleme treffen, die zu meistern sind. Ihr werdet immer mal wieder Dinge tun müssen, die euch nicht sonderlich gefallen werden. Und nicht immer werdet ihr Menschen um euch haben, die euer Bestes wollen. Manche werden euch ausnutzen und eure Geduld und eure Gutmütigkeit an Grenzen bringen. Andere wiederum werden euch zur Seite stehen, euch fordern und fördern. Aus alldem werdet ihr lernen, eure Erfahrungen machen und daran wachsen. Wichtig ist, dass ihr euch selbst treu bleibt und euch auf das besinnt, was ihr am besten könnt.«

Im Zimmer war es so still, dass man eine Stecknadel hätte fallen hören.

»Also, ich will, dass ihr verdammt noch mal euer Talent nutzt und singt! Und dass ihr euch von niemandem, auch nicht von einer Frau Wurm-Fischer davon abhalten lasst. Denn dann hätte sie es nicht nur geschafft, mich aus der Schule zu werfen, dann wäre damit auch der Chor Geschichte, der uns allen so viel bedeutet. Wollt ihr das wirklich?«

»Nein«, murmelten sie und schüttelten die Köpfe.

»Eben! Deswegen legt all eure Leidenschaft und euer Können in den Gesang«, fuhr sie fort, »auch wenn die äußeren Umstände nicht immer so sind, wie ihr euch das wünscht. Und auch dann, wenn ich nicht mehr da bin.«

Sie warf einen kurzen Blick zu Amantke, der ihren Vortrag aufmerksam verfolgte.

»Mit Herrn Amantke habt ihr es offenbar doch nicht so schlecht getroffen, wie ich befürchtet hatte«, gab sie mit einem schrägen Lächeln zu. »Und darüber solltet ihr echt froh sein! Jeder andere Lehrer hätte sich eurer Verhalten nicht bieten lassen und euch rausgeworfen. Ich werde mit euch üben und beim Auftritt dabei sein, aber nur wenn ihr euch in seinem Unterricht genau so bemüht und mit Begeisterung dabei seid, wie ihr das in meinem Unterricht wart. Habt ihr das verstanden?«

Sie nickten wieder.

»Das gilt auch für die Zukunft! Und dann gibt es noch Punkt drei.« Sie machte wieder eine kleine Pause und schluckte. »Ich bin ziemlich froh, dass ihr heute da seid! Danke euch allen total! Das ... das bedeutet mir sehr viel!«

Begeistert johlte Joshua los, und die anderen stimmten mit ein. Daniel nickte ihr lächelnd zu.

Sie vereinbarten die ersten Termine für die geheimen Proben, die nach der Schule oder an den Wochenenden stattfinden sollten. Da niemand davon erfahren durfte, vor allem nicht Direktorin Wurm-Fischer oder Nele, die sie verpetzen könnte, würden sie sich bei Mia zu Hause treffen.

Plötzlich bemerkte Mia, dass Mirko sein Handy anhatte. Filmte er gerade das, was hier besprochen wurde?

»Was machst du denn da, Mirko?«

»Facetime mit Janina, damit sie auch alles mitbekommt«, erklärte er.

»Mit Janina?«

Mia nahm ihm das Smartphone aus der Hand.

»Hallo, Frau Garber!« Janina winkte ihr aus dem kleinen Bildschirm zu.

»Janina! Das ist ja eine Überraschung! Wie geht es dir in München?«

»Gut. Und meine Mama hat erlaubt, dass ich beim Konzert mitsinge«, erklärte sie glücklich. »Und wenn die Proben am Wochenende sind, kann ich sogar kommen und mit dabei sein.«

»Wie toll, dann sehen wir uns ja bald«, sagte Mia und reichte Mirko wieder das Handy.

Joshua hatte bereits eine neue WhatsApp-Gruppe gegründet.

»Hey, passt bitte alle auf, dass ihr nicht versehentlich was in die falsche Chor-Gruppe schreibt«, mahnte er alle.

»Wir sind ja nicht doof«, meinte Jette.

»Ich will's hoffen.«

»So, Leute«, sagte Daniel, »nachdem wir jetzt alles geklärt haben, wollen wir Frau Garber nicht mehr länger aufhalten.«

»Wir können noch nicht gehen«, sagte Jegor. »Erst ist noch *Das Letzte* dran.«

»Das Letzte?«

Mia grinste, als sie Daniels fragenden Blick sah.

»Unser spezielles Lied«, erklärte sie kurz und wandte sich dann wieder an die Schüler. »Na gut, aber dafür lasst uns besser ins Musikzimmer gehen.«

Sie hatte den Raum seit ihrem Absturz am Tag der Beerdigung nicht mehr betreten.

Als ihr alle gefolgt waren und sich aufgestellt hatten, setzte Mia sich ans Klavier.

»Habt ihr schon ausgemacht, wer heute die einzelnen Strophen singt?«, fragte sie, und Jegor nickte.

»Gut, dann lasst uns anfangen.«

Sie spielte die ersten Töne am Klavier und nickte den

Schülern zu, die mit dem Gesang einsetzen. Amantke stand an der Tür und hörte ihnen amüsiert zu.

Als das fröhliche Lied zu Ende war, applaudierte er begeistert.

»Ich verstehe immer mehr, warum sie dich so lieben«, sagte er leise zu ihr, während die Schüler aufbrachen.

Mia wusste nicht, was sie darauf antworten sollte, und war fast ein wenig verlegen. Obwohl sie es nach ihrer ersten Begegnung nie für möglich gehalten hätte, konnte sie nicht umhin, ihm nach dieser Aktion eine sympathische Seite abzugewinnen.

»Können wir noch kurz reden?«, fragte er.

»Können wir«, sagte Mia. Das war sie ihm wohl schuldig, nachdem er sich so für die Schüler und damit auch für sie eingesetzt hatte.

»Willst du was trinken?«

»Vielleicht ein Bier?«

»Gut. Geh schon mal in den Wintergarten, ich komme gleich nach.«

Als sie das Bier aus dem Kühlschrank holte, warf sie einen Blick auf den Tisch und die nicht fertiggestellten Ravioli, zuckte dann mit den Schultern und verließ die Küche.

Aus dem Musikzimmer hörte sie eine bekannte Melodie. Daniel spielte am Klavier: *All along the watchtower*, von Bob Dylan.

Sie blieb an der Tür stehen und hörte ihm zu. Er war völlig versunken in sein Spiel, und zum ersten Mal hatte sie die Gelegenheit, ihn in Ruhe ein wenig genauer zu betrachten. Er hatte seine Brille auf dem Klavier abgelegt, und eine Strähne seiner dunklen Haare fiel ihm in die Stirn. Was sie sah, gefiel ihr. Nicht nur sein Äußeres – er war zweifellos ein attraktiver Mann –, sondern vor allem die Hingabe, mit der er sich in die Musik fallen ließ. So, als ob es nichts Wichtigeres auf der Welt gäbe.

Er drehte den Kopf zur Seite, und als er sie entdeckte, hörte er zu spielen auf.

»Mach doch weiter«, forderte sie ihn auf.

»Vielleicht ein anderes Mal«, sagte er und stand auf.

Sie reichte ihm eine Flasche.

»Willst du das Bier lieber aus einem Glas?«, fragte sie.

»Nein. Das passt so ... Prost.«

»Prost!«

Sie stießen an – Mia mit einem alkoholfreien Bier – und nahmen einen Schluck.

»Es tut mir leid, dass ich dich offenbar falsch eingeschätzt habe«, gab sie unumwunden zu.

»Entschuldigung angenommen«, sagte er lächelnd.

»Die Situation war aber auch wirklich nicht einfach. Und ich kann inzwischen verstehen, dass du sauer warst. Was ist da eigentlich zwischen der Direktorin und dir passiert? Du bist ja offenbar ein rotes Tuch für sie.«

Mia zuckte mit den Schultern.

»Keine Ahnung. Echt nicht. Diese Frau konnte mich von Anfang an nicht leiden«, sagte sie und nahm einen weiteren Schluck. »Tja. Und jetzt hat sie es geschafft, mich loszuwerden.«

»Weißt du schon, wie es für dich weitergehen wird?«

»Nein ...«

»Du musst auf jeden Fall weiter unterrichten«, sagte er. »Du bist ein Gewinn für alle Schüler.«

»Mal sehen...«, sagte sie, freute sich aber insgeheim über seine Worte.

Sie wollte gerade die Flasche auf dem Sekretär abstellen, da fiel ihr ein Notenblatt mit einem Text auf, der in ihrer Handschrift geschrieben war. Ihr Herz begann mit einem Mal, schneller zu schlagen. Vor ihr lagen die Noten und der Text für ein Weihnachtslied. Sie hatte es also wirklich geschrieben! Dabei war sie überzeugt gewesen, dass sie das in ihrem betrunkenen Zustand nur geträumt hatte. Doch offenbar hatte sie aus den Erinnerungen an die Melodie ihres Vaters und seinen unvollständigen Aufzeichnungen tatsächlich ein Lied komponiert. Und der seltsame Traum hatte sich mit ihren Erinnerungen an die Wirklichkeit vermischt.

»... dass du sogar ein eigenes Lied für sie geschrieben hast, finde ich einfach toll«, riss Daniel sie aus ihren Gedanken. »Das Letzte – was für ein lustiger Titel.«

»Was?« Sie drehte sich zu ihm um.

Sein Lächeln verschwand, er sah sie besorgt an.

»Ist was? Du bist ja ganz blass geworden.«

»Nein«, sagte sie. »Mir geht es gut... Ich hab nur etwas gefunden.«

Er entdeckte das Blatt in ihrer Hand.

»Ein Lied? Hast du das auch selbst geschrieben?«

»Es ist eigentlich von meinem Vater«, murmelte sie. »Ich hab es nur fertig gemacht.«

»Darf ich?«, fragte er.

Sie nickte und reichte ihm das Blatt.

»Das ist ja ein Weihnachtslied«, sagte er überrascht, nachdem er den Text überflogen hatte. Er setzte sich wieder ans Klavier und legte die Hände auf die Tasten. »Soll ich es mal versuchen?«

»Ja, bitte«, sagte sie schnell. Es war besser, wenn er es spielte, denn sie selbst zitterte in diesem Moment viel zu sehr.

»Gut.«

Ohne Probleme begann er, die Noten auf dem Klavier zu spielen. Schon die ersten Klänge versetzten sie wieder in die Stimmung ihres eigenartigen Traumes, in dem sie das Lied gemeinsam mit Albert fertiggestellt hatte. Sie trat näher zu Daniel und setzte mit der ersten Strophe ein. Ohne den Blick vom Notenblatt zu wenden, spielte er weiter und nickte anerkennend.

Daniel war ein ausgezeichneter Pianist und hatte genau das richtige Gespür für das Lied, obwohl es für ihn völlig neu war.

Als Mia den Refrain zum zweiten Mal sang, begleitete er sie mit der zweiten Stimme, die er gekonnt improvisierte. Mia konnte kaum fassen, wie toll sie beide harmonierten. Fast so, als hätten sie schon unzählige Male miteinander musiziert.

Als das Lied zu Ende war, drehte er sich zu ihr um.

»Du weinst ja«, sagte er besorgt.

Dabei hatte sie überhaupt nicht mitbekommen, dass ihr Tränen über das Gesicht liefen. Doch es waren keine Tränen des Schmerzes, sondern Tränen der Rührung. Verlegen wischte sie sie mit dem Unterarm weg.

»Es ist alles gut«, sagte sie schniefend und bemühte sich zu lächeln. Sie öffnete eine Schublade im Sekretär, in die allerlei Krimskrams gestopft war, und fand tatsächlich ein angefangenes Päckchen Papiertaschentücher.

»Das Lied ... es ist etwas ganz Besonderes«, sagte er, während sie sich die Nase putzte.

»Das ist es«, gab Mia ihm recht.

»Geht's wieder?«

»Ja!« Sie lächelte.

»Sag mal, was hältst du davon, wenn wir einen Chorsatz für das Lied vorbereiten und die Schüler es ganz zum Schluss beim Weihnachtskonzert singen?«, schlug er vor, und seine Augen blitzten begeistert über seine Idee.

»Ich ... ich weiß nicht«, sagte Mia. »Ich glaube, ich muss erst darüber nachdenken.«

»Verstehe ... Aber ich fände es wirklich schön.«

»Ich sage dir bald Bescheid ... Daniel, würde es dir etwas ausmachen, wenn du jetzt gehst? Ich glaube, ich brauche gerade ein wenig Zeit für mich. Das war jetzt alles etwas viel für heute.«

»Klar«, sagte er.

»Danke.«

»Und ich freue mich, dass wir die Sache mit dem Chor gemeinsam durchziehen.«

»Ich mich auch ... Und danke dir noch mal! Ihr müsst wirklich gut aufpassen, dass niemand das rausfindet. Ich will nicht, dass du meinetwegen auch noch Ärger bekommst. Von den Schülern ganz zu schweigen.«

Er schenkte ihr ein Lächeln.

»Mach dir bitte keine Sorgen. Ich kriege das schon hin. Zusammen kriegen wir das hin.«

Er sah sie an, und Mia hatte den Eindruck, dass er noch etwas sagen wollte. Doch der Augenblick verstrich, und er verabschiedete sich von ihr.

Nachdem Daniel sich auf den Heimweg gemacht hatte, ging Mia zurück ins Musikzimmer und setzte sich ans Klavier. Sie starrte eine Weile auf die Noten, bevor sie anfing, selbst zu spielen und dazu zu singen. Vorhin, zusammen mit Daniel, hatte es sich für sie viel besser angehört. Trotzdem war es ein besonderes Lied. Es war das Lied ihres Vaters an seine Tochter Valerie.

Und so verrückt es sich anhören mochte, Mia war überzeugt davon, dass ihr Vater ihr in diesem seltsamen Traum tatsächlich dabei geholfen hatte, dieses Lied fertigzuschreiben. Auch wenn das natürlich gar nicht möglich war.

»Und was soll ich jetzt damit anfangen, Papa?«, murmelte sie mit einem Blick nach oben.

Sie ging ins Esszimmer, griff nach dem Handy und schaltete es nach zwei Tagen im Flugmodus zum ersten Mal wieder ein. Sie hatte viele WhatsApp-Nachrichten, die Schüler tauschten sich bereits rege in der neu gegründeten Chorgruppe aus, und mehrere verpasste Anrufe. Doch nur einer davon interessierte sie wirklich. Der von ihrer Schwester, die jedoch keine Nachricht hinterlassen hatte.

Mia war schon drauf und dran, Valerie zurückzurufen, doch dann rechnete sie die Zeit um. In New York war es jetzt halb drei Uhr nachmittags, und ihre Schwester würde vermutlich im Büro sein. Dort wollte sie sie nicht stören. Außerdem wusste sie gar nicht, was sie ihr hätte sagen sollen. *Hey, Valerie, Papa hat ein Lied für dich geschrieben, aber das wirst du vermutlich genau so wenig hören wollen, wie du seine Briefe lesen wolltest?*

Erneut überfielen sie Schuldgefühle. Wieder fragte Mia sich, warum sie Valerie nicht viel früher von ihrem Vater erzählt hatte, auch wenn er es damals ausdrücklich nicht gewollt hatte. Offenbar hatte er aber tief in seinem Inneren trotzdem den Wunsch nach Versöhnung in sich getragen, selbst wenn er seiner Frau nie hatte verzeihen können, dass sie ihn verlassen hatte.

Zum ersten Mal konnte Mia wirklich nachvollziehen, wie verletzt Valerie über die Briefe gewesen sein musste, und Wut überkam sie. Die Zwillingsschwestern waren zum Spielball der Streitigkeiten ihrer Eltern geworden, und damit hatten sie den Mädchen die innige Zuneigung und tiefe Verbundenheit genommen, die sie von klein auf geteilt hatten.

Valerie war einst der wichtigste Mensch in ihrem Leben gewesen. Als Babys hatten sie sogar nur dann durchgeschlafen, wenn sie nebeneinander in einem Bettchen gelegen hatten – das hatten ihnen die Eltern früher immer erzählt. Sie hatten gemeinsam ihre ersten Schritte getan und die kleine Welt im Haus am Chiemsee erobert. Mia hatte immer gewusst, wie Valerie sich fühlte, genauso wie ihre Schwester gespürt hatte, wenn es Mia nicht gut ging. Und eigentlich spürte sie auch jetzt, dass es Valerie genau so wenig gut ging wie ihr. Trotzdem schienen sie keinen Weg mehr zueinanderzufinden.

»Das darf einfach nicht sein!«, sagte sie laut in Richtung Rudi, der auf der Decke lag und ein zustimmendes Bellen von sich gab. »Ich muss das in Ordnung bringen!«

Ob es ihr gelingen würde, wusste sie nicht, aber sie würde es zumindest versuchen.

Entschlossen ging sie in den Wintergarten und holte die Briefe ihres Vaters aus der Schublade. Mia wusste einfach, dass ihre Schwester sie trotz allem unbedingt lesen musste.

Zumindest wollte sie ihr eine zweite Chance dafür geben. Außerdem nahm sie einige Fotos aus den Alben und packte sie zusammen mit den Briefen, einem Weihnachtsstern aus feinem Draht und bunten Perlen, den sie als Kinder zusammen für ihre Eltern gebastelt hatten, und einer persönlichen Nachricht an Valerie, in ein großes wattiertes Kuvert. Nachdem sie es mit der Adresse ihrer Schwester versehen hatte, rief sie Daniel an, dessen Nummer sie sich von Joshua hatte geben lassen.

»Ja, hallo?«, meldete er sich.

»Hi, Daniel, hier ist Mia. Entschuldige, wenn ich dich so spät noch störe.«

»Kein Problem. Was ist denn los?«

»Ich habe es mir überlegt mit dem Lied. Ich würde mich sehr freuen, wenn du mir helfen würdest, den Chorsatz dafür zu schreiben.«

Sie würde außerdem Sebastian bitten, das Weihnachtslied beim Konzert mit der Kamera aufzunehmen, denn sie hatte vor, die Aufnahme später ebenfalls an ihre Schwester zu schicken. Mehr konnte sie nicht tun, aber das zumindest war sie ihr schuldig.

»Aber klar doch«, antwortete Daniel. »Sehr gern.«

»Danke!«

»Geht es morgen Abend? Sagen wir um 19 Uhr bei dir?«, schlug er vor.

»Das wäre super!«, sagte sie. »Du kriegst sogar was zu essen. Immerhin möchte ich mich für deine Hilfe revanchieren. Magst du gern italienisch?«

»Solange es ohne Fleisch ist, total gern. Ich bin Vegetarier«, erklärte er.

»Ah, okay. Na, da passen doch selbstgemachte Ravioli mit Parmesan-Ricotta-Füllung perfekt.«

»Ich kann es kaum mehr erwarten.«

»Dann bis morgen!«

»Bis morgen ... und Mia?«

»Ja?«

»Es macht mir ziemlichen Spaß, dieses Chorkomplott gemeinsam durchzuziehen.«

Sie lächelte.

»Mir auch!«

Als sie aufgelegt hatte, spürte sie eine neu gewonnene Energie. Es fühlte sich gut an, etwas zu unternehmen, um wieder mit ihrer Schwester zusammenzufinden. Außerdem war sie ein kleines bisschen neugierig darauf, was das Leben, trotz der schwierigen Zeit, die sie gerade durchmachte, noch alles für sie bereithielt. Und vielleicht spielte Daniel darin ja eine Rolle.

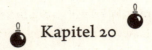# Kapitel 20

Chiemsee und New York, am 23. Dezember 2001

Seitdem Mia erfahren hatte, dass ihre Mutter sich scheiden lassen wollte, war es, als wäre der Welt um sie herum jegliche Farbe entzogen worden. So, als würde man einen Farbfilm auf einem Schwarz-Weiß-Fernseher ansehen.

Sie hatte hinter ihrem Vater gestanden, als er mit Olivia telefonierte, und den Streit ungefiltert mitbekommen. Albert hatte offenbar völlig vergessen, dass seine Tochter noch im Zimmer war, während er mit Olivia heftig diskutierte. Als das Wort Scheidung fiel, war Mia kreidebleich geworden. Scheidung? So etwas passierte in anderen Familien, aber doch nicht bei ihren Eltern!

Sie hatte leise aufgestöhnt, und Albert hatte sich zu ihr umgedreht.

»Mia ... meine Kleine, bitte geh nach oben«, hatte er hilflos gesagt und ihr kurz über den Kopf gestreichelt, bevor er sich wieder auf das Gespräch mit Olivia konzentriert hatte.

»Du willst was? ... Das ist jetzt aber keine gute Idee ... Na gut, Mia, deine Mutter möchte mit dir sprechen«, hatte Albert

gesagt, während er sichtlich um Fassung rang und ihr den Telefonhörer entgegenhielt.

»Mama! Du und Valerie, ihr müsst wieder nach Hause kommen«, hatte Mia ins Telefon geschluchzt. »Bitte!«

»Mia, mein Mädchen, du musst dich beruhigen. Ich weiß, dass es schwer ist, aber weißt du, manchmal kann man etwas nicht aufrechterhalten, weil...«

Doch Mia hatte sie nicht ausreden lassen.

»Du kannst uns doch nicht einfach so verlassen!«

»Bitte, Mia, versteh doch...«

Albert hatte ihr den Hörer aus der Hand genommen.

»Mia ist gerade völlig durcheinander.«

Mia hatte nicht gehört, was ihre Mutter darauf antwortete, aber ihr Vater hatte nur ein hartes »Nein!« gezischt und dann aufgelegt.

Als er sich zu ihr umdrehte, hatte Mia die große Verzweiflung in seinen Augen gesehen. Sie hatte ihn trösten wollen und wollte gleichzeitig von ihm getröstet werden. Er hatte sie in die Arme genommen und fest an sich gedrückt.

»Keine Sorge, meine Kleine«, hatte er ihr ins Ohr geflüstert. »Ich werde alles tun, damit sie wieder zurückkommen. Alles... alles wird wieder gut werden.«

Doch dem Klang seiner Stimme hatte jegliche Überzeugung gefehlt. So, als hätte er bereits aufgegeben. Vielleicht hatte er sogar schon längst damit gerechnet, nachdem Olivia ihre Rückkehr immer weiter hinausgeschoben hatte.

In diesem Moment hatte Mia eine Wut auf ihre Mutter empfunden, die fast an Hass grenzte. Sie war die Schuldige, diejenige, die ihre Familie zerstörte. Und ihr Vater war womöglich nicht stark genug, um das zu verhindern.

Mia hatte sich von Albert losgemacht und war nach oben in ihr Zimmer gerannt. Doch Albert wollte sie in diesem Zustand nicht allein lassen und war ihr gefolgt.

»Komm!«, hatte er sie aufgefordert. »Lass uns hinausgehen!«

Sie hatte protestiert, ihn gebeten, sie in Ruhe zu lassen. Doch er hatte nicht lockergelassen, und schließlich hatte sie nachgegeben. Stundenlang waren sie am Ufer des Sees spaziert, ohne allzu viel miteinander zu reden. Passend zur Stimmung war der Tag trüb gewesen, und Mia hatte sich gefühlt wie in einem schlechten Traum.

Als sie nach Einbruch der Dunkelheit die Straße entlang aufs Haus zugingen, hatte Albert sie am Arm genommen und mit festem Blick angeschaut. »Egal was kommen wird, Mia. Wir beide werden zusammenhalten. Nicht wahr?«

Mia hatte genickt.

»Und Valerie muss auch wieder bei uns sein!« Bei diesem Satz hatte sie ein schlechtes Gewissen gehabt, weil er ihre Mutter ausschloss. Natürlich wünschte sie sich am liebsten, dass am Ende die ganze Familie wieder komplett war. Doch im Moment war Valerie ihr deutlich wichtiger als ihre abtrünnige Mutter.

Gleich nach ihrer Rückkehr schrieb Mia eine E-Mail an ihre Schwester und musste bis spät in der Nacht warten, bis sie eine Antwort von ihr bekam. Valerie war ebenso verzweifelt wie Mia. Und das Schlimmste für sie war, dass sie in New York niemanden hatte, mit dem sie darüber reden konnte. Die Schwestern schworen sich, alles zu versuchen, um die Eltern wieder zu versöhnen. Auch wenn sie keinen blassen Schimmer hatten, wie sie das über die große Entfernung hinweg anstellen sollten.

Für den Tag vor dem Heiligabend hatten die Mädchen ein Telefongespräch vereinbart. Dazu würde Valerie sich mitten in der Nacht ins Wohnzimmer schleichen, wenn alle tief und fest schliefen. Tagsüber schien ihre Großmutter stets ein Auge auf sie zu haben, und Valerie hatte kaum eine Gelegenheit, ungestört mit Mia zu sprechen.

Um nicht auch selbst einzuschlafen, hatte sie am Nachmittag mehrere Dosen Cola ins Haus geschmuggelt, die sie am Abend heimlich in ihrem Zimmer trank. Trotzdem konnte sie gegen zwei Uhr früh die Augen kaum mehr offenhalten. Noch eine Stunde, dann würde sie mit ihrer Schwester reden können, ohne dass ihre Mutter oder die Großeltern ihr dabei zuhörten.

Tagelang hatte Valerie versucht, den richtigen Moment abzupassen, um allein mit ihrer Mutter zu sprechen. Doch Kate hatte für Olivia so viele Einladungen zu Festen und Ausstellungen organisiert, dass sie kaum zu Hause war. Valerie hatte ohnehin das Gefühl, dass sie Gesprächen mit ihrer Tochter bewusst aus dem Weg ging.

Einmal war der Anwalt ihrer Großeltern gekommen, mit dem sie sich lange in Richards Büro zurückgezogen hatten. Hinterher hatte ihre Mutter rot verweinte Augen gehabt, doch auch darüber hatte sie ihrer Tochter gegenüber kein Wort verloren.

Sie sah auf die Uhr. Noch zehn Minuten, bis es so weit war. Doch inzwischen machte sich die viele Cola bemerkbar. Sie musste dringend auf die Toilette. Allerdings könnte sie dann jemanden wecken, und an ein ungestörtes Telefonat wäre nicht mehr zu denken. Also würde sie es zurückhalten müssen, bis danach.

Leise stieg sie aus dem Bett und schlich mit einer kleinen Taschenlampe aus dem Zimmer. In der Wohnung war es völ-

lig still, und sie kam ungesehen ins Wohnzimmer. Sie nahm das Telefon und setzte sich damit hinter das große Sofa, damit ihre Stimme gedämpfter sein würde. Ohnehin würde sie nur flüstern können, damit sie nicht doch womöglich jemand hörte.

Endlich war es so weit, und sie wählte auf dem Tastentelefon die lange Nummer nach Deutschland, die sie natürlich auswendig kannte.

Schon nach dem ersten Klingeln wurde das Telefon abgenommen.

»Valerie?«

»Ja, ich bin's«, flüsterte Valerie und hatte das Gefühl, dass man sie trotzdem durch die ganze Wohnung hören konnte.

»Hast du bei Mama schon was erreichen können?«, wollte Mia wissen.

»Leider nein. Ich glaube, es ist ihr wirklich ernst«, antwortete Valerie betrübt.

»Papa muss unbedingt zu euch nach New York fliegen und sie dort überreden.«

Valerie hörte Mias Hoffnung in der Stimme.

»Ja«, sagte Valerie ganz leise. »Du und er.«

»Ich glaube, er versucht gerade, das Geld dafür aufzutreiben«, sagte Mia. »Zumindest habe ich gestern gehört, wie er mit der Bank telefonierte ... Ach, Valerie, wenn die beiden sich nur wiedersehen würden. Sie haben sich doch so geliebt. Außerdem sind wir eine Familie. Sie können sich doch nicht einfach so trennen. Das geht doch nicht!«

»Ich hoffe nicht, Mia.« Dennoch verhielt sich ihre Mutter nicht so, als ob Albert ihr noch sehr wichtig wäre. Sie traute sich jedoch nicht, Mia ihre schlimmste Befürchtung mitzuteilen.

»Aber was tun wir, wenn die beiden sich tatsächlich scheiden lassen«, stellte Mia die Frage, vor der auch Valerie sich fürchtete.

»Keine Ahnung. Ich hab gehört, dass Mama zu Oma sagte, dass sie dich auch herholen möchte«, flüsterte Valerie.

»Und Papa hier ganz allein lassen? Niemals!«, rief Mia empört. »Du solltest besser zu uns kommen, Valerie. Zurück nach Hause.«

Der Gedanke, ihre Mutter in New York zurückzulassen, tat zwar weh, aber vor die Wahl gestellt, würde Valerie sich vermutlich für ihre alte Heimat entscheiden.

»Dass ich zu euch zurückkomme, wird Mama aber nicht zulassen!«, sagte Valerie und vergaß für einen Moment völlig, dass sie leise sein musste. Sofort senkte sie ihre Stimme wieder. »Im schlimmsten Fall wird uns nichts anderes übrig bleiben, als uns gegenseitig in den Ferien zu besuchen.«

»Aber das will ich nicht«, protestierte Mia und konnte die Tränen kaum mehr zurückhalten. Es sah ganz so aus, als würde es keinen Ausweg geben, aber das durfte einfach nicht sein!

»Ach, Mia ... ich doch auch nicht. Vielleicht überlegt Mama es sich ja doch noch anders.«

In diesem Moment hörte Mia die Haustür.

»Papa kommt zurück«, sagte sie.

»Kannst du ihn mir bitte geben?«

»Klar.«

Albert kam in den Wintergarten und hatte ein Strahlen im Gesicht, wie schon seit Tagen nicht mehr. Irgendetwas war anders, das spürte Mia sofort.

»Valerie ist am Telefon«, rief Mia sofort.

»Was? Jetzt um diese Zeit? Es ist doch mitten in der Nacht in New York«, sagte er überrascht.

»Tagsüber ist es schwierig bei ihr«, erklärte Mia.

»Verstehe. Bitte gib sie mir doch gleich mal, Mia«, bat er seine Tochter.

Mia reichte das Telefon an ihren Vater.

»Aber sie kann nur flüstern, damit sie niemand hört!«, erklärte Mia noch rasch.

Albert nickte.

»Walli, meine Süße ... Geht es dir gut?« Auch er hatte seine Stimme gesenkt, so als ob man ihn bis nach Amerika hören könnte.

»Ja, Paps. Und dir?«

Es tat so gut, mit ihm zu sprechen.

»Mir auch ... hör mal, meine Kleine. Ich habe einen Plan, wie ich euch beide wieder hierher nach Hause kriege.«

»Wirklich?«

»Ja. Wirklich ... Ein Freund leiht mir Geld für den Flug nach New York, was ich mit einem Auftritt dort bei seinem Bruder verrechnen kann.«

»Kommt Mia auch mit?«

»Das geht leider nicht.« Er wandte sich an Mia. »Tut mir leid, Mia.«

Mias Lächeln verschwand für einen kurzen Moment.

»Hauptsache du holst Valerie und Mama wieder nach Hause«, sagte sie jedoch tapfer.

»Ich versuche mein Bestes.«

»Valerie, Mia ... Ich weiß, dass ich einiges falsch gemacht habe, weswegen eure Mutter womöglich unglücklich war, aber wenn ich mit ihr allein sprechen kann, dann finde ich die richtigen Worte, damit wieder alles gut wird. Das weiß ich.«

Mia glaubte ihm und spürte, wie ein großer Stein von ihrem

Herzen fiel. Ihr Vater würde alles wieder in Ordnung bringen. Ganz bestimmt.

»Du kommst wirklich nach New York und holst uns zurück?«, fragte Valerie leise, die es gar nicht fassen konnte.

»Ja ... Aber leider erst Anfang Januar, wenn ich dort spielen werde. Ich habe ohnehin bis Silvester auch hier noch einige Auftritte, die ich nicht absagen kann. So lange müssen wir noch durchhalten. Aber das schaffen wir, oder Walli?«

»Ja ... das schaffen wir, Paps!«

»Aber jetzt musst du schleunigst ins Bett, mein Schatz. Du brauchst deinen Schlaf ... und verrate bitte niemandem etwas, ich will deine Mama überraschen. Okay?«

»Niemand erfährt etwas von mir«, versprach Valerie.

»Gut. Dann gute Nacht, Walli. Schlaf schön.«

»Gute Nacht, Paps.«

Mit einem glücklichen Lächeln legte Valerie auf. Alles würde gut werden! Die Verzweiflung, die sie noch vor ein paar Minuten gespürt hatte, war wie weggeblasen.

Sie stand hinter dem Sofa auf, beleuchtete mit der Taschenlampe den Weg bis zur Kommode, steckte das Telefon in die Ladestation und ging langsam in Richtung Zimmertür.

Plötzlich hört sie ein leises Geräusch und blieb erschrocken stehen. Beim Versuch, die Taschenlampe auszuschalten, rutschte sie ihr aus der Hand und fiel zu Boden. Rasch bückte sie sich danach und schaltete sie aus. Ihr Herz klopfte zum Zerspringen, während sie lauschte, ob irgendetwas zu hören war. Minuten vergingen, die sich wie Stunden anfühlten, doch sie hörte nichts mehr.

Nach und nach beruhigte sie sich wieder. Vermutlich hatte ihre Angst ihr einen Streich gespielt, oder das Geräusch war von draußen gekommen. Schritt für Schritt setzte sie ihren Weg in der Dunkelheit fort, bis sie im Flur war. Bevor sie zurück ins Bett ging, musste sie unbedingt auf die Toilette. Als sie das Badezimmer erreichte, knipste sie erleichtert das Licht an. Sollte man sie nun entdecken, wäre das kein Problem mehr.

Während sie sich die Hände wusch, betrachtete sie sich im Spiegel. Ihr Gesicht war in den letzten Wochen schmaler geworden, und sie kam sich auf eigentümliche Weise ein wenig anders vor. Doch nicht nur ihr Äußeres veränderte sich. Es war, als ob dieses für sie nach wie vor fremde Land langsam einen anderen Menschen aus ihr machte. Einen Menschen, der sich immer mehr zurückzog und anderen vorspielte, dass es ihm gut ging. Sie konnte es kaum mehr erwarten, dass sie alle wieder zurück in ihrer alten Heimat zusammenfanden.

Leise ging sie zurück in ihr Zimmer und schlüpfte ins Bett. Es dauerte nur wenige Minuten, bis sie ruhig und voller Hoffnung darauf, dass alles wieder gut werden würde, einschlief.

Kapitel 21

VALERIE

Zehn Tage vor Weihnachten und dem großen Fest zu ihrem dreißigsten Geburtstag hatte Valerie sich den Nachmittag in der Firma freigenommen und war mit ihrer Mutter in der 5th Avenue unterwegs, um passende Outfits zu kaufen. Olivia ging liebend gerne shoppen und war bei den Verkäuferinnen in den zahlreichen Edelboutiquen nur allzu bekannt. Valerie trug zu besonderen Anlässen zwar auch gern schöne Kleider, allerdings musste so ein Einkauf bei ihr am besten schnell über die Bühne gehen, da sie die Zeit, die sie in Umkleidekabinen verbrachte, für Verschwendung hielt.

»Ich glaube, ich nehme das hier«, sagte Valerie zur Verkäuferin und betrachtete sich im Spiegel. Das schwarze Kleid mit den halblangen Ärmeln war elegant, aber schlicht geschnitten, und der V-Ausschnitt betonte ihr makelloses Dekolleté.

»Bitte, Kind. Kein schwarzes Kleid. Du bist doch keine Witwe«, protestierte Olivia, die mit einem Glas Champagner in einem Sessel saß. Offenbar zählte sie in letzter Zeit keine Kalorien mehr. »Es ist dein Geburtstag und ein Grund zu feiern. Da darf es ruhig mal eine auffallende Farbe sein!«, fuhr Olivia fort. Sie selbst hatte sich bereits für ein

Abendkleid in kühlem Eisblau mit aufwändigen Stickereien entschieden und auch noch ein apricotfarbenes Ersatzkleid ins Auge gefasst.

»Mir gefällt das Kleid sehr gut«, sagte Valerie, die keine Lust auf eine auffallende Farbe hatte. Nur weil sie wusste, wie wichtig der Kontakt mit der New Yorker High Society für ihre Mutter war, würde sie ihren 30. Geburtstag mit Leuten feiern, von denen sie mindestens die Hälfte gerade mal flüchtig kannte. Für andere Frauen mochte dies eine verlockende Aussicht sein, sie selbst freute sich jetzt schon darauf, wenn der Tag vorbei sein würde. Zumindest bei der Auswahl des Kleides wollte sie sich keine Vorschriften machen lassen.

»Es steht Ihnen wirklich ganz ausgezeichnet«, bestärkte die Verkäuferin sie und handelte sich dafür einen tadelnden Blick von Olivia ein.

»Ich finde, das Kleid ist genau richtig für diesen Anlass und meine Stimmung«, sagte Valerie an ihre Mutter gewandt, die plötzlich ihr Smartphone zückte und ein Foto von ihrer Tochter machte.

»Was machst du denn da?«, fragte Valerie.

»Ich schicke es Konstantin. Mal sehen, was er davon hält!«, erklärte Olivia, tippte ein paar Worte dazu, und kurz darauf verkündeter der typische Handy-Ton, dass der Schnappschuss verschickt worden war.

»Ja. Das ist eine gute Idee«, sagte Valerie und musste zum ersten Mal lächeln, was ihre Mutter völlig falsch interpretierte.

»Ach, mein Liebes, ich freue mich so, dass ihr beide euch so gut versteht«, sagte Olivia.

»Ja. Das tun wir«, gab Valerie ihr recht. *Wenn auch anders, als du denkst,* fügte sie in Gedanken hinzu und war dennoch ein klein wenig neugierig auf Konstantins Reaktion. Sie hatten sich in den letzten Tagen bereits mächtig darüber amüsiert, wie bereitwillig ihre Eltern und Kate in die Falle tappten und ihnen das kleine Komplott abnahmen. Eigentlich war so etwas überhaupt nicht Valeries Art, doch in diesem Fall hatte sie Konstantins Vorschlag gern zugestimmt. Auch wenn sie das Spiel sicherlich nicht allzu lange aufrechterhalten konnten. Spätestens nach der Geburtstagsfeier würden sie das Ganze aufklären müssen, um es nicht zu weit zu treiben. Beide hofften, dass dies für ihre Eltern ein deutliches Zeichen wäre, sich endlich nicht mehr in ihr Liebesleben einzumischen.

Ein leiser Signalton verkündete eine eingegangene WhatsApp.

»Konstantin findet dich in diesem Kleid einfach umwerfend und meint, es passt perfekt zu seinem Anzug«, gab Olivia seine Nachricht weiter und fügte mit einem Strahlen hinzu: »Tja. Dann würde ich sagen, wir nehmen es!«

Als die beiden Frauen in Anthonys Privatlimousine an diesem späten Nachmittag nach Hause gefahren wurden, war der Verkehr wieder einmal ganz besonders zäh. Dichtes Schneetreiben erschwerte das Vorankommen zusätzlich.

Valerie bedauerte es, nicht noch in der Boutique auf die Toilette gegangen zu sein und hoffte, dass sie nicht mehr allzu lange brauchen würden.

»Morgen kommt die Dekorateurin und bespricht die Weihnachtsdekoration mit uns«, sagte Olivia. »Sie hat vor, einen märchenhaften Eispalast zu zaubern, wie man ihn auf einer privaten Party noch nie gesehen hat.«

Normalerweise gab es in der Penthousewohnung, die sich über zwei Stockwerke erstreckte, nur einen künstlichen Weihnachtsbaum, der bis ins kleinste Detail farblich abgestimmt geschmückt war und so steril wirkte, dass er auch in einem Kaufhaus stehen könnte. Nicht zu vergleichen mit dem Baum, den Albert mit seinen Töchtern stets kunterbunt geschmückt hatte und dessen würziger Duft nach Tannengrün durch den weihnachtlich geschmückten Wintergarten gezogen war.

»Ein Eispalast? Findest du das alles nicht ziemlich übertrieben, Mutter?«, fragte Valerie.

»Natürlich ist es das!«, antwortete Olivia und lachte kurz auf. »Aber gerade das macht doch den Spaß dabei aus. Deine Geburtstagsparty wird *das* Stadtgespräch werden. Noch dazu mit Konstantin an deiner Seite.« Ihre Augen funkelten vor Vorfreude so sehr, dass Valerie sich weitere Kommentare dazu sparte.

»Es ist mein besonderes Geschenk an dich, meine liebe Valerie, zu deinem dreißigsten Geburtstag«, hatte Olivia schon im Vorfeld gesagt. »Damit du siehst, wie viel du mir bedeutest, werde ich keine Kosten und Mühen scheuen.«

Wenn es ihre Mutter glücklich machte, dann sollte es ihr recht sein. Außerdem würde Olivia eine Einmischung sowieso nicht zulassen. Trotzdem hätte Valerie das Ganze am liebsten schon hinter sich.

Ihr Handy meldete eine Nachricht. Sebastian hatte geschrieben:

Heute wieder zur üblichen Zeit?, fragte er.

Wir können sogar schon eine Stunde früher, wenn du magst, antwortete sie.

Perfekt!, schrieb er. *Ich freue mich!*

Dito. Bis dann!, tippte sie und steckte das Handy wieder zurück in die Handtasche.

Seit ihrer Rückkehr nach New York hatten sie fast jeden Abend – bei ihm war es da bereits tief in der Nacht – über Facetime oder Skype miteinander geredet. Valerie fing deswegen sogar morgens noch früher im Büro an, damit sie rechtzeitig daheim sein konnte. Nur dreimal hatte sie ihr nächtliches Gespräch wegen eines Geschäftsessens oder einer Besprechung ausfallen lassen müssen.

Noch immer hielten sich beide an das Versprechen, nicht über persönliche Gefühle zu sprechen. Und auch nicht über Mia. Das Erstaunliche war, dass ihnen trotz dieser Einschränkungen der Gesprächsstoff nie ausging. Sie unterhielten sich über Filme und Bücher, Politik, Reisen, die sie schon immer mal machen wollten, die neuesten Streiche von Max oder einfach nur darüber, was den Tag über passiert war. Eigentlich war es fast so wie früher, als sie beste Freunde waren, auf einer Decke am Ufer saßen und aufs Wasser geschaut hatten, während sie stundenlang quatschten.

»Ist das Konstantin?«, riss ihre Mutter sie aus den Gedanken.

»Nein«, antwortete Valerie, die keinen Grund sah zu lügen. »Es ist Sebastian.«

Olivia sah sie verdutzt an. »Sebastian? Du meinst doch nicht etwa Sebi, den damaligen Nachbarjungen?«

»Doch, genau den meine ich. Er wohnt inzwischen wieder im Haus seiner Eltern und hat einen kleinen Sohn.«

»Und was will er von dir?«

»Entschuldige Mutter, die Frage ist jetzt nicht ernst gemeint, oder?«, sagte Valerie so freundlich, wie es ihr möglich war.

»Denkst du, das gefällt Konstantin?«, hakte Olivia nach.

»Mach dir darüber mal keine Gedanken. Konstantin hat ganz sicher nichts dagegen.«

»Du musst es ja wissen!«, sagte ihre Mutter und hörte sich dabei fast beleidigt an.

Eine Weile lang herrschte Stille im Wagen.

»Ich würde an deiner Stelle nicht riskieren, dass er womöglich auf falsche Gedanken kommen könnte. Etwas Besseres als ein Mann wie Konstantin kann dir nicht passieren«, setzte sie in einem etwas schärferen Ton noch hinzu.

Valerie ging nicht auf diesen Einwurf ein. Ganz abgesehen davon, dass sie es nicht darauf anlegte, dass ihr ein Mann »passierte«, hatte sie nicht die Absicht, sich weiter von ihrer Mutter so bevormunden zu lassen.

Glücklicherweise waren sie endlich vor dem Wohngebäude angekommen, und Valerie atmete erleichtert auf. Nicht nur, weil dieses Gespräch sie nervte, sondern weil sie inzwischen wirklich dringend auf die Toilette musste.

»Frau Garber, ich habe Post für Sie!«, rief Donald, der Portier, ihr zu, als sie ins Foyer kamen. Doch Valerie steuerte bereits eilig auf die Aufzüge zu.

»Mutter, kannst du sie bitte mit nach oben nehmen«, bat sie Olivia und war froh, dass eine Aufzugtür bereits offen stand. Hastig drückte sie auf den Knopf zum achtzehnten

Stockwerk, und während sie noch einen Blick auf ihre Mutter warf, die sich von Donald mehrere Kuverts überreichen ließ, schloss sich die Tür.

Als sie ein paar Minuten später das Badezimmer verließ, lag die Post auf dem gläsernen Wohnzimmertisch, doch Olivia war nicht mehr da. Worüber Valerie nicht ganz unglücklich war. Zum ersten Mal gestand sie sich ein, dass es wohl doch keine so gute Idee gewesen war, im selben Gebäude wie ihre Mutter zu wohnen.

Bisher hatte es sie nicht weiter gestört, da sie ohnehin nur wenig Zeit zu Hause verbrachte. Doch seit ihrer Rückkehr aus Bayern hatte sich etwas verändert. Sie war öfter daheim und hatte das Gefühl, ihre Mutter würde sie geradezu erdrücken mit ihrer Nähe. Und da war immer noch die Sache mit dem Anruf ihres Vaters, den Olivia ihrer Tochter verschwiegen hatte, und sie fragte sich erneut, ob es da noch mehr gab, das sie hätte wissen sollen.

Valerie nahm die Briefe und sah sie durch. Eine Einladung für eine Vernissage, zwei Werbeschreiben und eine Büchersendung. Sie trug den Termin für die Vernissage Ende Januar in ihrem Kalender ein und legte das bestellte Buch auf den Tisch. Es war ein Roman, den Sebastian schon zweimal gelesen und ihr empfohlen hatte. Sie war gespannt darauf, was daran ihn so sehr fasziniert hatte.

Inzwischen verspürte sie Hunger. Sie ging in die Küche und holte eine Fenchelknolle aus dem Gemüsefach im Kühlschrank. Sie schnitt sie in dünne Scheiben und briet sie auf beiden Seiten in Olivenöl an, in das sie eine Knoblauchzehe und eine Handvoll Kirschtomaten gab. Am Ende träufelte sie etwas Balsamico-Dressing über den Fenchel und die Tomaten, hobelte Parmesankäse darüber und schenkte sich ein Glas Weißwein ein. Da sie inzwischen auch öfter mehr Zeit bei sich zu Hause verbrachte, hatte sie tatsächlich hin und wieder Lust, selbst zu kochen.

Sie genoss das Essen, überflog dabei rasch einige geschäftliche E-Mails, die am Nachmittag eingegangen waren, als sie mit ihrer Mutter unterwegs gewesen war.

Dann war es endlich Zeit, Sebastian anzuwählen. Sie versuchte mehrmals, ihn über Skype zu erreichen und schickte ihm auch WhatsApp-Nachrichten, die er jedoch nicht las.

Vermutlich ist er einfach nur eingeschlafen, spekulierte sie. Immerhin war es bei ihm bereits kurz nach Mitternacht, und er hatte schon in den letzten Nächten nicht allzu viel Schlaf abbekommen. Trotzdem verspürte Valerie ein Gefühl des Bedauerns. Den ganzen Tag über hatte sie sich auf diesen Moment gefreut, in dem sie einfach nur ungezwungen mit ihm plaudern konnte.

Sie wartete noch eine halbe Stunde, doch nachdem er sich immer noch nicht gemeldet hatte, schaltete sie das iPad ab. Nachdenklich stand sie auf und schenkte Wein nach.

Sie hatte ihm verboten, über Gefühle zu sprechen, doch sich selbst gegenüber konnte sie sich das weder verbieten noch sich belügen. Sie fühlte sich zu Sebastian hingezogen, und zwar mehr als nur auf freundschaftliche Art. Eigentlich war sie genau aus diesem Grund früher aus Bayern abgereist, damit es nicht kompliziert wurde. Wieso hatte sie sich trotzdem wieder auf ihn eingelassen? Dachte sie, der große Abstand zwischen ihnen und das Verbot, über Gefühle zu reden, würden sie davor schützen?

Vielleicht war es ja ganz gut, dass er heute nicht erreichbar war. Es wäre ohnehin am vernünftigsten, wenn sie den Kontakt zu ihm auf gelegentliche Nachrichten reduzierte.

Vernünftig sein, das ist ja noch schlimmer als Feigheit, hörte sie ihn in Gedanken sagen.

»Manchmal bedeutet vernünftig zu sein aber auch, sich und den anderen Schmerz zu ersparen!«, murmelte sie.

Der Gedanke daran machte sie traurig. Und genau das zeigte ihr umso mehr, wie notwendig es war, sich Sebastian aus dem Kopf zu schlagen.

Sie brauchte jetzt unbedingt eine Ablenkung. Es war kurz vor 19 Uhr. Nicht zu spät, um noch ein paar Stunden ins Büro zu fahren. Während sie in ihre Schuhe schlüpfte, rief sie sich ein Taxi.

Als sie eine halbe Stunde später das Büro betrat, kam Anthony ihr auf dem Flur entgegen. Auch für ihn endete der Arbeitstag meist sehr spät.

»Valerie!«, sagte er überrascht. »Ich dachte, du hast dir ab Mittag für heute freigenommen?«

»Eigentlich schon. Aber ich habe vor dem Wochenende noch so viel Arbeit auf dem Schreibtisch, und bevor ich zu Hause gelangweilt vor dem Fernseher sitze, mache ich mich lieber hier nützlich.«

»Hat Konstantin denn heute keine Zeit?«, wollte Anthony wissen und zwinkerte ihr zu.

»Äh, nein. Er ist ... Er ist beschäftigt.«

Plötzlich begann er zu lachen.

»Ach, Val«, sagte er und grinste weiter amüsiert. »Mir brauchst du doch nichts vorzuspielen. Zwischen dir und

Konstantin ist die Chemie genau so echt, wie zwischen einem Goldfisch und einem Barhocker.«

Valerie konnte nicht anders, sie musste ebenfalls lachen. Insgeheim hatte sie ohnehin schon vermutet, dass ihr Stiefvater als Einziger ihr fragwürdiges Spiel durchschaut hatte.

Anthony konnte man so schnell nichts vormachen. Vermutlich war er auch deswegen so ein erfolgreicher Geschäftsmann und hatte das sehr ansehnliche Vermögen aus der Firma, die sein Vater ihm hinterlassen hatte, in den letzten Jahrzehnten noch vervielfacht.

»Bitte sag den anderen nichts«, bat sie ihn. »Konstantin und ich sind so genervt über die ewigen Versuche, uns unter die Haube bringen zu wollen, dass wir beschlossen haben, ihnen eine kleine Lektion zu erteilen.«

»Ich werde Olivia nicht anlügen, aber solange sie mich nicht fragt, sehe ich auch keine Veranlassung, es ihr auf die Nase zu binden«, meinte er jovial.

»Danke!« Sie gab Anthony einen Kuss auf die Wange, und er drückte sie kurz an sich.

Der Ehemann ihrer Mutter war im Laufe der Jahre zu einem wichtigen Menschen in ihrem Leben geworden, für den sie sehr dankbar war.

»Seit der Rückkehr aus Deutschland hast du dich verändert, Valerie«, sagte er. »Ich sehe Traurigkeit in deinen Augen, was verständlich ist. Aber auch ein besonderes Funkeln, das ich so gar nicht an dir kenne. Und das kommt nicht von Konstantin, nicht wahr?«

Sie zuckte mit den Schultern, sagte aber nichts.

»Da gibt es einen anderen Mann!«

Ihm konnte man wirklich nichts vormachen!

Valerie lächelte etwas wehmütig.

»Ja. Und nein. Ich meine, ja, es gibt einen Mann, der mir etwas bedeutet, aber nein, es wird nichts daraus werden. Und das sage ich nicht einfach nur so. Es würde tatsächlich niemals funktionieren. Ich möchte ihm nicht wehtun.«

Anthonys Blick war nun ernst geworden.

»Valerie. Ich will dich nicht weiter fragen, was da läuft. Das geht mich nichts an. Aber ich finde es richtig, wenn du rechtzeitig klare Verhältnisse schaffst. Egal wie du dich entscheidest. Alles andere führt immer nur zu Missverständnissen und oft auch Verletzungen. Auf beiden Seiten. Und das hat keiner verdient.«

Valerie wusste, dass Anthony vor der Ehe mit Olivia schon einmal verlobt gewesen war. Die genauen Gründe für den Bruch zwischen ihm und dieser Frau kannte sie nicht, trotzdem oder gerade deswegen sprach er vermutlich aus eigener Erfahrung.

»Ich ... ich werde es bald klären«, versprach sie und spürte dabei ein unangenehmes Ziehen im Bauch, wie sie es von früher kannte. Sie würde Sebastian verlieren, weil ihre Gefühle sich geändert hatten und er deswegen nicht mehr nur ein guter Freund bleiben konnte.

»Gut ... und du weißt, wenn dich etwas bedrückt und du reden möchtest, dann bin ich für dich da. Immer.« Er sah sie aus seinen dunklen Augen voller Zuneigung an.

»Ich weiß ... danke, Anthony!«

»Auch über deine Schwester.«

Überrascht sah sie ihn an.

»Obwohl deine Mutter und ich uns sonst alles erzählen, habe ich nie herausgefunden, was zu diesem großen Zerwürfnis mit deinem Vater und Mia geführt hat. Ich merke, dass es ihr momentan genau so wenig gut geht wie dir, aber sie überspielt das alles und redet nicht mit mir darüber.«

»So war sie immer schon.«

»Dann hast du das wohl von ihr«, sagte er und lächelte sanft.

»Kann sein«, gab sie zu, und dann schwiegen sie ein paar Sekunden.

»Na gut ... Falls du noch Zeit hast und auf andere Gedanken kommen möchtest, dann würde ich mit dir gern noch etwas besprechen«, schlug er vor.

»Nur zu gern. Ein wenig Ablenkung kann echt nicht schaden.«

Sie gingen in sein Büro, und Anthony bot ihr ein Glas Whiskey an, bevor er loslegte.

»Also, ich überlege schon eine Weile zu expandieren, in Europa ein zweites Produktionswerk zu eröffnen. Nachdem der Markt für Qualitätsschuhe dort immer größer wird, könnten wir mit dem Hinweis *Made in Europe* punkten und die Großabnehmer dort gleichzeitig mehr an uns binden. Außerdem schadet es in der heutigen Zeit ohnehin nicht, dort ein zweites Standbein zu haben. Natürlich muss ich das erst alles genau durchkalkulieren lassen und einige Gutachten in Auftrag geben. Aber nachdem wir ja auch die neue Kinderkollektion planen, könnten wir das gut miteinander verbinden. Was meinst du dazu?«

Erwartungsvoll sah er sie an.

»Ich finde, das ist eine großartige Idee«, stimmte sie ihm zu.

Es war kurz nach Mitternacht, als sie mit Anthony nach Hause fuhr. Sie war inzwischen schon ziemlich müde, wollte aber noch nicht ins Bett gehen und schenkte sich den Rest Wein aus der Flasche ein, die sie zum Abendessen geöffnet hatte. Sie setzte sich damit aufs Sofa und ließ den Tag noch einmal Revue passieren. Vor allem ihr Gespräch mit Anthony, und zwar nicht den Teil, in dem es um ein neues Schuhwerk gegangen war.

Er hatte recht, sie musste das mit Sebastian klären. Und zwar so schnell wie möglich. Das war sie ihm und auch sich selbst schuldig. Am besten würde sie das gleich machen. Rasch trank sie den Wein leer und griff nach ihrem Handy. Genau in diesem Moment kam eine Nachricht von Sebastian:

Tut mir so leid, Valerie. Max wurde in der Nacht wach und konnte allein nicht mehr einschlafen. Und als ich mich zu ihm ins Bett legte, um ihm eine Geschichte zu erzählen, bin ich auch eingepennt. Ich hoffe, du bist nicht böse. Holen wir es heute Nacht nach?

Es war also genau das gewesen, was sie ohnehin vermutet hatte. Er war einfach nur eingeschlafen. Trotzdem hatte die Sache sie viel mehr beschäftigt, als es sollte. Wie hatte sich das in der kurzen Zeit nur so schnell entwickeln können? Sicher, sie waren sich als Kinder sehr nah gewesen, und sie hatte auch heimlich für ihn geschwärmt. Womöglich fühlten sie sich deswegen nach so kurzer Zeit schon so sehr zueinander hingezogen?

Unruhig stand sie auf, ging im Wohnzimmer auf und ab und formulierte im Kopf eine Antwort. Schließlich nahm sie eine Sprachnachricht auf:

Hallo, Sebastian, ich denke, wir sollten den Kontakt abbrechen ...

»Nein, das geht zu schnell«, murmelte sie und löschte den ersten Versuch. Sie räusperte sich. Da ihr die Wirkung des Alkohols bewusst war, bemühte sie sich, besonders deutlich zu sprechen.

Hallo, Sebastian, ich bin dir natürlich überhaupt nicht böse. Weißt du, eigentlich ist es eh besser, wenn wir unsere nächtlichen Unterhaltungen nicht zur Gewohnheit machen. Denn wir ... also mehr als gute Freunde können wir nicht sein. Du hast Max und dein Leben in Bayern und ich meines hier in New York. Beides geht nicht zusammen. Und das weißt du selbst auch ganz genau. Es war echt schön, dass wir uns wiedergesehen haben, aber jetzt möchte ich erst einmal Abstand gewinnen. Ich wünsche dir von Herzen alles Gute. Mach's gut, und pass auf dich und Max auf, ja?

Dann schickte sie die Sprachnachricht ab.

Sie hatte sich bemüht, ihre Stimme fest und entschlossen klingen zu lassen, doch bei den letzten Worten hätte sie am liebsten losgeheult, sie konnte sich gerade noch beherrschen.

Valerie starrte auf das Handy, sah, dass er eine Antwort tippte, auf die sie noch warten wollte, bevor sie das Handy ausschaltete und zu Bett ging. Doch die Minuten vergingen, und es kam keine Nachricht. Und die Anzeige, dass er tippte, verschwand ebenfalls. Offenbar hatte er verstanden und versuchte gar nicht erst, sie zu überreden. Natürlich wusste er selbst ganz genau, dass eine Beziehung zwischen ihnen niemals funktionieren konnte. Sie schluckte. Es tat mehr weh, als sie gedacht hatte.

Sie ging zum Kühlschrank und holte eine neue Flasche Wein. Sie öffnete sie, schenkte das Glas voll und leerte es in wenigen Schlucken bis zur Hälfte.

»Tut mir leid, Sebastian«, sagte sie leise. »Es tut mir echt so leid.«

Sie musste mit ihren Gefühlen zu ihm endgültig abschließen. Doch das konnte nur funktionieren, wenn sie auch den Kontakt zu Mia und zu ihrer ehemaligen Heimat abbrach. Ihre Schwester hatte sich auf ihren Anruf hin nicht gemeldet. Vermutlich war sie immer noch sauer, dass Valerie abgereist war, ohne sich zu verabschieden. Vielleicht war es Mia ja auch lieber, wenn sie endgültig getrennte Wege gingen. Auch hier waren offene Worte das Beste!

Bereits ein wenig vernebelt im Kopf vom Alkohol beschloss sie, auch mit Mia klare Fronten zu schaffen. Kurz und schmerzlos. Oder besser gesagt, kurz und schmerzvoll. Denn es fiel ihr alles andere als leicht.

Sie holte ihr MacBook und begann eine E-Mail an Mia zu schreiben:

Liebe Mia, da du dich in den letztn Jahren so gut um Vater gekümmert hast, sollen die Tantiemen aus seinen Musikstücken alleindir gehören. Ich verzichte auf meinen Anteil aus dem Erbe.

Sie stoppte kurz. Ihr ging durch den Kopf, dass es für Mia vermutlich besser wäre, wenn sie ebenfalls ihre Zelte am Chiemsee abbrechen würde und irgendwo anders einen Neuanfang startete. Doch womöglich würde sie wegen des Hauses bleiben wollen. Oder wegen irgendwelcher sentimentaler Gefühle von Verpflichtung, die sie nicht mehr haben musste. Jetzt, wo Vater tot war. Vielleicht gab es aber doch eine Möglichkeit, wie sie ihr ein wenig auf die Sprünge helfen konnte, auch wenn das dann nicht ganz freiwillig war. Als letzte gute Tat für ihre Schwester sozusagen. Und sie hatte auch schon eine Idee, wie das vielleicht funktionieren könnte. Sie tippte weiter:

Ich schlage vor, dass wir das Haus verkaufen und uns den Erlös aufteilen. Damit bist du frei von allen Verpflichtungen und kannst gehen, wohin du möchtest. Mein Rechtsanwalt wird sich in Kürze mit dir in Verbindung setzen und alles in die Wege leiten. Natürlich sollst du deswegen keinen Zeitdruck haben, aber ich denke, je eher das über die Bühne geht, desto eher können wir mit allen Altlasten abschließen. Ich wünsche dir alles Gute. Valerie.

Bevor sie noch weiter darüber nachdachte, drückte sie auf den Senden-Button.

»So! Das war's«, murmelte sie und nahm noch einen letzten Schluck Wein, der ihr inzwischen überhaupt nicht mehr schmeckte.

»Jetzt ist alles geklärt«, nuschelte sie undeutlich.

Und sie musste jetzt dringend schlafen gehen.

Als sie sich zehn Minuten später mit einem leichten Schwindel ins Bett fallen ließ, hatte sie das mulmige Gefühl, einen ziemlich großen Fehler gemacht zu haben. Doch müde vom anstrengenden Tag, der hinter ihr lag, und auch vom Alkohol schlief sie rasch ein.

Kapitel 22

Mia

Schon bevor um acht der Wecker klingelte, wachte Mia auf und setzte sich hellwach im Bett auf.

Heute war Samstag, und für den Nachmittag war die dritte Chorprobe geplant, bei der auch Daniel wieder dabei sein würde. Inzwischen hatten sie einen Chorsatz für das Weihnachtslied ihres Vaters geschrieben und es schon beim letzten Mal mit den Schülern geprobt, was unheimlichen Spaß gemacht hatte, weil es schon nach wenigen Versuchen gut geklappt hatte.

Mia blühte sichtlich auf, seitdem sie wieder in ihrem Element war. In der lockeren Umgebung des Musikzimmers in ihrem Haus machte das Üben sogar noch mehr Spaß als in der Schule. Und dazu kam, dass sie sich mit Daniel richtig gut verstand. Schade, dass er verheiratet war. Sie hatte es vor ein paar Tagen herausgefunden, als sie stundenlang über den Chorsätzen gesessen hatten. Irgendwann war es ihm im überheizten Musikzimmer so warm geworden war, dass er sein Sweatshirt ausgezogen hatte, unter dem er ein schwarzes T-Shirt trug. Eine Kette mit einem Ehering hing um seinen Hals. Sie hatte so getan, als ob es ihr gar nicht aufgefallen, oder besser gesagt, als ob es ihr nicht wichtig wäre. Doch die Tatsache, dass er zu einer anderen Frau gehörte, hatte ihr einen unerwarteten Stich versetzt. Daniel hatte sich als ein Mann herausgestellt, mit dem sie sich eine Beziehung hätte vorstellen können. Aber klar, Männer wie er hatten bereits eine Frau, zu der sie gehörten.

Sie versuchte, ihre Enttäuschung zu überspielen, indem sie sich noch mehr in die Arbeit hängte. Zumindest fachlich waren sie inzwischen zu einem super Team geworden, und er brachte mit seiner offenen Art wieder ein wenig Leichtigkeit in ihr Leben. Und genau das konnte sie im Moment so sehr brauchen.

Gut gelaunt duschte sie kurz und ging dann nach unten ins Esszimmer.

Rudi hob verschlafen den Kopf.

»Na, du Schlafmütze? Wie wär's mit einem kleinen Spaziergang?«

Offenbar war ihm noch nicht danach, denn er legte seinen Kopf wieder ab und schloss die Augen.

»Dann halt nicht, du Faulpelz«, sagte sie amüsiert.

Während sie Kaffee kochte, fragte sie sich, ob ihr Päckchen mit den Briefen und ihrer Nachricht inzwischen bei Valerie angekommen war. Sie hoffte so sehr, dass ihre Schwester es ihr nicht übel nahm, dass sie die Briefe ihres Vaters wieder aus dem Papierkorb gefischt hatte. Und sie hoffte auch, dass die Briefe, falls Valerie sie lesen würde, ihr tatsächlich helfen und sie nicht noch mehr verletzen würden. Sie glaubte jedenfalls fest daran, dass ihr Vater die richtigen Worte für seine Tochter gefunden hatte.

Mia trank eine große Tasse Kaffee und verputzte den

letzten Schoko-Himbeer-Cupcake, die Alma gebacken und von denen sie ihr gestern ein paar vorbeigebracht hatte.

»Was ist jetzt, Rudi?«, rief sie ihrem Hund zu. »Ich muss raus zum Schneeräumen.« Es hatte seit gestern Nachmittag ununterbrochen geschneit. »Kommst du mit?«

Offenbar war er jetzt so weit, denn er stand auf, streckte sich genüsslich und folgte ihr dann nach draußen. Eine herrliche Winterlandschaft tat sich vor ihr auf. Inzwischen schien die Sonne von einem strahlend blauen Himmel und brachte den Schnee zum Glitzern.

Es dauerte eine ganze Weile, bis sie die Hofeinfahrt geräumt hatte. Doch der Pulverschnee ließ sich leicht wegschieben, und es tat ihr gut, sich an der frischen klaren Luft zu bewegen.

Sie war schon fast fertig, da sah sie, wie Sebastian aus dem Haus trat, um ebenfalls Schnee zu räumen.

»Guten Morgen, Herr Nachbar!«, rief sie ihm gut gelaunt zu.

»Hi, Mia!«

Seine Stimme klang nicht sonderlich fröhlich, und seine ganze Haltung drückte schlechte Laune aus, was eher ungewöhnlich für ihn war. Sie stellte die Schneeschaufel ab und ging zu ihm.

»Hast du schlecht geschlafen, oder geht's dir nicht gut?«, fragte sie.

»Beides«, brummte er kurz angebunden und schob den Gehweg frei.

»Sag einfach, wenn du nicht mit mir reden möchtest«, meinte Mia.

»Sorry. Aber mir ist heute nicht nach quatschen.«

So pampig kannte sie ihn gar nicht!

»Okay, verstehe. Ich lasse dich besser in Ruhe ... Nur noch eines. Weißt du schon, wann das Kaminholz angeliefert wird?« Da sie unbedingt herausfinden wollte, was mit ihm los war, versuchte sie, ihn zunächst in ein harmloses Gespräch zu verwickeln, in der Hoffnung, dass er dann doch noch mit der Sprache rausrücken würde, welche Laus ihm über die Leber gelaufen war.

»Ich glaube, das verschiebt sich noch einmal bis ins neue Jahr«, sagte er. »Falls es dir ausgeht, kannst du dir bei mir was nehmen. Ich hab noch was auf Vorrat.«

Immerhin hatte er jetzt schon ein wenig mehr gesprochen, dachte sie.

»Danke ...«

Sie ging ein paar Schritte, dann blieb sie stehen und drehte sich zu ihm um.

»Jetzt sag schon! Was ist denn los?«

»Du gibst wohl nicht auf, oder?« Leicht genervt verdrehte er die Augen.

»Nein. Genauso wenig wie du, wenn ich diejenige wäre, die so eine Trauermiene zieht.«

Er schien kurz zu zögern. Doch dann sagte er: »Also gut. Es geht um deine Schwester.«

»Was ist denn mit Valerie?« Hatte sie die Briefe schon bekommen und ihren Ärger darüber womöglich an ihm ausgelassen. Mia merkte, dass ihr Puls ein wenig in die Höhe schoss.

»Sie ... sie will keinen Kontakt mehr zu mir.«

»Was? Warum das denn? Habt ihr euch gestritten?«

»Nein, gar nicht. Im Gegenteil. Wir haben uns gut verstanden. Zu gut vermutlich! Jetzt hat sie mal wieder Schiss gekriegt, weil sie denkt, dass das mit uns überhaupt nicht funktionieren kann.«

Im ersten Moment war Mia erleichtert, dass der Streit offenbar nichts mit ihr und den Briefen zu tun hatte. Trotzdem tat Sebastian ihr leid.

»Womöglich hat sie damit aber nicht ganz unrecht?«, begann sie vorsichtig. »Überleg doch mal. Wie soll das denn mit euch beiden klappen?«

»Du bist genau wie sie!«

»Bin ich nicht!«

»Doch, was das betrifft schon. Du verzichtest auch lieber auf eine Beziehung, als dass du ein Risiko eingehst.«

»Also, nein! Mit mir hat das jetzt mal überhaupt nichts zu tun!«, stellte sie klar. »Und in deinem Fall wirst du mir doch nicht weismachen wollen, dass du mit Max nach New York ziehen würdest. Es käme für dich doch gar nicht in Frage, dass dein Sohn so weit entfernt von seiner Mutter leben müsste.«

Sebastian sagte nichts dazu, doch seine Miene sprach Bände.

»Und du würdest auch nicht allein nach New York gehen und Max hier bei Gabi lassen«, fuhr sie fort.

»Natürlich würde ich das niemals tun!«, sagte er rasch.

»Genau ... Also bliebe nur die Möglichkeit, dass Valerie wieder hierher an den Chiemsee kommt. Und genau das wird sie niemals machen, weil sie in der Firma ihres Stiefvaters arbeitet. Da er keine Kinder hat, wird sie das Ganze sicher irgendwann mal erben. Das wird sie niemals aufgeben!«

Fahrig schob Sebastian seine Mütze zurecht.

»Deswegen muss sie den Kontakt zu mir doch nicht gleich abbrechen!«, protestierte er, ohne zuzugeben, dass Mia durchaus recht haben könnte. Doch an seiner ganzen Haltung konnte sie erkennen, dass er einfach nur nach einem Ausweg suchte, weil er sie nicht verlieren wollte.

»Sie ist dir wirklich sehr wichtig, oder?«, sagte sie leise.

»Ja. Verdammt noch mal! Das ist sie.«

»Ach, Sebastian...« Sie ging zu ihm und legte eine Hand auf seinen Rücken. »Das tut mir echt leid.«

»Warum kann denn in meinem Leben nicht einfach ein Mal etwas glattlaufen, wenn es um Frauen geht?«, fragte er und sah sie unglücklich an.

»Das... das weiß ich auch nicht. Aber ich bin immer für dich da, wenn du mich brauchst... okay?«

»Danke, Mia!... Am einfachsten wäre es gewesen, wenn wir beide uns ineinander verliebt hätten«, murmelte er und grinste plötzlich.

»Ja. Das wäre ideal gewesen. Aber zwischen uns funkt es einfach nicht... das haben wir ja schon festgestellt«, sagte sie und musste nun auch lächeln, als sie an den einen Kuss dachte, den sie sich als Teenager ein wenig angetrunken nach einer Party am See gegeben hatten. Mehr war daraus nie geworden, weil sie sofort festgestellt hatten, dass der Kuss weder bei ihm noch bei ihr irgendetwas ausgelöst hatte.

»Eben«, sagte er nachdenklich, offensichtlich ebenfalls in Erinnerungen an diesen Kuss versunken. »Ich frage mich echt, wie es dazu kommt, dass es zwischen manchen Menschen funkt, und bei anderen wiederum gar nichts passiert, obwohl man sich gern mag und sich total wohlfühlt, wenn man zusammen Zeit verbringt. So wie ich dich zum Beispiel mag.«

»Sicher irgend so ein seltsamer chemischer Vorgang im Hirn, vermutlich hormongesteuert, der das auslöst«, meinte Mia trocken.

»Oder Magie?«

Ein paar Sekunden herrschte Stille.

»Oder das.«

»Aber was bringen so ein chemischer Vorgang oder Magie, wenn die Leute dann am Ende doch nicht zusammenkommen?«, fragte Sebastian.

»Stoff für sentimentale Rockballaden und traurige Liebesromane ohne Happy End«, entgegnete Mia und grinste schräg.

»Na toll! Falls du einen Song über mich komponieren möchtest, kriegst du die Erlaubnis.«

»Ich könnte auch gleich einen über mich selbst schreiben«, rutschte ihr heraus.

»Was? Gibt es da etwas, das ich nicht weiß?«, hakte er sofort nach. »Hat das vielleicht mit diesem Musiklehrer zu tun, der jetzt ständig bei dir ein- und ausgeht?«

»Ständig bei mir ein- und ausgeht?«, stotterte sie. »Wie kommst du denn darauf?« Sie spürte, wie ihr vor Verlegenheit schlagartig das Blut in die Wangen schoss.

»Na hallo? Er ist momentan der einzige Mann, mal abgesehen von mir, der etwa in deinem Alter ist und mit dem du Zeit verbringst.«

»Er ist verheiratet«, sagte Mia.

»Oh ... Mist. Tut mir leid.«

»Genau. Du siehst also, bei mir läuft es kaum besser als bei dir.«

Er nickte und begann wieder, Schnee zu schaufeln. Offenbar war das Thema »unmögliche Beziehungen« erst einmal für ihn abgehakt.

»Ich muss einkaufen, soll ich dir was mitbringen?«, fragte Mia.

»Nein, brauchst du nicht, danke. Ich fahre später selbst mit Max. Ich glaube, ich muss heute noch einen riesigen Schokoladenkuchen backen, um meinen Kummer in tausenden von sündhaft leckeren Kalorien zu ersticken.«

»Ich helfe mit!«

»Dann kaufe ich besser gleich für zwei Kuchen ein.«

»Gute Idee!«

Mia verabschiedete sich und ging zurück ins Haus, um die Einkaufsliste zu schreiben, während sie eine zweite Tasse Kaffee trank. Sie notierte alle Zutaten für zwei Varianten von Pizzabrötchen, die sie für die Chorprobe am Nachmittag vorbereiten wollte. Wenn sie schon keinen Mann in Aussicht hatte, dann zumindest einen Haufen sehr talentierter junger Leute, mit denen sie Musik machen durfte.

Plötzlich fiel ihr auf, dass sie am Morgen völlig vergessen hatte, ihr Handy einzuschalten, das noch im Schlafzimmer liegen musste. Kaum dass sie es eingeschaltet hatte, entdeckte sie bei den eingegangenen E-Mails auch eine Nachricht von Valerie! Mia schluckte und setzte sich kurz aufs Bett. Offenbar hatte sie ihre Post doch schon bekommen, die Mia per Priority Luftpost verschickt hatte.

Sie klickte die Mail an und begann zu lesen.

Kurz darauf stürmte sie aus dem Haus zu Sebastian, der immer noch mit Schneeräumen beschäftigt war.

»Stell dir vor, sie will unser Haus verkaufen, damit sie ihren Anteil davon kriegt!«, rief Mia völlig aufgelöst. Sie konnte überhaupt nicht fassen, was Valerie ihr geschrieben hatte. Obwohl sie selbst natürlich auch schon mal darüber nachgedacht hatte, das Haus vielleicht irgendwann zu verkaufen und woanders hinzuziehen, wollte sie sich das ganz bestimmt nicht von Valerie vorschreiben lassen. Immerhin gehörte das Haus schon in der dritten Generation der Familie Garber. Noch dazu fühlte sie sich momentan hier mit Rudi wohl und hatte vor, sich im Umkreis bei weiteren Schulen als Musiklehrerin zu bewerben.

Sebastian stützte sich auf der Schneeschaufel ab und sah sie kopfschüttelnd an.

»Tja ... Offenbar haben wir uns beide in ihr getäuscht«, sagte er.

»Dass ich das Haus verkaufe, kann sie vergessen!«, schimpfte Mia, und ihre olivgrünen Augen funkelten wütend. »Wenn sie mir so kommt, wird sie mich mal kennenlernen.«

»Jetzt komm erst mal wieder runter.« Jetzt war es Sebastian, der versuchte, sie zu beruhigen, was jedoch nicht klappte.

»Ich verstehe nicht, was aus meiner Schwester geworden ist. Und kein Wort von den Briefen!«, rief sie aufgeregt.

»Welche Briefe?«, fragte er nach.

»Die von Papa, die er ihr hinterlassen hat«, erklärte Mia.

»Ich dachte, sie hat sie alle weggeworfen?«, fragte Sebastian.

Mia antwortete nicht, aber Sebastian konnte offenbar an ihrem Blick erraten, was sie gemacht hatte. Oder besser gesagt nicht gemacht.

»Mann Mia ... Gott sei Dank, du hast sie aufgehoben!«, sagte er zu ihrer Überraschung total erleichtert. »Als sie mir das erzählte, hatte ich echt Sorgen, dass sie das noch mal bitter bereuen würde. Das hast du gut gemacht.«

Sie war erleichtert, dass er ihr Handeln nicht verurteilte, was es allerdings nur umso unverständlicher machte, dass Valerie das offenbar kaltließ.

»Ich wollte ihr noch mal eine Chance geben. Was *ich* aber inzwischen bitter bereue! Offenbar ist ihr alles egal. Sie ist Vater und mir immer noch böse und will nur das Geld. Und ob ich das Haus hier behalten möchte oder nicht, interessiert sie nicht die Bohne.«

Dass Valerie ihren Anteil an den Einnahmen durch die Musikstücke ihrer Schwester überlassen hatte, brachte sie jetzt nicht zur Sprache. Sie war einfach zu wütend auf sie.

»Warum macht sie das nur?«, fragte Mia.

»Ich weiß es nicht«, antwortete Sebastian. »Vielleicht steckt ja eure Mutter dahinter?«

Mia zuckte mit den Schultern.

»Weiß nicht. Aber auch wenn das der Fall wäre, was ich mir übrigens gut vorstellen könnte, ist Valerie doch echt alt genug, um ihre eigenen Entscheidungen zu treffen.«

»Allerdings ...«

»Wenn dieser Anwalt sich meldet, dann werde ich dem erzählen, dass ich kein Interesse daran habe, das Haus zu verkaufen. Und jetzt schon gleich dreimal nicht!«, brummte sie total verärgert.

»Kriegst du das Geld für ihren Anteil denn zusammen, damit du sie auszahlen könntest?«, wollte Sebastian wissen.

»Natürlich nicht... Und jetzt ohne Job ist alles noch viel schwieriger. Da krieg ich auch keinen Kredit von der Bank. Aber damit lasse ich sie trotzdem nicht durchkommen. Irgendwas wird mir einfallen.«

»Halte mich auf dem Laufenden, ja?«

»Aber klar!«

»Und wenn ich irgendwas tun kann...«

»Back einfach genügend Schokoladenkuchen, okay?«

Er lächelte.

»Versprochen!«

Mia war froh, als der Chor am Nachmittag kam und sie abgelenkt war. Da die vielen Leute Rudi etwas zu stressen schienen, hatte sie ihn vorher zu Alma und Rosa gebracht, die sich wie immer freuten, auf ihn aufzupassen.

»Hallo, Frau Garber«, sagte Janina, die für die Probe extra mit dem Zug aus München gekommen war.

»Schön, dass du hier bist, Janina!«

»Ich freu mich so, dass ich dabei sein darf«, sagte das Mädchen, als Mia sie zur Begrüßung kurz umarmte.

»Dann legen wir jetzt gleich mal los.«

Die Schüler waren wieder mit Feuereifer dabei, anders als Mia, die nicht wie sonst bei der Sache war.

»Ist irgendwas?«, fragte Daniel, als sie Pause machten und die Schüler über die Pizzabrötchen herfielen wie ein Rudel ausgehungerter Wölfe.

»Nein? Wieso?«

»Du wirkst irgendwie abgelenkt.«

»Es ist nichts«, sagte sie, weil sie die Angelegenheit nicht weiter ausbreiten wollte. Sie war froh, mal eine Weile lang nicht nur darüber nachdenken zu müssen, sondern sich auf etwas anderes konzentrieren zu können. Aber so ganz wollte ihr das nicht gelingen.

Er schien abzuwarten, ob sie noch etwas sagte, doch sie drehte sich von ihm weg.

»So, Leute. Noch fünf Minuten. Dann geht es wieder weiter!«, rief sie den Schülern zu.

»Ich freue mich schon auf das neue Weihnachtslied«, sagte Joshua mit vollem Mund. »Das haben Sie echt mega hingekriegt, Frau Garber.«

»Danke, Joshi, aber ich denke inzwischen, dass ihr es besser doch nicht beim Konzert singen solltet«, sagte sie.

»Was?« Daniel sah sie überrascht an, genau wie Joshua und einige der Schüler, die um ihn herumstanden.

»Ich meine, bis jetzt halten wir uns an die abgesegnete Musikliste. Ihr übt mit mir hier freiwillig in eurer Freizeit, und so kann die Wurm-Fischer eigentlich kaum was dagegen sagen. Sie kann mich höchstens beim Konzert ein zweites Mal rauswerfen«, erklärte sie mit einem bemühten Grinsen.

»Dein Weihnachtslied ist viel zu gut, um in der Schublade zu verstauben. Es sollte von möglichst vielen Menschen gehört werden«, sagte Daniel. »Und das Konzert wäre doch die beste Gelegenheit!«

»Es ist nicht mein Weihnachtslied, sondern das meines Vaters«, korrigierte Mia.

»Entschuldige Mia, aber ich habe das ursprüngliche Blatt deines Vaters gesehen. Das Meiste hast du gemacht. Es ist zumindest euer Lied.«

Doch Mia wollte das nicht hören. Und sie konnte Daniel ja auch schlecht erklären, dass ihr Vater ihr im Traum dabei geholfen hatte, ohne dass der Musiklehrer sie für verrückt erklärte.

»Ich möchte nicht, dass wir das Lied beim Auftritt singen.« Schließlich war der Hauptgrund dafür gewesen, es zu filmen und ihrer Schwester zu schenken. Doch dafür waren ihre Enttäuschung und ihre Wut auf Valerie momentan einfach zu groß.

»Und jetzt will ich nicht mehr darüber reden. Wir haben genügend andere Stücke, die wir proben müssen, wenn wir uns nicht mächtig blamieren wollen.«

Sie wich Daniels nachdenklichem Blick aus, stand auf und ging schon voraus ins Musikzimmer.

Inzwischen war es Abend geworden, und die Schüler hatten sich gerade von ihr verabschiedet. Nur Daniel machte keinerlei Anstalten zu gehen. Er saß auf der Klavierbank und spielte mit einem Finger die Melodie ihres Weihnachtsliedes.

»Bitte, Daniel ...«, sagte sie ein wenig genervt.

»Ich will einfach nur wissen, warum der Chor es jetzt plötzlich doch nicht singen soll. Du warst so begeistert beim letzten Mal, weil wir das echt gut hinbekommen haben. Und dass du dir wegen der Wurm-Fischer Gedanken machst, kannst du einem anderen erzählen. Ich nehme es dir jedenfalls nicht ab.«

Er stand mit verschränkten Armen vor ihr und musterte sie aus seinen dunklen Augen so eindringlich, als ob er ihre Gedanken lesen wollte.

»Vielleicht hast du ja recht, Daniel. Es geht um was anderes. Aber ... aber das ist eine viel zu lange Geschichte. Die möchte ich dir jetzt echt nicht aufdrücken«, wich sie immer noch aus. »Ich hole mir Kaffee. Magst du auch einen?«

»Ja, gern ... Aber lenk nicht ab. Es gibt also eine Geschichte?«

Sie ging ohne Antwort aus dem Zimmer. Er folgte ihr in die Wohnküche.

»Ich höre ausgesprochen gern lange Geschichten, Mia. Und ich hab ziemlich viel Zeit«, sagte er mit einem aufmunternden Lächeln.

Mia atmete einmal tief ein und aus. Er war echt hartnäckig.

»Jetzt komm, erzähl schon!«

»Musst du nicht nach Hause zu deiner Frau?«, rutschte es ihr heraus, ohne dass sie es zurückhalten konnte.

»Zu meiner Frau?« Irritiert sah er sie an, was Mia wiederum irritierte.

»Du bist doch verheiratet, oder?«

»Wie kommst du denn darauf?«

»Na ... der Ring ... an deiner Kette!«, sagte sie und deutete auf seinen Hals.

Reflexartig griff er an seinen Kragen und holte die Kette unter seinem dunkelblauen Pullover hervor.

»Du meinst den?«

»Ja, er ist mir vor ein paar Tagen aufgefallen.«

»Vor ein paar Tagen also?«, hakte er nach.

»Ja ...«

»Ach, das ist ja echt interessant«, meinte er, und Mia

hatte das Gefühl, als ob er sich ein Grinsen verkneifen würde. »Weil ich das Gefühl habe, dass du seit ein paar Tagen...«, er sprach nicht weiter.

»Was meinst du?«, drängte sie.

»Vor ein paar Tagen, also genau genommen am Dienstag, hatte ich plötzlich das Gefühl, als ob ich irgendwas falsch gemacht hätte. Und mir war nicht klar, was. Du hast dich ein wenig anders verhalten und warst plötzlich distanziert. War das etwa, weil du dachtest, ich sei verheiratet?«

Mia wusste nicht, was sie darauf antworten sollte. Es sollte nicht zu offensichtlich sein, dass sie an diesem Tag tatsächlich enttäuscht gewesen war, als sie dachte, er wäre mit jemandem zusammen.

»Könnte es sein, dass du über die Tatsache froh bist, dass ich nicht verheiratet bin?«, hakte er mit einem Grinsen nach, das ihr ein Flattern im Bauch bescherte.

Verdammt. Sie hatte absolut keine Übung mehr darin, wie man flirtete. Er flirtete doch gerade mit ihr, oder?

»Aber das ist doch ein Ehering an deinem Hals!«, versuchte sie abzulenken.

»Ja... das stimmt. Aber nicht meiner, Mia.«

Sein Blick veränderte sich ein wenig, und er griff wieder nach dem Ring an der Kette. »Es ist der Ehering meiner Mutter. Sie starb kurz nach meiner Geburt, und mein Vater hat ihn mir als Glücksbringer geschenkt, an dem Tag, als er ein zweites Mal heiratete und ich alt genug war, um gut auf ihn aufzupassen.«

»Das tut mir leid«, murmelte sie und versuchte, Tränen wegzublinzeln, die in ihren Augen brannten.

»Hey... muss es nicht.«

Er griff nach ihren Händen und zog sie an sich.

»Mia...«

Ihr Herz klopfte plötzlich zum Zerspringen, als sein Gesicht sich ihrem näherte.

»Kurz zusammengefasst hier schon mal ein paar wichtige Daten über mich, damit du nicht wieder irgendwelche wilde Theorien anstellen musst, die dich auf eine falsche Fährte führen.«

Sie schluckte.

»Okay.«

»Also... Ich bin dreiunddreißig, habe zwei ältere Brüder und eine jüngere Halbschwester. Seit neuneinhalb Monaten bin ich Single und von Frankfurt hierher an den Chiemsee gezogen, um einen Neuanfang zu machen. Dass ich Musik liebe, wird dir vermutlich nicht verborgen geblieben sein.«

»So etwas hab ich mir fast schon gedacht«, murmelte sie und wunderte sich, dass sie überhaupt einen Ton herausbekam.

»Und ich hätte mir nie im Leben träumen lassen, dass ich schon am ersten Tag in meinem neuen Job auf eine Frau treffen würde, die...«

»Die was?«

Er beugte sich nahe zu ihrem Ohr und flüsterte: »Die mich so neugierig gemacht hat, dass ich sie sofort näher kennenlernen wollte.«

Seine Stimme und das, was er sagte, bescherten ihr eine Gänsehaut. Ihre Lippen kamen sich ganz nah, sie spürte seinen warmen Atem. Und dann küssten sie sich. Sie schlang die Arme um seinen Hals, und Daniel zog sie fest an sich.

Mia kam sich vor wie in einem dieser verrückten Träume,

in denen alles möglich zu sein schien. Und gleichzeitig wusste sie, dass es kein Traum war. Dieser Mann, den sie am ersten Tag ihrer Begegnung am liebsten aus der Schule geworfen hätte, war ihr auf eine ganz besondere Weise ans Herz gewachsen. *Es fühlt sich an wie Magie? Oder vielleicht ist es auch nur eine chemische Reaktion,* ging ihr durch den Kopf. *Ist doch völlig egal, was es ist,* dachte sie, bevor sie eine Weile lang gar nichts mehr dachte.

Der Kuss war leidenschaftlich und innig, und sie wollte am liebsten nie wieder damit aufhören. Und auch Daniel hatte offenbar nicht die Absicht, sich in absehbarer Zeit von ihr zu lösen. Doch ein heftiges Klopfen ans Fenster ließ sie erschrocken auseinanderfahren.

Draußen stand Sebastian, der sie auf dem Weg zur Haustür offenbar entdeckt hatte und sie mit ungläubigem Blick anstarrte.

»Wer ist das denn?«, fragte Daniel.

»Mein Nachbar ... bitte warte hier kurz, Daniel.«

Sie ließ ihn stehen und eilte mit hochrotem Kopf zur Haustür. Sebastian stand schon davor, als sie die Tür aufriss, mit einem kleinen Gugelhupf auf einem Teller, der dick mit Schokolade überzogen war.

»Sag mal, spinnst du?«, zischte er. »Du kannst doch nicht mit einem verheirateten Mann rummachen, Mia!«

Sie schüttelte den Kopf.

»Das ist alles ganz anders, Sebastian ...«

Doch er ließ sie nicht ausreden.

»Wenn er dir versprochen hat, seine Frau deinetwegen zu verlassen, dann glaub ihm bitte kein Wort! Das sagen sie immer alle!«

»Wieso denken heute nur alle, dass ich verheiratet bin?«, fragte Daniel amüsiert, der aus der Wohnküche gekommen war.

Mia und Sebastian drehten sich zu ihm um.

»Das könnte er ... ähm, fälschlicherweise von mir erfahren haben«, meinte Mia mit einem entschuldigenden Lächeln.

»Also ist er es nicht?«, fragte Sebastian verwirrt.

»Nein. Das war ein Missverständnis.«

»Ah ... okay. Dann, äh, tut es mir leid«, stotterte Sebastian etwas verlegen.

»Schon gut«, sagte Daniel. »Solange du mich nicht noch mal davon abhalten möchtest, dass ich sie küsse ...«

»Sicher nicht! Ich wollte nur diesen Kuchen vorbeibringen«, sagte er rasch.

»Eigentlich brauche ich den gerade nicht, aber danke«, sagte Mia und lächelte ihrem Nachbarn verlegen zu.

»Schade, weil ... er ist wirklich gut geworden«, meinte Sebastian.

»Ich finde, Kuchen passt super zum Kaffee, den wir gerade machen wollten«, meinte Daniel und nahm Sebastian den Teller ab. »Danke.«

»Okay ... dann gehe ich besser wieder ... Max wartet schon! Servus.«

»Grüß ihn schön!«, meinte Mia.

»Mach ich.«

Damit drehte er sich um und ging.

Mia konnte nicht anders, kaum hatte sie die Tür geschlossen, fing sie an zu lachen.

»Das ist jetzt doch alles etwas schräg«, sagte Daniel und fiel in ihr Lachen ein.

Schließlich gingen sie zurück in die Küche. Daniel stellte den Kuchen ab und trat zu Mia.

»Ich würde gern da weitermachen, wo wir vorhin aufgehört haben, Mia. Aber ich glaube, es wäre gut, wenn du mir erst erzählen würdest, was heute mit dir los war und warum du nicht mehr möchtest, dass der Chor das Lied singt. Und ... was dich sonst so beschäftigt.«

»Ah, so bringst du die Leute also dazu, mit der Sprache herauszurücken. Indem du sie küsst?«, fragte sie.

»Das ist durchaus eine meiner Methoden«, gab er lächelnd zu.

»Na gut. Ich mache Kaffee, und dann gehen wir in den Wintergarten, und ich erzähl dir alles«, stimmte sie schließlich zu.

Zwei Stunden später fehlte ein ordentliches Stück vom Kuchen, und Daniel kannte in groben Zügen Mias Lebensgeschichte, die mit der heutigen E-Mail ihrer Schwester endete. Gedankenverloren hielt er die Tasse in der Hand, die inzwischen längst leer war.

»Wow – das ist ja wirklich eine ziemlich krasse Geschichte mit deiner Familie.«

»Wem sagst du das?«

Er nickte.

»Und jetzt kann ich ein wenig nachvollziehen, warum du nicht mehr möchtest, dass der Chor das Lied singt«, sagte er verständnisvoll.

»Ich weiß, ich habe einen großen Fehler gemacht, indem ich ihr nicht gesagt habe, dass Vater krank war«, gab sie zu, »aber ich hätte es nie für möglich gehalten, dass sie so unerbittlich sein kann. Total kühl und herzlos. Vermutlich vergammeln die Briefe jetzt ungelesen auf irgendeiner Müllhalde in New York.« Allein der Gedanke daran tat ihr weh.

Daniel stellte die Tasse ab und griff nach ihrer Hand.

»Und was ist mit deiner Mutter?«

»Was sollte mit ihr sein?«

»Ich weiß nicht ... wolltest du in all den Jahren nie zu ihr, um mit ihr zu sprechen ... über das alles?«

»Darum geht es nicht, Daniel. Sie wollte damals nichts mehr von mir wissen! Das ist der Punkt! Und ich will auch gar nicht mehr über sie reden.«

»Okay ... Verstehe«, sagte er und nickte nachdenklich.

Sie spürte, dass eine Träne über ihre Wange kullerte, und wischte sie sofort weg. Das Gespräch über ihre Familie hatte sie ziemlich aufgewühlt. Es hatte ihr nur noch mehr bewusst gemacht, dass sie nun niemanden mehr hatte.

»Was in den letzten Wochen passiert ist, war alles ziemlich viel für dich. Und vorher hattest du es auch alles andere als leicht. Versuche jetzt mal ein wenig zur Ruhe zu kommen, Mia. Warte ab, wann sich dieser Rechtsanwalt meldet, und hör dir an, was er vorschlägt. Und dann kannst du darauf reagieren. Und bis dahin – lass einfach los, und gönne deiner Seele ein wenig Ruhe.«

Sie sah kurz auf seine Hand, die ihre sanft und gleichzeitig fest umfasst hatte.

»Danke, Daniel.«

»Die zwei Semester Psychologiestudium haben sich offenbar doch ausgezahlt«, feixte er mit einem Lächeln, das Mias Puls wieder beschleunigte.

»Zumindest haben sie nicht geschadet«, stimmte sie zu.

Daniel streichelte sanft über ihre Wange, dann stand er auf.

»Ich helfe dir noch, das Geschirr aufzuräumen, dann mach ich mich mal auf den Weg.«

»Klar«, sagte sie und versuchte, sich ihre Enttäuschung nicht anmerken zu lassen. Irgendwie hatte sie damit gerechnet, dass er länger blieb.

»Sag deinem Nachbarn, dass er dir öfter Kuchen vorbeibringen soll, wenn ich da bin.«

»Ich richte es ihm aus.«

Als sie sich zehn Minuten später an der Haustür voneinander verabschiedeten, war sie verlegen um Worte. Er umarmte sie kurz und gab ihr einen Kuss auf die Wange.

»Danke für das Gespräch!«, murmelte sie.

»Danke für deine Offenheit«, sagte er.

»Nun ja. Du hast mich ja mehr oder weniger dazu gezwungen«, sagte sie.

»Tja ... das kann ich eben. Gute Nacht, Mia. Wir sehen uns bald.«

»Ja. Bis bald!«

Sie sah ihm nach, bis er in seinem Wagen aus dem Hof fuhr, dann ging sie nachdenklich ins Zimmer. Hatte sie ihn mit ihrer Lebensgeschichte erschreckt? War er deswegen so plötzlich aufgebrochen?

Während sie in den Wintergarten ging, fühlte sich das ganze Haus einsamer an als sonst.

»Verdammt! Rudi!«, rief sie plötzlich. Sie hatte vorgehabt, ihn am Abend abzuholen, doch sie hatte ihn völlig vergessen. Rasch rief sie Alma an und sagte ihr, dass sie sich gleich auf den Weg machen würde. Doch Alma überredete sie, Rudi über Nacht bei ihr zu lassen.

»Er schläft schon tief und fest«, sagte sie.

»Na gut. Dann komme ich morgen Vormittag. Gute Nacht, Alma.«

»Gute Nacht, Mia.«

Mia befüllte den Wasserkocher, um sich eine Tasse Tee aufzubrühen, die sie mit nach oben ins Schlafzimmer nehmen wollte. Während sie darauf wartete, dass das Wasser kochte, rief sie am Handy noch einmal die E-Mail ihrer Schwester auf. Sie machte sie noch genauso fassungslos wie am Vormittag. Doch noch während sie die Nachricht ein weiteres Mal las, hatte sie plötzlich das Gefühl, dass irgendetwas eigenartig daran war. Sie las sie noch einmal. Ja genau! Valerie hatte in dem kurzen Text einige Tippfehler gemacht. Und das kam bei ihr normalerweise nie vor. Schon als Kind hatte sie ihre Hausaufgaben immer erst dann abgegeben, wenn sie perfekt gewesen waren. Während Mia einen Fehler einfach mit dem Tintenkiller korrigiert oder durchgestrichen hatte, hatte Valerie die Hausaufgaben so oft neu geschrieben, bis sie fehlerfrei gewesen waren. Dass sie so eine Nachricht an Mia abgeschickt hatte, war völlig untypisch für sie. Irgendetwas musste mit ihrer Schwester zu diesem Zeitpunkt gewesen sein.

Kapitel 23

VALERIE

Eine Woche war es nun her, seitdem Valerie die Nachricht an ihre Schwester abgeschickt und den Kontakt zu Sebastian abgebrochen hatte. Am Tag danach war sie mit einem mächtigen Kater aufgewacht, und nachdem sie realisiert hatte, was sie in ihrem betrunkenen Zustand gemacht hatte, hätte sie die E-Mail an Mia am liebsten rückgängig gemacht. Es war richtig gewesen, bei Sebastian die Notbremse zu ziehen, damit sie beide sich nicht noch mehr in Gefühle verstrickten, die zweifellos da waren. Denn aus ihnen konnte nun mal kein Paar werden. Dass sie sich aber zum Schutz davor auch in Mias Leben einmischte, indem sie auf dem Verkauf des Hauses bestand, war hingegen nicht in Ordnung. Warum sie das gemacht hatte, konnte sie nur mit dem emotionalen Ausnahmezustand erklären, in den sie durch den Tod des Vaters, die Rückkehr nach Bayern und die Begegnung mit ihrer Schwester und Sebastian geraten war.

Mia hatte sich auf ihre Nachricht hin nicht gemeldet, was ihr zeigte, wie sauer sie auf Valerie sein musste. Und das zu Recht, wie sie sich selbst eingestand. Mehrmals hatte sie inzwischen zum Telefon gegriffen, um sie anzurufen und sich zu entschuldigen. Und, um ihr zu sagen, dass sie das Haus natürlich behalten konnte, so lange sie wollte. Valerie war ganz sicher nicht auf das Geld aus ihrem Anteil angewiesen. Doch jedes Mal hatte sie der Mut verlassen. Und auch als sie ihr schreiben wollte, fand sie nicht die richtigen Worte. Sie wollte nicht noch einen weiteren Fehler machen. Deswegen hatte sie schließlich ihren Anwalt informiert, der ein Dokument aufsetzen sollte, das ihren Verzicht auf das komplette Erbe beinhaltete.

Gleich nach dem Frühstück würde sie in die Kanzlei fahren, um zu unterschreiben. Wenn Mia die offizielle Bestätigung hätte, dass alles ihr gehörte, konnten sie vielleicht irgendwann wieder zu einem Neuanfang finden. Und bis dahin würde auch die Sache mit Sebastian überwunden sein. Hoffte sie zumindest.

Als Valerie Kaffee machen wollte, bemerkte sie, dass die Kaffeebohnen für ihren sündhaft teuren italienischen Siebträger ausgegangen waren. Nachdem sie die letzten Nächte immer sehr spät ins Bett gekommen war und zudem schlecht geschlafen hatte, brauchte sie dringend Koffein, um den Tag zu überstehen.

Sie fuhr mit dem Aufzug nach oben in die Penthousewohnung.

»Hallo, Anthony, kann ich mir Kaffee ausleihen, meiner ist aus?«, fragte sie ihren Stiefvater, der ihr die Tür geöffnet hatte.

»Klar. Komm rein.«

»Ist Mutter nicht da?«

»Sie ist heute schon sehr früh los«, erklärte er. »Irgendwas Wichtiges, das mit deiner Party zu tun hat.«

»Verstehe.«

»In einer Stunde kommen die Dekorateure, und ich bin am überlegen, ob ich die nächsten drei Tage bis Weihnachten nicht besser ins Hotel ziehen sollte.«

»Würde ich an deiner Stelle machen ... Außer du möchtest bis dahin gern in einem Winterpalast leben.«

Er lachte.

»Vielleicht wäre das ja mal eine ganz neue Erfahrung«, sagte er.

»Du bist sicher froh, wenn das alles vorüber ist, nicht wahr?«, fragte Valerie, während sie die riesige Küche ansteuerte.

»Genau so froh wie du«, sagte er schmunzelnd.

»Bin ich so einfach zu durchschauen?«, fragte sie ertappt.

»Ach, Valerie. Ich kenne dich jetzt schon seit so vielen Jahren. Du machst das nur, weil es deiner Mutter so wichtig ist. Genau wie ich mich ihretwegen auf solche Events einlasse, ohne ihr zu gestehen, wie sehr mich das nervt.«

Die beiden sahen sich an und lächelten in ihrer geheimen Komplizenschaft.

»Wobei es mir lieber wäre, deine Mutter hätte etwas für dich organisiert, worüber du dich wirklich freuen würdest. Immerhin wird man nur einmal dreißig, Val«, sagte er.

»Mein Geburtstag ist mir nicht so wichtig, Anthony«, winkte Valerie ab.

»Das war er noch nie«, sagte er.

»Doch«, sagte sie leise. »Früher habe ich diesen Tag geliebt.«

Er nickte nur, und Valerie wusste, dass er sie ohne weitere Erklärungen verstand.

Sie öffnete das Regal, in dem die Porzellandose mit den Kaffeebohnen war.

»Die ist ja auch leer«, stellte sie fest.

»In der Speisekammer ist immer ein Vorrat«, erinnerte Anthony sie. »Warte, ich hol sie dir.«

»Danke!«

Während er in den kleinen Nebenraum verschwand, bekam Valerie einen Anruf. Die Sprechstundenhilfe ihres Zahnarztes, die einen bereits vereinbarten Termin ändern musste.

»Moment«, sagte Valerie, »ich notiere Ihre Vorschläge und rufe zurück, wenn ich sie mit meinen Terminen abgeglichen habe. Ich brauche nur was zu schreiben, Augenblick.«

Sie wollte die Krimskrams-Schublade in der Kommode öffnen, in der Stifte, verschiedene Schreibblöcke, Tesafilm und weitere Utensilien verstaut waren. Doch irgendetwas schien zu klemmen, sie ließ sich jedenfalls nicht aufziehen. Anthony kam inzwischen mit einer Packung Kaffeebohnen zurück.

»Ich bräuchte einen Stift und Papier«, sagte sie in seine Richtung und deutete auf die Schublade. Er stellte den Kaffee ab und versuchte, sie aufzubekommen. Ein dickes Kuvert, das ganz nach hinten geschoben war, hatte sich verklemmt. Er zog es heraus und reichte ihr dann Stift und Block.

»So, welche Termine sind jetzt noch frei?«, fragte Valerie die Sprechstundenhilfe.

Sie notierte die Vorschläge, bedankte sich und legte auf.

»Schau mal«, sagte Anthony verwundert. »Auf dem Kuvert steht dein Name. Es ist aus Deutschland.«

»Was?«

Überrascht nahm Valerie es in die Hand.

»Von Mia!«, sagte sie.

Das Datum auf dem Poststempel war noch keine zwei Wochen alt. Was machte das Kuvert dann hier in der Schublade ihrer Mutter? Plötzlich fiel ihr ein, dass Olivia letzte Woche ihre Post mit nach oben genommen hatte, als sie von ihrem Einkaufsbummel nach Hause gekommen waren.

»Warum hat Mutter es mir nicht gegeben?«, fragte sie verwundert.

»Keine Ahnung«, antwortete Anthony, offenbar selbst irritiert. »Aber es ist nicht geöffnet.«

»Trotzdem. Das kann sie doch nicht machen!«, sagte Valerie plötzlich empört. »Sie kann mir doch nicht meine Post vorenthalten!«

»Ich verstehe auch nicht, was sie sich dabei gedacht hat, Valerie. Aber das müsst ihr unbedingt klären. Seit deiner Reise nach Bayern verhält sie sich wirklich seltsam, auch wenn sie versucht, es zu überspielen.«

»Ich ... ich muss jetzt gehen«, sagte Valerie, die ihren Zorn auf die Mutter nur mühsam verbergen konnte. »Und ich bitte dich, ihr nicht zu sagen, dass ich das Kuvert gefunden habe, Anthony. Ich will ihr gegenüberstehen, wenn ich sie damit konfrontiere.«

»Okay«, stimmte er zu, wenn auch erst nach einem kurzen Zögern. »Aber mach das bald. Sonst werde ich es tun. Ich weiß nicht, was momentan in ihr vorgeht, aber ich habe das Gefühl, es gibt hier dringenden Klärungsbedarf!«

Nun saß Valerie auf dem Sofa in ihrem Wohnzimmer und starrte auf das dicke Kuvert in ihrer Hand. Sie hatte den

Termin beim Anwalt vorerst abgesagt. Erst wollte sie wissen, was Mia ihr geschickt hatte, und dann mit ihrer Mutter klären, warum sie ihr die Post vorenthalten hatte.

Beim Öffnen des wattierten Kuverts zitterten ihre Hände. Als sie darin neben dem gebastelten Weihnachtsstern und den alten Fotos der Familie auch die Briefe ihres Vaters entdeckte, war sie zutiefst erleichtert, dass sie doch nicht im Müll gelandet waren. Obwohl sie es zu verdrängen versucht hatte, hatte sie es in den letzten Tagen bitter bereut, dass die Briefe vermeintlich für immer verloren waren.

»Ach Mia, du blöde Kuh«, sagte sie, und sie musste gleichzeitig lachen und weinen. Sie hielt den Weihnachtsstern mit den bunten Perlen in der Hand und hatte plötzlich vage den Tag in Erinnerung, an dem sie ihn gebastelt hatten. Sie waren damals noch in der Grundschule gewesen in der ersten oder zweiten Klasse. Sie legte ihn weg und nahm als Nächstes die Fotos in die Hand. Verschiedene Bilder von Mia und Valerie, als sie noch klein gewesen waren. Oder mit Valerie und ihrem Vater. Auf einem Foto waren sie zu dritt auf dem Bild. Nur ihre Mutter fehlte.

Zwischen den Briefen entdeckte sie ein zusammengefaltetes Blatt Papier mit einer handgeschriebenen Nachricht ihrer Schwester. Sie legte die Fotos zur Seite und nahm das Blatt in die Hand.

Liebe Valerie,
bitte sei mir nicht böse, dass ich die Briefe gerettet habe. Indem ich dir nicht sagte, dass Vater krank war, habe ich einen großen Fehler gemacht, den ich nicht rückgängig machen kann, auch wenn ich es mir noch

so sehr wünsche. Deswegen wollte ich dich davor bewahren, dass du irgendwann womöglich auch bedauern würdest, dass du seine Briefe an dich nie gelesen hast. Ich überlasse es nun dir, was du damit machst. Aber ich hoffe sehr, dass du sie lesen wirst und dass sie dir irgendwie helfen und du ein wenig Trost finden kannst. Und vielleicht tragen sie dazu bei, dass wir beide irgendwann wieder zusammenfinden können. Du fehlst mir, Schwester. Hast mir immer gefehlt. Hab dich lieb! Deine Mia

Während Valerie die Nachricht ihrer Schwester las, liefen ihr Tränen über die Wangen. Sie weinte, wie sie zum letzten Mal an dem Tag geweint hatte, als sie erfahren hatte, dass ihr Vater doch nicht nach New York reisen würde, um sie und ihre Mutter zurückzuholen. Aufgeregt und voller Vorfreude auf die baldige Ankunft ihres Vaters war sie an diesem Tag von der Schule nach Hause gekommen, als Kate ihr eröffnet hatte, dass ihre Mutter wegen der heftigen Auseinandersetzungen mit Albert mit einem Nervenzusammenbruch in einer Klinik liege. Und dass sie nicht damit rechnen solle, dass ihr Vater wirklich käme. Valerie hatte nicht nachgefragt, woher ihre Großmutter das wusste. In diesem Haus geschah offenbar nichts, ohne dass sie davon erfuhr. Valerie hatte sich in ihrem Zimmer verbarrikadiert und stundenlang geweint. Bis ihr Großvater sie schließlich überreden konnte herauszukommen.

Als ihre Mutter einen Tag später aus der Klinik zurückkam, hatten sowohl Olivia als auch Valerie sich verändert. Das Thema Albert und Mia war für eine Weile im Haus tabu gewesen. Erst nach längerer Zeit durften die Mädchen wieder Kontakt zueinander haben. Doch es war niemals mehr so wie zuvor. Die gelegentlichen Telefonate mit ihrem Vater fühlten sich oberflächlich an, und Mia hatte sich geweigert, mit ihrer Mutter zu sprechen. Erst nach einigen Jahren hatten die beiden sich an Feiertagen kurz miteinander eher pflichtbewusst frohe Weihnachten oder alles Gute zum Geburtstag gewünscht. Doch auch das hatte irgendwann wieder aufgehört.

Nachdem Valerie sich nach der Nachricht ihrer Schwester endlich einigermaßen gefangen hatte, öffnete sie den ersten Brief ihres Vaters. Da auf den Kuverts kein Datum stand, las sie die Briefe nicht chronologisch, sondern nahm sie einfach so, wie sie kamen.

Er hatte den Brief, den sie als Erstes las, mit dem Füller geschrieben. Sie war damals einundzwanzig gewesen, und Albert war für ein paar Tage in Florenz bei einem Konzert gewesen. Er schilderte ihr in blumigen Worten, wie herrlich diese Stadt war und wie besonders man hier die Vergangenheit spüren konnte. Er schwärmte ihr vor von den Uffizien, der Kathedrale und von einem reizenden kleinen Café in der Nähe der Ponte Vecchio, der ältesten Brücke über den Arno, in dem er täglich einen Espresso zum Frühstück trank und dazu ein Plunderhörnchen mit Schokoladenfüllung genoss. *Vielleicht kann ich irgendwann einmal mit dir in diesem Café sitzen und dir anschließend die schönsten Plätze in Florenz zeigen, meine liebe Walli,* hatte er diesen Brief geendet.

In einem anderen Brief hatte er ihr von dem Ringeltauben-Paar erzählt, das wieder im Garten nistete. *Ich denke, es ist immer noch dasselbe Paar, meine liebe Walli. Aber vielleicht täusche ich mich ja.*

Den nächsten Brief hatte er an dem Heiligen Abend geschrieben, als Mia und Valerie sechzehn Jahre alt wurden. Ein trauriger Brief, an einem Tag, an dem er seine andere Tochter ganz besonders vermisste. *Ich träume davon, dass wir irgendwann wieder ein gemeinsames Weihnachten verbringen werden, meine liebe Walli,* endete diese Nachricht.

Valerie schluckte. Sie brauchte jetzt erst einmal eine Pause. Die Briefe waren emotional so aufwühlend, dass sie nicht einmal mitbekommen hatte, dass es inzwischen bereits Nachmittag war. Sie hatte ihr Handy ausgeschaltet und hoffte, dass Anthony der Sekretärin mitgeteilt hatte, dass sie heute nicht zur Arbeit kommen würde.

Sie rief den Lieferservice an und ließ sich eine Pizza und einen Salat bringen. Doch schon nach wenigen Bissen schob sie den Teller von sich. Ihr Magen weigerte sich, mehr aufzunehmen.

Vielleicht wäre es am besten, für heute mit den Briefen aufzuhören. Doch irgendwie konnte sie das nicht. Sie wollte unbedingt wissen, was ihr Vater ihr zu sagen hatte. Beherzt öffnete sie das nächste Kuvert.

Ein eher fröhlicher kurzer Brief aus dem Sommer 2004 mit einem Foto, auf dem er mit Mia auf der Fraueninsel im Chiemsee war. *Mia hat endlich die Windpocken überstanden, und wir machen den ersten kleinen Ausflug,* hatte er geschrieben. Valerie hob den Kopf und überlegte kurz. Auch sie hatte Windpocken gehabt, das war... Gänsehaut lief ihr plötzlich über den Rücken... das war auch im Sommer 2004 gewesen. Zwei Wochen, bevor ihre Mutter und Anthony geheiratet hatten. Olivia war deswegen fast hysterisch geworden, weil Anthony die hochansteckende Kinderkrankheit selbst noch nicht gehabt hatte. Bis zum Hochzeitstag hatte Valerie nicht mehr in seine Nähe kommen dürfen, und Olivia hatte seine Haut mehrmals täglich von oben bis unten kontrolliert, um sicherzugehen, dass noch keine verdächtigen Rötungen zu entdecken waren.

Die Hochzeit war reibungslos verlaufen. Die vierzehntägigen Flitterwochen erlebte Anthony allerdings mit 39 Grad Fieber und schrecklich juckenden Pusteln bei 30 Grad Hitze auf den Bahamas komplett im Hotelzimmer.

Valerie hatte immer das Gefühl gehabt, dass Olivia ihr dafür die Schuld gegeben hatte, auch wenn sie natürlich nichts dafür konnte.

Sie nahm das Foto in die Hand. Wenn man es genauer betrachtete, konnte man auf Mias Gesicht noch kleine rote Stellen sehen, die auch bei ihr eine Weile gebraucht hatten, bis sie gänzlich verschwunden gewesen waren. Eine Windpockennarbe am Hals unter ihrem linken Ohr war geblieben, weil sie damals nicht aufhören konnte, sich zu kratzen.

Und dann gab es einen Brief mit einer kurzen Nachricht nach Mias Abiturfeier. Albert hatte auch hier ein Foto mit ins Kuvert gesteckt, auf dem er und Mia und auch Sebastian standen und stolz in die Kamera lächelten.

Valerie betrachtete es lange. Aus dem kindlichen Sebastian war inzwischen ein junger Mann geworden, der in seinem Anzug bereits eine gute Figur machte. Wilde Sehnsucht nach dieser Zeit überkam sie, und sie fragte sich, ob sie an diesem Tag ein Paar gewesen wären, wenn sie in

Prien geblieben wäre. Wie wäre ihr weiteres Leben verlaufen? Hätten sie sich während des Studiums aus den Augen verloren? Oder wären sie womöglich immer noch zusammen und vielleicht sogar verheiratet?

»Hör auf, über so etwas nachzudenken!«, sagte sie laut vor sich hin, legte das Foto zur Seite und öffnete den nächsten Brief.

Er war viel länger als alle, die Albert danach geschrieben hatte. Es war der erste Brief von dem Tag Anfang Januar 2002, an dem er eigentlich nach New York geflogen wäre. Valerie spürte, wie ihr Herz schneller schlug und alle Alarmglocken zu schrillen begannen. Dieser Brief würde ihr hoffentlich endlich erklären, warum es zu dem großen Zerwürfnis gekommen war. Und auch wenn sie die Wahrheit wissen wollte, so hatte sie doch ein wenig Angst davor. Trotzdem wollte sie es jetzt hinter sich bringen und nicht länger aufschieben. Sie nahm einen großen Schluck Wasser, bevor sie zu lesen begann.

Meine liebe Walli,
heute ist der schwärzeste Tag in meinem Leben. Ich habe mich auf einen Handel eingelassen und jetzt das Gefühl, als hätte ich meine Seele an den Teufel verkauft. Meine Koffer waren bereits für New York gepackt, als der Anruf deiner Großmutter kam. Ich wusste natürlich, dass Olivia und ich in unserer Ehe Schwierigkeiten hatten, aber noch hatte ich die Hoffnung, dass wir das alles wieder hinbekommen würden, weil wir uns lieben. Doch diese Hoffnung ist nun endgültig zerstört. Deine Großmutter hat mir die Wahrheit gesagt, die deine Mutter mir ver-

schwiegen hat. Olivia liebt einen anderen Mann. Diesen Anthony, den sie wohl schon von früher kennt. Ich wollte es zuerst nicht glauben, aber Kate hat mir per E-Mail Fotos geschickt, auf denen zu sehen ist, wie glücklich die beiden miteinander sind. Deine Mutter will mit ihm zusammen sein. Deswegen hat deine Großmutter mir einen Handel vorgeschlagen. Sie wird Olivia davon abhalten, auch das Sorgerecht für Mia zu beantragen, das sie mit Hilfe der teuren Anwälte, die für Anthony arbeiten, sicher durchsetzen könnte, wie deine Oma mir versicherte. Du, meine liebe Walli, bleibst bei deiner Mutter, und Mia soll bei mir bleiben. Dafür verlangt sie, dass ich in eine schnelle Scheidung einwillige und außerdem mein Versprechen, dass ich nicht darauf drängen werde, dich in den nächsten Jahren zu sehen. Und ich darf es weder dir noch Mia erzählen. Sollte ich mit diesen Bedingungen nicht einverstanden sein, würde ich in absehbarer Zeit auch Mia verlieren. Ich hoffe, du wirst mir das eines Tages verzeihen können, meine liebe kleine Walli. Und ich hoffe, dass du bei deiner Mutter glücklich sein wirst. Leider kann ich diesen Brief nicht an dich abschicken, aber ich musste ihn dir trotzdem schreiben. Für später. Falls ich jemals den Mut haben werde, ihn dir zu geben. Damit du mich vielleicht verstehen kannst. Ich liebe dich unendlich, mein Mädchen. Dein Paps!

Valerie war zu geschockt, um zu weinen. Sie konnte einfach nicht fassen, was sie eben gelesen hatte. Konnte das wirklich wahr sein? Wenn sie an ihre Großmutter dachte, traute sie es ihr auf jeden Fall zu. Sie hatte ihre Tochter damals zurückhaben wollen und ihren Willen durchsetzen können. Dafür war ihr jedes Mittel recht gewesen. Offenbar hatte sie die Mails gelesen, die Mia und sie sich geschickt hatten und womöglich sogar ihr nächtliches Telefongespräch belauscht. Hatte sie nicht sogar einmal gesagt, dass sie alles tun würde, um Olivia in New York zu behalten?

Ein Ziehen im Bauch kündigte die altbekannten Schmerzen an. Erschöpft stand sie auf und ging im Zimmer auf und ab. Dass auch Anthony bei diesem Komplott eine Rolle gespielt hatte, schmerzte sie zu ihrer Überraschung am meisten. Sie hätte ihn nicht für einen Mann gehalten, der sich an die Ehefrau eines anderen Mannes heranmacht.

Valerie versuchte, langsam aus- und einzuatmen, um sich irgendwie zu beruhigen. Doch das, was sie eben erfahren hatte, tat viel zu weh, das konnte sie nicht wegatmen. Ihr Vater hatte auf sie verzichtet, um Mia nicht auch noch zu verlieren. Und ihre Mutter hatte auf Mia verzichtet, damit sie ihr neues Glück mit Anthony leben konnte. Ihre Eltern hatten sich auf Kosten der Kinder voneinander freigekauft. Zumindest fühlte es sich in diesem Moment so für sie an. Wusste Mia inzwischen auch von diesem Deal? Weigerte sie sich deswegen noch immer, mit ihrer Mutter Kontakt zu haben?

Valerie sehnte sich danach, mit jemandem über all das zu reden. Doch alle, die ihr nahestanden, hatten sie auf irgendeine Weise betrogen. Und den einzigen Menschen, der sie nicht betrogen hatte, hatte sie ganz barsch aus ihrem Leben gestrichen.

Für einen Moment überlegte sie, Konstantin anzurufen. Doch letztlich war er für sie nur ein oberflächlicher

Bekannter, mit dem sie sich auf einen kindischen Plan eingelassen hatte, weil sie sogar in ihrem Alter nicht in der Lage waren, den Eltern deutlich zu sagen, dass sie sich nicht in ihre Beziehungsfragen einmischen sollten. In diesem Moment schämte sie sich für ihren fehlenden Mut.

Vor ihr lagen noch einige ungeöffnete Briefe. Würden sich noch weitere verletzende Geheimnisse eröffnen? Sie wollte es jetzt einfach hinter sich bringen, also las sie weiter. Doch auch wenn Alberts restliche Nachrichten berührend und kostbar waren, so gaben sie nichts Belastendes mehr preis. Nur das Gefühl, so viel Gemeinsames im Leben verpasst zu haben.

Mit einem Mal überkam sie eine große Ruhe. Sie wusste, was sie zu tun hatte.

Nach einer langen heißen Dusche schlüpfte sie in die Jeans und den Pulli, die sie am Chiemsee gekauft hatte, steckte den Brief ihres Vaters mit der Erklärung für alles in eine kleine Umhängetasche und machte sich auf den Weg nach oben zu ihrer Mutter.

Handwerker gingen aus und ein und brachten die Materialien für die Dekoration nach oben. Vieles davon stand schon in der großen Wohndiele oder wurde gerade aufgebaut.

Als Valerie sah, dass ihre Großmutter neben Olivia stand, brachte sie das für einen Moment aus dem Konzept. Mit ihr hatte sie jetzt nicht gerechnet. Doch vielleicht war es ganz gut, wenn sie beide zusammen zur Rede stellte. Und heute wollte sie sich von der Respekt einflößenden alten Dame nicht mehr kleinkriegen lassen.

»Entschuldigung! Alle bitte mal herhören!«, rief sie, und die Leute von der Dekorationsfirma blieben stehen und sahen sie erwartungsvoll an.

»Valerie! Bist du gar nicht im Büro?«, fragte ihre Mutter überrascht.

»Ich möchte Sie bitten, die ganzen Sachen wieder zu entfernen. Die Dekoration wird hier nicht mehr gebraucht, aber Sie bekommen natürlich das vereinbarte Honorar für den Auftrag.«

Die Arbeiter und auch ihre Großmutter sahen sie perplex an.

»Valerie! Soll das jetzt ein Scherz sein?«, fragte ihre Mutter ungläubig.

»Nichts da! Alles bleibt natürlich hier!«, mischte sich nun auch Kate ein. »Der Auftrag wird durchgeführt.«

»Was denn jetzt? Weitermachen oder aufhören?«, fragte einer der Männer, bei dem es sich vermutlich um den Chef handelte.

»Natürlich weitermachen!«, sagte Olivia.

Die Leute machten sich kopfschüttelnd wieder an die Arbeit.

»Meinetwegen könnt ihr euch die Deko auch machen lassen«, sagte Valerie gefasst. »Aber ich werde meinen Geburtstag nicht hier feiern«, fügte sie entschlossen hinzu.

»Ich bitte dich, Valerie, was soll das denn?«, fragte Olivia. »Es ist deine Geburtstagsparty, die wir schon seit Monaten planen.«

»Die DU seit Monaten planst, Mutter. Es ist nicht meine Party, sondern deine!«

»Was redest du denn für einen Unsinn, Valerie!«, fuhr Kate sie an. »Sei froh, dass deine Mutter sich diese ganze Mühe für dich macht.«

»Ach ja? Und sie macht sich diese ganze Mühe, weil ich sie darum gebeten habe, oder was? Ich wollte das nie! Diese Party ist nur zwei Leuten wichtig. Dir und Mutter!«

Empörung trat in die Augen der alten Dame, die in ihrem schicken Kostüm wie aus dem Ei gepellt aussah.

»Wie redest du denn mit mir?«

»So wie ich es für angebracht halte.«

Bei diesen Worten schien es ihrer Großmutter die Sprache zu verschlagen. Jedenfalls war sie vorübergehend still.

»Sag mal, Valerie, kannst du mir bitte mal erklären, was das soll?«, fragte Olivia stattdessen.

»Vielleicht kannst du mir besser mal erklären, warum du Post meiner Schwester an mich zurückhältst.«

Olivias Gesichtsausdruck wirkte plötzlich wie versteinert.

»Woher ...«

»Ich habe das Kuvert in der Schublade gefunden. Was sollte das, Mutter?«

»Ich ... ich habe nichts gelesen«, sagte sie rasch.

»Vielleicht hättest du das ja noch getan. Wer weiß?«, fuhr Valerie sie an. »Warum hast du meine Post hier oben versteckt?« Sie ließ nicht locker.

»Bitte, Valerie. Es tut mir leid. Das war ein Fehler. Aber versteh mich doch. Nach deiner Rückkehr aus Bayern warst du so anders. Ich hatte plötzlich ein ganz ungutes Gefühl ...«, verteidigte sich Olivia.

»Und zu Recht, Mutter! Wir müssen reden!«

Olivia wandte sich an den Chef der Handwerker.

»Sie können jetzt eine Stunde Pause machen. Alle«, sagte sie.

»Okay. Leute, kommt!« Dann wandte er sich wieder an Olivia. »Aber die Pause geht auf Sie!«

»Schon gut.«

Noch während die Männer das Penthouse verließen, meldete sich Kate wieder zu Wort und verlangte: »Ich möchte jetzt auf der Stelle wissen, was da zwischen euch beiden los ist. Und dass eines klar ist! Diese Party wird stattfinden. Und du, mein Fräulein, wirst dabei sein. Was sollen Konstantin und seine Eltern nur denken? Und all die anderen Gäste? Sogar der Bürgermeister kommt mit seiner Frau, und der Abgeordnete Mar...«

»Es ist mir egal, Großmutter, was die Leute denken«, fiel sie ihr mitten ins Wort. Es tat Valerie so gut, dass sie endlich keine Angst mehr vor ihr hatte und sich traute, für sich selbst einzustehen. »Und was Konstantin betrifft – er ist sowieso nicht scharf auf diese Party.«

»Bist du von allen guten Geistern verlassen?«, fragte Kate.

»Keine Sorge, das bin ich nicht. Konstantin und ich haben euch die ganze Zeit nur etwas vorgespielt, zwischen uns läuft rein gar nichts. Wir wollten beide unsere Ruhe und waren eure ständigen Versuche leid, uns miteinander zu verkuppeln.«

Sorry, Konstantin, dachte sie, *aber ich kann das Spielchen nicht länger aufrechterhalten.*

»Also, das ist ja nicht zu glauben!«, rief Kate empört, und auch Olivia schüttelte ungläubig den Kopf.

»Eine Sache ist tatsächlich nicht zu glauben. Und zwar die, wie ihr beide mit anderen Menschen spielt.«

Valerie zog Alberts ersten Brief heraus und gab ihn ihrer Mutter.

»Dieser Brief war in dem Päckchen, das du vor mir versteckt hast, und er ist einer von vielen. Er ist von Vater. Ich hätte nie für möglich gehalten, dass ihr ihm, Mia und mir das antun würdet, nur damit du mit Anthony zusammen sein konntest.«

Olivia schüttelte verwirrt den Kopf.

»Was redest du da?«

»Bitte, Mutter. Du kannst jetzt mit dem Theater aufhören! Lies einfach!«

Doch in diesem Moment riss Kate ihrer Tochter den Brief aus der Hand und zerriss ihn.

»Mutter!«, empörte sich Olivia.

»Das ist jetzt alles nicht mehr wichtig«, sagte Kate eisig.

Valerie war für einen Moment sprachlos. Doch sie brauchte diesen Brief gar nicht und wandte sich an ihre Mutter.

»Vater wollte nach New York fliegen und versuchen, uns zurück nach Hause zu holen, Mutter«, erklärte sie. »Weil er dich immer noch geliebt hat.«

»Hör auf, Valerie!«, fauchte Kate.

Doch Valerie ging gar nicht auf sie ein.

»Großmutter hat das herausgefunden. Vermutlich weil sie uns die ganze Zeit kontrolliert hat. Sie hat Vater angerufen und ihm erzählt, du seist schon mit Anthony zusammen. Sie hat ihm Fotos zugemailt, auf denen ihr beide abgebildet wart.«

»Was?« Olivia sah zwischen Kate und Valerie hin und her.

»Du und Anthony, ihr habt immer schon zusammengehört«, sagte Kate.

»Aber damals war doch noch gar nichts zwischen uns!«, empörte sich Olivia. »Wir waren einfach nur gute Freunde!«

»Ihr wart damals also noch nicht zusammen?«, fragte Valerie und fühlte sich plötzlich erleichtert.

»Aber nein! Er war doch sogar noch verlobt!«

Valerie hatte das damals alles gar nicht richtig mitbekommen, sie war viel zu sehr damit beschäftigt gewesen herauszufinden, wann sie ihre Schwester wiedersehen, wann sie wieder zu Hause sein würde.

»Ich hätte mich nie in seine Beziehung gedrängt«, fügte Olivia hinzu.

»Von wegen«, fuhr Kate dazwischen und zerknüllte die Fetzen des Briefes. »Er war genau der richtige Mann für dich. Der Mann, an dessen Seite du sein solltest, und nicht bei einem solchen Versager wie diesem Albert, der dich mir weggenommen hat und euch nicht einmal anständig versorgen konnte.«

Valerie versuchte die Beleidigungen gegen ihren Vater zu ignorieren, was ihr äußerst schwerfiel. Sie hatte plötzlich einen schlimmen Verdacht.

»Mutter, warum hattest du damals diesen Nervenzusammenbruch?«

»Weil...« Wieder sah sie zu Kate, die plötzlich um Jahre gealtert wirkte. »Weil du mir gesagt hast, dass Albert mir Mia und Valerie wegnehmen wolle. Und dass die Anwälte nach langen Verhandlungen meinten, dass er gute Chancen hätte, das durchzusetzen. Deswegen hätten die Anwälte mit ihm einen Deal vereinbart, laut dem Mia bei ihm und Valerie bei mir bleiben würde, jedoch nur, wenn ich versprach, den Mädchen nichts zu erzählen und Mia nicht mehr zu sehen... Für mich war das damals der schrecklichste Tag in meinem Leben!«

Kate war kreidebleich geworden und ließ sich auf einen Stuhl sinken. Doch Valerie hatte kein Mitleid mit ihr. Im Gegenteil. Sie erzählte Olivia, was ihr Vater geschrieben hatte und dass Kate es mit Albert umgekehrt genauso gemacht hatte.

Mit angespanntem Gesicht und hartem Blick ging Olivia auf ihre Mutter zu.

»Als ich mit Valerie nach New York kam, hatte ich Eheprobleme und suchte deinen Rat, Mutter. Vom ersten Moment an hast du mir eingeredet, was für ein Versager Albert ist und dass es mit uns nur bergab gehen könne. Und ich habe mich von dir beeinflussen lassen. So lange, bis ich ihm sogar die Scheidung vorgeschlagen habe. Und dann hast du dieses Intrigenspiel aufgezogen und meine Töchter unglücklich gemacht.« Ihre Stimme wurde immer lauter. »Und wozu, Mutter?«

»Weil du und meine Enkeltochter hierhergehört«, sagte Kate, ohne einen Funken von Reue. »Nach den Anschlägen habe ich bemerkt, wie wichtig es ist, dass ihr bei mir seid. Dass wir als Familie zusammengehören! Ich wollte nicht, dass du wieder gehst, Olivia! Und Anthony war genau der richtige Mann für dich. Das musste auch seine Verlobte einsehen.«

»Seine Verlobte? Hast du sie so weit gebracht, sich von ihm zu trennen?«, fragte Olivia fassungslos.

»Anthony wäre mir dankbar, wenn er wüsste, dass diese feine Verlobte sich mit einer lächerlich geringen Summe hat kaufen lassen. Mit ihrer Liebe war es wohl nicht so weit her.«

»Was bist du nur für ein Mensch?«, fragte Valerie schockiert.

»Du hast mir Mia weggenommen!«, flüsterte Olivia beängstigend leise.

»Dafür hattest du Valerie und Anthony! Und du warst doch glücklich all die Jahre!«

Valerie sah, wie Olivia kurz die Augen schloss. Dann trat sie ganz nah an ihre Mutter heran. »Sag mir nur noch eines: Hat Vater davon gewusst?«

»Natürlich nicht«, antwortete Kate und hielt dem Blick ihrer Tochter stand. »Das brauchte er nicht zu wissen.«

Olivia schüttelte fassungslos den Kopf, als ob sie immer noch nicht glauben könnte, was sie soeben erfahren hatte.

»Geh jetzt!«, sagte Olivia zu ihrer Mutter.

»Wenn du darüber in Ruhe nachdenkst, wirst du verstehen, warum ...!«

»Geh jetzt!«, kam es lauter. »Verlass auf der Stelle meine Wohnung.«

Kate öffnete die geballte Faust und ließ die Papierfetzen fallen. Dann erhob sie sich aus dem Stuhl, nahm ihren Mantel und ging mit hoch erhobenem Haupt ohne ein weiteres Wort hinaus.

Valerie fühlte sich plötzlich so erschöpft, als hätte sie einen Marathonlauf hinter sich. Olivia schien es ähnlich zu gehen. Sie drehte sich zu ihrer Tochter um.

»Ich ... ich wusste das alles nicht, Valerie. Du glaubst mir das doch? Ich dachte wirklich, dein Vater würde dich mir wegnehmen, nur deshalb habe ich mich auf diesen Deal eingelassen. Ich kann nicht glauben, was ich gerade gehört habe.«

Valerie nickte. Trotz allem hatte sich ihre Mutter wohl allzu leicht von Kate beeinflussen lassen, weil sie die Annehmlichkeiten des Wohlstands ihrer Eltern und das Leben in New York durchaus genossen hatte. Vielleicht war sie Kate in dieser Hinsicht gar nicht unähnlich. Aber es gab einiges am Verhalten ihrer Mutter, das sie nicht verstehen konnte. Genau so wenig wie sie ihren Vater verstand. Wie hatten die beiden das alles einfach so akzeptieren können, was Kate gesteuert hatte? War das tatsächlich jeweils die Angst davor gewesen, beide Kinder zu verlieren? Oder spielten hier auch gekränkte Eitelkeiten und Enttäuschungen eine Rolle?

Doch im Moment hatte sie keine Kraft mehr, das zu hinterfragen.

»Mutter?«

»Ja?«

»Du solltest die Handwerker nach Hause schicken. Ich werde an meinem Geburtstag nicht hier sein.«

Olivia nickte langsam und strich sich eine imaginäre Haarsträhne aus dem Gesicht.

»Ich weiß«, sagte sie leise.

Sie brauchten jetzt wohl alle etwas Zeit, um diese Neuigkeiten zu verdauen.

Valerie hob den zerrissenen Brief auf, steckte ihn in ihre Tasche und ging.

Kapitel 24

Mia

Nachdem Mia Daniel von ihrer komplizierten Familiengeschichte erzählt und er sich daraufhin so schnell verabschiedet hatte, war sie unsicher gewesen und hatte sich gefragt, ob sie ihn damit irgendwie verschreckt hatte.

Doch schon am nächsten Morgen war Daniel mit einer Papiertüte vor ihrer Haustür gestanden.

»Ich lasse frisch gebackene Sesambrötchen springen, wenn ich dafür Kaffee bekomme. Und vielleicht gibt es ja auch noch ein Stück vom Schokokuchen deines Nachbarn?«

»Guter Deal«, hatte Mia gesagt und ihn ins Haus gebeten. »Und Kuchen ist auch noch da.«

Sie hatten ausgiebig gefrühstückt, und danach waren sie zu Alma spaziert und hatten Rudi abgeholt. Körperlich waren sie sich an diesem Tag nicht näher gekommen, sie hatten sich auch nicht wieder geküsst, dafür hatten sie viel geredet und sich noch besser kennengelernt. Mia wusste nicht, ob es ein gutes oder weniger gutes Zeichen war, dass er eine gewisse Distanz hielt, aber sie fühlte sich nach wie vor wohl in seiner Nähe. Und ihm schien es offenbar ähnlich zu gehen.

In den nächsten Tagen sahen sie sich nur an den Abenden, an denen die Schüler zum Proben kamen, da Daniel kurz vor Weihnachten in der Schule jede Menge um die Ohren hatte.

Zusammen mit Sebastian hatte Mia endlich auch einen großen Weihnachtsbaum besorgt, den sie mit Hilfe von Max schmückte, der davon ganz begeistert war. Der Wintergarten war nun ein weihnachtlicher Traum, den Mia bis zum Tag des Heiligen Abends nicht mehr betreten würde.

»Was hast du eigentlich am Heiligen Abend vor?«, fragte Daniel sie, als sie wegen einer Terminverschiebung für die Probe telefonierten.

»Genau das wollte ich dich auch schon fragen«, sagte sie.

»Also, ich hab bisher noch keinen Plan«, sagte er. »Ich könnte zwar zu einem meiner Brüder fahren und dort die Weihnachtsfeiertage verbringen, aber irgendwie habe ich gar keine Lust dazu.«

»Möchtest du vielleicht zu mir kommen? Alma und Rosa werden hier sein. Und mein Nachbar Sebastian kommt später dazu, wenn er seinen Sohn Max zu dessen Mutter gebracht hat. Es ist ganz zwanglos«, schlug sie vor.

»Total gern! Soll ich irgendwas mitbringen?«

Sie hatte mit dem Kopf geschüttelt.

»Nur gute Weihnachtslaune.«

»Werde ich einen großen Sack voll dabeihaben!«

Mehrmals täglich kontrollierte sie ihr E-Mail-Postfach, da sie das Schreiben von Valeries Anwalt erwartete. Doch weder der Anwalt noch Valerie hatten sich bisher bei ihr gemeldet, und sie fragte sich, was sie davon halten sollte. Immer wieder war sie drauf und dran gewesen, Valerie anzurufen, um ihr klarzumachen, dass sie das Haus auf keinen Fall verkaufen würde. Doch ein Gefühl, das sie nicht benennen konnte, hielt sie davon ab. Und das hatte etwas mit den Fehlern zu tun, die Valerie in ihrer E-Mail übersehen hatte und die so untypisch für ihre Schwester waren. Sicher hatte sich ihr Charakterzug, penibel auf korrekte Rechtschreibung zu achten, seit der Kindheit nicht verändert. Sie hatte sich sogar schon gefragt, ob Valerie die Nachricht überhaupt selbst geschrieben hatte. Bis nach Weihnachten würde sie jetzt noch warten, und wenn bis dahin nichts kam, würde Mia sie kontaktieren, um alles zu klären.

Heute war der Tag des Konzertes, und sie war schon vor dem Morgengrauen aufgewacht. Nach der offiziellen Probe in der Kirche, bei der Mia natürlich nicht dabei sein durfte, hatten Daniel und sie am vergangenen Abend noch ein letztes Mal mit den Schülern alle Lieder bei ihr zu Hause geprobt.

Erstaunlicherweise hatten sowohl die Schüler als auch Daniel akzeptiert, dass sie Mias, oder besser gesagt, Alberts Weihnachtslied nun doch nicht singen würden und nicht mehr danach gefragt.

»Es ist besser so«, murmelte Mia, während sie früh am Morgen mit Rudi eine lange Spazierrunde drehte. Dabei ignorierte sie ein Gefühl des schlechten Gewissens. Im Traum hatte sie ihrem Vater versprochen, das Lied fertigzuschreiben, weil es ihm so wichtig gewesen war. Und nun war es wieder in der Schublade verschwunden, ohne dass es jemand zu hören bekam. Vor allem ohne dass Valerie es zu hören bekam, für die er es komponiert hatte.

»Es war nur ein Traum!«, sagte sie zu Rudi, der an der Leine neben ihr hertrottete. »Nicht wahr?«

Rudi warf ihr einen Blick zu, der alles bedeuten konnte. Mia interpretierte es als Zustimmung. »Genau! Und jetzt gehen wir nach Hause, mein Kleiner!«

Als sie auf die Haustür zugingen, entdeckte sie Jette und Joshua. Ihren Blicken nach zu urteilen, war irgendetwas passiert.

»Was ist denn los?«, fragte Mia besorgt.

»Ach, Frau Garber, ich habe totalen Mist gebaut«, sagte Jette und fing an zu heulen.

Joshua nickte bestätigend.

»Echt ziemlichen Mist!«

»Okay. Kommt erst mal rein.«

»Was für ein Mist!«, wiederholte Mia fünf Minuten später, als sie am Tisch in der Wohnküche saßen.

Damit Nele von den heimlichen Proben und dem gemeinsamen Auftritt mit Mia nichts erfuhr, hatten sie extra zwei WhatsApp-Gruppen gegründet, in denen sie sich austauschten. Und dann war es passiert.

Nele und die Wurm-Fischer werden heute ganz schön dumm aus der Wäsche gucken, wenn Frau Garber beim Konzert dabei ist und zusammen mit Herrn Amantke auch einige Stücke mitsingt, hatte sie vorhin in die falsche Gruppe geschrieben. Einige der anderen Mitglieder hatten sie kurz darauf auf dieses Versehen aufmerksam gemacht, woraufhin sie die

Nachricht sofort wieder gelöscht hatte. Aber nun wusste sie nicht, ob Nele sie gelesen hatte oder nicht.

»Wenn die das weiß, dann erfährt es auch die Wurm-Fischer.« Da war Joshua sich sicher.

»Und die wird Ärger machen!«, murmelte Jette unglücklich.

Sie alle hatten darauf spekuliert, dass die Direktorin durch den Überraschungseffekt beim Konzert gute Miene zum bösen Spiel machen musste. Doch wenn sie es vorher schon von Nele erfuhr, könnte es natürlich Schwierigkeiten geben.

»Wenn sie uns allen einen Verweis gibt, dann ist uns das egal«, sagte Joshua. »Soll sie doch. Schließlich kann sie uns nicht alle von der Schule werfen, aber ...«

»Aber Herr Amantke könnte richtig in die Zwickmühle geraten, falls sie ihm vorab ein Ultimatum stellt«, unterbrach Mia ihn, und die Schüler nickten.

Sie griff nach den Händen der beiden und lächelte.

»Wisst ihr was? Dass ihr mich alle bei den Proben und beim Konzert dabei haben wolltet, bedeutet mir unendlich viel. Es hat so viel Freude gemacht, die Stücke mit euch und Herrn Amantke einzustudieren. Aber ich darf weder seine berufliche Laufbahn gefährden noch euch in Schwierigkeiten bringen. Es ist nicht notwendig, dass ich bei euch vorne stehe oder dass ich mitsinge. Ich werde trotzdem als Zuhörerin dabei sein und unendlich stolz auf euch alle sein, wenn ihr singt.«

»Ich habe alles ruiniert!«, heulte Jette.

»Hast du«, brummte Joshua genervt.

»Bitte ... Joshi, nicht!«, beschwichtigte Mia ihn. »Jeder macht mal einen Fehler. Und in diesem Fall hängen weder

Menschenleben davon ab, noch geht die Welt deswegen unter. Es ist trotz allem nur ein Konzert, das auch ohne mich stattfinden wird. Und jetzt macht euch mal auf den Weg nach Hause. Ich werde alles Weitere mit Herrn Amantke besprechen.«

Als die beiden weggingen, sah sie ihnen traurig hinterher. Sie hatte sich so darauf gefreut, noch einmal mit diesen wunderbaren Schülern aufzutreten und damit einen Abschluss zu finden für die Jahre an der Schule, die ihr so viel bedeuteten. Leider erreichte sie Daniel auch nach mehrmaligen Versuchen nicht am Handy. Deshalb entschloss sie sich, zu seiner kleinen Wohnung im Stadtzentrum zu fahren. Doch vorher wollte sie noch auf den Friedhof ans Grab ihres Vaters. Seit seiner Beerdigung war es ihr wichtig, dass dort immer eine Kerze brannte.

Als sie an seinem Grab ankam, entdeckte sie zu ihrer Überraschung, dass bereits eine frische Kerze in der Laterne brannte. Die verblühten Trauerkränze hatte sie vor ein paar Tagen weggeräumt und durch ein weihnachtliches Gesteck ersetzt. Daneben lag ein Strauß roter Anemonen. Hatte Alma ihn ans Grab gelegt und eine Kerze angezündet? Oder womöglich die Gärtnerei im Auftrag von Valerie? Ansonsten wusste niemand von Alberts Lieblingsblumen. Sie würde Alma später anrufen und fragen.

Normalerweise blieb sie immer länger am Grab, hielt dort stille Zwiesprache mit ihrem Vater. Doch heute hatte sie es eilig, zu Daniel zu fahren.

»Bis morgen, Papa!«, murmelte sie und ging dann durch die verschneiten Wege zurück zum Parkplatz.

Nun stand sie vor der Haustür des Gebäudes, in dem Daniel wohnte. Er war weder zu Hause, noch ging er ans Handy! »Verdammt, Daniel! Wo steckst du denn nur?«, fragte sie, während sie wieder in den Wagen stieg. Was sollte sie jetzt machen?

Hatte Frau Wurm-Fischer Daniel bereits informiert und zu einem Gespräch zu sich zitiert? Oder hatte sie ihn womöglich ebenfalls rausgeworfen? Aber warum musste sie immer gleich vom Schlimmsten ausgehen? Vielleicht hatte Nele die Nachricht ja gelesen, jedoch noch keine Möglichkeit gehabt, mit der Direktorin darüber zu sprechen? Oder vielleicht hatte Nele den Beitrag überhaupt nicht gelesen? Immerhin war heute Samstag und außerdem der erste Ferientag. War es da nicht wahrscheinlicher, dass Nele noch geschlafen und von der ganzen Sache gar nichts mitbekommen hatte? Machte sie sich jetzt einfach nur völlig unnötige Gedanken?

Doch eine WhatsApp von Joshua setzte der Spekulation ein Ende. *Sie hat es gelesen*, hatte er geschrieben und ein wütendes und ein trauriges Smiley dahintergesetzt.

»Verdammt!« Mia schlug auf das Lenkrad.

Weiß Wurm-Fischer es auch schon?, schrieb sie zurück.

Keine Ahnung.

Mia versuchte noch einmal vergeblich, Daniel zu erreichen.

Dann startete sie den Wagen. Vielleicht konnte sie ja noch etwas retten.

Ein paar Minuten später parkte sie vor dem großen Anwesen der Gitters. Sie wusste, dass es eine bescheuerte Idee war, trotzdem wollte sie es versuchen. Entschlossen stieg sie aus dem Wagen, ging auf das Gartentor zu und klingelte an der Sprechanlage.

»Ja bitte?«, hörte sie eine weibliche Stimme, die nicht Nele gehörte.

Sie räusperte sich.

»Hier ist Mia Garber. Könnte ich bitte Nele kurz sprechen?«, fragte sie bemüht locker.

»Einen Moment bitte.«

Der Moment zog sich ungefähr drei Minuten lang hin, dann öffnete sich das Tor automatisch. Mia ging über den geräumten Weg auf die Haustür zu.

Nele stand schon in der offenen Tür, die Arme fest verschränkt. Im Gegensatz zu den edlen Klamotten, die sie sonst in der Schule trug, hatte sie nur Jeans und ein dickes Sweatshirt an. Da sie nicht geschminkt war, sah sie noch dazu deutlich jünger aus.

»Hallo, Nele. Können wir vielleicht kurz reden?«

»Zu spät!«, entgegnete Nele. »Ich hab es ihr bereits gesagt.«

Mia sah sie für ein paar Sekunden an, ohne etwas zu sagen. Enttäuschung und Ärger krochen langsam ihren Rücken hoch.

»Warum musstest du das tun?«, fragte sie schließlich.

Nele zuckte nur mit den Schultern.

»Warum nicht? Sie haben mir doch auch nie eine Chance gegeben. Dabei habe ich mir immer nur gewünscht, bei diesem Chor dabei zu sein, um von Ihnen zu lernen!«

Ihre Worte trafen Mia unerwartet.

»Nele, du weißt, dass ich einzig und allein nach den Stimmen entscheide«, versuchte sie zu erklären. »Und deine Stimme ... sie ist leider nicht so gut wie die der anderen.«

»Ich scheiß auf diesen Chor. Die wollen mich sowieso alle nicht dabei haben! Genau so wenig wie Sie mich wollten!«, schrie Nele und schlug Mia die Tür vor der Nase zu.

Nachdenklich ging Mia zu ihrem Wagen und stieg ein. Doch sie fuhr nicht los. Direktorin Wurm-Fischer wusste Bescheid. Um sich selbst machte sie sich deswegen keine Sorgen, sie konnte nun nur hoffen, dass Daniel und die Schüler ihres Chores das nicht ausbaden mussten.

Es gab jedoch noch etwas anderes, das ihr zu schaffen machte. Sie fragte sich, ob sie Nele tatsächlich nur deswegen nicht in den Chor aufgenommen hatte, weil ihre Stimme nicht gut genug war. Oder hatte sie unbewusst andere Mädchen bevorzugt, die nicht aus einem so wohlhabenden Elternhaus stammten? Hatte ihre eigene Geschichte, diese Wut auf ihre Mutter, die ihre Familie auseinandergebracht hatte, damit sie durch eine neue Heirat Zutritt in die New Yorker High Society bekam, ihre Entscheidung irgendwie beeinflusst? Nele war sicher nicht die allergrößte Sängerin, aber war sie wirklich schlechter als Jette, die auch ihre kleinen Defizite hatte? Hatte Mia übersehen, wie sehr das Mädchen in den Chor wollte, weil Nele ihr weniger sympathisch war als Janina oder Jegor? Das ließ ihr keine Ruhe.

Sie stieg wieder aus dem Wagen und klingelte ein weiteres Mal.

»Was wollen Sie denn noch?«, fragte Nele, die offenbar mitbekommen hatte, dass Mia nicht weggefahren war.

»Ich muss noch mal mit dir reden.«

»Ich aber nicht mit Ihnen.«

»Doch, Nele«, sagte Mia entschlossen. »Denn ich möchte herausfinden, ob ich dir unrecht getan habe!«

Nele antwortete nicht, und Mia dachte schon, das war's, da ging das Tor ein zweites Mal auf. Sie ging erneut zur Haustür.

»Ich will, dass du mir vorsingst!«, sagte Mia.

Nele starrte sie mit weit aufgerissenen Augen perplex an.

»Sie wollen was?«

»Du hast schon richtig gehört. Ich möchte deine Stimme noch mal hören«, erklärte Mia. »Kannst du deine Eltern fragen, ob es okay ist, wenn ich reinkomme?«, fragte sie zur Sicherheit. Immerhin war Nele noch nicht volljährig.

»Meine Eltern sind auf Bali, um ein neues Hotel einzuweihen«, erklärte Nele. »Die werden schon nichts dagegen haben!... Kommen Sie!«

»Du bist aber hoffentlich nicht allein über Weihnachten«, rutschte es Mia heraus, während sie Nele in die große Diele folgte.

»Das geht Sie gar nichts an.«

»Stimmt. Geht mich nichts an.«

Nele führte sie ins riesige Wohnzimmer, in dem neben einem weißen Bechstein-Flügel ein geschmückter Weihnachtsbaum stand, unter dem bereits hübsch verpackte Weihnachtsgeschenke lagen.

Das ganze Haus war sehr geschmackvoll und teuer eingerichtet, soweit Mia das beurteilen konnte.

»Soll ich was zu trinken bringen?«, fragte eine Frau etwa Mitte fünfzig. Mia erkannte die Stimme von der Sprechanlage.

»Wollen Sie was?«, fragte Nele ihre frühere Lehrerin.

»Nein, danke.«

Sie hatte nicht vor, länger zu bleiben.

»Wir brauchen nichts, danke, Franziska«, sagte Nele zur Haushälterin, wie Mia vermutete.

»Okay... Also, was soll ich singen?«, fragte Nele ein wenig ruppig.

Mia ging gedanklich alle Lieder durch, die sie in den letzten Wochen vor ihrem Rauswurf mit den Schülern geübt hatte, und wollte ihr schon einen Titel vorschlagen, überlegte es sich aber dann doch anders.

»Das überlasse ich dir«, sagte sie.

»Okay«, sagte Nele überrascht.

Sie schien kurz zu überlegen, setzte sich dann ans Klavier, räusperte sich und begann zu spielen. Mia erkannte das Lied nach den ersten Takten. *Chasing Cars* von Snow Patrol.

Neles Stimme klang warm und ein wenig tiefer, als Mia sie in Erinnerung hatte. Am Anfang vermeinte sie, ein leichtes Zittern zu hören. Nele war offenbar nervös, aber sie überspielte es gut. Inzwischen hatte sie die Augen geschlossen, und Mia hörte ihr aufmerksam zu. Sie war nicht perfekt. Doch zum ersten Mal spürte Mia etwas in ihrer Stimme, das sie berührte. Oder war es schon immer da gewesen und Mia hatte nicht achtsam genug zugehört?

Als Nele den Refrain erneut sang, setzte Mia mit der zweiten Stimme ein. Nele öffnete die Augen und sah sie überrascht an. Mia nickte ihr lächelnd zu, und die beiden sangen weiter im Duett.

Als sie geendet hatten, stand die Haushälterin in der Tür und tupfte sich Tränen aus den Augenwinkeln.

Mia legte eine Hand auf Neles Schulter.

»Ich will unbedingt, dass du heute beim Konzert im Chor mitsingst, Nele!«

Doch das Mädchen schüttelte den Kopf.

»Die werden es alle nicht zulassen. Nicht nach dem, was ich vorhin getan habe.«

»Das war zwar ein ziemlicher Mist, den du gebaut hast. Aber nicht nur du hast Fehler gemacht. Es war auch nicht fair, dich auszuschließen. Ich werde dafür sorgen, dass du mitsingst und dass niemand was dagegen hat, Nele. Das ist meine Art, einen Fehler wiedergutzumachen und mich bei dir zu entschuldigen.«

»Es tut mir leid, Frau Garber«, sagte Nele. »Ich hätte es nicht tun sollen. Aber ich ... ich war so wütend.«

»Ich verstehe schon.«

Doch Nele schüttelte den Kopf.

»Nein ... Ich glaube, Sie hatten recht. Ich war davor wirklich nicht gut genug für den Chor. Das wollte ich nicht wahrhaben. Aber heute ... heute, als Sie mir zuhörten, da traute ich mich, alles zu zeigen.«

Mia schluckte.

»Dann bin ich besonders froh, dass ich hier war, Nele«, sagte sie ein wenig heiser.

»Frau Garber?«

»Ja?«

»Haben Sie Lust ... ich meine, möchten Sie vielleicht noch ein Lied mit mir singen?«, fragte sie, fast ein wenig schüchtern.

»Gerne«, sagte Mia und nickte lächelnd. »Ich habe große Lust.«

Kapitel 25

VALERIE

Valerie war früh am Morgen in München gelandet. Zuerst hatte sie vorgehabt, ins Hotel zu gehen. Doch unterwegs im Taxi nach Prien hatte sie es sich anders überlegt. Sie wollte als Erstes zu Mia fahren und sich mit ihr aussprechen. Es war endlich an der Zeit, dass auch sie erfuhr, was damals passiert war. Auf dem Weg zu ihrer Schwester legte sie einen kleinen Zwischenstopp ein. Sie bat den Taxifahrer, bei einem Blumen- und Dekoladen anzuhalten, in dem sie einen Strauß roter Anemonen und eine Kerze kaufte.

Während sie an Alberts Grab die Kerze anzündete und in die Laterne stellte, unterhielt sie sich leise mit ihm.

»Ich hätte mir gewünscht, du hättest mich besucht und mir alles erzählt, statt mir Briefe zu schreiben. Und ich wünschte, du wärst nicht so stur gewesen, unbedingt deine Krankheit verschweigen zu wollen.«

Er hatte aufgehört, ihr Briefe zu schreiben, nachdem er die Diagnose erhalten hatte.

»Aber immerhin kann ich jetzt ein wenig nachvollziehen, wie es überhaupt zu dem Chaos kam. So ganz verzeihen kann ich dir das noch nicht, Paps. Echt nicht. Ich glaube, dafür brauche ich noch ein wenig Zeit. Es ist noch zu frisch, tut noch zu weh. Aber ich will versuchen, wenigstens die Scherben zu kitten, die ihr alle zerschlagen habt, damit Mia und ich vielleicht wieder zueinanderfinden. Und es wäre echt gut, wenn du da irgendwie dazu beitragen könntest.« Sie schaute nach oben, als ob er irgendwo dort zwischen den Wolken zuhören würde.

Mia war nicht zu Hause, wie sie schnell feststellte. Doch sie hatte ja noch den Schlüssel ihres Vaters. Allerdings war der Hund im Haus, und sie wusste nicht, wie er reagieren würde, wenn sie so einfach hereinspaziert kam. Sie überlegte kurz, zuerst zu Sebastian zu gehen. Doch die Garage stand offen und war leer.

Also drehte sie den Schlüssel um und trat beherzt ein. Rudi kam gleich auf sie zu.

»Hey, Rudi!«, sagte sie bemüht locker. »Du kennst mich doch noch, oder?«

Offenbar tat er das, denn er wedelte mit dem Schwanz, als ob er sich freuen würde.

»Braver Hund. Und wenn du mir nichts tust, schau ich im Kühlschrank nach, ob ich was für dich finde.«

In den Tagen, als sie hier gewesen war, hatte sie mitbekommen, was das Tier besonders gerne fraß. Valerie stellte ihre Taschen ab und ging in die Wohnküche. Der Kühlschrank war für die Feiertage bereits ziemlich gut gefüllt. Sie entdeckte Schinken und gab Rudi eine Scheibe, die er mit einem Happs verputzte.

»Siehst du, wir beide kommen richtig gut klar!«, sagte sie erleichtert. Trotzdem hoffte sie, dass Mia bald aufkreuzen würde.

Nachdem sie dieses Mal im Flugzeug mehrere Stunden geschlafen hatte, fühlte sie sich relativ ausgeruht. Sie wollte gerade ihren Koffer nach oben ins Zimmer bringen, da klingelte es an der Haustür.

»Rudi, du bleibst hier«, sagte sie, und schloss die Tür zur Wohnküche, als sie hinausging und die Haustür öffnete.

Sie hatte das Gefühl, die Frau in dem feschen Mantel schon einmal gesehen zu haben. Vermutlich auf der Beerdigung ihres Vaters.

»Guten Tag, ich würde gern mit Frau Garber sprechen«, sagte die Dame mit forscher Stimme.

»Tut mir leid, aber meine Schwester ist momentan unterwegs, und ich weiß nicht, wann sie wieder zurück ist.«

»Nun, dann richten Sie Ihrer Schwester einen Gruß von mir aus. Sollte sie es wagen, während des Weihnachtskonzertes nach vorne zu treten oder gar mitzusingen, dann wird es sowohl für Herrn Amantke als auch für die Schüler weitreichende Konsequenzen haben.«

Nun war Valerie klar, dass es sich bei dieser Frau um die Direktorin der Schule handeln musste, diese Wurm-Fischer, die ihrer Schwester gekündigt hatte. Obwohl sie nicht wusste, worum es hier genau ging, setzte sofort ihr Beschützerinstinkt ein.

»Weitreichende Konsequenzen? Ach ja? Wollen Sie meiner Schwester drohen? Oder wie soll ich das verstehen?«, fragte sie kühl. Sie war eine toughe Geschäftsfrau und ließ sich auch bei harten Verhandlungen nicht so leicht aus der Ruhe bringen. Und von dieser Frau schon gar nicht!

»Drohen? Also bitte! Es geht darum, dass Ihre Schwester ständig meine Autorität untergräbt! Sogar jetzt noch, obwohl sie gar nicht mehr an der Schule tätig ist.«

»Womöglich hat das ja auch etwas mit Ihnen zu tun«, sagte Valerie ganz ruhig. »Vorgesetzte, die wirklich gut sind, haben keine Sorge, dass ihre Autorität untergraben werden könnte!«

»Sie sind genauso selbstgefällig wie Ihre Schwester und Ihr Vater!«, fuhr Frau Wurm-Fischer sie an, und ein Speichelfaden landete dabei auf ihrem feisten Kinn, was sie nicht bemerkte.

»Mein Vater?«, fragte Valerie perplex. »Was hat denn mein Vater damit zu tun?«

Die Direktorin schien zu überlegen, ob sie darauf antworten sollte. Dann sagte sie: »Bevor er Ihre Mutter kennengelernt hat, war er ein paarmal mit meiner Schwester aus. Nicht allzu oft, aber sie hatte sich längst in ihn verliebt gehabt und sich große Hoffnungen gemacht. Dann ging er für ein paar Monate auf Konzertreise. Als er zurückkam, war er verheiratet. Doch das Schlimmste für sie war, dass er noch nicht einmal geahnt hatte, was sie für ihn empfand. Vermutlich wäre es ihm aber auch egal gewesen, denn er hatte nur noch Augen für diese Olivia. Meine Schwester hat das nie überwunden und sich nie wieder auf einen Mann eingelassen.«

»Das tut mir leid für Ihre Schwester«, sagte Valerie aufrichtig. So etwas hatte keine Frau verdient.

»Ihr Mitleid können Sie sich sparen ...«

»Es tut mir trotzdem leid. Allerdings muss man im Leben auch lernen, mit Enttäuschungen klarzukommen. Und so wie ich das verstanden habe, waren die beiden doch in keiner festen Beziehung. Trotzdem verstehe ich nicht, was das alles mit Mia zu tun hat?«

»Als ich damals an die Schule kam, habe ich sofort gewusst, dass sie seine Tochter sein musste. Und sie ist genau wie er.«

»Also deswegen haben Sie ihr die ganze Zeit das Leben so schwergemacht? Für eine Sache, für die sie gar nichts konnte? Na, Sie sind mir ja vielleicht eine verkorkste Person!«

Wurm-Fischer schnappte nach Luft.

»Jedenfalls werde ich nicht dulden, dass sie heute beim Konzert dabei sein wird!«

Damit drehte sie sich um und ging.

Valerie sah ihr kopfschüttelnd hinterher.

In diesem Moment fuhr Sebastian in seine Einfahrt und stieg aus. Valeries Herz begann plötzlich wie wild zu schlagen, und ihre Knie wurden weich. Als er sie entdeckte, starrte er sie ungläubig an.

»Valerie?!«

Langsam ging er auf sie zu.

»Was machst du hier?«, fragte er ernst. »Bist du hier, um das Haus zu verkaufen?«

Sie schüttelte den Kopf.

»Ich bin hier, um einiges wiedergutzumachen. Zuerst mit Mia ... und dann auch mit dir.«

Er verschränkte die Arme.

»Oder vielleicht auch in umgekehrter Reihenfolge«, murmelte sie.

»Du hast ja bereits sehr deutlich gesagt, was du von mir erwartest«, sagte Sebastian.

Valerie spürte kaum, wie ihr langsam kalt wurde, ohne Mantel. Gleichzeitig schienen ihre Wangen zu glühen.

»Und wenn das ein Fehler war?«, fragte sie leise.

»Das war ganz sicher ein Fehler!«, entgegnete er. Sie sahen sich in die Augen, und endlich entdeckte sie ein kleines Lächeln um seine Mundwinkel. »Aber schön, dass du das einsiehst!«

»Hör mal, Sebastian. Ich habe keinen blassen Schimmer, wie das funktionieren soll, aber ich ...«

»Aber du was?«

»Ich weiß nur, dass dich sehr vermisst habe in den letzten Tagen. Und ich mir wünsche, dich, den erwachsenen Sebastian, noch viel besser kennenzulernen, und dass ich uns mit ...«

Offenbar dauerte ihr Erklärungsversuch zu lange, denn Sebastian zog sie plötzlich an sich und unterbrach sie mit einem Kuss, den sie nach einer überraschten Sekunde leidenschaftlich erwiderte.

Er löste sich als Erster von ihr.

»Du bist ja eiskalt!«, sagte er. »Komm, wir gehen ins Haus.«

Nach einem weiteren sehr viel längeren Kuss im Flur – weiter waren sie gar nicht gekommen – sagte Valerie: »Ich würde gern genau damit weitermachen. Aber Mia hat ein Problem mit dieser Schuldirektorin. Und wir müssen ihr helfen.«

Sie erzählte ihm von ihrer Begegnung mit Frau Wurm-Fischer.

»Diese Frau ist ja nicht ganz dicht«, brummte Sebastian aufgebracht. »Und sowas wird auf Kinder losgelassen!«

»Offenbar ist die ganze Familie etwas labil«, spekulierte Valerie. »Aber trotzdem müssen wir etwas unternehmen. Und ich habe auch schon eine Idee. Aber dafür brauche ich ein paar Infos und Namen von dir.«

Sie weihte ihn in ihren Plan ein.

»Du bist echt großartig«, sagte er und lächelte.

Und dann führte sie einige Telefonate.

Plötzlich hörten sie, wie draußen die Haustür aufgesperrt wurde. Sebastian ging in den Flur und rief: »Nicht erschrecken, Mia.«

Da er für den Notfall wusste, wo der Reserveschlüssel lag, hielt sich ihre Überraschung in Grenzen.

»Was machst du denn hier? Ist was mit Rudi?«, fragte Mia besorgt.

»Nein. Mit Rudi ist alles okay.«

Als ob er das gehört hätte, kam der Hund aus dem Esszimmer und begrüßte Mia.

»Was machst du denn dann hier?«, fragte sie neugierig.

»Ich habe ihn reingelassen«, sagte Valerie, die hinter Sebastian in den Flur getreten war.

»Valerie!«

»Wir beide müssen reden, Mia!«, sagte sie.

»Und ich werde jetzt mal verschwinden.« Sebastian schlüpfte in seine Jacke und verabschiedete sich. »Ich muss noch ins Tierheim.«

»Kriegt Max doch einen Welpen?«, fragte Valerie überrascht.

»Nein. Ein älteres Meerschweinchen-Paar, das vor Kurzem abgegeben wurde, weil die Besitzerin gestorben ist.

Damit kann er jetzt mal zeigen, ob er Verantwortung für Haustiere übernehmen kann.«

»Gute Idee«, sagte Valerie und lächelte.

»Wir sehen uns später beim Konzert«, sagte er.

»Servus, Sebastian.«

Nun standen sich die beiden Schwestern gegenüber. Valerie holte ein Schreiben aus ihrer Tasche, das sie Mia in die Hand drückte.

»Was ist das?«

»Eine Verzichtserklärung für das Haus und die Musiktantiemen«, sagte Valerie. »Ich will dir nichts wegnehmen.«

Mia sah sie für ein paar Sekunden an, dann zerriss sie das Papier in zwei Hälften.

»Mia!«

»Ich will, dass dir die Hälfte gehört, aber ich will das Haus nicht verkaufen.«

Valerie schluckte und nickte.

»Was war mit dir los, als du diese blöde E-Mail geschrieben hast?«, fragte Mia und schlüpfte aus ihrem Mantel.

»Da war ich ziemlich betrunken«, antwortete Valerie offen, weil sie ihr nichts vormachen wollte. »Du hast die Fehler bemerkt?«

»Natürlich habe ich das! Und deswegen wusste ich, dass etwas mit dir nicht stimmte.«

Valerie lächelte.

»Hast du deswegen nicht reagiert?«

»Ich musste das erst mal sacken lassen.«

»Okay...«

Sie gingen in die Wohnküche.

»Ich habe Vaters Briefe gelesen«, sagte Valerie schließlich.

»Also doch?«

»Es gibt da ziemlich viel zu erklären.«

»Okay ... Ich muss nur noch eine Nachricht an Daniel schreiben, dann können wir reden«, sagte Mia und setzte sich an den Tisch.

»Ich mache uns inzwischen Kaffee ... Was ist denn mit dem Chor?«, fragte sie neugierig. Von Frau Wurm-Fischers Erscheinen und ihrem Plan würde sie ihr erst einmal nichts erzählen.

»Es gibt ziemlichen Ärger, aber trotzdem war es bis jetzt ein guter Tag, weil ich einen Fehler korrigieren durfte«, sagte sie und begann zu tippen.

»Ich hoffe, das kann ich auch!«, sagte Valerie leise, während sie den Kaffee machte.

Mias Handy klingelte.

»Hi, Daniel«, meldete sie sich. »Wo warst du denn die ganze Zeit? ... beim Schwimmen? Ach so ... Hast du meine Nachrichten alle abgehört? ... Nein, bitte reg dich nicht auf. Es ist gut so, wie es ist. Wichtig ist, dass ihr keinen Ärger bekommt ... Ja! Hauptsache der Auftritt findet statt, und ich höre euch zu ... Und bitte, ich will unbedingt, dass Nele mitsingt ... das erkläre ich dir später. Sorg einfach dafür, dass die anderen sie in Ruhe lassen ... ja, ich hab es eh schon in die Gruppe geschrieben ... Du, jetzt muss ich aufhören. Meine Schwester ist hier ... Ja, sie ist wirklich hier. Wir sehen uns später.«

Valerie hatte Mia während des Telefonats beobachtet. Ihre Augen hatten gestrahlt, obwohl es um ein ernstes Thema gegangen war, und sie hatte mit ihren Haaren gespielt.

»Du und dieser Daniel, läuft da womöglich was?«, fragte sie, als Mia aufgelegt hatte.

»Keine Ahnung«, antwortete ihre Schwester und zuckte mit den Schultern. »Vielleicht?«

Valerie reichte Mia lächelnd eine Tasse Kaffee, schenkte sich selbst ein und setzte sich dann zu ihr an den Tisch.

»Danke.«

»Also«, begann Valerie. »Dass du mir Paps Krankheit verschwiegen hast, nehme ich dir immer noch übel ...«

»Das verstehe ich«, unterbrach Mia.

»Aber – ich danke dir von Herzen, dass du die Briefe gerettet und sie mir geschickt hast. Und du solltest sie unbedingt auch lesen.«

Und dann erzählte Valerie ihr alles, was sie durch die Briefe und die Konfrontation mit ihrer Mutter und der Großmutter erfahren hatte, die das ganze Drama ausgelöst hatte. Mia unterbrach sie kein einziges Mal, sie schüttelte nur immer wieder ungläubig den Kopf.

»Wie hat Paps dir denn erklärt, dass er nicht wie vereinbart nach New York geflogen ist, um uns zu holen?«, fragte Valerie.

»Er hat mir nur gesagt, dass Mutter ihn auf keinen Fall sehen wolle und er sich deswegen die Reise sparen könne. Und, dass er und ich jetzt fest zusammengehörten und du zu unserer Mutter. Und dass wir eine Weile lang Abstand halten müssten. Später erzählte er mir, dass Mutter einen neuen Mann habe und vermutlich wieder heiraten würde.«

»Anthony und Mutter waren noch kein Paar, als unsere

Eltern sich trennten. Sie kamen erst ein Jahr später zusammen«, erklärte Valerie. »Großmutter hat alle angelogen.«

Die Schwestern schwiegen, beide in Gedanken versunken.

»Wie konnte deine Großmutter uns das nur antun?«, fragte Mia bitter.

»Sie ist auch deine Oma«, sagte Valerie.

Doch Mia schüttelte den Kopf.

»Nein«, sagte sie. »Mich wollte sie nie. Für sie war ich nur ein Pfand, der ihr die Tochter zurückgab und eine Enkeltochter dazu.«

»Vermutlich hast du recht«, sagte Valerie traurig. Kate hatte sich offenbar wirklich nie für Mia interessiert.

»Aber weißt du, was ich nicht verstehe? Warum haben wir beide es die ganzen Jahre nicht geschafft, uns auszusprechen und zu versöhnen«, fragte Mia.

»Vermutlich, weil wir nicht wussten, was dahintersteckte, und weil wir so beeinflusst waren durch die Gefühle und Verletzungen, die unsere Eltern erlebt hatten.«

»Kann sein.«

»Mia?«

»Ja?«

»Ist es okay für dich, wenn ich eine Weile hier im Haus wohne? Zumindest so lange, bis ich weiß, wie ich diesen verzwickten Gordischen Knoten mit Sebastian und meiner Arbeit in New York lösen werde?«

»Es ist auch dein Haus. Du kannst bleiben, solange du möchtest«, sagte sie lächelnd.

Als ob sie es abgesprochen hätten, standen beide gleichzeitig auf und umarmten sich fest.

»Ich bin so froh, dass du wieder hier bist, Valerie«, flüsterte Mia.

»Das bin ich auch, Mia.«

»Und morgen feiern wir zusammen unseren Geburtstag und Weihnachten!«, sagte Mia.

»Ja«, sagte Valerie heiser. Das war der Moment für sie, in dem sie nach so vielen Jahren das Gefühl hatte, endlich wieder zu Hause angekommen zu sein.

Kapitel 26

MIA

Mia war mit Valerie, Sebastian und Max unterwegs zur Kirche, in der das Weihnachtskonzert stattfinden würde. Da auch Alma und Rosa die Aufführung besuchen wollten, musste Rudi für ein paar Stunden allein zu Hause bleiben. Doch Mia und Valerie hatten vorher eine Runde mit ihm gedreht, und danach war ohnehin seine Schlafenszeit.

Dieser Tag war für Mia bisher eine einzige emotionale Achterbahnfahrt gewesen. Dass ihre Schwester zurück war und sie sich endlich ausgesprochen hatten, fühlte sich jedoch einfach nur großartig an. Es hatte so viele Missverständnisse gegeben all die Jahre, dass sie sich vorhin fest versprochen hatten, zukünftig über alles zu reden, auch wenn sie nicht in allen Dingen immer einer Meinung sein würden.

Momentan war ihr etwas mulmig zumute. Sie musste gleich eine Begegnung mit der Direktorin überstehen. Mia hatte fest damit gerechnet, dass diese sich bei ihr melden würde. Dass sie das nicht getan hatte, beunruhigte sie noch mehr. Doch beim Konzert würden sie unweigerlich aufeinandertreffen, auch wenn Mia sich auf einen Platz in den hinteren Reihen setzte.

Als sie vom Parkplatz zur Kirche gingen, entdeckte Mia Nele, die aus einem Taxi stieg und ein wenig unsicher stehen blieb.

»Wartet bitte kurz hier«, sagte sie zu den anderen und ging zu Nele. Sie hatten am Nachmittag noch einige Lieder gemeinsam gesungen, und Mia hatte ihr ein paar Tipps gegeben, wie sie ihre Stimme noch weiter verbessern konnte.

»Hey, Nele!«, sprach sie das Mädchen an, das sich total in Schale geworfen und geschminkt hatte.

»Hi, Frau Garber.«

»Ich habe mit dem Chor und Herrn Amantke gesprochen, du musst dir keine Gedanken ...«

»Frau Garber! Was fällt Ihnen ein? Hören Sie gefälligst auf, Nele Gitter zu belästigen!«, hörten sie plötzlich eine allzu bekannte Stimme hinter sich. »Das werde ich nicht zulassen.«

Mia und Nele drehten sich zur Direktorin um, die Mia böse anschaute. »Kommen Sie, Fräulein Gitter, Sie gehen mit mir!«

Nele trat einen Schritt zurück.

»Nein, danke«, sagte sie. »Ich habe alles mit Frau Garber geklärt.«

Mia legte Nele lächelnd einen Arm auf die Schulter.

»Ja. Das haben wir«, bestätigte sie.

Direktorin Wurm-Fischer sah völlig konsterniert zwischen den beiden jungen Frauen hin und her.

»Nele muss sich jetzt beeilen, die anderen warten sicher schon! ... Joshi!«, rief Mia Joshua zu, der auf dem Weg zum Seiteneingang der Kirche war. Er blieb stehen und sah sie fragend an.

»Bitte nimm Nele mit!«, bat sie ihn.

Joshua, dem sie vorhin die Sache mit Nele erklärt hatte, nickte.

»Okay. Dann komm«, sagte er, und Nele folgte ihm.

»Ich hätte nicht erwartet, Sie heute hier zu sehen!«, zischte Wurm-Fischer ihr zu, wobei sie ein angestrengtes Lächeln aufsetzte, da inzwischen immer mehr Besucher an ihnen vorbei in Richtung Kirche gingen.

»Ich denke nicht, dass Sie mir verbieten können...«, begann Mia, doch da stand plötzlich Valerie neben ihr.

»Frau Wurm-Fischer«, sagte sie äußerst freundlich und streckte ihr die Hand entgegen, welche die Direktorin zögernd ergriff.

Mia wunderte sich, dass Valerie sie überhaupt kannte.

»Heute Nachmittag habe ich mit einem der Vorstände der Schulstiftung telefoniert. Herr Gruber war sehr erfreut, als er hörte, dass ich die Stiftung gerne mit einer größeren Spende unterstützen möchte. Natürlich hat es ihn auch sehr interessiert, als er mitbekam, dass Mia und ich Schwestern und ehemalige Schülerinnen des Gymnasiums sind. Und wie sehr wir uns beide heute auf das Konzert freuen, das Mia zusammen mit Herrn Amantke und den Schülern einstudiert hat.«

Mia blickte erstaunt zwischen Valerie und der Direktorin hin und her. Was hatte das denn zu bedeuten? Und woher wusste Valerie das alles?

Während Frau Wurm-Fischer offenbar die Sprache verloren hatte, zwinkerte Valerie ihrer Schwester zu.

»Ach, da ist er ja!«, sagte Mia und winkte dem Vorstand der Schulstiftung zu, der äußerst freundlich in ihre Richtung grüßte.

»Also ich ... ich weiß gar nicht, was ich dazu sagen soll«, sagte Frau Wurm-Fischer und bemühte sich krampfhaft um ein Lächeln.

»Sie müssen gar nichts dazu sagen«, sagte Valerie zuckersüß. »Freuen wir uns einfach auf ein schönes Konzert.«

Max rannte auf sie zu.

»Mia und Valerie, ihr müsst kommen!«

»Ja. Lasst uns hineingehen. Wir wollen doch alle noch Sitzplätze bekommen«, sagte Valerie und schaute zu Sebastian, der sie kopfschüttelnd anlächelte.

Während Valerie, Sebastian und Max noch einen Platz weiter vorne ergattern konnten, ging Mia in die Sakristei, in der die Sängerinnen und Sänger mit Daniel auf ihren Auftritt warteten.

»Hallo, Frau Garber!«, begrüßten sie alle aufgeregt, und Daniel kam auf sie zu.

»Es tut mir so leid, Mia. Aber die Wurm-Fischer war so geladen, sie wird es auf keinen Fall durchgehen lassen, dass du vorne bei uns stehst und mitsingst.«

»Wird sie doch«, sagte Mia und grinste plötzlich schelmisch. »Ich weiß nicht, wie, aber meine Schwester hat dafür gesorgt, dass sie ganz bestimmt nichts mehr dagegen hat und ihr alle auch keine Nachteile zu befürchten habt!«

»Oh – wow! Das ist ja super. Habt ihr gehört? Die Direktorin hat grünes Licht gegeben. Frau Garber wird nun doch dabei sein!«

In der kleinen Sakristei brach ein Jubel los, den man sicherlich bis hinaus ins Kirchenschiff hören konnte.

Mia fing Neles Blick auf, die total erleichtert wirkte.

Daniel trat nahe zu ihr und griff unbemerkt nach ihrer Hand, die er kurz drückte.

Doch einen Wermutstropfen gab es für Mia.

»Jetzt bereue ich es total, dass wir das Weihnachtslied für meine Schwester nicht doch geprobt haben«, sagte sie.

Daniel nickte bedauernd.

»Das nächste Mal höre ich einfach nicht auf dich«, sagte er, dann wandte er sich an die Schüler.

»Sind jetzt alle da?«, fragte er.

»Nur Janina fehlt noch«, sagte Jegor. »Sie und ihre Mutter standen eine ganze Stunde im Stau. Aber sie sind inzwischen in Prien, und sie müsste gleich da sein.«

»Okay ... dann konzentrieren wir uns jetzt alle mal und atmen tief ein und aus«, sagte Mia. In diesem Moment öffnete sich die Tür, und Janina schlüpfte zusammen mit dem Pfarrer herein, der kurz vor dem Auftritt nach dem Rechten sehen wollte und den jungen Leuten viel Erfolg wünschte.

Fünf Minuten später folgten die Schüler Mia und Daniel die Seitengänge entlang in einer Zweierreihe und stellten sich auf die Stufen zum Altarbereich. Daneben standen zwei große mit goldenem Schmuck behängte Tannenbäume. Nur die elektrische Christbaumbeleuchtung und unzählige Kerzen spendeten ein warmes feierliches Licht.

Die Kirchenbänke und die zusätzlich aufgestellten Stühle waren inzwischen alle besetzt, und zahlreiche Gäste mussten stehen.

Als Erstes sprach der Pfarrer ein paar Begrüßungsworte und lobte ausdrücklich den Chor, den Mia Garber, Tochter des bekannten und beliebten, erst kürzlich verstorbenen

Musikers Albert Garber, aufgebaut hatte. Dann übergab er das Wort an die Direktorin der Schule. Frau Wurm-Fischer schaffte es, zehn Minuten über die Schule und die Verdienste der Schulleitung zu reden und nur am Rande die Qualität des Chores hervorzuheben, der sich, wie sie sagte, heute auf eine musikalische Weihnachtsreise begeben würde, ohne Mias Namen auch nur ein Mal zu nennen. Doch das war völlig okay für Mia.

Sie saß neben den Schülern am elektrischen Klavier, auf dem sie einige Lieder begleiten würde, und genoss es, bei diesem für sie besonderen Konzert dabei zu sein.

Schließlich war es so weit. Daniel nickte ihr zu. Mia begann die ersten Töne zu spielen, und die erste Reise führte mit dem Lied *Minuit Chrétiens* nach Frankreich.

Als das erste Lied gerade zu Ende ging, hörte Mia Schritte in der Kirche. Offenbar waren noch ein paar Nachzügler gekommen. Sie warf einen Blick zur Seite und erstarrte. Nah an der Wand stand jetzt ihre Mutter neben einem großgewachsenen dunkelhaarigen Mann, bei dem es sich um Anthony handeln musste.

Mias Herz begann plötzlich wie wild zu schlagen, und sie hatte für einen Moment Probleme, ruhig weiter zu atmen. Ihre Mutter war hier! Sie konnte es nicht fassen.

»Mia!«, flüsterte Daniel. »Das nächste Lied!«

Alle warteten auf das Klavierintro. Doch ihre Finger zitterten so sehr, dass sie nicht wusste, wie sie spielen sollte. Wieder sah sie zu ihrer Mutter. Sie wirkte elegant und war immer noch eine der schönsten Frauen, die Mia je in ihrem Leben gesehen hatte. Sie schluckte.

»Mia!« Daniel stand nun vor ihr. »Soll ich für dich spielen?«, fragte er leise. Die Schüler warfen ihr fragende Blicke zu, und auch die Gäste wurden langsam unruhig.

Sie musste sich zusammenreißen, auch wenn sie am liebsten aus der Kirche geflüchtet wäre! Valerie hatte ihre Mutter nun ebenfalls entdeckt, und Mia bemerkte ihren völlig überraschten Blick. Auch sie hatte offenbar nicht damit gerechnet, dass sie hier erscheinen würde.

»Ich kann für dich übernehmen«, bot Daniel erneut an.

»Nein«, flüsterte sie. »Es geht schon.«

Sie räusperte sich, nickte Daniel zu und spielte dann die ersten Töne von *Tu scendi dalle stelle*, einem alten Lied aus Italien, komponiert von Alfonso Maria de Liguori.

Sie versuchte, alles um sich herum auszublenden. Vor allem die Tatsache, dass ihre Mutter nach all den Jahren nun unverhofft nur wenige Meter von ihr entfernt stand.

Ihr Können und die Routine halfen ihr, keine Fehler zu machen. Nicht alle Lieder begleitete sie am Klavier. Bei einigen Stücken sang sie mit oder dirigierte den Chor, während Daniel sie begleitete. Das letzte offizielle Lied war *Panis Angelicus* von Thomas von Aquin in der Franck'schen Fassung.

Danach gab es begeisterten Applaus der Zuhörer. Mia bemerkte, wie ihre Mutter mit einem Taschentuch Tränen aus den Augenwinkeln tupfte. Noch immer konnte sie nicht fassen, dass sie wirklich hier war.

Langsam ebbte der Applaus schließlich ab.

Ursprünglich hatte Mia vorgehabt, mit den Schülern zum Schluss *Do they know it's Christmas* zu singen. Sie hatten das Lied auch in den letzten Tagen geprobt, allerdings unter der Einschränkung, dass sie erst Wurm-Fischers Reaktion auf

Mias Mitwirken hatten abwarten wollen. Nachdem diese durch das Eingreifen ihrer Schwester gebändigt schien, ging Mia davon aus, dass sie nun dieses Lied singen würden.

Doch nun trat Daniel nach vorne und stellte sich ans Mikrofon.

»Liebe Gäste, ich möchte Ihnen vielmals danken, dass Sie an diesem für uns alle ganz besonderen Abend dabei sind. Vor allem aber danke ich den Schülern des Chors«, er wandte sich zu ihnen um. »Ihr habt mir gezeigt, wie wichtig Loyalität ist, aber auch eure Bereitschaft, all eure Energie und Zeit in die Vorbereitung für diesen Auftritt zu stecken. Es ist mir eine große Freude, mit euch und für euch zu arbeiten.«

Die Gäste und auch die Schüler und Mia begannen wieder begeistert zu klatschen. »Doch das alles wäre nicht zustande gekommen«, fuhr Daniel fort, »wenn nicht eine ganz besondere Musiklehrerin mit ihrer Leidenschaft, ihrem großen Können und ihrer Liebe zur Musik uns alle mitgerissen hätte. Jede Schule darf sich glücklich schätzen, eine Lehrerin wie Mia Garber im Kollegium zu haben...« Wieder ein gewaltiger Applaus, der jetzt noch lauter war und vor allem auch von den Schülern kam. Frau Wurm-Fischer hatte inzwischen einen roten Kopf auf, bemühte sich jedoch zu lächeln.

Mia verbeugte sich vor den Zuhörern, vor den Schülern und vor Daniel.

»Und jetzt möchten wir Sie alle – und vor allem Mia Garber – mit einem Weihnachtslied überraschen, das von Albert und Mia Garber stammt.«

Mia sah ihn völlig verblüfft an.

»Denkst du wirklich, ich hätte in diesem Fall auf dich gehört?«, flüsterte er ihr ins Ohr.

Sie konnte ihr Glück gar nicht fassen. Was war er nur für ein besonderer Mann?

Daniel setzte sich ans Klavier. »Vielleicht solltest du selbst ein paar Worte zu diesem Lied sagen«, fordert er sie leise auf.

Mia nickte, trat ans Mikrofon und räusperte sich.

»Die Überraschung ist gelungen«, sagte sie mit belegter Stimme. »Danke ihr Lieben und danke dir, Daniel. Einen besseren Nachfolger für meine Stelle an der Schule hätte ich mir nicht wünschen können... Das Lied, das der Chor nun gleich singen wird, heißt: *A Special Christmas Time*. Geschrieben hat es mein Vater Albert Garber. Und ich habe vielleicht ein klein wenig mitgeholfen, dass es fertig wird.« Sie blickte zu Valerie.

»Liebe Valerie, das Lied ist von unserem Vater ganz speziell für dich!«

Damit trat sie zurück. Daniel spielte die ersten Töne, dann nickte er dem Chor für den Einsatz zu.

Your light was pure magic
Your voice filled my heart
Your smile conquered my soul
But we still are apart.

So I hope all the time
To find a way back to you
And believe deep inside me
That my dreams will come true
To celebrate a special Christmas Time with you

Let's dance through the snow
Let us travel to the sky
I wanna take you by the hand
To fly with you up high

And I hope all the time
To find a way back to you
Still belive deep inside me
That our dreams will come true
To celebrate a special Christmas time with you

And when I'm missing you too much,
a candle is giving me hope, is giving me hope,
that a miracle will bring your love back for good.

Nachdem das Lied zu Ende war, herrschte in der Kirche für ein paar Sekunden absolute Stille, bis die Leute schließlich völlig begeistert applaudierten. Valerie war aufgestanden, ging nach vorne und umarmte ihre Schwester tränenüberströmt.

»Danke, Mia«, flüsterte sie ihr ins Ohr. Und in diesen zwei Worten lag noch so viel mehr.

Mia warf einen kurzen Blick zu der Stelle, wo ihre Mutter gestanden hatte, doch der Platz war leer. Sie schluckte. War Olivia schon wieder verschwunden? Oder hatte sie sich den Besuch der Mutter womöglich nur eingebildet?

Das Klatschen der Zuschauer wurde nun von Zugaberufen begleitet, die sie ihre Mutter für eine Weile vergessen ließen. Und so sangen sie am Ende nun auch noch *Do they know it's Christmas*.

Nach dem letzten Applaus verließen die Besucher das Konzert in dem Bewusstsein, einer ganz besonderen Aufführung beigewohnt zu haben.

Als Mia zehn Minuten später ebenfalls aus der Kirche trat, wusste sie nicht mehr, wie sie das alles überstanden hatte.

Die Schüler verabschiedeten sich alle mit einer Umarmung von ihr, und schließlich standen nur noch ein paar Leute vor der Kirche. Von Olivia und Anthony war nichts mehr zu sehen.

Valerie kam zu Mia und umarmte sie ganz fest.

»Du weißt gar nicht, wie viel mir das bedeutet«, sagte Valerie bewegt. »Ich danke dir so sehr, Mia!«

»Ich danke dir, dass du zurückgekommen bist«, murmelte Mia.

Langsam lösten sie sich voneinander.

»Sag mal, habe ich das vorhin geträumt mit Mutter?«, fragte Mia.

»Nein. Du hast nicht geträumt.«

»Wo ist sie denn hin?«

»Sie hat mir eine Nachricht geschickt, dass sie und Anthony ins Hotel gefahren sind. Falls wir sie in den nächsten Tagen sehen wollen, das heißt, vor allem, falls du sie sehen möchtest, sind wir jederzeit willkommen.«

Mia wusste nicht, was sie darauf sagen sollte.

»Sie will dir die Entscheidung überlassen, Mia«, sagte Valerie.

»Ich weiß nicht, ob ich das kann«, flüsterte Mia.

»Doch. Das kannst du. Und du musst es auch, denn Mutter hat dir sicher keine Briefe geschrieben, und sie wird auch niemals ein Lied für dich komponieren«, murmelte Valerie. »Ich fürchte, du wirst es zu ihren Lebzeiten mit ihr austragen müssen. Von Angesicht zu Angesicht.«

Ihre Schwester hatte vermutlich recht, doch noch war sie nicht so weit. Sie warf einen kurzen Blick zu Daniel, der sich mit einem Lehrerkollegen unterhielt und ihr zunickte.

»Du musst das nicht jetzt gleich entscheiden, Mia«, sagte Valerie. »Lass uns erst einmal nach Hause fahren. Der Tag heute war aufwühlend genug für uns alle.«

Mia nickte und ging zu Daniel, um sich zu verabschieden.

»Danke, dass du nicht auf mich gehört hast«, sagte sie mit einem Lächeln.

»Jederzeit gerne wieder.« Er grinste.

»Wir sehen uns morgen?«

»Auf jeden Fall. Gute Nacht, Mia.«

»Gute Nacht, Daniel.«

Valerie und Mia gingen zum Parkplatz, wo Sebastian und Max schon im Wagen saßen, und auf sie warteten. Auf der Heimfahrt verkündete der Kleine, dass er später auch mal Musik machen wolle. So wie Mia.

»Aber ich will nicht nur Weihnachtslieder singen«, stellte er klar.

»Das musst du auch nicht, Max«, sagte Mia. »Du kannst singen und spielen, was immer du magst.«

Fünf Minuten später hatten die Schwestern sich von Sebastian und Max verabschiedet und stiegen aus dem Wagen. Mia holte den Schlüsselbund aus der Handtasche, doch bevor sie die Tür aufsperrte, drehte sie sich zu Valerie um.

»Ich kann jetzt nicht schlafen gehen, wenn ich weiß, dass

sie da ist«, sagte sie plötzlich, und ihr Herz schlug bis zum Hals. Sie hatte Angst. Doch die Angst würde noch größer werden, je länger sie wartete. Sie wollte es hinter sich bringen.

»Komm. Lass uns ins Hotel fahren«, sagte sie entschlossen.

»Wie du meinst«, sagte Valerie und nickte ihr zu.

Mia und Valerie hatten das luxuriöse Hotelzimmer betreten und blieben in der Nähe des Panoramafensters stehen. Mias Beine zitterten. Am liebsten wäre sie auf der Stelle wieder umgekehrt. Was hatte sie nur geritten, jetzt noch zu ihrer Mutter zu fahren?

Valerie griff kurz nach Mias Hand und drückte sie aufmunternd.

Olivia stand neben Anthony und zupfte sichtlich nervös an ihren Fingern, dabei bemühte sie sich um ein Lächeln. Sie trug ein elegantes, aber schlichtes beiges Kleid, das sie allerdings blass wirken ließ.

Vermutlich um es allen leichter zu machen, stellte sich Anthony als Erster vor. Er streckte die Hand aus, die Mia ergriff.

»Ich bin Anthony«, sagte er freundlich auf Englisch. »Und ich freue mich wirklich sehr, dass ich endlich Olivias andere Tochter kennenlernen darf. Ich kann gar nicht sagen, wie berührt und begeistert ich von dem heutigen Abend bin. Mein allergrößtes Kompliment.«

Seine Worte klangen aufrichtig und brachen das Eis ein wenig.

»Vielen Dank. Ich freue mich auch, dass wir uns kennenlernen«, sagte Mia ebenfalls auf Englisch. Nachdem sie heute erfahren hatte, dass dieser Mann nichts mit der Trennung ihrer Eltern zu tun hatte, wie sie jahrelang geglaubt hatte, fiel es ihr nicht schwer, ihm unvoreingenommen zu begegnen.

Dann trat Anthony zurück und überließ seiner Frau den Raum.

»Mia«, sagte Olivia mit zitternder Stimme.

Mia schluckte. Es fiel ihr schwer, die Fassung zu bewahren. Ihre Kehle war wie zugeschnürt.

»Danke, dass du gekommen bist, Mia«, sagte Olivia, und plötzlich kullerten Tränen über ihre Wangen.

Mia nickte nur. Es gab etwas, das sie unbedingt wissen musste. Eine Frage, die ihr seit dem Tag der Trennung keine Ruhe gelassen hatte. Sie räusperte sich.

»Warum hast du damals Valerie ausgewählt und nicht mich?«, fragte sie leise auf Deutsch. »Hattest du mich weniger lieb als sie?«

Olivia wischte die Tränen mit der Hand weg und schüttelte energisch den Kopf.

»Die Entscheidung habe nicht ich getroffen, sondern deine Großmutter. Sie hatte die Tickets für mich und Valerie geschickt.«

Mia spürte, wie ein Druck um ihr Herz, von dem sie erst jetzt merkte, dass er seit damals da gewesen war, schlagartig verschwand.

Nach all den Jahren, in denen sie wütend auf ihre Mutter gewesen war, musste sie sich eine neue Haltung erarbeiten. Sie wusste, das würde nicht einfach werden, auch wenn sie inzwischen erfahren hatte, dass ihre Großmutter die Hauptverantwortliche für das ganze Unglück gewesen war.

Trotzdem siegte in diesem Moment die Sehnsucht, die sie seit dem Tag ihrer Abreise in sich trug. Die Sehnsucht, von ihrer Mutter umarmt zu werden. Olivia schien dies instinktiv zu spüren, denn nun trat sie zu ihrer Tochter und nahm sie in die Arme. Eine Weile lang standen sie einfach nur so da, hielten sich gegenseitig fest. Worte waren in diesem Moment nicht nötig.

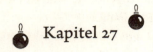# Kapitel 27

Der Heilige Abend

VALERIE

Noch vor wenigen Tagen hatte Valerie damit gerechnet, ihren dreißigsten Geburtstag in New York mit zahlreichen Leuten zu verbringen, von denen ihr die meisten überhaupt nichts bedeuteten. Doch alles war anders gekommen. Jetzt, am Nachmittag des Heiligen Abends, saß sie hier am Tisch in der Wohnküche ihres Elternhauses zusammen mit Mia, ihrer Mutter und Anthony bei Kaffee und Torte, die Olivia am Vormittag noch schnell in der Konditorei besorgt hatte. Und in diesem Moment hätte sie nirgends auf der Welt lieber sein mögen.

Ihr schönstes Geburtstagsgeschenk war die für sie völlig unerwartete Begegnung zwischen Mia und ihrer Mutter. Natürlich war noch lange nicht alles ausgesprochen, und die beiden gingen sehr vorsichtig miteinander um. Sie brauchten noch Zeit, doch Valerie hoffte, dass sie sich irgendwann wieder ganz versöhnen würden.

»Bekomme ich vielleicht noch ein Stück von der leckeren Torte?«, fragte Anthony. Seine Anwesenheit wirkte zwar ein klein wenig befremdlich in diesem Haus, das so sehr für ihren Vater Albert stand, trotzdem schien er gleichzeitig auch hierherzugehören. Auf jeden Fall gehörte er inzwischen zu dieser Familie.

»Natürlich«, sagte Olivia und schnitt ihm ein zweites Stück ab.

»Danke!«

»Sonst noch jemand?«, fragte Olivia. Sie unterhielten sich auf Englisch, damit auch Anthony den Gesprächen folgen konnte.

»Nein, danke«, sagte Valerie, und auch ihre Schwester lehnte dankend ab.

Mia nahm einen Schluck Kaffee und krault nebenbei Rudis Nacken.

»Nach dem tollen Konzert gestern wird dich die Wurm-Fischer sicher wieder einstellen«, sagte Valerie zu ihr. »Dafür wird schon die Schulstiftung sorgen.«

»Ich möchte aber gar nicht mehr dort arbeiten«, entgegnete Mia.

»Nicht?«, hakte Valerie nach, und auch Olivia wirkte überrascht.

Mia schüttelte den Kopf.

»Die Schule bedeutet mir nach wie vor viel. Aber ich habe keine Lust mehr, unter so einer Frau zu arbeiten. Das würde immer wieder nur neue Probleme aufwerfen. Und das möchte ich mir echt nicht mehr antun«, sagte sie.

»Was hast du denn dann vor?«, erkundigte sich Anthony neugierig.

»Nele, eine meiner Schülerinnen, hat mich gestern auf eine Idee gebracht, als sie mich fragte, ob ich ihr private

Gesangsstunden geben könnte ... Ich liebe es zu unterrichten. Und einen Chor zu leiten. Aber es muss ja nicht unbedingt in einer Schule sein. Ich könnte das hier in diesem Haus als Privatlehrerin machen. Und einen neuen Chor auf die Beine stellen. Platz genug gibt es hier.« Sie wandte sich an Valerie. »Natürlich nur, wenn du damit einverstanden bist, Valerie.«

»Aber natürlich, Mia«, sagte Valerie. Sie war froh, dass ihre Schwester Pläne für die Zukunft schmiedete. »Du kannst das Haus nutzen, wie du möchtest.«

»Was für eine großartige Idee«, sagte Anthony. »Und du solltest auch an einer eigenen Gesangskarriere arbeiten, Mia. Du bist sehr talentiert.«

»Danke, Anthony.«

»Ich meine es ernst. Wir könnten auch einen Auftritt für dich in New York organisieren. Ich kenne genug Leute aus der Branche.«

»Das könnte er wirklich«, bestätigte Valerie.

»Danke für das Angebot. Aber ich muss jetzt erst einmal hier alles regeln. Trotzdem klingt das natürlich sehr verlockend ...« Mia lächelte.

»Falls ich irgendwas für dich tun kann, lass es mich bitte einfach wissen, Mia«, bot er an und schob sich dann eine weitere Gabel mit Torte in den Mund.

Valerie bemerkte den Blick ihrer Mutter, den sie Anthony zuwarf. Er war voller Liebe und Dankbarkeit. Offenbar war Anthony tatsächlich genau der richtige Mann für Olivia, der ihr das geben konnte, was sie auf Dauer glücklich machte. Und auch wenn Valerie ihren Vater noch so sehr liebte und sie sich gewünscht hätte, dass es nie zu einer Scheidung gekommen wäre, gönnte Valerie ihrer Mutter dieses Glück.

»Anthony...«, begann Valerie vorsichtig, der noch etwas anderes schwer im Magen lag, »... ich fürchte, dass ich keine guten Nachrichten für dich habe. Ich möchte gern länger hierbleiben. Herausfinden, ob Sebastian und ich wirklich zusammengehören und der kleine Max mich auch akzeptieren kann. Und falls das so ist, werde ich wohl nicht mehr zurück nach New York gehen.«

Es fiel ihr sehr schwer, denn die Arbeit in der Firma bedeutete ihr sehr viel.

»Nun, meine liebe Val, dafür habe ich vielleicht gute Nachrichten für dich...«, sagte Anthony und begann zu lächeln. »Wir haben ja bereits überlegt, hier in Europa ein zweites Standbein aufzumachen. Was hältst du davon, wenn wir den Firmensitz in diese Gegend legen? Dann könntest du ihn leiten.«

»Hier? Das würdest du wirklich für mich tun, Anthony?«, fragte sie erfreut.

»Na ja. Du bist meine beste Mitarbeiterin. Ich möchte dich auf keinen Fall für die Firma verlieren, Val. Wir müssen alles noch gut prüfen, aber ja, wenn nichts dazwischenkommt, dann könnten wir den europäischen Standort hier aufbauen. Natürlich würdest du dafür öfter zwischen New York und hier hin- und herfliegen müssen. Ohne das geht es nicht. Aber wäre das für dich akzeptabel?«

Statt einer Antwort stand Valerie auf und umarmte Anthony fest.

»Das ist ja wie Weihnachten heute«, sagte Mia grinsend, und sie lachten alle.

»Und ich hoffe, dass du nicht nur aus beruflichen Gründen ab und zu nach New York kommen wirst«, sagte nun Olivia. Es fiel ihr sichtlich nicht leicht zu hören, dass Valerie wieder nach Deutschland gehen würde.

»Natürlich nicht, Mutter«, sagte Valerie. »Und du kannst dich gleich darauf einstellen, dass ich Mia öfter mal mitschleppen werde.«

Sie sah zu ihrer Schwester. Mia zuckte mit den Schultern.

»Da kann ich mich vermutlich nicht dagegen wehren«, sagte sie flapsig und versprach damit indirekt, dass sie ihre Mutter und Anthony besuchen würde.

»Du bist immer herzlich willkommen«, sagte ihre Mutter, und Anthony nickte zustimmend.

In diesem Moment klingelte Olivias Handy. Valerie sah auf dem Display, dass es ihre Großmutter war. Ihre Mutter ließ es dreimal klingeln, als schien sie noch zu überlegen, ob sie rangehen sollte, dann drückte sie den Anruf weg.

»Ich weiß nicht, ob ich ihr das jemals verzeihen kann«, sagte sie leise.

Anthony griff nach ihrer Hand.

»Das musst du jetzt auch gar nicht entscheiden, Olivia.«

»Natürlich habe ich selbst auch viele Fehler gemacht, auf die ich nicht stolz bin, und vieles würde ich heute ganz anders machen«, fuhr sie bedrückt fort, »aber dass meine eigene Mutter so weit gehen würde...« Sie konnte nicht weitersprechen.

»Sie hat durch ihr Handeln am Ende am meisten verloren«, sagte Mia, die von allen den wenigsten Bezug zu

Kate hatte, und trotzdem so viel unter dem egoistischen Handeln ihrer Großmutter gelitten hatte. »Das ist vielleicht Strafe genug.«

»Außerdem haben wir es ihr überlassen, den Partygästen abzusagen«, fügte Anthony mit dem Anflug eines Grinsens hinzu. »Eure Mutter hat sie vor unserer Abreise vor die Wahl gestellt, entweder das zu übernehmen, oder die Gäste erst bei der Ankunft im Penthouse von der Haushälterin vor vollendete Tatsachen stellen zu lassen. Ihr hättet ihr Gesicht sehen sollen.«

»Geschieht ihr ganz recht«, sagte Valerie, die wusste, wie schwer es Kate fallen würde, den Gästen mit einer plausiblen Begründung so kurzfristig abzusagen.

Mia und Anthony begannen zu lachen. Und schließlich fielen auch Valerie und Olivia mit ein.

Nachdem sie den Nachmittag nur in einer kleinen Runde verbracht hatten, kamen am Abend weitere Gäste: Alma und Rosa, die eine selbstgebackene weihnachtliche Biskuitrolle und mehrere Schüsseln und Tabletts mit Tapas mitbrachten. Anschließend kam Daniel mit einer Flasche Crémant und danach Sebastian, der zwei riesige Blumensträuße für die Geburtstagskinder dabei hatte.

»Warum hast du mir nicht gesagt, dass du und deine Schwester heute auch Geburtstag habt?«, fragte Daniel Mia ein wenig vorwurfsvoll, dem es sichtlich peinlich war, dass er ohne Geschenke gekommen war.

»Weil das überhaupt nicht wichtig ist«, sagte Mia und schob ihn zum Tisch. »Ich freue mich einfach, dass du da bist.«

Und dann klingelte noch ein Gast an der Haustür.

»Das ist Nele«, stellte Mia die Schülerin Olivia und Anthony vor. »Der Rückflug ihrer Eltern aus Bali verspätet sich um ein paar Stunden. Und damit sie den Heiligen Abend nicht allein verbringen muss, habe ich sie für heute eingeladen.«

Nele reichte Mia eine Flasche.

»Frohe Weihnachten, Frau Garber. Ich hoffe, der Wein passt. Ich habe ihn aus dem Weinkeller meines Vaters genommen«, sagte sie.

»Vielen Dank«, sagte Mia.

Anthony, der ein Weinkenner war, warf einen Blick auf das Etikett und schmunzelte.

»Ein Château Lafite Rothschild aus 2008!«

»Ich glaube, dein Vater wird nicht sonderlich begeistert darüber sein, dass du ihn einfach so verschenkst. Vielleicht nimmst du ihn besser wieder mit nach Hause«, meinte Valerie.

Doch Nele zuckte mit den Schultern.

»Er wird's überleben«, sagte sie lapidar und ging zu Rudi, den sie eben entdeckt hatte.

Mia warf einen Blick auf die Uhr.

»In einer Viertelstunde ist Bescherung«, kündigte sie an und verschwand in den Wintergarten.

»Ich schau mal, ob ich Mia helfen kann«, sagte Daniel keine Minute später und folgte ihr.

»Ist da etwas zwischen den beiden?«, fragte Olivia neugierig.

»Sieht ganz danach aus«, sagte Valerie lächelnd, während sie den Kühlschrank öffnete. Sie bemerkte, dass Mineralwasser fehlte und ging in den Keller, um Nachschub zu holen.

»Endlich erwische ich dich alleine«, sagte Sebastian, als Valerie eben auf dem Rückweg nach oben war. Er nahm ihr die beiden Flaschen aus der Hand, stellte sie auf der Treppenstufe ab und zog Valerie an sich.

»Alles Gute zum Geburtstag, Valerie«, gratulierte er und gab ihr einen Kuss. Valerie schlang die Arme um seinen Hals und schmiegte sich an ihn.

Als sie sich lösten, sah er sie lächelnd an.

»Und du willst tatsächlich hierbleiben?«, fragte er leise.

»Ja.«

»Du bist echt ganz schön mutig«, murmelte er.

»Und kein bisschen vernünftig«, fügte sie hinzu.

»Genau. Völlig unvernünftig. Das ist sehr, sehr aufregend.«

Der Blick, den er ihr dabei aus seinen blauen Augen zuwarf, bescherte ihr eine Gänsehaut.

»Ich wusste nicht, worüber du dich freuen würdest. Deswegen bin ich gespannt, was du von meinem Geburtstagsgeschenk hältst«, sagte er.

Er zog einen kleinen Samtbeutel aus der Hemdtasche und reichte ihn ihr.

»Was ist es denn?«, fragte sie neugierig.

»Sieh doch nach.«

Valerie zog das kleine Bändchen auf und holte einen Schlüssel heraus.

»Ich weiß, dass wir besser nichts übereilen sollten und du erst mal hier bei Mia wohnen wirst. Aber du sollst wissen, dass du jederzeit bei mir willkommen bist, Valerie.«

Er hatte ihr einen Hausschlüssel geschenkt!

»Danke, Sebastian«, sagte sie berührt und wollte ihn gerade ein weiteres Mal küssen, da rief Alma von oben.

»Valerie? Sebastian? Kommt ihr? Es ist gleich Bescherung!«

Wenige Minuten später hörten sie das Klingeln eines Glöckchens aus dem Wintergarten, und gleich darauf öffnete Mia die Tür. »Stille Nacht« empfing sie aus der Musikanlage, das Lied, das auch Albert immer zur Bescherung aufgelegt hatte. Im Kachelofen flackerte ein lustiges Feuer, unzählige Kerzen tauchten den Raum in ein geheimnisvolles Licht und verbreiteten einen besonderen Duft. Doch der Blickfang war der riesige, kunterbunt geschmückte Weihnachtsbaum, an dem die vielen Lichter sich in den Weihnachtskugeln spiegelten. Sie stellten sich alle davor auf, während die Musik weiter spielte.

Valerie schluckte. Nach so vielen verpassten Jahren erlebte sie endlich wieder ein Weihnachtsfest, wie sie es damals geliebt hatte. Sie schloss für einen kurzen Moment die Augen und fühlte sich wie in einer Zeitreise. Und fast erwartete sie, dass Albert ins Zimmer kam, um allen frohe Weihnachten zu wünschen.

»Was für ein wunderschöner Weihnachtsbaum«, sagte Anthony leise.

»Vor allem schön kitschig, oder?«, flüsterte Olivia unüberhörbar zurück.

Mia und Valerie warfen sich amüsierte Blicke zu.

Valerie hätte sich auch gewundert, wenn ihre Mutter trotz der Versöhnung plötzlich zu einem Weihnachtsfan mutiert wäre.

Nachdem sich alle frohe Weihnachten gewünscht hatten, kam Olivia auf Mia und Valerie zu.

»Ich habe noch was für euch«, sagte sie, und Valerie sah zwei Päckchen in ihrer Hand.

»Was ist das denn?«, fragte Mia.

»Das habe ich für euch in New York gekauft«, antwortete ihre Mutter. »Ein paar Tage, bevor wir damals zurückgeflogen wären. Ich wollte es euch beiden bei der Rückkehr zum Schulanfang geben.«

Valerie bemerkte Mias erstaunten Blick und war ebenfalls verblüfft.

»Du wolltest damals wirklich wieder zurückkommen?«, fragte Mia. Offenbar zweifelte sie immer noch daran.

»Ja«, antwortete Olivia, und ihre Stimme klang ein wenig heiser. »Das wollte ich ...«

Valerie merkte ihr an, wie sehr sie sich bemühte, Haltung zu bewahren.

»Jetzt macht schon auf«, forderte sie ihre Töchter auf.

Mia und Valerie öffneten beide ihre Päckchen. Auf hellblauer Watte lag in jeder Schachtel eine goldene Kette mit einem Türkis-Anhänger in Form eines Herzens.

»Das ist der Geburtsstein für Dezember«, erkläre Olivia. »Er sollte euch Glück bringen ... Soll euch Glück bringen.«

Mia zog die Kette vorsichtig aus der Schachtel.

»Das bedeutet mir mehr, als du dir vorstellen kannst, Mutter«, sagte sie leise und umarmte Olivia.

»Mir auch«, sagte Valerie und nickte ihrer Mutter zu.

»Singt doch bitte noch mal dieses Weihnachtslied«, forderte Sebastian Daniel, Mia und Nele ein wenig später auf, als sie am Tisch saßen und Wein und Eierlikörpunsch tranken und dazu die Tapas verspeisten.

»Oh ja, bitte«, stimmte ihm Alma zu. »Ich möchte es auch so gerne noch mal hören.«

»Na gut. Dann kommt mal alle mit ins Musikzimmer«, forderte Mia sie auf.

Sie setzte sich ans Klavier, und Daniel und Nele stellten sich neben sie. Als die drei das Lied noch einmal vortrugen, strahlten die Augen aller Anwesenden im Raum. Valerie bemerkte die Blicke, die Mia und Daniel sich beim Singen zuwarfen, und hoffte sehr für ihre Schwester, dass sie mit Daniel ein ähnliches Glück finden würde, wie sie es sich mit Sebastian erhoffte. Doch was aus ihnen allen werden würde, konnte nur die Zukunft zeigen.

»Wunderschön, nicht wahr?«, flüsterte Sebastian ihr ins Ohr. Valerie nickte. Sie empfand es noch berührender als am Tag zuvor in der Kirche, weil ihr Vater in diesem Raum immer noch präsent zu sein schien. Mia hatte gesagt, es wäre Alberts Lied für Valerie. Doch sie wusste inzwischen durch ein Gespräch mit Daniel, wie viel auch Mia zu diesem Lied beigetragen hatte. Ihre Schwester hatte sich offenbar genau so sehr wie ihr Vater ersehnt, dass sie wieder ein gemeinsames Weihnachtsfest feiern würden. Valerie war unendlich glücklich, dass sie es geschafft hatten. Und sie spürte, dass ihr Vater sich darüber freute – wo immer er nun auch sein mochte.

Als das Lied zu Ende war und sich alle wieder auf den Weg in den Wintergarten machten, bemerkte Valerie, dass ihre Mutter vor dem Porträt von Albert stehen blieb, das über dem Sekretär hing, und es betrachtete. Valerie blieb in der Tür stehen, um auf ihre Mutter zu warten, ohne dass sie es bemerkte.

»Danke Albert«, hörte Valerie ihre Mutter sagen, »dass du so gut auf Mia aufgepasst und Valerie dieses Lied geschenkt hast. Valerie und uns allen.«

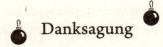 Danksagung

Immer wieder ist es ein ganz besonderer Moment für mich, wenn ich das Wort »Ende« unter eine Geschichte schreibe. Ich spüre zum einen natürlich Erleichterung, dass ich die Geschichte abgeschlossen habe, aber vor allem immer auch etwas Wehmut, weil ich von lieb gewonnenen Figuren erst einmal Abschied nehmen muss, die mich über viele Monate gedanklich begleitet haben.

Von Herzen danke ich meinem großartigen Verlag und stellvertretend besonders dir, liebe Anna-Lisa Hollerbach, für unsere schöne Zusammenarbeit auf allen Etappen der Entstehung meiner Bücher.

Alexandra Baisch, meine Redaktionsfee – es ist ein großes Vergnügen, mit dir gemeinsam an meinen Geschichten zu arbeiten. Du hilfst mir dabei, das Beste aus meinen Figuren herauszuholen. Vielen vielen Dank dafür!

Johannes Wiebel, danke für das zauberhafte Cover.

Franka Zastrow und Christina Gattys – merci euch beiden. Es ist ein wunderbares Gefühl, euch als Agentinnen an meiner Seite zu haben.

Mama, vielen Dank, dass du mich immer unterstützt und für mich da bist.

In meinen Büchern gibt es am Ende immer Rezepte, die in der Geschichte eine Rolle spielen. Unterstützung bekomme ich hier meistens von meinem älteren Sohn Felix. Auch diesmal stammt eines der Rezepte aus seiner Küche. Vielen Dank für die traumhaft leckeren Ravioli, die ich in dieser Variante noch nie gegessen habe.

Für das Lied, das im Roman eine große Rolle spielt, haben mein jüngster Sohn Elias und ich den Text geschrieben. Momentan sind wir dabei, aus der Melodie, die uns dazu im Kopf herumspukt, ein Lied zu komponieren und zu arrangieren. Ich bin schon sehr gespannt, was dabei am Ende rauskommen wird. Vielleicht bekommt ihr es ja irgendwann zu hören. Auf jeden Fall machen die Sessions im Musikzimmer riesigen Spaß! Vielen Dank, Elias!

Und zum Schluss wieder ein ganz besonders herzliches Dankeschön an euch, liebe Leserinnen und Leser. Viele von euch sind treue Leser schon seit meinem ersten Roman. Ich freue mich immer sehr über die vielen Nachrichten, die mich auf verschiedenen Kanälen zu meinen Geschichten erreichen.

Rezepte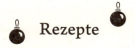

Brezenpflanzerl

Zutaten für ca. 4 Personen

5 altbackene Brezen
1 – 2 Scheiben Toastbrot
1 ½ kleine Tassen warme Milch
3 Eier
Salz und Pfeffer
1 große Zwiebel, kleingehackt
1 große Karotte, kleingewürfelt
1 Paprikaschote, kleingewürfelt
½ Stange Lauch, kleingewürfelt
1 Knoblauchzehe, kleingehackt
½ kleine Chilischote (nicht zu scharf)
1 kleiner Bund frische Petersilie, gehackt
1 Handvoll frisch geriebener Emmentaler
Pflanzenöl

Zubereitung:

Die Brezen in feine Scheiben schneiden und mit der Milch und den darin verquirlten Eiern übergießen und kurz stehen lassen.

In der Zwischenzeit das kleingehackte Gemüse in einer Pfanne mit Öl leicht anbraten. Erst zum Schluss Knoblauch und Chili zugeben. Dann leicht abkühlen lassen und gut mit der Brezenmasse vermischen. Kleingezupftes Toastbrot dazugeben. Die Masse soll nicht zu fest, aber auch nicht zu matschig sein. Mit Salz, Pfeffer und Petersilie würzen und am Ende noch den Käse untermischen. Die Masse zu flachen Pflanzerln drücken und in heißem Öl ausbacken, bis sie schön goldbraun und knusprig sind.

Dazu passen alle möglichen Salate, auch Kartoffelsalat oder Rahmgemüse. Die Pflanzerl schmecken auch kalt sehr lecker. Wer es noch deftiger mag, der kann auch angebratene kleine Speckwürfel in die Masse geben.

Sebastians Bayerische Creme

Zutaten für etwa 4 Personen:

4 Eigelb
500 ml Milch (3,5%)
100 g Zucker
1 Vanilleschote
4 Blatt Gelatine
200 ml Sahne

250 g frische oder tiefgekühlte Erdbeeren
(oder andere Beeren)
1 Päckchen Vanillezucker
1 Esslöffel Zucker
½ Zitrone Saft
Einige Blättchen frische Minze

Zubereitung:

Sahne steif schlagen und kühl stellen.

Milch mit Zucker in einen Topf geben, Vanillestange halbieren, Mark auskratzen und alles ebenfalls in die Milch geben. Kurz aufkochen und am Ende die Vanilleschote aus der Milch nehmen. Gelatine in kaltem Wasser einweichen. Eigelbe mit Schneebesen oder Mixer in einer Metallschüssel oder einem Topf aufschlagen. Heiße Milch ganz langsam unter ständigem Rühren in die Eigelbmasse einlaufen lassen. Dann noch mal alles zurück in den Milchtopf und unter ständigem Rühren mit einem Holzkochlöffel erhitzen. Nicht mehr kochen lassen! Alles so lange rühren, bis das Gemisch so eingedickt ist, dass man eine Rose abziehen kann. Gelatine ausdrücken und in das Gemisch rühren. Wenn die Masse abgekühlt ist, die steif geschlagene Sahne unterziehen und in Dessertbecher oder Gläser füllen. Bayerische Creme ca. 4 – 5 Stunden in den Kühlschrank stellen.

Erdbeeren mit Vanillezucker, Zucker und Zitronensaft pürieren und kühl stellen.

Vor dem Servieren die Creme mit der Erdbeersoße übergießen und mit einem Minzblättchen garnieren.

Rosas weihnachtliche Biskuitrolle

Zutaten:

4 Eier
1 Päckchen Vanillezucker
100 g Zucker
1 Prise Salz
70 g Dinkelmehl hell
50 g gemahlene Mandeln
1 TL Zimt
20 g Kakao
1 TL Backpulver

1 kleines Glas Sauerkirchen
400 ml Schlagsahne
1 Päckchen Sahnesteif
1 Päckchen Vanillezucker
1 TL Zimt
2 EL Puderzucker (oder normalen Zucker)
½ Orange (Abrieb Schale)
200 g Frischkäse
200 ml Sauerrahm
2 EL Schokoladenstreusel
Nach Geschmack eine Handvoll gebrannte Mandeln
als Deko

Zubereitung Teig:

Eier trennen. Eiweiß mit etwas Salz steif schlagen. 80 Gramm Zucker mit Vanillezucker und Eigelben mit dem Rührgerät aufschlagen. Gemahlene Mandeln unterrühren, dann vorsichtig das Eiweiß unterheben. Zum Schluss Mehl mit Backpulver, Zimt und Kakao auf die Masse sieben und ebenfalls vorsichtig unterheben. Auf ein mit Backpapier ausgelegtes Backblech streichen und im vorgeheizten Ofen bei 175 Grad ca. 10 – 15 Minuten backen. Noch heiß auf ein mit dem restlichen Zucker bestreutes Küchentuch stürzen, Backpapier abziehen und sofort einrollen. Abkühlen lassen.

Zubereitung Füllung:

Die Sahne mit Sahnesteif aufschlagen. Frischkäse, Sauerrahm, Zucker, Vanillezucker, Zimt und Orangenabrieb verrühren. Die Sahne vorsichtig unterheben. Etwa 2/3 der Masse auf den abgekühlten Teig streichen. Mit Sauerkirschen belegen (einige Kirschen für die Deko aufheben). Vorsichtig zusammenrollen und mit restlicher Sahne einstreichen. Mit Kirschen, Schokoraspeln und nach Geschmack gebrannten Mandeln dekorieren.

Tipp: Wer mag, kann die Kirschen vorher in etwas Rum oder Kirschgeist einlegen.

Mias Ravioli
mit Ricotta-Parmesan-Cashew-Füllung

Rezept meines Sohnes Felix für ca. 4 Personen

Zutaten:

Nudelteig:

190 g Hartweizengries
110 – 120 g Mehl
1 EL Olivenöl
3 mittelgroße Eier
½ TL Salz

Füllung:

250 Ricotta
200 ml Sahne
100 g frisch geriebenen Parmesan
100 g Cashewkerne
(Zitronen)-Thymian
1 Ei, getrennt
Salz
Pfeffer

Sonstiges:

100 g Butter
Parmesankäse zum Bestreuen

Zubereitung:

Für die Herstellung des Nudelteigs alle Zutaten in eine Schüssel geben und am besten per Hand zu einem homogenen Teig kneten. Je nach Größe der Eier etwas mehr Mehl untermengen, falls der Teig noch zu klebrig ist. Teig in Frischhaltefolie einwickeln und mindestens 1–2 Stunden im Kühlschrank lagern.

Für die Füllung der Ravioli zunächst die Sahne in einem kleinen Topf zum Kochen bringen und sofort vom Herd nehmen. Langsam den geriebenen Parmesan unterrühren, sodass sich eine glatte Käsesoße ergibt. Mit Salz und Pfeffer würzen und etwas abkühlen lassen. Nebenbei den Ricotta in einem Sieb oder Küchentuch abtropfen lassen. Die Cashewkerne in einer Pfanne ohne Fett anrösten, bis sie etwas Farbe bekommen. Thymian und Cashewkerne in einer Küchenmaschine zerkleinern. Mit dem Ricotta vermischen und langsam in die Käsesoße einrühren. Zum Schluss noch das Ei trennen und Eigelb unter die Masse rühren. (Eiweiß aufheben zum Zusammenkleben der Ravioli.)

Nudelteig mit Nudelmaschine oder Nudelholz dünn ausrollen. Es gibt mehrere Varianten, Ravioli herzustellen. Z. B. Teigstreifen auf eine leicht bemehlte Fläche geben. Mit Löffel oder Spritztülle in regelmäßigen Abständen etwas Masse auf den Teig geben. Ränder mit Eiweiß einstreichen. Eine zweite Teigplatte vorsichtig darüberlegen, zwischen der Füllung leicht zusammendrücken und mit einem Teigrädchen Quadrate ausschneiden oder mit einer runden Form ausstechen. Es gibt auch spezielle Ravioliausstecher oder Ravioliformen. Hier kann jeder seine eigene bevorzugte Herstellungsweise anwenden.

Ravioli in kochendem Salzwasser ca. 5 Minuten ziehen lassen. Vorsichtig aus dem Wasser heben und in heiße Butter (Nussbutter) setzen. Darüber etwas gehobelten Parmesan streuen.

Und wie immer mein Hinweis: Beim Kochen und Backen bitte immer auch die eigene Kreativität einsetzen und nach Wunsch gern auch variieren. Ich wünsche bei der Zubereitung viel Spaß und einen guten Appetit! Und ich freue mich immer sehr über Rückmeldungen, wie die Gerichte geschmeckt haben!

Der neue Weihnachtsroman von Grimme-Preisträgerin Angelika Schwarzhuber ist einfach wunderbar!

400 Seiten. ISBN 978-3-7341-0631-6

Singlefrau Kathi arbeitet als Sekretärin in der Werbeagentur WUNDER. Dort heimsen andere regelmäßig die Lorbeeren für ihre kreativen Erfolgsideen ein. Ein neuer Auftrag führt sie mit dem Fotografen Jonas zusammen. Auf der Weihnachtsfeier der Agentur vermasselt es sich Kathi durch ein Missverständnis so sehr mit ihm, dass Jonas denkt, ihr liege nichts an ihm. Zudem gerät ihr Job in Gefahr. Unglücklich verlässt Kathi die Party und stürzt im dichten Schneetreiben. Als sie aufwacht, ist ein Mann über sie gebeugt, der sich als ihr Schutzengel vorstellt. Er will Kathi auf wunderbare Weise dabei helfen, endlich ihr Glück zu finden ...

Lesen Sie mehr unter: **www.blanvalet.de**